À PROPOS DE L'ÉCRIVAINE

Margot Douaihy est une écrivaine libano-américaine originaire de Scranton, en Pennsylvanie. Elle vit aujourd'hui à Northampton, dans le Massachusetts. Détentrice d'un doctorat en écriture créative de l'université de Lancaster au Royaume-Uni, elle a signé plusieurs recueils de poésie : *Bandit/Queen : The Runaway Story of Belle Starr*, *Scranton Lace* et *Girls Like You*. Elle est une des fondatrices de la *Creative Writing Studies Organisation*, membre active des *Sisters in Crime* et du *Radius of Arab American Writers*. Elle a reçu la bourse artistique du *Mass Cultural Council* et a été finaliste du *Lambda Literary Award*, du Creative Writing Award du magazine *Aesthetica* et du prix de nouvelles de la Fondation Ernest Hemingway. Ses textes sont notamment parus dans *Queer Life, Queer Love* ; *Colorado Review* ; *Diode Editions* ; *Florida Review* ; *North American Review* ; *PBS NewsHour* ; *Pittsburgh Post-Gazette* ; *Portland Review* ; *Wisconsin Review*. Margot Douaihy enseigne l'écriture créative à l'université Franklin-Pierce de Rindge, dans le New Hampshire où elle est également rédactrice en chef de la *Northern New England Review*. En tant que coéditrice de la série *Element in Crime Narratives* publiée par *Cambridge University Press*, elle travaille à une refonte du financement de l'écriture de polars, avec un accent particulier sur l'écriture contemporaine, les perspectives d'avenir, les problématiques inclusives et décoloniales.

Repentie

MARGOT DOUAIHY

Repentie

Traduit de l'anglais (États-Unis) par
SOPHIE ASLANIDES et PEGGY ROLLAND

Harper Collins
NOIR

Titre original :
SCORCHED GRACE

Ce livre est publié avec l'aimable autorisation de Zando, New York, U.S.A.

HARPERCOLLINS FRANCE
83-85, boulevard Vincent-Auriol, 75646 PARIS CEDEX 13
Tél. : 01 42 16 63 63

www.harpercollins.fr

ISBN 979-1-0339-1430-3 — ISSN 2551-0096

I

Le diable ne se cache pas dans les détails. Le mal prospère dans les angles morts. Il se nourrit de l'absence, des espaces négatifs, un peu comme le flou qui règne autour des mains d'un prestidigitateur. Les détails, quant à eux, sont l'œuvre du Seigneur. Et mon job à moi consiste justement à maintenir l'ordre dans ces détails.

Il m'a fallu près de quatre heures et demie pour terminer la lessive et nettoyer les vitraux. Je ne sentais plus mon corps. Tous mes muscles tiraient. Même avaler était devenu douloureux. Si bien qu'au moment où mes sœurs se sont dirigées vers la salle de réunion, leurs dossiers et leurs documents pressés contre leur habit noir, je suis allée m'accorder un moment de réflexion divine dans l'allée. Autrement dit, une pause clope. On était dimanche, et la nuit tombait.

Une entorse au jour du Seigneur, je sais. Pas de quoi être fière. Mais après tout, *carpe diem*.

Une heure tranquille, voilà tout ce dont j'avais besoin. J'avais eu l'impression toute la journée d'être écrasée sous un nuage lourd de menaces. L'air était épais, chargé de poussière, râpeux comme les mains et les pieds d'un pèlerin. La chaleur collante n'avait rien d'inhabituel à La Nouvelle-Orléans, sauf que c'était encore pire ce jour-là. Le soleil était aussi rouge qu'un énorme bouton de moustique. Quelque chose mijotait doucement, dissimulant à peine la violence du bouillonnement. Hors de question d'encaisser un nouveau blâme.

Le premier trimestre touchait à sa fin dans une semaine et deux gosses s'étaient déjà plaints de moi. « Toujours sur notre dos, avait gribouillé l'un deux, je sens plus mes doigts ! » L'autre (anonyme, vous noterez bien) avait écrit : « Les cours de musique, c'est de la TORTURE !!! » Ce qui m'inquiétait, c'était que sœur Augustine, notre principale et Mère supérieure, aussi solide et robuste qu'un nœud de marin, profite de la réunion du dimanche pour me cuisiner devant tout le monde. Ce qui allait inévitablement conduire sœur Honorée à s'emparer d'incidents mineurs pour légitimer la croisade qu'elle a lancée contre moi. Les conneries débitées par cette bonne femme étaient tellement énormes qu'on aurait dû les retranscrire dans les Évangiles. Bon, d'accord, je mettais la barre haut. Super haut. Mais l'Institut Saint-Sébastien était l'un des derniers établissements catholiques privés ; loin d'être chic, c'était quand même une école d'élite. Je faisais répéter mes classes une heure entière, cinq jours par semaine. Comme un orchestre professionnel. Comment voulez-vous apprendre, sinon ? S'investir, chaque jour, il n'y a pas de miracle. Et je ne rendrais pas service aux élèves si je m'y prenais autrement. À Dieu encore moins.

Souffrir ? Un privilège.

Ressentir la douleur ? La preuve qu'on progresse.

Avoir mal ? Celle qu'on est en train de changer.

Tout le monde peut changer. Même moi.

Ce qui ne voulait pas dire pour autant que je faisais tout comme il fallait. Quand j'étais punie, on me chargeait de récurer les imposants vitraux de l'église. Il fallait alors que je grimpe sur l'échelle branlante pour astiquer le verre de chaque panneau, l'un après l'autre. Onze en tout. Bleu cobalt, corail, vert fougère, et, ma couleur préférée, sanguine, celle du vin sacré, le rouge vibrant des langues qui se délient pour chanter aux vêpres. Nos vitraux racontaient des épisodes de l'Ancien et du Nouveau Testament. Moïse, les mains sur les hanches, qui sépare en deux la mer céruléenne. Les évangélistes : Matthieu et ses ailes, Marc en lion, Luc en bœuf volant et Jean en aigle. La version en *slow-motion* des stations traumatiques du chemin de croix. Les chérubins en adoration qui volent au-dessus de la crèche lors de la naissance du Christ, notre Seigneur, en tenant entre leurs mains potelées des harpes scintillantes comme des joyaux. C'était si beau que ça faisait parfois mal aux yeux rien que de les regarder.

Un peu comme quand on observait les gens à l'église qui priaient à genoux, et qui se balançaient d'avant en arrière avec force lamentations. Ah ça, j'en voyais, des gens qui avaient touché le fond du fond. Je les entendais implorer Dieu, la Vierge Marie et Jésus-Christ de leur accorder une seconde chance. Ils étaient à des années-lumière de leurs femmes et de leurs enfants, assis sur le banc, juste à côté d'eux. Ou bien déjà enfermés dans une telle solitude qu'on aurait dit des spectres. Nous, les nonnes, nous sommes témoins de tout ça, nous préservons un espace pour des miracles au milieu de la terreur, de l'ennui, des affres de la vie. Nous sommes là pour vous recueillir, pour tenir vos mains tremblantes, écouter vos interrogations et répondre à votre souffrance.

Jamais vous ne sentez notre regard sur vous. Les nonnes sont connues pour être des créatures furtives.

J'ai passé mon chiffon sur la couronne de Jésus et les colombes de la paix. Les images et leurs dorures me rappelaient les tatouages qu'on m'a demandé de dissimuler sous des gants et un foulard noir, malgré la chaleur poisseuse du mois d'août – une précaution imposée par sœur Augustine.

Même si j'étais censée faire acte de pénitence, même si c'était un boulot de chien, en vérité, j'aimais bien laver les vitraux. Chaque panneau me fascinait. Les drames sur Facebook, et même les bagarres dans les bars, c'était rien à côté.

Parfois, Jack Corolla, un des gardiens de Saint-Sébastien, me prêtait son échelle pour m'aider. Enfin, aider est un grand mot. Il fallait d'abord que je descende caler moi-même l'escabeau, tant Jack avait le vertige et était incroyablement maladroit. Lui, son vitrail préféré, c'était celui du séraphin : il craquait pour les fins cheveux de l'ange, du même or scintillant que le filament d'une ampoule. « C… c… c'est la malédiction d'un vieux bâtiment comme celui-ci » : voilà ce que Jack répétait, avec son bégaiement et son accent traînant du Sud, chaque fois qu'il n'arrivait pas à réparer un truc, qu'il s'agisse d'une fuite d'eau ou d'un néon qui clignotait. Jack était vraiment parano : il y avait forcément du plomb dans l'eau, les tempêtes avaient amené des spores de moisissure. Pour lui, on était toujours au bord de la catastrophe. Il me rappelait mon petit frère, Moose. Aucun d'eux ne se disait superstitieux, mais, aussi vrai que le soleil se couche à l'ouest, l'un comme l'autre passaient leur vie à toucher du bois. « Vous devriez filtrer deux fois l'eau, ma Sœur ! ne cessait de dire Jack. Un seul passage, c'est pas assez, deux fois minimum ! » Quand l'inquiétude frôlait le harcèlement… Du gentil harcèlement, certes. D'ailleurs, comme Moose, il adorait parler de la pluie et du beau temps et se taper l'incruste en faisant semblant d'avoir du boulot. Tous les deux se prenaient pour des as du bricolage alors qu'ils étaient sans doute les moins adroits du monde. Mais, au fond, qui ne s'est jamais réinventé ? On s'acharne justement parce que notre survie dépend de notre capacité à nous transformer.

Comme l'a prouvé Jésus, comme me l'a enseigné Moose. Plus que quiconque, mon frère connaissait le prix à payer pour vivre selon sa propre vérité. Si seulement je l'avais écouté…

Au cours de la première des innombrables pénitences infligées par sœur Augustine, j'ai découvert qu'en plaquant mon visage sur la vierge du vitrail de la Nativité je pouvais, à travers son œil translucide, deviner au loin La Nouvelle-Orléans, luisante et frémissante comme l'aile d'un papillon de nuit. Juchée sur le dernier barreau de l'échelle, l'œil collé à celui de Marie, je devinais le faubourg Delassize et le faubourg Livaudais qui s'étendaient sur ma gauche, Tchoupitoulas Street et le ruban hypnotique du Mississippi sur ma droite. La ville baignait dans une atmosphère électrique à toute heure, mais j'étais toujours éblouie par l'intensité des couleurs vibrantes de l'aube bercée d'une lumière veloutée. Du côté de District Garden, les maisons *shotguns* bariolées de rose, de jaune et d'orange étendaient leurs longues silhouettes étroites à la manière de rails de chemin de fer. Les colliers de perles du défilé de Mardi Gras se mêlaient à la mousse espagnole dégoulinant des branches des chênes noueux. J'observais le va-et-vient des tramways sur l'avenue Saint- Charles, les passagers qui descendaient des wagons et ceux qui y grimpaient sans se presser tandis que la cloche fendait l'air. La plupart des gens ont une vision de carte postale de La Nouvelle-Orléans, celle d'une ville de pacotille qu'on pourrait résumer à la tyrannie de Bourbon Street et à l'horreur verte des Jell-O Shots qu'on vomit sur le trottoir, quand ce n'est pas dans son étouffée d'écrevisses. Ouais, c'est vrai, ces scènes courantes dans le Quartier français me révulsaient. Mais, au fond, cette ville était bien plus complexe que je ne l'imaginais. Elle vous hantait avec son mélange subtil de mythologie et de vérité, aussi authentique que n'importe quelle histoire à dormir debout.

Avec ses senteurs fruitées d'olives et ses effluves nocturnes de jasmin, ses pavés aussi épais qu'un volume de la Bible, l'implacable symétrie de ses ouragans aux yeux cerclés de bandes de pluie, ses soudaines averses déchirant l'air, ses inondations suivies de renaissances.

Quand je parcourais la ville au hasard des rues, je tombais sur des trésors cachés, des visions divines, comme le visage de sainte Anne dans les branches de palmier. La semaine où j'ai rejoint l'ordre, après avoir été chercher mon habit auprès de la Guilde, je suis tombée sur une boutique d'antiquités poussiéreuses, dont les murs étaient peints d'un noir aussi profond que celui d'une nature morte flamande. On n'y trouvait que des crânes d'oiseaux, des objets gravés dans l'os ou dans du marbre. Jamais je ne suis parvenue à la retrouver. À travers l'œil de Marie, j'ai déjà regardé, non sans les envier, les paons en liberté lancer leurs flashs multicolores dignes d'un trip sous LSD. J'ai déjà vu le brouillard envelopper de son voile phosphorescent la rivière jusqu'à l'échoppe à l'angle de Magazine Street où sœur Thérèse disait qu'on pouvait, pour 5 dollars, acheter une barre de savon et une fiole de philtre d'amour. Elle n'en a jamais rapporté, de la potion, mais ses yeux pétillaient chaque fois qu'elle en parlait.

Parfois, alors que mon souffle lourd de tristesse venait mourir contre les vitraux, j'avais envie de fuir à toutes jambes pour rejoindre les concerts improvisés sous les porches qui jaillissaient à toute heure de la journée – du jazz à la planche à laver, du be-bop, du zydeco, du funk, du punk, du classique ou du swing. Je rêvais d'arracher sa guitare à un musicien pour jouer à mon tour. De quitter ce royaume terrestre, l'espace d'un moment, laisser mes doigts penser à ma place. Sentir la transpiration perler sur mon menton.

Pourtant, l'Ordre me mettait au défi de rester, d'adoucir les aspérités de mon enveloppe charnelle.

La Terre peut être un paradis ou un enfer. Tout est question de perspective. Il suffit de contrôler ses pensées, de choisir sur quoi les canaliser pour transformer sa réalité.

À travers l'œil de Marie, je distinguais les quatre édifices qui composaient l'Institut Saint-Sébastien : au nord de Prytania Street, le couvent, l'église et le presbytère constituaient trois bâtiments distincts. Au sud, l'école en forme de fer à cheval, avec ses trois ailes. La pelouse entre l'aile Est et l'aile Ouest était la seule touche de couleur et de vie au milieu du U. On y distinguait quelques élèves couchés de tout leur long sous les vieux palmiers, d'autres assis sur les longs bancs en granit, qui bavassaient et se pâmaient plutôt que de faire leurs devoirs. Une profusion de fleurs illuminait la cour toute l'année. Même de nuit, leurs corolles ondulaient comme animées par un feu intérieur.

Non pas que j'aie pour habitude de traîner dehors, la nuit tombée. Sans voiture, les sœurs étaient obligées de se déplacer à pied. À pied sous des trombes d'eau. À pied sous un soleil de plomb. À pied sous le châtiment des bourrasques.

Pas d'ordinateur non plus au couvent. Aucun appareil-photo. Pas le moindre téléphone, hormis la relique rotative verte accrochée au mur de la cuisine. Pas d'argent de poche. Pour seule radio, un vieux modèle à molette offert par le père Reese. Nous pratiquions le troc pour nous procurer nos livres, la chicorée, la réglisse rouge et les Doritos (le péché mignon de sœur Thérèse). Nous cultivions dix-sept variétés de fruits, de légumes et d'herbes aromatiques dans notre potager situé entre l'église et le couvent. Les élèves n'y avaient pas accès, même si un jour j'ai surpris Ryan Brown en train de grignoter des figues et des mandarines satsumas qu'il m'a bien semblé reconnaître. Nous récoltions les œufs de nos deux poules : Poulette Goddard et Frankie. À l'occasion de nos messes extraordinaires ou des quêtes organisées après les ouragans, nous avions pour coutume de faire du porte à porte dans les rues du faubourg. C'est comme ça que j'ai rencontré quelques voisins qui se demandaient bien quoi penser d'une nonne comme moi et s'inquiétaient un peu. À vrai dire, j'étais moi-même en peine de savoir quoi penser de moi, avec ma dent en or – souvenir d'une rixe dans un bar –, mon foulard et mes gants noirs dissimulant mes tatouages, mes racines noires qu'on devinait à travers mes cheveux grossièrement décolorés. Même Dieu ne m'a jamais jugée aussi durement que je ne le fais.

« Si tu parlais aux gens comme tu te parles à toi-même, commentait Moose, ce serait considéré comme du harcèlement. »

Heureusement, je n'avais pas vraiment le loisir de laisser mon esprit vagabonder. Quand je n'assistais pas aux offices religieux, ne donnais pas des cours de guitare, ne corrigeais pas des copies médiocres ou ne dirigeais pas la chorale, je récurais. Je passais la serpillière sur les parquets en bois massif du couvent en traînant derrière moi un seau d'étain rempli d'eau chaude et de savon à l'huile, tout en prenant garde de ne pas en renverser. Quand je frottais, je revêtais mon tablier blanc, conformément aux instructions de sœur Augustine. Ainsi, nous gardions trace de la poussière et de la crasse, preuve de notre dur labeur. C'était à nous, les sœurs, de maintenir les locaux propres. Tous nos bâtiments étaient rongés par l'humidité insidieuse qui, comme les mensonges, grignotait de l'intérieur nos vénérables murs. La moisissure gagnait inexorablement du terrain. À peine aviez-vous terminé de nettoyer une paroi qu'elle refleurissait le lendemain sur la voisine, aussi noire que du bitume.

Chaque mercredi, avant la tombée de la nuit, je parcourais le couvent sur la pointe de mes patins de parquet, armée d'un plumeau télescopique, et j'ôtais les enchevêtrements gothiques des toiles d'araignée nichées dans les recoins les plus hauts. Nous ne tuons aucune créature du Seigneur, nous louons l'énergie sacrée de chaque être vivant, même les êtres sans visages de l'enfer. Alors, à l'aide d'un verre ou d'un journal, je transportais les centipèdes, cafards, arachnides et autres mites géantes jusqu'au jardin où je les déposais avec délicatesse sous le bigaradier. Les guêpes sifflaient et se cognaient contre la paroi du verre ; certaines araignées étaient parfois si grosses que j'arrivais à distinguer leur douzaine d'yeux luisant comme des trous noirs irisés.

Libérer les insectes. Sauver les âmes. Voilà notre mission. Être au service d'autrui, c'est préférer l'action aux paroles faciles. À ce titre, même les élèves étaient censés mettre la main à la pâte. Justement, ce dimanche-là, alors que je transpirais au rythme de mon marathon ménager, j'ai entendu résonner le bourdon grave de la cloche de l'autel. C'étaient Jamie LaRose et Lamont Fournet sortant de la sacristie, les bras chargés d'objets en métal qui reflétaient les faisceaux colorés en provenance des vitraux.

— Bonjour, sœur Holiday !

La voix de Lamont lancée dans ma direction était aussi enveloppante qu'un gros câlin. Les deux garçons étaient en train de ranger les objets liturgiques de la messe.

— Désolés de vous avoir dérangée !

S'il y a bien quelque chose qui me surprendra toujours, ce sont les gens qui s'excusent sans raison, comme s'ils cherchaient à se faire bien voir en prévision d'un futur méfait. Pourtant, Lamont et Jamie, deux élèves de dernière année, tous deux âgés de dix-sept ans, comptaient parmi les servants de messe les plus fiables de notre institution. Jamais en retard pour les répétitions. Jamais une chute de la navette à encens. Jamais d'insolence face au père Reese. Lamont mesurait plus d'un mètre quatre-vingts.

Il clamait à qui voulait l'entendre que ses origines créoles étaient représentées par les divinités couronnées sur le Krewe du Vieux, un des chars de Mardi Gras. Jamie était le plus introverti des deux garçons. Il était trapu, bâti comme un coffre-fort. Il avait toujours les yeux baissés et traînait les pieds. Surtout – ce qui n'était pas sans lui conférer une certaine gravité –, Jamie Lamont ne souriait qu'avec les dents, jamais avec les yeux, comme si le gamin cherchait à dissimuler son âme au plus profond de lui-même. Il était issu d'une famille cajun, ces Français du Canada qui ont migré vers le golfe du Mexique je ne sais plus quand exactement. L'assurance affichée par les deux garçons aux chemises sagement rentrées dans le pantalon, leur envie de me raconter tout ce qui avait trait à leurs jeunes existences, avaient sur moi un effet rafraîchissant, presque troublant, qui me changeait du quotidien au milieu d'adolescents railleurs et médiocres.

Après que Jamie et Lamont ont quitté l'église, j'ai terminé le ménage dans la chaleur suffocante du dimanche finissant, puis j'ai fermé l'église. Je me suis assurée que la cour et la rue étaient vides, de peur de croiser la procession en route pour ce simulacre de réunion pédagogique, avant de me faufiler dans mon allée. Si je parle de mon allée, c'est parce que j'étais la seule à oser me frotter aux clameurs du théâtre et à la puanteur de la benne à ordures. Cette allée, c'était mon secret.

Des secrets, tout le monde en a, surtout les bonnes sœurs.

Comme la résolution de tout bon polar, mon allée était à la fois dissimulée et visible comme le nez au milieu de la figure. Vous auriez parfaitement pu passer devant sans jamais la remarquer. C'était un espace vide fait exprès. Mon fumoir secret. Et, ce jour-là, ma place aux premières loges d'un crime sur le point de tout changer, les prémisses de l'Apocalypse.

Je n'avais pas d'argent de poche pour m'acheter de cigarettes, je l'ai déjà dit, mais je m'octroyais le droit de fumer celles que je confisquais aux élèves. Fumer était strictement prohibé à Saint-Sébastien – il était de mon devoir de faire respecter cette interdiction. Et, comme sœur Honorée dit toujours que gâcher, c'est pécher, je me trouvais donc ce dimanche soir-là, tranquille, assise sur un perron dans mon allée, écrasée par la chaleur délirante qui ne laissait jamais de répit, même le soir. Quelques notes de Django Reinhardt se sont échappées d'une voiture passant sur Prytania. La musique, c'est la trame relationnelle de La Nouvelle-Orléans. Elle est là dès que vous en avez besoin, comme la prière. Les deux sont sacrées, et elles m'ont sauvé la mise plus souvent que je ne l'aurais espéré.

Croyez-moi, je suis une vraie croyante, malgré les apparences.

C'est justement pour ça que sœur Augustine m'a accueillie à bras ouverts à l'Institut Saint-Sébastien l'année dernière. Elle a repéré mon potentiel. Elle a été la seule à me donner ma chance quand tous les autres m'avaient claqué la porte au nez : le dispensaire qui embauchait des gardiens si patibulaires qu'un établissement pénitentiaire n'aurait pas voulu d'eux, les garages où tous les employés étaient accros à la méth, même les rades les plus pourris de Brooklyn. Moi, pourtant, j'étais prête à bosser la nuit et les week-ends, bordel. Et, sans me vanter, j'avais l'étoffe d'une super bonne enquêtrice : méthodique et obstinée, avec la patience des chasseurs et le goût des femmes fatales. Tous ont refusé. Tous, sauf sœur Augustine. Elle m'a fait venir à La Nouvelle-Orléans, m'a proposé de rejoindre l'Ordre en posant peu de conditions.

Notre communauté ne comptait en réalité que quatre membres : sœur Augustine (notre dévouée Mère supérieure), sœur Thérèse (une ancienne hippie au visage béat, digne d'une sainte, qui nourrissait les chats errants), sœur Honorée (une éternelle rabat-joie qui me détestait) et moi-même, sœur Holiday, au service de la cause perdue de la foi queer. On ne pouvait pas être plus différentes les unes des autres, un peu comme le Lévitique comparé au Cantique des cantiques ou au Livre de Judith. Pourtant, nous, les sœurs du Sang sacré, nous réussissions à faire fonctionner notre communauté. Pour l'amour de Dieu, le seul amour véritable, mais aussi pour celui des enfants et de la ville. Notre devise « Diffuser la lumière dans l'obscurité » était gravée sur la plaque apposée au portail du couvent.

Notre ordre était certes progressiste mais, en bonnes sœurs catholiques, nous avions des règles à suivre. Ou, dans mon cas, de vrais défis à relever. Nous étions appliquées, nous travaillions consciencieusement à l'école, à l'église, à la prison ou au couvent. Nos chambres étaient modestes, les sanitaires du couvent spartiates, sombres et humides comme un caveau. Pas le moindre miroir, ni de sèche-cheveux. L'intimité des douches était assurée par des rideaux bon marché en plastique. Quand je me lavais – jamais bien longtemps, sœur Thérèse me chronométrait pour éviter le gaspillage –, j'observais les gouttelettes au plafond former de minuscules stalactites. Les parties communes du couvent affichaient l'austérité d'une sépulture sainte. Elles étaient surtout glaciales, une vraie bénédiction, eu égard à la chaleur étouffante qui régnait en permanence.

Même mon allée ombragée était une étuve, ce dimanche-là. À la demande de sœur Augustine, je portais mes gants et mon foulard. Mais j'avais l'impression qu'ils avaient fondu et collaient à ma peau. Malgré cela, en attendant la fin de réunion de service et le moment où je rejoindrais le couvent pour dîner, je savourais mon moment de solitude avec les deux cigarettes confisquées le vendredi après-midi à Ryan Brown, un élève de deuxième année. Il les avait coincées derrière ses oreilles en pointe.

— Oh non, ma Sœur, encore ? avait pleurniché Ryan, le roi des gaffes, au moment où je lui avais retiré ses clopes. Allez, s'il vous plaît…

Un vrai gamin. De tous mes élèves, il était sans doute le plus dépourvu de bon sens – je lui devais mon stock de contrebande entier. Il était le seul à s'attarder dans la pièce où j'entrais, quand tous ses camarades s'étaient déjà envolés. Ses entorses répétées à l'interdiction de fumer me donnaient presque l'impression qu'il cherchait à se faire attraper. Ou qu'il n'était vraiment pas doué pour braver les interdits. Contrairement à moi.

J'ai brandi les cigarettes.

— Vous croyez que vos clopes font de vous un gros dur ?

— Mais je…

— Apprenez plutôt à vous battre pour ce que vous voulez, l'ai-je aussitôt interrompu, faute de temps pour écouter ses jérémiades. Ou alors, faites en sorte d'être plus discret. Sinon, vous perdrez tout.

Ma sagesse n'était pas dénuée de panache, je vous l'accorde.

Je dispensais à mes élèves la seule chose qui compte dans la vie : l'honnêteté. Et je la servais à la même température que la vengeance, à savoir glaciale. J'avais pas mal merdé dans beaucoup de domaines, mais dès qu'il s'agissait d'honorer mes engagements j'y allais à fond, un peu comme un python qui engloutit une chèvre, avec les tendons, les sabots, le squelette et tout le reste. Au même titre que les autres sœurs, je faisais mon possible pour tirer les élèves vers le haut, les aider à porter la lumière – et pas leur tenir la chandelle, si je puis dire. Même si, pour cela, je devais leur rappeler leur paresse et leur déchéance. En tout cas, moi, je savais comment repérer les conneries, parce que des conneries, j'en avais fait. Si vous voulez débourrer un cheval ou un humain, mieux vaut avoir pratiqué la vie sauvage.

Tout le week-end, j'ai guetté le moment idéal où je pourrais fumer mes cigarettes, et il n'est arrivé que le dimanche. J'avais beau sentir la transpiration pénétrer chaque fibre de mon habit, il me fallait absolument quelques minutes de plus dehors. Si je n'avais pas un moment tranquille, j'allais finir par rembarrer sœur Honorée. Encore maintenant, j'étais capable de péter un plomb en une seconde. Et sœur Honorée était passée experte dans l'art de me faire monter dans les tours.

J'ai sorti une des cigarettes confisquées, dissimulées à l'intérieur de mon étui à guitare. Je l'ai passée sous mes narines pour la renifler avant de l'embraser avec la dernière allumette de la pochette. La nuée de moucherons devant moi s'est aussitôt dissipée. Le coucher de soleil demeurait, lui, semblable à l'or poli d'une montre à gousset capable de retenir le temps. D'invisibles vagues de chaleur me bousculaient en tous sens. Ma peau semblait rétrécir sous mes gants. On dit que si vous arrivez à vous faire à New York, vous vous ferez à n'importe quel lieu sur terre. Mais La Nouvelle-Orléans est le véritable creuset de l'enfer, là où naissent miracles et mauvais sorts. Un endroit qui n'est ni vraiment la vie ni vraiment la mort, mais les deux. Se retrouver dans un tel purgatoire, c'est un peu comme rester sur le pas de la porte : vous pouvez tout aussi bien être dedans que dehors, être condamné ou gracié.

Je sentais la sueur courir le long de mon échine. Le calme de mon allée moite était surprenant, pas le moindre écho d'un spectacle ou d'une répétition dans le vieux théâtre voisin. « REMETTRE LE DIABLE DANS LE VAUDEVILLE » clamait une affiche. Comme si le diable acceptait qu'on lui dicte où aller… Le théâtre, à l'image de nombreux édifices de la ville, avait subi les ravages des tempêtes successives, plus violentes chaque année. La peinture de la porte d'entrée s'écaillait par endroits pour former des serpentins acajou. En passe de devenir une ruine, mais toujours séduisant, notre théâtre. Plus cossu que l'autre palais, Buckingham.

Ma dernière allumette partie en fumée, je n'avais pas d'autre choix que d'enchaîner la deuxième avec la première ; tabac de premier choix, probablement des cigarettes importées. Mes élèves les plus fortunés avaient beau être des petits cons – désolée, Seigneur, c'est vrai –, leurs clopes étaient de loin supérieures à celles que je crapotais autrefois à Brooklyn, à l'époque où je faisais saigner mes doigts sur ma gratte pour pouvoir payer mon loyer, les pourboires et mes shots de whiskey.

À présent, un croissant de lune égratignait le ciel. Depuis leur cachette nichée dans la pénombre, les grenouilles jouaient un nocturne coassant, d'autant plus obsédant qu'il se mêlait aux vapeurs tropicales et aux halos ambrés des réverbères. Sur les fleurs charnues des magnolias, on devinait le scintillement de veinules roses, pareilles à de minuscules cœurs vibrant sur chaque pétale. J'ai pris une nouvelle bouffée, et j'ai laissé la fumée descendre profondément.

Soudain, j'ai senti le fond de ma gorge me gratter. Mes yeux se sont mis à pleurer tandis qu'une vague de chaleur puissante s'abattait sur moi.

Des taches rouges, orange. Une explosion dans le ciel nocturne. Il m'a fallu quelques instants pour comprendre.

Un incendie.

L'école. Mon école en train de brûler. L'aile Est de l'Institut Saint-Sébastien était en feu.

Des flammes furieuses s'échappaient d'une fenêtre ouverte.

En quelques secondes, l'horreur à son paroxysme. Le ralenti le plus bref de ma vie : voilà ce que j'ai ressenti. Un événement si soudain donne l'impression d'une distorsion du temps, d'un troublant mélange de clarté et de flou. Comme un accident de voiture. Ou un premier baiser. Les plus infimes détails sont à la fois sublimés et obscurcis.

À ce moment précis, une silhouette en flammes s'est élancée du premier étage de l'aile Est en feu et s'est écrasée comme un poing frappant violemment la terre.

— Mon Dieu.

J'ai jeté mon mégot, suis sortie de l'allée en courant et j'ai traversé First Street en direction du corps étendu dans l'herbe.

— Au secours !

Personne aux alentours. J'avais le souffle coupé. Ma voix restait coincée dans ma gorge.

Jack.

Mon aide-ménager. Mon confident. Mort.

— Jack, ai-je murmuré en m'agenouillant.

Pas un mouvement. Pas un râle. Il brûlait. Une fine ligne de sang s'écoulait de sa narine droite, si délicate qu'on l'aurait crue tracée du bout d'un pinceau d'artiste. Jack se consumait sur l'herbe ; ses membres disloqués offraient le spectacle de désolation d'un cafard écrasé. La chair brûlée dégageait une odeur à la fois âcre et macabrement sucrée.

S'était-il jeté par la fenêtre ouverte pour tenter d'échapper à la fumée ?

Quelqu'un l'avait-t-il poussé ?

Seigneur, accueille Jack près de toi.

Les portes de l'école étaient toujours verrouillées à l'issue de la réunion pédagogique ; elle s'était achevée un peu plus d'une heure avant. La réunion que j'avais séchée.

À l'aide.

J'ai cru percevoir un cri à l'intérieur du bâtiment. Je devais m'assurer qu'il était bien vide. La poignée n'était pas encore brûlante. J'ai remonté mon foulard sur ma bouche comme un bandit de grand chemin et j'ai déverrouillé la porte. Aussitôt, la fumée s'est engouffrée dans mes poumons.

— Ohé ! ai-je hurlé entre deux quintes de toux en remontant le couloir, poussée vers l'avant par une force étrange. Y a quelqu'un ?

Des panaches de fumée rampaient au plafond. Des volutes de cendres, légères comme un souffle, jaillissaient de la moindre fente sur les murs.

Le levier de l'alarme incendie était grippé. Quand je l'ai actionné, des éclats de vieille peinture rouge ont volé. Je l'ai copieusement injurié, comme si ça pouvait aider, et le bras a fini par céder et s'abaisser, déclenchant aussitôt une sonnerie stridente à réveiller les morts. Mais pas de gicleurs au plafond, visiblement.

— Y a quelqu'un ?

Ma gorge me brûlait.

— À l'aide ! a hurlé une voix.

J'avais l'impression qu'elle était à la fois lointaine et très proche, mais je ne distinguais rien.

— On a besoin d'aide !

C'était une voix familière, que ma panique m'empêchait d'identifier, un peu comme une chanson qu'on passerait en vitesse accélérée.

La fumée qui tourbillonnait autour de moi sentait les ordures brûlées. Comme à Brooklyn, la nuit de l'embrasement. La nuit où mon ancienne vie s'est terminée.

Quelque chose ne tournait pas rond. Il n'aurait dû y avoir personne dans le bâtiment.

— Continuez à parler ! J'arrive !

L'air était aussi épais que du ciment. Soudain j'ai perçu du mouvement. Quelqu'un. Au bout du couloir.

— Hé !

Ma voix s'est étranglée tandis que je courais dans sa direction. J'ai glissé sur un amas de verre brisé.

— Hé !

L'ombre s'est allongée avant de disparaître furtivement avec la fluidité d'un poisson.

Une apparition divine. Toute ma vie, j'avais attendu de croiser l'Esprit saint, et voilà qu'il se pointait ici ! S'il y avait une religion du mauvais timing, j'en serais la papesse.

Derrière moi, les cris redoublaient. Je me suis retournée pour repérer les voix. J'ai trouvé la porte de la classe de théologie ouverte. À l'intérieur de la pièce, Jamie et Lamont, à même le sol. Pourquoi étaient-ils là ? Avaient-ils vu quelque chose ? Qu'avaient-ils fait ?

Je me suis précipitée sur eux.

— Il est blessé, a dit Lamont en montrant la cuisse ensanglantée de Jamie. J'ai la cheville cassée, je crois.

Les deux garçons étaient assis l'un à côté de l'autre, juste en dessous du tableau. S'ils n'étaient pas au milieu du brasier et de la fumée et si la jambe de Jamie ne pissait pas le sang, on aurait dit des élèves de maternelle qui attendaient sagement qu'on leur raconte une histoire. Un éclat de verre, aussi large que la paume de la main, était fiché dans la cuisse de Jamie. Sans doute provenait-il de la vitrine brisée sur laquelle j'avais glissé dans le couloir. Jamie se tordait de douleur, tout en se tenant la jambe gauche. Quand il hurlait, ses yeux bleus lançaient des éclairs de rage.

— Je vais vous porter pour sortir, ai-je dit en m'agenouillant. Lamont, passez votre bras autour de mon cou. À vous, Jamie. Vous avez vu Jack ici, par hasard ?

Aucun des deux garçons n'a répondu, comme si le choc les avait rendus muets. Ou bien se sentaient-ils coupables de quelque chose ?

J'ai tenté de les soulever tous les deux, mais à peine ai-je avancé d'un mètre que nous nous sommes écroulés tous les trois dans un terrible fracas.

Jamie a hurlé. Le morceau de verre semblait s'être enfoncé encore plus profondément dans sa cuisse.

Si je cherchais à les porter de nouveau, la situation risquait d'empirer.

À mes yeux, les rouages du corps sont tout aussi mystérieux que ceux de l'esprit. Sauf qu'à cet instant précis, même moi je comprenais qu'il allait falloir trouver un moyen de contenir l'hémorragie de Jamie.

— Un, deux…

Au moment de dire trois, me servant de mon gant pour assurer ma prise, j'ai retiré le morceau de verre ensanglanté de sa jambe. Au passage, quelques lambeaux de chair sont restés collés sur le verre et mes gants. Jamie a crié comme un cochon qu'on égorge.

Impuissant, Lamont tentait de réconforter son ami qui serrait les dents alors que le sang continuait de gicler de part et d'autre de sa cuisse en charpie.

Sainte Marie, mère de Dieu.

On n'est jamais prêt à se confronter au rouge féroce d'une plaie béante. Une gueule démoniaque.

Je me suis mise à prier, en me concentrant sur ce que dirait Moose.

« La prière, c'est pour les schizos, disait-il rien que pour nous faire enrager, maman et moi. Vous parlez dans le vide. » Moi, je l'avais supplié de ne pas rejoindre l'armée, de la même manière qu'il m'avait implorée de ne pas entrer dans les ordres. Ça n'avait servi à rien. La psychologie inversée : un truc de famille. En fin de compte, j'étais entrée au couvent le jour où Moose s'était engagé comme infirmier à l'armée. On avait troqué nos anciennes vies pour de nouvelles comme si c'était parfaitement anodin. En tout cas, plus simple que de faire disparaître une pièce de monnaie. Nous les Walsh, on avait le sens du spectacle. D'ailleurs, qui aurait dit que les deux rejetons queer de la famille finiraient un jour soldat et bonne sœur. Surprise !

J'ai retiré mon foulard, la fine étoffe que sœur Augustine m'obligeait à porter, et je l'ai fermement noué autour de la cuisse de Jamie en une sorte de garrot improvisé.

— J'aurais aimé pouvoir vous porter tous les deux, mais je vais d'abord sortir Jamie, il a perdu trop de sang.

— Ne me laissez pas seul ! m'a implorée Lamont. Ses yeux bruns étaient injectés de sang tant il était transi de peur.

J'ai serré le garrot de Jamie, passé son bras gauche par-dessus mon épaule avant de le soulever par la taille.

— Ho hisse !

À la manière d'un couple bourré dansant sur un vieux standard de jazz, nous avons titubé comme si nous ne faisions plus qu'un. Jamie était plus grand et musclé que moi, mais je parvenais à le soulever suffisamment pour avancer.

— Je reviens, Lamont. Je le jure devant Dieu.

J'ai senti l'adrénaline affluer dans mes veines, un peu comme au temps où je sniffais des rails, ou comme quand la force divine émergeait des paraboles que j'ai apprises à aimer.

Sainte Marie, mère de Dieu, priez pour nous pauvres pécheurs, maintenant et à l'heure de notre mort. Marie, mon troisième œil…

J'ai continué de nous faire avancer en claudiquant dans le couloir. Lamont gémissait et rampait à notre suite à la manière d'un phoque, tout en nous implorant, Dieu et moi. Le sang de

Jamie continuait de couler, réduisant à néant ma ridicule tentative de garrot. Ç'aurait été le bon moment pour le Saint-Esprit de produire un miracle, là, tout de suite. Mais nous n'avions pas le temps d'attendre l'intervention divine.

Un éclat de braise est venu me percuter l'œil gauche. Putain ! On aurait dit une baïonnette plantée dans ma cornée. Fou, à quel point la douleur pouvait être à la fois aussi précise et fulgurante.

Nous avons titubé jusqu'à la cage d'escalier et atteint une trouée dans la fumée : une de mes prières avait été entendue. C'est à cet endroit précis que j'ai entraperçu l'échelle de Jack à côté de sa boîte à outils. Je sais bien que les concierges nettoient et bricolent essentiellement la nuit, mais le dimanche, en plus ?

Et si Jack était celui qui avait allumé l'incendie ? Ou bien les deux garçons ? L'une et l'autre hypothèse étaient absurdes. Mais au fond, qu'est-ce qui ne l'est pas ? C'était la deuxième fois que je regardais la Mort au fond des yeux. Je savais qu'elle en avait après moi. Elle en a après nous tous, d'accord, mais si je pouvais lui échapper encore un peu, je n'allais pas me gêner.

Jamie gardait les yeux ouverts, pourtant son regard était vide, résigné comme s'il avait déjà abandonné tout espoir de s'en sortir. Je lui ai décoché une bonne gifle en plein visage.

— Concentrez-vous, lui ai je intimé, alors que mon esprit partait dans toutes les directions, à force de se répéter « *On va crever !* » et « *On va y arriver !* » en même temps.

J'avais besoin de savoir ce que savaient les deux garçons. J'ai fourré le bout de ma langue à l'intérieur de ma dent en or, assez fort pour sentir perler une goutte de sang. Ce tic nerveux avait le mérite de me ramener sur terre ; c'était une sorte de pacte secret entre Dieu et moi dont personne n'avait connaissance. En tout cas, il me permettait d'avancer.

Au moment où nous avons atteint le rez-de-chaussée, une autre alarme s'est déclenchée. Cette fois, les lourdes portes coupe-feu automatiques de l'aile Est de Saint-Sébastien se sont mises à pivoter lentement sur leurs gonds.

Elles allaient nous empêcher de fuir.

— On se tire d'ici.

Le sursaut d'énergie avec lequel j'ai prononcé cette phrase m'a moi-même sidérée.

J'ai flanqué un coup de pied dans la porte principale, juste avant que les portes coupe-feu ne barrent pour de bon l'accès au bâtiment.

Saint-Esprit, ne nous abandonne pas.

Nous avons fait quelques pas dehors, chancelants, sous une pluie de feuilles volantes et de cendres. Juste à côté de l'entrée, la dépouille de Jack Corolla gisait, déjà raide. Ce n'était plus que l'enveloppe vide de tout ce qui faisait que Jack était *Jack* : celui qui parlait la bouche pleine, avec son rire d'otarie et ses coups de sang. L'esprit de Jack avait disparu. Dans sa demi-conscience, Jamie a murmuré :

— C'est… c'est un cadavre ?

Les hurlements des sirènes de police, des ambulances et des pompiers m'ont sortie de ma torpeur. Un camion a ralenti avant de s'arrêter juste devant notre duo vacillant. Des pompiers en sont sortis, vêtus de leurs uniformes orange. Ils se sont précipités à l'intérieur de l'école en feu.

Jamie s'est effondré sur le sol, les yeux clos et la bouche entrouverte comme s'il venait de plonger dans un sommeil profond. Les ambulanciers se sont rués sur lui. J'ai éprouvé un soulagement inouï, presque insoutenable, à voir que le corps mutilé et ensanglanté du gamin était désormais entre des mains compétentes. *Merci, mon Dieu.*

— Il y a encore un élève à l'intérieur, ai-je déclaré malgré ma langue pâteuse. Lamont… Il est blessé.

— Où ça ? a demandé un des ambulanciers.

— Premier étage, côté rue. Jack est tombé par la fenêtre.

Je me suis retournée et j'ai désigné le corps étendu dans l'herbe. J'avais l'impression que mon bras pesait aussi lourd qu'un bloc de marbre.

Une femme avec un insigne de police venait de faire son apparition. Elle m'a retenue au moment où je m'apprêtais à m'écrouler. L'espace d'une seconde, je l'ai entraînée dans ma chute, mais elle a planté ses pieds dans le sol, et j'ai senti les muscles de son dos se tendre et ses bras ployer sous notre poids pour nous maintenir debout.

— Un dimanche soir à la cool, pas vrai ? a-t-elle dit dans un sourire dont une extrémité paraissait plus relevée que l'autre, un peu comme un navire sur le point de chavirer.

— Il faut que je… dedans.

Impossible d'enchaîner les mots.

La femme a maintenu sa poigne de fer autour de mon biceps.

— Allez, à partir de maintenant, c'est nous qui prenons le relais. Vous risquez moins de mourir en restant dehors avec moi.

Elle portait son badge sur la pochette gauche de sa chemise froissée : « Inspecteur Magnolia Riveaux, Brigade des pompiers Nouvelle-Orléans. »

— Respirez calmement, a-t-elle poursuivi, son visage luisant de transpiration sous les gyrophares de l'ambulance. Moi, c'est Maggie. Z'êtes blessée ?

Elle connaissait déjà la réponse.

— J'ai été touchée à l'œil par une braise.

— On va vous nettoyer ça.

Elle m'a conduite jusqu'à une ambulance garée dans la rue où les secours mettaient en place un périmètre de sécurité.

— Vous avez vu la chute, si j'ai bien compris ?

— C'est Jack Corolla, ai-je répondu dans une quinte de toux.

Au moment où mes lèvres se sont touchées, j'ai senti qu'elles étaient gercées à cause de la chaleur.

— Je ne sais pas s'il a sauté ou bien si on l'a aidé. C'est notre gardien.

L'enquêtrice a prestement sorti sa radio et pressé les lèvres contre la surface perforée du micro :

— 217 à Centrale.

— Je vous écoute, 217, a répondu la voix de la radio.

— On a un témoin. C'est quoi, votre nom ? a demandé l'inspecteur Riveaux en braquant son regard sur moi.

J'ai ouvert la bouche pour parler mais aucun son n'est sorti. J'enrageais de sentir que mon propre corps était capable de me réduire au silence.

— Ses poumons ont peut-être été atteints, a-t-elle poursuivi à l'attention de la voix invisible de la radio.

L'air de la nuit était électrique, étouffant, écœurant comme une gorgée d'eau des marais. C'était en tout cas le goût saumâtre que j'avais sur la langue au moment où je me suis évanouie. Mon corps est devenu mou comme une guimauve, j'ai glissé des mains de l'inspectrice Riveaux.

À mon réveil, j'ai été surprise par le mouvement du brancard qui s'élevait. J'avais la bouche recouverte d'un masque en plastique. L'oxygène était doux, euphorisant, c'était comme s'il respirait à ma place.

Depuis combien de temps étais-je sortie du brasier ? Où étaient Jamie et Lamont ? Chaque nouvelle seconde révélait une nouvelle strate d'informations entremêlées : les cris, le soulagement, la prière, la peur. Mon pantalon en polyester noir, mon uniforme, incrustés dans ma peau. Mes gants disparus.

Par miracle, ma chaîne en or n'avait pas cédé : je sentais toujours le poids de ma croix sur ma poitrine. Ma tunique déchirée pendait au niveau de l'épaule et révélait mes tatouages. Ils s'étendaient le long de ma nuque, remontaient depuis la ligne inférieure de ma mâchoire jusqu'à la base du crâne. Les boutons de mon habit avaient dû sauter quand je portais Jamie. Riveaux a plissé les yeux en découvrant ma peau mise à nu et a scruté mes tatouages. Sur les jointures de mes doigts étaient inscrits les mots et *soul*, « âme égarée ». Au niveau de ma gorge, Ève tendait la main vers la pomme. Le palindrome *deified* était dessiné sur ma poitrine, en lettres attachées vert et doré. Son opulence était inquiétante et n'était pas sans rappeler le serpent du jardin d'Eden ; sans doute mon tatouage le plus douloureux. Mais un rappel du prix de l'égocentrisme, de ce que l'on risquait à ne penser qu'à soi, peu importe le plaisir qu'on y trouvait. Un de mes préférés aussi parce que je pouvais le lire dans un miroir. Même si on n'en avait pas, au couvent. J'ai vu les lèvres de Riveaux former le mot *deified*. Elle était en train de me lire. Du moins, elle essayait.

J'ai remonté la couverture bleue rêche que l'ambulancier m'avait donnée.

— Sympa, votre calandre ! a-t-elle dit en pointant ma dent en or de son doigt maigre.

J'ai retroussé les babines comme un chien sur la défensive. Ce simple geste m'épuisait.

— 217 à Centrale, a repris l'enquêtrice en pressant la radio sur la bouche. Origine criminelle. Aucun doute là-dessus.

Origine criminelle ? Comment pouvait-elle affirmer ça aussi vite ? C'était quoi l'embrouille ?

Riveaux a fixé mon œil valide.

— Votre nom, alors ?

— Holiday Walsh. Enfin, sœur Holiday.

— *Sœur ?* a-t-elle répété, médusée. Moi qui pensais que vous étiez la dame de la cantine, fan de morts-vivants.

— Je me sens plus morte que vivante, en tout cas. Comment vont les garçons ?

— Grièvement blessés, mais ils vont s'en tirer. Dès qu'ils seront stabilisés à l'hôpital, je les mettrai sur le gril.

Les blagues de Riveaux brillaient par leur capacité à échouer systématiquement, mais elle avait l'air plutôt contente d'elle-même. Ses yeux lançaient des reflets pourpres et mordorés, semblables au feu incontrôlé d'une tempête solaire. Je crevais de chaud. J'avais besoin de sentir un peu de fraîcheur sous mes pieds. Alors, quand Riveaux s'est éloignée avec le capitaine des pompiers, j'ai ôté mon masque, je suis descendue du brancard en me mettant sur le côté et je suis partie à quatre pattes dans un parterre de digitaires sanguines. Des feuilles de brouillon et des copies d'examen étaient dispersées sur le sol. J'ai même découvert une petite croix en bois dans l'herbe. Elle était partiellement calcinée, brûlée à une extrémité. Ainsi, elle paraissait presque simple à porter, un peu comme un revolver. J'ai tendu le bras pour l'attraper, mais, au même instant, un ambulancier m'a soulevée en plaçant ses mains robustes sous mes aisselles.

De retour sur la civière.

Allongée à l'intérieur de l'ambulance, j'étais désormais veillée par Riveaux et un secouriste. Le masque à oxygène me couvrait le nez et la bouche. Tous deux surveillaient mes constantes avec attention. Je m'étranglais à force de chercher à reprendre mon souffle, comme si j'étais en train de me noyer à l'intérieur de mon propre corps.

Depuis que l'adrénaline était retombée, je sentais le combat que se livraient anges et démons. C'était la deuxième fois que je croisais la Mort et que je survivais aux flammes. Pas besoin d'avoir lu la Bible pour comprendre comment les éléments nous tourmentent et nous sauvent. Le feu pour la colère, l'eau pour la rédemption. Par quel retournement de situation un incendie criminel avait-il été déclenché ? Je finirais par le découvrir, même si je devais y laisser ma peau. Mon instinct d'enquêtrice et mon obstination étaient les deux qualités dont Dieu m'avait affublée car iel savait que j'en ferais bon usage. Oui, mon Dieu à moi était non-binaire. Trop puissant pour être réduit à une personne, à un genre ou à une catégorie que le commun des mortels ne pourrait jamais appréhender. Aujourd'hui, Dieu et son Esprit saint m'avaient ouvert la porte. Je m'étais jetée dans les flammes pour secourir les garçons. Nous nous étions trouvés au milieu du brasier, prisonniers de ses tentacules pourpres, qui tournoyaient au rythme d'un orgue diabolique. Pourtant, allongée sur ma civière, à moitié aveugle, à moitié vivante, il me semblait tout aussi évident que personne, pas même un saint, pas même un psaume, ne me sauverait. J'allais être obligée de le faire moi-même.

2

Alors que j'attendais à l'arrière de l'ambulance, le crépuscule s'est fondu dans la nuit. Après m'avoir réprimandée pour avoir retiré le morceau de verre de la cuisse de Jamie – « Ne refaites plus jamais ça ! » –, le médecin qui m'examinait m'a répété à plusieurs reprises de me calmer, mais je ne cessais de me redresser sur le drap blanchi à l'eau de Javel qui recouvrait ma civière pour observer les flammes entre les portes ouvertes.

Le feu était tenace ; il progressait avec aisance. Comme notre monde si solidement noué et cloué pouvait s'embraser rapidement !

Les pompiers arrosaient l'aile Est de leurs lances qui serpentaient dans leur sillage. Les flammes ripostaient avec fureur quand elles rencontraient l'eau. Je clignais des yeux, scrutant l'obscurité de la cour à la recherche du Saint-Esprit mais je peinais à voir. Mon œil me démangeait comme s'il avait été mordu par une armée de fourmis rouges.

Après s'être frayé un chemin à travers la foule depuis le couvent, sœur Honorée, sœur Augustine et sœur Thérèse étaient venues se placer en arc de cercle autour de l'ambulance.

Coiffées de leur guimpe, on les aurait dites tout droit sorties d'un daguerréotype du XIXe siècle. Nous étions les dernières nonnes de La Nouvelle-Orléans à porter l'habit traditionnel, une longue tunique noire, large comme une tente. Nos croix en or. La totale.

Sœur Augustine a levé les bras vers le ciel plombé.

— Seigneur, aie pitié de nous.

Ce genre de phrases, la plupart des gens les disent avec une pointe d'ironie ou d'humour. Mais pour nous, ces mots sont aussi réels que le sang qui coule dans nos veines. Au fond, ils ne sont pas très différents d'une formule de sorcière. La voix de notre principale était posée et son regard bleu avait beau paraître impassible, elle a pris le temps de rajuster son habit afin de retrouver son calme. Elle a essuyé les perles de sueur sur son visage.

Même une sainte peut craquer. Je ne prétends pas que sœur Augustine en était une, mais elle faisait preuve d'un tel sang-froid que j'en oubliais parfois qu'elle était une simple mortelle.

— Saint, saint, saint le Seigneur, s'est mis à réciter sœur T avec sa voix chantante, montre-nous le chemin !

Sœur T avait le teint olivâtre et l'allure respectable de ma tante Joanie, avec un visage tout en rondeur qui inspirait la confiance. Elle était légèrement voûtée, ce qui indiquait qu'elle devait frôler les quatre-vingts ans, même si elle était bien plus résistante qu'elle ne le paraissait : elle était capable de soulever les grosses pierres du jardin et de porter seule un réservoir d'eau de pluie.

— Jack est mort, ai-je annoncé d'un ton aussi badin que si je donnais l'heure.

Sœur T a posé ses deux mains sur le cœur et m'a observée avec la mine d'une maman chat soucieuse pour ses petits.

— Vous avez sauvé Jamie, ma Sœur. Et l'âme de Jack a trouvé le repos éternel, à présent.

Exact. Jack était certes parti, mais il était à l'abri. Libéré.

Du moins s'il n'était pas à l'origine de l'incendie. Si c'était le cas, sa demeure risquait de brûler éternellement.

Après s'être couvert la bouche de ses doigts boudinés, sœur Honorée a crispé sa mâchoire carrée et a persiflé :

— Comment avez-vous pu laisser Lamont derrière vous ?

— Voyons, est aussitôt intervenue sœur T avant de se signer. Comment vouliez-vous qu'elle porte deux garçons à la fois ?

Une vague de culpabilité est venue attiser la sensation de brûlure dans ma poitrine et mon visage.

L'espace d'une seconde, j'ai cru que mon cœur s'arrêtait. *Moose, je fais un arrêt cardiaque.*

Non, ce n'est pas ça, m'a aussitôt corrigée sa voix imaginaire. J'entendais et voyais parfaitement mon frère, avec ses airs impérieux de reine et toujours la tendresse d'un chiot dans le regard, me faire la leçon en détachant chaque syllabe. *Ça, ma grande, ça s'appelle une crise de panique.*

Riveaux et le médecin ont fendu l'arc de cercle serré formé par les Sœurs. Par chance, les mains du doc étaient froides. Il avait une fossette au menton de la taille d'un Jelly Bean. Il m'a mis quelques gouttes dans les yeux avant de placer une compresse sur l'œil brûlé.

— J'adore votre look de pirate, ça me fait chavirer, a commenté Riveaux.

À en juger par son pantalon informe, les fourches au bout de ses cheveux, sa chemise aussi impersonnelle qu'un bar d'aéroport, elle était du genre à ne vivre que pour son travail. Deux auréoles de transpiration s'étendaient sous ses aisselles. Son visage étroit était avalé par des lunettes à monture métallique deux fois trop larges. Elle a braqué le faisceau d'une lampe- torche sur moi pour mieux m'examiner.

Pour qui elle se prenait, celle-là ? Avec ses blagues pourries et son jean bon marché. Pourquoi elle ne me fichait pas la paix ?

Les voisins, les élèves de l'école et les journalistes se pressaient à présent dans la rue qui séparait l'église de l'école. Une reporter a même déboulé à moto et s'est mise à filmer sans prendre la peine d'ôter son casque. Les massifs de rhododendrons rouges tremblaient, bousculés par la foule. J'ai repéré au loin cet imbécile de Ryan Brown qui, collé au cordon de sécurité, prenait des photos avec son téléphone, jusqu'à ce qu'il se fasse refouler par les policiers. Les sœurs ont abandonné leur poste autour de l'ambulance, et, tel un escadron lugubre de corbeaux noirs, ont fondu sur le garçon, qu'elles ont conduit de l'autre côté de la rue pour qu'il rejoigne leur cercle de prière.

Dans l'ambulance, la radio de Riveaux crachait des codes incompréhensibles et des bribes de conversations entremêlées.

Une demi-heure s'était écoulée depuis que j'avais sorti Jamie du bâtiment. Tout l'étage était en proie aux flammes. Les flashs stroboscopiques des gyrophares agressaient mon œil valide.

Le médecin à la fossette m'a auscultée une nouvelle fois sur mon brancard. J'étais trop faible pour le repousser.

— L'oxymétrie est normale.

Il a pris ma tension et écouté mon cœur.

— Tension : 9-6. Un peu faiblarde, mais quasiment normale.

La cour de l'école fourmillait comme un hôpital de fortune. Une nouvelle voiture de police est venue se garer juste à côté d'un pickup rouge pourri dont j'ai appris par la suite qu'il s'agissait de celui de Riveaux. Son pare-chocs était sur le point de se décrocher.

J'inspirais l'air doux du respirateur tout en arrachant le masque toutes les trente secondes pour tousser. J'éprouvais le besoin de cracher, avec la sensation que mes dents étaient recouvertes de suie. Mais ma bouche restait sèche et ma langue paraissait faite de gravier. Je la connaissais bien, cette vieille sensation, ce traumatisme lointain où j'emplissais mon corps de poison, où j'usais chaque parcelle de mon corps jusqu'à ses dernières ressources. Moose avait l'habitude de dire que les gens comme nous se mettaient généralement à fumer pour avoir l'excuse d'inspirer profondément. Là encore, il avait raison.

— Frappe-moi dans le ventre, m'avait-il demandé, des années auparavant, juste après son agression. Frappe-moi du plus fort que tu peux.

— Tu crois quand même pas que je vais frapper mon petit frère ?

— Fais-le !

Il avait saisi ma main droite qu'il avait fermée en un poing serré. J'avais été surprise par les callosités de ses mains d'habitude si soignées. Ses doigts paraissaient habituellement bien plus délicats que les miens avec leurs tatouages.

— Non.

— Il faut que je m'endurcisse. Cogne-moi.

— Non !

— Frappe, avait-il répété en fermant les yeux. Fais-le.

J'avais frappé. Mon frère me l'avait demandé, quitte à le blesser, pour l'aider à guérir. J'avais enfoncé mon poing droit serré en plein dans son ventre. J'avais senti sa chair tendre ployer sous le choc. Entendu son grognement au moment de l'impact. Goûté l'étrange pouvoir consistant à blesser quelqu'un, à faire le bien en faisant mal.

La voix de Riveaux m'a tirée de mon brouillard intérieur.

— Quelqu'un de l'encadrement, vous comprise, ou des élèves ont-ils des antécédents d'arrestations, voire de pyromanie ?

Plus d'une fois, j'ai failli être arrêtée à Brooklyn. Mais grâce à mon paternel, flic de longue date, j'ai toujours échappé aux poursuites. Mieux valait omettre de mentionner ces détails.

Sœur Honorée a choisi ce moment précis pour faire son apparition et s'immiscer dans la conversation :

— Prince Dempsey, a-t-elle glapi en pointant Riveaux du doigt. Notez-le : P-R-I-N-C-E D-E...

— Oui, oui..., a opiné Riveaux en mettant fin à la dictée. C'est quoi son histoire à celui-là ?

— Un élève à problèmes, ai-je expliqué. Grande gueule, mais un délinquant de seconde zone.

— De cela, nous ne savons rien, sœur Holiday !

La colère exagérée, le ton théâtral : tout ce qui sortait de la bouche de sœur Honorée ressemblait soit à une parole biblique, soit à un sonnet shakespearien.

Au fond, elle n'avait pas tort. Prince Dempsey était plutôt du genre imprévisible.

— J'en sais trop rien, ai-je ajouté, en toute honnêteté. Prince sauve les chiens errants, mais il n'est pas doué avec les gens.

Sœur Honorée a haussé les épaules, réajusté son voile. On voyait la transpiration couler le long des rides de son front.

— En tout cas, il a allumé deux feux sur le campus cette année.

Elle parlait de manière saccadée, comme si elle essayait de se contenir, de retenir les larmes avant de se remettre à pleurer.

— Un incendiaire ? Intéressant.

Riveaux a gribouillé quelque chose sur son bloc-notes, scruté à nouveau mes tatouages, puis s'est détournée pour parler dans sa radio. Encore des codes, des mots techniques. Tout un vocabulaire inconnu.

S'il y avait pourtant quelque chose qui ne m'échappait pas, c'était le langage du corps. Je voyais bien, à la manière dont Riveaux et sœur Honorée me regardaient, qu'elles me suspectaient déjà d'être mêlée à l'incendie. Voire à la chute mortelle de Jack.

Ce serait à moi de trouver la solution du mystère pour leur prouver qu'elles avaient tort.

Riveaux faisait des allers et retours entre l'ambulance et l'angle du bâtiment en flammes. À chaque fois qu'elle rejoignait le véhicule, elle paraissait de plus en plus convaincue. De quoi ? Je l'ignorais.

Mes trois sœurs avaient beau avoir largement dépassé la fleur de l'âge, à présent qu'elles étaient revenues de la prière, aucune d'entre elles ne réclamait de chaise, ni ne demandait à s'asseoir sur le rebord de l'ambulance.

Le visage de sœur Honorée s'est décomposé tandis qu'elle observait l'école en flammes.

— Aie pitié de nos malheurs, Dieu de miséricorde ! a-t-elle imploré.

Ses yeux étaient cernés de rides profondes et son visage inondé de larmes.

— Sœur Holly, a-t-elle aboyé quand elle a remarqué que je la dévisageais. Pour l'amour de Dieu, qu'avez-vous à me fixer comme ça ? Cessez immédiatement de vous moquer de ma peine !

Pourquoi diable me détestes-tu autant ? La sensation physique de mon mépris pour sœur Honorée a déferlé dans ma poitrine et ma tête. Ou bien était-ce de la crainte ?

Pardonne-moi, Seigneur. J'essaie d'être une meilleure personne.

Toujours plantée sur mon brancard avec mes sœurs au pied de l'ambulance, j'avais l'impression de me trouver sur une scène de théâtre. Sœur Augustine me souriait. Sa présence me procurait un réconfort somatique, apaisante comme le mouvement pendulaire d'une horloge.

Elle a pris une profonde inspiration.

— Le Seigneur est notre berger. Ça va aller, a-t-elle ajouté.

— Non, ça ne va pas aller du tout ! Jack est mort, s'est aussitôt écriée sœur Honorée. Il est là, par terre, comme une vulgaire poubelle. Et, dans ce chaos, sœur Holiday exulte.

Elle s'est signée avec de grands gestes désordonnés qui étaient loin de la longitude et de la latitude de la croix.

Sœur Augustine a joint les mains en signe de prière et planté son regard au fond de mon œil valide.

— Pardonnez sœur Honorée. Elle est bouleversée. Nous le sommes toutes, d'ailleurs.

— J'ai juste essayé d'aider.

— Aider ? a répété sœur Honorée d'un air outré en se tournant vers sœur T. La seule personne que sœur Holiday est capable d'aider, c'est elle-même.

— Que pouvait-elle faire au juste ? l'a rabrouée sœur T. Fichez lui la paix !

— Ah, pour ça, on lui fiche une paix royale ! a renchéri sœur Honorée d'une voix tranchante. Elle ne devrait même pas se trouver ici. Je vois clair dans son jeu. Je vois *tout !*

Sœur Honorée était aussi impitoyable et dévastatrice qu'un ouragan en plein festival de jazz, mais elle ne s'attaquait pas à tout le monde, seulement à moi. J'ai pourtant essayé de me la mettre dans la poche en effectuant quelques corvées supplémentaires : sortir des blattes de sa chambre malgré mes haut-le-cœur ; laver ses sous-vêtements en priant qu'ils ne soient pas souillés, en ajoutant une cuillère de lessive en plus ; multiplier les compliments sur la beauté de son chant, même quand c'était faux. Il a été un temps où rien ne m'amusait plus que d'essayer de séduire les rabat-joie. C'était même une addiction. Il fallait croire que je n'avais pas emporté ce talent avec moi jusqu'à La Nouvelle-Orléans. Sœur Honorée ne manquait pas une occasion de me tomber dessus. Avec sa silhouette tassée de manchot empereur, elle a pivoté sur ses talons. Elle a pris la main de sœur Augustine, et toutes deux ont repris leurs prières.

J'avais envie de retirer mon masque et m'enfuir en courant. Mais disparaître ne résolvait jamais rien. Si j'ai une certitude, c'est bien celle-là.

Riveaux est revenue s'asseoir juste à côté de moi. Elle était en nage après ses allers et retours entre l'ambulance et l'aile en feu. Son jean de mauvaise facture faisait un drôle de pli au niveau de la braguette.

— Bon, on s'en va.

— Pardon ?

Comment l'enquêtrice chargée de l'affaire en cours pouvait-elle quitter les lieux ?

— À l'hôpital, a expliqué Riveaux. Je vais interroger les deux garçons ; vous, vous avez besoin de radios et d'un examen médical.

— Vous n'avez qu'à le faire vous-même, l'examen. Filez-moi des cachets. Je veux rentrer chez moi.

— En fait..., a-t-elle dit en croisant les jambes au niveau des chevilles. C'est pas à vous de décider de ça. Je préfère pas prendre de risques.

Elle a observé l'aile en flammes du bâtiment et a hoché la tête.

— Costaud, ce feu, costaud...

Avec sa manie de vous dévisager et de se parler à elle-même, la présence de Riveaux était à la fois intense et apaisante comme une grosse averse. Elle était de petite taille, un mètre soixante à tout casser, mais son assurance en mode « J'en ai rien à battre » la faisait paraître plus grande. Elle s'est remise à me fixer, le menton calé sur les poings.

— Au fait, les nonnes, ça vit au couvent ?

J'ai répondu oui de la tête, et j'ai aussitôt senti approcher l'étourdissement. Un peu comme ma dernière cuite il y a un an. Quelque part au fond de moi, la toxine me tenait encore prisonnière et me faisait revivre le sinistre vertige, la sensation d'évasion familière : celle de chevaucher un taureau mécanique jusqu'à ce qu'il finisse par vous jeter à terre.

— Vous étiez dans l'école au moment où l'incendie a démarré ?

À sa manière d'incliner la tête légèrement sur le côté, j'ai senti qu'elle m'écoutait attentivement.

— Non.

— Où étiez-vous ?

D'un mouvement du menton, j'ai indiqué l'allée voisine du théâtre.

— Je fumais une clope là-bas.

— Une bonne sœur qui fume ? Ah ben, c'est du propre ! Vous avez vu passer du monde depuis l'allée ?

« Personne, hormis une torche vivante qui tombait du ciel, crétine », me suis-je retenue de répondre. Je n'avais plus de souffle, je me suis contentée de secouer la tête. Je n'avais qu'une envie : qu'elle se barre. Je suffoquais à la voir tourner autour de moi comme ça.

— Non.

J'ai senti le mot s'échapper de ma bouche sans parvenir à l'entendre. Comme si mes oreilles étaient déconnectées de mon cerveau. J'ai récité en silence un *Je vous salue Marie, pleine de grâce, faites que cette bonne femme me fiche la paix.*

— Et qu'est-ce que vous faites à l'école ?

— Je suis prof.

— Prof de quoi ?

Riveaux s'est tamponné le front avec un vieux mouchoir en papier qui a laissé de petites bouloches blanches. Puis elle a resserré sa queue-de-cheval.

— De guitare.

— Vous chantez aussi ? Comme dans *Sister Act* ? Classique…, a-t-elle dit en souriant, fière de sa référence ringarde.

Elle s'est mise à glousser.

Chaque fois que Riveaux bougeait la tête, je voyais se dessiner des traînées roses. J'ai plié mes orteils pour vérifier que mes pieds étaient encore là. J'avais l'impression que même mes poils de nez avaient brûlé. J'ai arraché le masque à oxygène et le cache-œil qui ne servait à rien.

— Jack est mort, ai-je dit entre deux quintes de toux, et vous, vous faites des blagues ?

— Ça va, c'est bon, a-t-elle rétorqué en se faisant craquer la nuque.

Que fichait-elle encore dans l'ambulance avec moi ? Elle ne faisait même pas partie du personnel médical.

— Quand on voit ce que je vois tous les jours, mieux vaut rigoler. Vous comprenez ?

Contrairement aux insupportables mélopées qui accompagnaient les bavardages de mes étudiants, les phrases de Riveaux descendaient toujours à la fin, si bien que même ses questions avaient l'air d'affirmations. Elle a frotté ses mains sur les cuisses de son jean pour essuyer la sueur de ses paumes.

L'ambulance a tressauté au moment où le frein à main s'est desserré. Plus vite ils m'examineraient à l'hôpital, plus vite je retournerais chez moi me mettre au travail d'enquête. Vivement que je me débarrasse de ce fichu masque à oxygène. Pourtant, les masques, j'avais l'habitude d'en porter. J'en avais même eu toute ma vie. Mais c'était comme si je n'avais jamais réussi à inspirer suffisamment vite ou profondément. J'avais l'impression d'être percée et que le trou grandissait sans cesse.

— L'école était effectivement fermée, point d'interrogation.

Riveaux avait prononcé ces derniers mots à voix haute, ce qui avait transformé sa question en une étrange affirmation.

— Oui, c'est moi qui l'ai ouverte avec ma clé.

L'enquêtrice a tapoté sa poitrine, à droite puis à gauche, mais, en dehors de son insigne et de son badge, il n'y avait rien à l'intérieur des poches de sa chemise. Elle s'est mise à ausculter son jean, bien trop grand pour sa frêle silhouette, avec ses jambes taillées comme deux manches à balai. Là encore, elle a passé la main sur chaque poche jusqu'à retrouver un paquet de cigarettes.

— Ça arrive aux élèves de se retrouver à l'école le week-end, point d'interrogation.

J'ai pris une grande inspiration, déroutée par sa drôle de manière de parler.

— C'est plutôt rare. À vrai dire, ils profitent de chaque instant où ils ne sont pas obligés d'être ici.

L'ambulancier qui me faisait face, juste à côté de Riveaux, répondait au nom de Mickey. C'était lui, l'homme à la fossette. Il avait des yeux aussi bleus qu'une rivière de saphirs. Il avait tatoué sur l'avant-bras la devise « *Semper fi.* » Celle des marines.

Aux dernières nouvelles, mon frère en était à sa deuxième mission en Afghanistan en tant qu'infirmier. Peut-être à sa troisième, à présent.

Moose et moi, on était si semblables et en même temps si incroyablement différents. Nous avions le « regard Walsh », des yeux bleus aux paupières tombantes au point que nos amis, voire de parfaits inconnus, nous demandaient souvent si nous étions shootés. Ce que nous étions probablement, d'ailleurs. Pourtant, Moose avait la tendresse et la fraîcheur d'un chevreuil dans le regard. Le mien évoquait plus celui d'un renard. Tous les deux, nous avions la même façon absurde de chercher à prouver notre valeur. De vouloir montrer au monde qu'on pouvait tout encaisser.

La Résurrection ? Prouvez-la. Quand un magicien coupe une personne en deux sur scène, c'est un numéro impressionnant, le public est en délire, mais quel est le véritable prix à payer ? Peut-on réellement recoller les morceaux des gens ?

Pendant quelques instants, la fumée dans le ciel s'est dissipée, laissant apparaître à travers la lucarne de l'ambulance un croissant de lune blanc comme un cadavre.

Nous sommes sortis de la cour de l'école en roulant au pas, avant de nous arrêter à nouveau sur Prytania Street.

À en juger par notre allure réduite, ma vie n'était visiblement plus vraiment en danger.

L'aile Est était en feu. Jack Corolla était mort. *Pourquoi ?*

Mais surtout, *qui* était derrière ça ?

Riveaux était d'avis que l'incendie était criminel. Quelqu'un l'avait allumé.

On ne pouvait pas dire que j'étais aussi cultivée que mes sœurs – selon moi, le lycée était une vaste escroquerie, et obéir aux ordres n'avait jamais été mon fort. Pourtant, j'avais lu un paquet de romans policiers pour échapper à la réalité et, de fait, j'avais compris deux trois trucs à propos des intrigues criminelles. Mes préférées étaient d'ailleurs les anciennes. Les classiques du roman policier sont mièvres, ridicules et complètement grisants, un peu comme des tubes de karaoké. « Les ennuis, c'est mon problème »[1], disait Philip Marlowe, la crème des détectives privés. Ses obsessions, malgré la mort, son goût prononcé de l'anéantissement, me donnaient le sentiment qu'il était on ne peut plus réel. C'est drôle de constater comme les histoires à dormir debout nous révèlent parfois, un peu comme quand je surprends tout à coup mon reflet dans un vitrail. Ne me croyez

1. *Trouble is my business*, titre original, dont le sens est : Les ennuis, c'est mon métier, traduit de façon erronée par Les ennuis, c'est mon problème.

pas naïve. En tant que femme queer et sœur du Sang sacré, j'étais capable de voir au-delà de l'évidence. Occam était certes moine, mais son histoire de rasoir, c'était n'importe quoi. Les réponses se cachent dans les contradictions. Les premières impressions sont souvent trompeuses.

Voire fatales.

Il n'existe pas une ville, pas une école, sans son limier. Le limier ici, c'était moi, pour le meilleur et pour le pire. J'avais à mon actif la résolution de toute une série de mystères de seconde zone survenus au cours de l'année que je venais de passer au couvent : *L'Affaire du chapelet disparu* (qui, en fait, se trouvait dans le réfrigérateur), *L'Affaire des demi-lunes volées* (les lunettes de lecture de sœur T que Voodoo, la chatte qui vivait dans notre jardin, avait chipées et cachées sous le banc où elle faisait la sieste). *L'Affaire de la foi envolée* était un cas bien plus complexe.

L'ambulance n'avançait presque plus. Riveaux a fait tomber son calepin et a marmonné quelque chose dans sa barbe en le ramassant. Son front était luisant de sueur, ses lunettes ne cessaient de glisser sur son grand nez.

— Comment les gosses ont-ils pu entrer dans l'école ?

J'ai grimacé en me remémorant les images atroces des deux garçons : Jamie baignant dans son sang et Lamont pleurant et m'implorant de rester. Mais il était temps que je mette en action mon instinct de détective queer. Deux garçons seuls. Deux sportifs. Deux jolis garçons. La main de Lamont posée sur l'épaule de Jamie. Comme par hasard, deux servants de messe issus de familles très pratiquantes, le genre de cinglés capables d'organiser un exorcisme gay. Le soir après les cours. Trop jeunes pour traîner dans les bars.

J'ai ôté le respirateur de ma bouche.

— Les gosses trouvent toujours un moyen, quand ils sont motivés. Peut-être qu'ils faisaient leurs devoirs, mais il me paraît plus probable qu'ils fricotaient ensemble.

Riveaux a retiré ses lunettes pour essuyer la transpiration qui lui perlait au coin des yeux.

— Des amours adolescentes. L'école, c'est pourtant le dernier endroit où on veut les vivre.

— Sauf s'ils savaient que c'était le seul endroit où ils seraient seuls.

Elle m'a jeté un regard en coin.

— Vous pensez que ce sont Jamie et Lamont qui ont mis le feu ?

J'ai haussé les épaules. Tant que je n'étais pas certaine de pouvoir faire confiance à Riveaux, je préférais ne pas dévoiler toutes mes cartes. J'ai passé en revue les détails dans ma tête. Le corps en flammes de Jack qui s'élance dans les airs comme Icare et finit en barbecue sur l'herbe. Jamie et Lamont découverts dans une salle de classe du deuxième étage. Imaginons que Jack les ait surpris en flagrant délit, ils auraient pu le pousser par la fenêtre pour éviter que leurs vieux apprennent leur liaison. Très peu probable, mais, à ce stade, je ne pouvais écarter aucune piste.

Riveaux a interrompu mon silence :

— Quelqu'un a appelé les secours et signalé l'incendie. Cette âme charitable n'a pas laissé son nom. C'était vous ?

— Non. Les nonnes n'ont pas de portables.

Elle a fait craquer ses doigts avec un mélange de soulagement et de douleur, comme souvent dans les vieilles habitudes, les tics sont si familiers qu'on ne les remet jamais en question.

— Hmmm…

— Vous ne me croyez pas ?

— Je vous connais à peine.

Riveaux a pêché une cigarette dans son paquet et l'a glissée entre ses lèvres. Nous nous trouvions à l'intérieur d'une ambulance hermétiquement fermée ; garder ainsi une cigarette au bec sans l'allumer semblait faire partie de son numéro. Pas différent de celui de Ryan Brown ou de Prince Dempsey.

Ou du mien.

— Le feu est une science très particulière, avec ses propres règles, ses propres ruses, a repris Riveaux, sa cigarette éteinte toujours coincée entre les lèvres. Une chaîne de *réactions*.

J'ai cru distinguer dans sa voix une pointe de fascination.

— L'œuvre du diable.

— Vous avez eu de la veine, ma Sœur.

J'ai cligné des yeux, incrédule.

— Je n'appellerais pas ça de la chance.

— Vous en faites pas, vous êtes entre de bonnes mains, a-t-elle répondu en tapotant son insigne. Je suis la première femme noire inspectrice du département des incendies de La Nouvelle-Orléans. Vous imaginez bien que je suis cinquante-cinq fois plus forte que tous les mâles blancs.

— Et moi, je suis la première nonne punk.

Tandis que Riveaux essayait de cacher son amusement, j'ai cru deviner une lueur violette dans son clin d'œil. Elle a ensuite expliqué qu'il faudrait surveiller le site encore plusieurs heures pour s'assurer qu'aucune braise ne réveille l'incendie. Il serait sans doute 3 heures du matin passées quand ils partiraient.

Alors que nous roulions vers l'hôpital, au sud, que j'avais l'impression de brûler de l'intérieur et que tous mes muscles étaient douloureux, j'ai imaginé mes Sœurs quittant le chaos de la rue pour retrouver, les yeux encore humides, le silence du couvent. À travers la lucarne de la porte arrière de l'ambulance, j'ai aperçu un drone de la police qui tournait tranquillement au-dessus de nos têtes comme un ange robotisé. Sans doute survolait-il la scène pour mesurer l'étendue des dégâts. Je me suis demandé ce que cela faisait de voler au-dessus des flammes, de les voir, sans ressentir la fournaise.

Observer comme le feu dévore le bois avec aisance, avec l'appétit de la marée montante. Comme il est immense, d'une force incommensurable. Comme il ne cesse de grandir, de se reproduire jusqu'à ce que l'eau ou l'air ne l'arrêtent. S'il est vrai que nous sommes les créatures de Dieu, pourquoi nous a-t-il faites si vulnérables et les flammes si puissantes ? Pas la peine de débattre : nous sommes le feu, et le feu est en nous. Nous naissons avec une étincelle dans nos cœurs, la flamme divine. Et quand nous mourons, nous retournons à ces éléments.

Tu es poussière et tu redeviendras poussière, bordel.

3

Je me souvenais qu'on m'avait renvoyée de l'hôpital sans autre forme de procès. En revanche, impossible de me rappeler qui m'avait ramenée. Mon premier souvenir clair était celui d'une douche glacée à 4 heures du matin. La lumière se réduisait à de simples ampoules au plafond dont la faible puissance et la lueur incarnadine donnaient à notre salle d'eau monastique l'allure paisible d'un congélateur géant. Il n'y avait aucune décoration aux murs. Je suis sortie de la douche frissonnante, mais encore en sueur. Je n'avais même pas la force de sécher mes cheveux dans une serviette.

Au cours de l'heure qui a suivi, je suis restée nue sur mon lit étroit, concentrée sur le crépitement de mes poumons. Bien que mon corps fût vidé de toute énergie, je ne parvenais pas à dormir. Le moindre son tambourinait dans mon crâne. Mon œil gauche continuait de palpiter en provoquant une douleur aussi vive qu'un coup de scalpel.

Je ressentais le besoin d'écouter de la musique, mais je ne pouvais pas réveiller tout le monde avec ma guitare. D'ailleurs, je n'aurais même pas pu tenir mon instrument. J'aurais donné n'importe quoi pour récupérer ma chaîne stéréo et la cassette de mes musiques préférées, ces reliques de ma vie d'avant que j'avais apportées avec moi de Brooklyn. Sœur Augustine les avait aussitôt confisquées, dès ma première nuit au couvent, il y a un an.

— Ça fait beaucoup trop de bruit, avait-elle dit, une fois à ma porte, ses deux mains frêles posées sur les oreilles. *Sister Trash,* a-t-elle lu à haute voix ; c'était l'intitulé d'une compilation de rock punk, écrit au marqueur noir. C'est de l'ironie ?

J'ai hoché la tête. Sur la cassette, il y avait surtout des titres de bikini Kill et huit maquettes de mon ancien groupe. Nina l'avait déposée sur ma boîte aux lettres le jour de mon départ. Pour toujours. Je ne l'avais pas remerciée. Je n'avais écouté la cassette qu'une seule fois, mais je n'arrêtais pas d'y penser.

Je me suis retournée dans tous les sens sur mon lit jusqu'à 6 heures du matin, quand la pluie s'est mise à tomber. Je voyais sans cesse défiler l'image du corps de Jack percutant le sol dans un craquement affreux. L'eau s'abattait avec violence sur le toit. Un déluge digne de Noé. Il y avait une sorte de magie invisible qui gouvernait la folie de cette ville où la pluie reliait le paradis au royaume d'Hadès. Et inversement.

L'averse a cessé presque aussi brutalement qu'elle avait débuté. Notre vieux coq mal en point, Cherry Coq, a commencé son raffut. Incroyable ce que ce fichu poulet pouvait faire comme bruit. J'ai entendu miauler Voodoo, la chatte du jardin. Les deux n'étaient pas franchement amis, mais au moins ils ne cherchaient pas à s'entretuer. On ne pouvait pas en dire autant de la plupart des humains.

Mon oreiller me brûlait l'arrière de la tête. Mes draps paraissaient aussi rêches que de la paille, celle qu'on utilise pour garnir la crèche à Noël. J'aurais voulu un café. De mon lit, je pouvais sentir monter l'odeur de la cafetière de chicorée de sœur T. J'avais eu une vraie révélation lorsqu'elle m'avait fait goûter la première fois à la saveur profonde et terreuse de noisettes torréfiées. Mais tout ce qui était chaud me faisait peur. L'odeur du pain fraîchement cuit remontait à son tour. Sœur T était sans doute en train de me préparer quelques tartines de beurre, mais je n'avais pas envie de déjeuner.

Alors que, comme chaque matin, je faisais l'inventaire de mes vêtements, un rituel qui m'apaisait autant que sentir les perles du chapelet sous mes doigts, j'ai remarqué un fait inhabituel : une de mes tuniques noires manquait. Chaque sœur en reçoit cinq de la Guilde. J'en comptais deux dans mon armoire, celle en lambeaux de la veille et celle que je venais de sortir pour m'habiller : quatre en tout. J'ai fouillé ma modeste chambre de fond en comble, sous le lit, dans le panier à linge, dans les tiroirs de la commode. Rien.

Ce dimanche-là – à quel moment exact, je l'ignorais –, une de mes tuniques avait disparu.

Quelqu'un l'avait *prise* dans ma chambre.

« Le jeu est en marche », disait Sherlock. Pour moi, s'attaquer à une enquête s'apparentait plus à sauter d'une voiture qui roule. Plus de retour en arrière possible dès lors que vous sautez. Pas moyen de reprendre à zéro tant que l'affaire n'est pas élucidée. Dire que je n'en étais qu'au tout début.

À 7 heures, il faisait déjà chaud, et le ciel était extraordinairement dégagé. J'étais souvent déçue par le lever du jour à La Nouvelle-Orléans. La matinée se déroulait avec calme et lenteur, tandis que s'accumulait la chaleur chargée de son insoutenable humidité. Les palmiers s'inclinaient les uns vers les autres pour se saluer. Sur les branches des chênes pépiaient les perruches d'un vert vif. De mon œil valide, j'ai examiné l'extérieur de l'aile calcinée, puis j'ai cherché du regard les arbustes et les massifs de fleurs qui avaient survécu au siège des camions de pompiers, aux piétinements puis à la pluie. Il restait quelques jeunes oliviers, des parterres de monardes et de phlox bleus dont s'occupait Bernard Pham, l'autre gardien de l'institution. Jack et Bernard travaillaient toujours en binôme pour les travaux de plomberie ou pour remplacer une lampe défectueuse à l'entrée du bâtiment, mais Bernard était le seul à avoir un véritable don pour le jardinage. Non seulement il avait la main verte, mais il avait le goût du raffinement. Sous la férule de sœur T, il passait d'interminables heures à s'occuper des fleurs, des aromates et des arbres fruitiers de l'école.

Alors que je me trouvais sur les marches de l'église, deux femmes sont passées à ma hauteur sur une bicyclette. Elles circulaient à contresens ; leur chevelure ondoyait sous l'effet du vent. L'une pédalait de toutes ses forces, tandis que l'autre était assise dans le creux du guidon. Un trou dans la chaussée aurait suffi à envoyer valdinguer, tête la première, la fille du guidon, en plein milieu de la circulation. Elles se sont mises à crier de joie quand celle qui pédalait a pris de la vitesse, comme pour défier le temps, courbée en avant. La passagère a placé ses mains au-dessus de la tête, un bouclier contre le soleil ardent. Il n'est pas rare que les femmes exigent les unes des autres d'adopter des positions impossibles, au prix des pires contorsions, pour parvenir à l'équilibre. Mon corps frissonnait à chaque nouvelle inspiration, comme si mes poumons étaient brûlés. Un sphingidé m'a frôlée.

Les sœurs du Sang sacré assistent à la messe tous les matins. Ce lundi-là n'échappait pas à la règle, à ce détail près que Jack était mort, que l'aile Est de l'école était presque entièrement calcinée, que deux élèves étaient gravement blessés, que mon œil gauche était si enflé que je ne pouvais pas l'ouvrir, qu'une de mes tuniques avait disparu et que j'avais l'impression d'avoir la poitrine enfoncée. J'étais assise entre mes sœurs sur le banc le plus proche de l'autel. Sœur T se balançait d'avant en arrière en priant, complètement habitée de sa dévotion. Sœur Augustine fredonnait tout bas et, dès que j'étais prise d'une quinte de toux, elle me frictionnait les épaules et le haut du dos.

Le père Reese, notre prêtre, a énoncé une homélie monstrueusement insipide qui « honorait » Jack Corolla et louait les vertus de la repentance. D'une certaine manière, il voyait dans la mort de Jack une nouvelle raison d'éprouver de la haine envers nous-mêmes. Et la miséricorde dans tout ça ? Et la consolation ? Si le châtiment est hétéro et le pardon queer, c'est bien parce nous sommes accros à la pénitence.

Sœur Honorée s'est raclé la gorge avant de chuchoter à sœur Augustine :

— Exactement ce qu'il nous fallait, un discours mollasson de père Reese. Honte à moi de le signaler, mais il me semble parfaitement inadéquat de ne pas louer le Seigneur dans toute sa puissance. Je dirais même que c'est dangereux car le *Malin* se trouve déjà parmi nous.

— Amen, s'est contentée de répondre sœur Augustine sans cesser de me frotter le dos.

Sœur Honorée avait raison : l'homélie du père Reese était pathétique. Cela me faisait aussi de la peine pour notre congrégation en quête de sens, assommée par la mort tragique de Jack. Au sein de l'Église, nous cherchons tous le réconfort de la parole divine. Ressentir le choc du défibrillateur sur nos cœurs. Nous entendre dire que c'est normal d'avoir mal. Que la vie est pourrie mais qu'elle vaut quand même la peine d'être vécue. Comprendre que la souffrance est le ressort essentiel de chaque histoire personnelle – qu'elle accompagne chaque naissance et résurrection. Nous rappeler que nous ne sommes pas obligés de trouver les réponses à toutes les questions. Le mystère divin était à l'origine de ma conversion. Si ça avait marché pour moi, ça marcherait pour n'importe qui. Peut-être que le père Reese était épuisé. On l'était tous, c'est vrai. Mais bon sang ! J'avais si souvent souhaité que l'une d'entre nous se tienne à la chaire pour partager la passion qui nous anime tous les jours. Même cette vieille bique de sœur Honorée était capable de nous émouvoir jusqu'à ressentir le Seigneur, ou de nous faire suffisamment peur pour ça. Ressentir valait mieux que de rester apathique.

— N'est-ce pas notre vocation, Seigneur, que d'entendre Ton appel, Ton appel divin ? ânonnait le père Reese.

J'ai poussé un bruyant soupir qui m'a aussitôt valu un coup de coude de sœur Augustine.

Le père Reese, dont la frêle silhouette paraissait perdue au milieu de la grande chaire, venait tout juste d'arriver de Houston où il avait fait étape pour la promotion de son dernier ouvrage. Il était l'auteur d'une douzaine de volumes consacrés à l'esprit progressiste du concile Vatican II : vingt ans de sermons compilés les uns à la suite des autres en un mémoire indigeste, boursouflé d'hommages à ses triomphes intellectuels. À l'annonce de l'incendie la veille, un membre de la congrégation était parti dans la nuit pour le ramener à La Nouvelle-Orléans, et il avait pratiquement fallu l'accompagner jusqu'à la porte de l'église comme un prince empoté qui se serait perdu dans la forêt. J'avais beau me concentrer sur le mouvement des lèvres du prêtre, la seule chose que j'entendais était l'écho de l'alarme incendie. L'encens se consumait à l'intérieur de la navette posée sur l'autel. Jamie et Lamont n'étaient pas là pour la tenir.

D'habitude, j'adorais tous ces vieux rituels : les chants, la fumée qui s'échappait des bougies, la cire qui coulait. Tous ces objets touchés par des centaines de mains avant les miennes. Pour beaucoup, la vie contemporaine se résume à la toute nouvelle appli, aux dernières tendances, à l'outil le plus en vogue pour contrôler son image. Elle se présente comme une cible mouvante, une cage de but qui bougerait sans cesse. Mais à l'église, la puissance vient de ce qui est ancien. Voire originel. L'eau, le feu. Le cri d'un nourrisson ou le râle d'un animal qui souffre. C'est l'endroit où le chant et la prière résonnent à la même fréquence. C'est la mélodie de la dévotion. Or, ce matin-là, je ne réussissais pas à tenir debout, encore moins à chanter. Je me sentais écrasée par l'air qui circulait dans l'église.

Bernard Pham a passé l'intégralité de la messe à sangloter derrière nous.

— Jack ! s'écriait-il en levant les poings au ciel comme s'il cherchait à frapper un plafond invisible.

Bernard était musicien, comme Jack et moi. Contrairement à moi, il avait été à la fac. Une fac très chic du nom de Bard. Je le soupçonnais d'y être allé rien que parce que ça rimait avec son prénom. Il avait éternellement repoussé ses études en troisième cycle, trop occupé à jouer de la basse avec Discord, un groupe d'art punk du coin, principalement constitué de gamins américano-vietnamiens, des enfants de pêcheurs, de docteurs, de boulangers et de professeurs venus du Vietnam jusqu'en Louisiane pendant et après la guerre. La mère de Bernard tenait d'ailleurs Pham-eux, la plus célèbre boutique de *king cakes*, spécialité de Mardi Gras, de Métairie.

Au moment de l'eucharistie, j'avais la langue tellement sèche que l'hostie ne fondait même pas dans ma bouche. De mon œil valide, j'ai observé les visages des saints sur les vitraux, mes miroirs sans t, à la fois transparents et opaques. Couleurs, douleur. La Vierge Marie qui tenait l'enfant Jésus entre ses bras. Celle-là même qui soutenait le Christ blessé. La lumière du matin venait se diffracter à travers le verre épais.

En un instant, l'effet apaisant de la lumière s'est dissipé. Le Diocèse venait d'apparaître.

— Ils sont là, ont murmuré au même instant sœur Honorée et sœur T, le souffle court.

— Ils sont là, a répété sœur Augustine, avec un mélange de défiance et de soumission dans la voix.

L'évêque et ses deux vicaires, ses deux sbires, faisaient une entrée solennelle dans l'église. Moi, l'évêque, je le surnommais le Parrain. Son vicaire numéro un, c'était la Goule, à cause de ses joues creusées et de ses dents en forme de pierres tombales. Le vicaire numéro deux, c'était le Velu, parce qu'il avait le visage recouvert d'une barbe repoussante qui évoquait une nuée d'abeilles grignotant sa peau morte. Nous avions l'habitude de qualifier cette lugubre triade de Diocèse, même si le mot désigne normalement un territoire. Dans leur cas, une région d'intolérance. Ils avaient le contrôle absolu sur le budget de l'Institut Saint-Sébastien, sur les menus de la cantine, sur la variété de café qu'on avait le droit de consommer au couvent ou à la cafétéria, sur la couleur de la peinture des murs.

Le Diocèse allait fourrer son nez dans notre catastrophe. Sœur Honorée a récité un *Je vous salue Marie* en quittant le premier banc avec le reste de la congrégation pour laisser au trio les meilleures places. Mes sœurs avaient pour habitude de toujours laisser aux fidèles l'espace le plus proche de l'autel. Pour sa part, le Diocèse s'accaparait d'office ce qui était le plus sacré.

Les cours avaient beau être annulés, près de la moitié des élèves se sont pointés à l'école, vêtus de pantalons de survêtement et de pyjamas au lieu de leurs uniformes, leurs sacs de cours à l'épaule. Certaines routines apportent parfois du réconfort. Certaines routines empêchent de trop réfléchir.

La tempête de la nuit avait laissé des flaques d'eau qui scintillaient sous la lumière ardente avant d'être entièrement absorbées par la chaleur du jour. Il se dégageait une telle puanteur de l'aile Est – un mélange de linoléum calciné, de fils électriques roussis, d'ordinateurs et de bureaux carbonisés – que j'en avais des haut-le-cœur. Mais il fallait que j'inspecte le lieu du crime, un centimètre carbonisé après l'autre.

La camionnette d'une chaîne d'infos et toutes les unités du NOPD, la police de La Nouvelle-Orléans, s'étaient également donné rendez-vous. Un défilé d'hommes et de femmes en bleu et noir, aux chemises plaquées sur leurs gilets pare-balles. Les officiers paraissaient aussi intimidants que le chargeur de leurs pistolets automatiques.

Les autres enseignants de Saint-Sébastien, Rosemary Flynn, la prof de sciences, et John Vander Kitt, notre professeur d'histoire binoclard, étaient arrivés à leur tour. John était une sorte de Monsieur Je-sais-tout surcaféiné, mais au fond c'était un mec gentil. Un fan hardcore de « Donjons et Dragons ». L'austère Rosemary Flynn s'est rembrunie à la vue de la presse, de la police et des pompiers sur les échelles. Elle aurait pu gagner un Oscar pour sa virtuosité. Plus sainte qu'elle, tu meurs, même au milieu de vraies nonnes. Avec ses bras croisés, son mouchoir en dentelle fermement serré dans la main, elle avait une allure encore plus chaste que nous autres sœurs. Ironique, puisque, à ses dires, elle était athée. Rosemary ne jurait jamais, ni ne disait de mal de personne en salle des profs, ni ne parlait à tort et à travers. Aucun accessoire ou signe de coquetterie, à l'exception d'un trait de rouge à lèvres, d'un rouge aussi vif que le sang d'un animal éventré, et un simple collier de perles. Sa frange droite blond vénitien s'arrêtait juste au-dessus de la ligne des sourcils, ce qui lui donnait un air sévère, à l'image de tout ce qui la caractérisait. Le reste de ses cheveux était douloureusement serré en un chignon noué au sommet de son crâne. Le goût de Rosemary pour le look vintage m'intriguait autant qu'il me troublait. Les comportements extrêmes m'attiraient, parce que je les comprenais. Elle était également vêtue d'un uniforme, une blouse comme celles de Bernard et Jack, noire comme la tenue des sœurs. Nous étions tous des êtres en représentation. Nous choisissions nos rôles. Ceux que nous jouions dans la pièce, l'histoire, le théâtre de la vie.

Rosemary, John, mes sœurs et moi-même avons été arrêtés par la bande jaune striée de noir.

— Mon Dieu mon Dieu mon Dieu, a répété John dont les verres à épais foyer lui donnaient un air de fouine.

L'inspecteur Riveaux était également de retour. Elle portait la même chemise grise et son jean hideux. Elle paraissait épuisée. Elle a fait craquer sa nuque en tournant la tête à gauche et à droite pour contempler la foule de badauds qui grandissait sans cesse.

— Toute la ville s'est déplacée, ou quoi ? a-t-elle demandé.

John a lancé avec fierté :

— J'enseigne ici. Je m'appelle John Vander Kitt.

Il lui a aussitôt tendu la main dans un geste aussi brusque que bref. Riveaux l'a ignoré. Sa main gauche s'est crispée sur sa thermos de café.

Elle nous a dévisagés les uns après les autres, marquant une pause plus longue sur Rosemary Flynn, qui a reculé d'un pas et détourné le regard.

— Tout le monde a été entendu ? a demandé Riveaux.

— Par la police ? Oui, a répondu sœur T.

— Je n'ai rien vu, a ajouté Rosemary Flynn. Rien à déclarer.

Sœur Augustine tenait dans sa main droite un chapelet en bois, lâchement enroulé autour du poignet.

— Nous sommes encore sous le choc, a-t-elle dit.

John chancelait, peut-être à cause des relents chimiques. Bien que la fumée se soit dissipée, elle semblait être restée accrochée dans les feuillages des chênes moussus de Prytania Street. Le feu laisse ses fantômes derrière lui, de fumée, de braises, de cendres et de suie. Tous d'apparence paisible, mais cachant au fond d'eux un cœur incandescent.

L'inspecteur Riveaux s'est rapproché du demi-cercle formé par les sœurs et les professeurs.

— Qui était à la réunion hier soir ?

— Nous y étions tous, a répondu John Vander Kitt, d'une voix tonitruante.

— Tous, sauf sœur Holiday, a persiflé sœur Honorée.

— Lâchez-la, a soufflé Bernard Pham qui venait d'apparaître à ma gauche.

Il a passé son bras autour de moi, en essayant de me rassurer d'un clin d'œil furtif, mais Bernard avait toutes les peines du monde à contrôler les muscles de son visage, si bien que sa tentative s'est soldée par un spasme de la paupière. Je lui étais reconnaissante de son affection malgré sa maladresse. *Seigneur, aide-moi à devenir aussi chaleureuse que Bernard.*

La première fois que je l'avais rencontré, il m'avait serrée dans ses bras comme si nous étions des amis de longue date. Bernard était sociable. Il s'ennuyait parfois au travail mais était toujours heureux de me croiser. Avec ses tatouages, sa barbiche et ses Converse usées, il me rappelait les ingénieurs du son que j'avais connus à Brooklyn.

Comme Rosemary Flynn et sa chevelure rousse, il attachait ses longs cheveux d'un noir d'encre en un chignon au sommet de son crâne.

Sœur Augustine a rajusté son voile.

— Notre comité pédagogique se réunit le dernier dimanche de chaque mois, de 6 à 7 heures du soir.

— Hmm.

D'autres personnes avaient rejoint l'Institut Saint-Sébastien et se massaient dans la rue, juste derrière le cordon installé par la police. Certains élèves pleuraient. Leurs parents aussi.

Un policier et une policière en civil, reconnaissables aux insignes du NOPD accrochés à leurs vestes, se sont lentement rapprochés de Riveaux et moi. Ils m'ont dévisagée de la tête aux pieds d'un air suspicieux, en s'attardant sur mes cheveux grossièrement teints, mon uniforme noir, mon foulard et mes gants. Ils ont salué d'un hochement de tête.

— Ça va, Riveaux ? a demandé la femme sans me tendre sa main. Sergent Ruby Decker, a-t-elle repris en me montrant furtivement son badge. Et celui qui m'accompagne, c'est l'inspecteur Reginald Grogan.

Ledit Grogan a eu un sourire décontracté. D'un geste de la main, il a écarté les aigrettes de pissenlit qui voletaient devant son visage.

— Vous pouvez m'appeler Reggie, a-t-il dit avant de prendre une nouvelle inspiration. Police criminelle.

— La meilleure paire d'enquêteurs de tout l'État de Louisiane, a complété Riveaux.

La criminelle ? Pour le possible meurtre de Jack Corolla. Je n'arrivais pas à me faire à l'idée. Jack n'était plus là. Nous commencions tout juste à bien nous connaître. Au début, il m'exaspérait avec ses allusions salaces aux performances sexuelles de Jésus qui allait « venir une seconde fois ». Je lui avais même donné un coup dans le bras pour ça. Mais Jack cherchait à attirer l'attention par ses provocations. Tout type d'attention. Bernard allait dépérir sans lui. Ils s'entendaient comme larrons en foire, réunis par un monde aussi banal qu'indifférent. Les deux types paraissaient se comprendre. Et moi, je les comprenais.

— Quand avez-vous découvert le défunt ? m'a demandé le sergent Decker.

— Le défunt ? ai-je répondu, hésitante.

— Le corps de Jack Corolla, a rétorqué Decker avec une pointe d'irritation. Vous voulez bien nous raconter précisément ce que vous avez vu ?

Elle dégageait une forte odeur de savon. La propreté irréprochable, c'était louche. Comme si elle s'était frottée de toutes ses forces pour se débarrasser de quelque chose.

L'inspecteur Grogan s'est avancé d'un pas devant Decker.

— L'ordre des sœurs du Sang sacré est connu pour sa piété, a-t-il expliqué à sa partenaire. Et, disons, pour sa créativité.

Il a épousseté le revers de sa veste de sport en posant son regard sombre, d'un gris métallique, sur le bâtiment calciné.

— J'ai fait ma scolarité ici, ça remonte, a-t-il ajouté en se tournant vers moi. Bien joué, pour le garrot de Jamie. Les docteurs nous ont raconté. On a pas mal de questions à vous poser si vous êtes prête à y répondre ce matin.

Sœur Honorée avait dû tendre l'oreille, car elle s'est empressée d'émettre un *tsss !* réprobateur au moment du compliment sur le garrot.

Ses joues tombantes lui donnaient en permanence un air renfrogné, de ceux qu'on devinait sur les masques de carnaval bon marché.

— Quelles sont les dernières nouvelles des garçons ? ai-je demandé aux deux policiers.

— Quelques minutes de plus et ils étouffaient à cause de la fumée, a expliqué le sergent Decker. Lamont va s'en sortir. Jamie devra être opéré et subir une greffe de peau.

L'inspecteur Grogan a posé ses mains sur la mienne.

— Ils vont s'en sortir tous les deux, par la grâce de Dieu, mais aussi grâce à vous.

Ses cheveux blonds épais, sa voix basse et son accent traînant de la Louisiane me le rendaient étrangement familier, comme un grand-oncle qui passait ses journées sur un rocking-chair à regarder des matchs de base-ball sur une vieille télé.

Soudain, j'ai perçu un ricanement derrière moi. Prince Dempsey se parlait à lui-même tout en s'amusant à allumer et éteindre son briquet Zippo. Blond aux yeux bleus, Prince était plus petit que la plupart des garçons de son âge. Il était l'un des seuls élèves de Saint-Sébastien à afficher des tatouages sur son avant-bras, toute une série de pistolets et de cœurs, étonnante combinaison pour une petite frappe de son genre. Prince Dempsey s'était échappé de la foule amassée derrière la bande pour se rapprocher. Il tenait son pitbull blanc, BonTon, au bout d'une laisse rouge. Prince fréquentait mon cours de musique et j'avais toutes les peines du monde à ne pas le détester.

— J'ai entendu dire qu'il y avait eu une petite soirée barbecue hier soir, a-t-il dit avant de faire asseoir son chien sans prononcer un mot.

Les paupières de l'œil droit de BonTon étaient cousues entre elles. Soit parce qu'il était né sans œil, soit parce qu'il avait fallu le lui enlever. Les deux hypothèses étaient affreuses.

— On se passe volontiers de vos sarcasmes, monsieur Dempsey, ai-je dit, même si je n'étais pas insensible à son humour noir.

La voix de sœur Honorée a fusé aussitôt.

— Prince Dempsey a un briquet à la main !

— Voyons, sœur Honorée, ai-je voulu tempérer en m'efforçant d'adopter une voix d'une octave plus grave.

Elle avait pourtant raison. Prince Dempsey possédait bien un briquet et il jouait même en permanence avec.

De son côté, Ryan Brown prenait des photos avec son téléphone : de la police, des parents et des voisins en pleurs, de moi.

— Monsieur Brown, est intervenue sœur Augustine avant de se tourner vers lui et Prince Dempsey. Cessez vos enfantillages. Vous autres élèves êtes la promesse du Seigneur, vous feriez mieux de montrer votre gratitude. Ayez foi en lui.

— Jack le concierge est tombé du ciel, a commenté Prince Dempsey avec un sourire narquois.

Il a fait son signe de croix à l'envers, de la main qui tenait la laisse de BonTon, avant d'ajouter :

— Comme un ange déchu…

J'ai été prise d'une nouvelle quinte de toux, et sœur Augustine s'est approchée de moi.

— Ne devriez-vous pas retourner à l'hôpital, sœur Holiday ? La radio n'a-t-elle pas montré que les poumons étaient endommagés ?

Vous n'avez aucune idée à quel point je suis endommagée, ai-je pensé, mais je me suis abstenue de le dire à voix haute.

— Ça ira, ai-je répondu en réprimant une nouvelle quinte de toux.

— Où étiez-vous hier soir à 8 heures ? ai-je demandé à Prince.

— Comme c'est mignon. Sœur Holiday veut connaître mon alibi. Dimanche à 8 heures ? Je promenais ma belle pour ne pas avoir à supporter ma conne de mère.

— Quelqu'un pour le confirmer ? Quelqu'un qui vous aurait vu ?

Prince s'est essuyé le nez avec sa main.

— Qu'est-ce que j'en sais ?

Sœur Augustine s'est alors retournée pour faire face à l'aile détruite. Elle a tendu ses bras frêles en signe de prière.

— Seigneur, élève-nous de Tes ailes puissantes pour nous extraire des décombres. Mes Sœurs, prions ensemble.

Sœur T et sœur Honorée se sont approchées de nous et ont entamé un chant à l'unisson :

« Rendez-vous puissants dans le Seigneur et dans la vigueur de Sa force. Revêtez l'armure de Dieu, pour pouvoir résister aux manœuvres du diable. »

Épître aux Éphésiens 6 :10-12. Celui que je me récite tous les matins.

— Amen, a conclu sœur T de sa petite voix fraîche comme une pâquerette.

— Amen, a sangloté sœur Honorée.

— Pourquoi est-ce qu'on en fait tout un plat ? a demandé Prince. C'est pas ce qu'on aimerait tous, disparaître dans un moment de gloire ?

Le gamin a tiré sur la laisse de BonTon avant de lâcher un énorme crachat vert sur le trottoir. Puis il a repris :

— Les accidents, ça arrive parfois quand on joue avec le feu. Pas vrai, ma Sœur ?

Je n'ai pas répondu, je refusais d'entrer dans son petit jeu. J'ai enfoncé ma langue à l'intérieur de ma dent en or, espérant retrouver le goût du sang. J'ai regardé le chien qui regardait Prince qui me regardait. À nous trois, nous formions un triangle de soupçons et de loyauté.

Face à l'attitude récalcitrante de Prince, j'avais l'impression de me voir dans un miroir. Un miroir que je rêvais de pulvériser.

4

Si ça avait été une semaine normale, j'en serais à ma troisième heure de cours, à enseigner le mode mixolydien à l'ensemble de guitares niveau débutant. Mais ce jour-là, les gamins allumaient des bougies et déposaient des fleurs sur le trottoir. Les passants avaient également laissé des chapelets, des bâtons d'encens, des petits mots et des bougies : un autel improvisé en mémoire de Jack. À même le trottoir, une photo de lui avait été disposée à côté d'un bouquet de fleurs et de bougies : il paraissait passablement énervé et portait une casquette de sport sur laquelle était écrit « LOOK DE KILLER ». Sous l'effet de la chaleur, les œillets piquaient déjà du nez. Pauvre Jack. Mon copain de vitraux. Certains parents et élèves étaient en larmes tandis que les autres faisaient des selfies devant le cordon jaune de police. Autant de larmes et d'émotion que de malaise et d'indifférence adolescents.

La plupart de nos élèves étaient issus de milieux aisés, les descendants de vieilles familles fortunées de La Nouvelle-Orléans, magnats de l'industrie et, sans doute, certains membres du KKK. La suprématie blanche, c'est comme la gangrène : elle se cache profondément, elle est insatiable et ronge tout jusqu'à la moelle, parfaitement tapie jusqu'à être en ordre de marche.

Parmi nos élèves, il y en avait aussi issus de milieux aux revenus diamétralement opposés, comme Prince Dempsey. Nos boursiers – ils étaient une douzaine au moins – étaient des jeunes à risques de Louisiane, en rupture avec le système ou leurs familles. Ils fréquentaient l'école gratuitement grâce aux élèves qui payaient leur inscription. Pourtant, nos bourses menaçaient d'être supprimées. Le Diocèse brandissait sans cesse la menace d'un « gel du programme », à savoir plus de nouveaux boursiers. Mais sœur Augustine ne l'entendait pas de cette oreille. Les gamins difficiles étaient ceux qui avaient le plus à gagner d'une éducation à Saint-Sébastien, même s'ils étaient plus enclins à arrêter leurs études prématurément ou à mal tourner sans le filet d'une communauté de confiance pour les retenir. Nous étions du même bois, eux et moi, je connaissais l'attrait des abysses. Y trouver la grâce était une entreprise fragile, instable, mais un miracle était toujours possible. Cela valait la peine de se battre pour trouver le salut.

— On sait si Jack a sauté ? a demandé un élève à un autre d'une voix si basse que je n'ai pas réussi à savoir de qui il s'agissait. Ils ont pas dit que le suicide, c'était le pire des péchés ou un truc dans le genre ?

— Je déteste cette école, a dit un autre. Moi, j'aurais préféré que l'école brûle entièrement. Je vais demander ça dans mes prières.

— Il faudrait des caméras de sécurité, a lancé un parent à l'intention de la foule.

— On devrait prendre les empreintes digitales de tout le personnel, a suggéré une mère accoutrée d'un imperméable et d'un chapeau.

Il faisait pourtant tellement chaud que mon visage dégoulinait de transpiration.

— C'est illégal, a rétorqué un autre parent.

De leur côté, l'inspecteur Grogan et le sergent Decker continuaient d'examiner l'aile Est calcinée. Non loin d'eux se trouvait l'inspecteur Riveaux qui tenait dans la main un mug de voyage. Son téléphone dépassait de la poche arrière de son jean, sa radio était accrochée à sa ceinture. On aurait dit une ombre errant au milieu d'un marais de cyprès. Une cigarette était coincée derrière son oreille gauche, ses yeux aux reflets violets paraissaient perdus dans le vide. Ne ressentait-elle pas l'urgence de la situation ?

Il allait falloir démontrer que Jack n'était pas à l'origine de l'incendie. Retracer le parcours de Jamie et Lamont.

Suivant mon instinct, j'ai scruté le sol, à la recherche de quelque chose d'inhabituel. Très souvent, les détails cruciaux sont en fait à la vue de tous. Il suffit de détourner le regard, de baisser la garde, même un instant, pour passer à côté de ce qui se trouve juste sous votre nez. C'est justement là que j'ai aperçu quelque chose, en plein milieu de la chaussée, à peu près à l'endroit où l'ambulance avait stationné, la nuit précédente. J'ai levé mes bras encore faibles au-dessus de la tête pour faire signe aux voitures d'arrêter et je me suis avancée jusqu'au milieu de la route. C'est là que j'ai reconnu, aplati comme un animal écrasé, un gant solitaire, de couleur brune. La marque ULINE était écrite dessus. On aurait dit un gant de jardin, en plus épais. Où se trouvait l'autre ? De mes mains gantées, j'ai arraché l'objet incrusté dans le bitume et je suis revenue vers l'attroupement de professeurs et d'élèves.

— Vous croyez que c'était volontaire ? demandait un parent à un officier de police.

Une voix perçante s'est élevée au milieu des badauds :

— Dites-nous ce que vous faites pour protéger nos enfants !

Alors que la foule s'épaississait, sœur Augustine a parlé dans le mégaphone :

— L'heure est à l'union. Notre foi commune est mise à rude épreuve, mais nous faisons face à l'adversité, soutenus par l'amour de Dieu. Prions ensemble.

Elle a fait le signe de croix, que j'ai aussitôt imité. Main au front, sur le cœur, à gauche, puis à droite. La croix symbolisait aussi le travail de détective. La ligne horizontale pour l'action. La verticale pour la foi.

Profitant de ma position d'infiltrée parmi les sœurs, j'ai serré fort le gant Uline. Je tenais un indice, assurément. Quelqu'un l'avait laissé tomber au milieu de la chaussée. Il fallait que j'en parle à Riveaux mais elle se trouvait de l'autre côté du rassemblement. Si je me faufilais à l'intérieur de l'aile Est, à supposer que je trouve le moyen de franchir le cordon de police, je pourrais chercher d'autres indices. Qui sait, le deuxième gant se trouvait peut-être à l'intérieur.

— En ces temps de catastrophe, continuait sœur Augustine en regardant les uns et les autres droit dans les yeux et en les bénissant tour à tour d'un geste de la main, le Seigneur nous ouvre la voie. De cette tragédie, nous allons tous renaître.

— Amen ! a crié une voix.

Quand je me suis retournée vers elle, j'ai reconnu Bernard qui avait les paumes sur son cœur en signe de prière. Bernard, comme Rosemary, n'était pas croyant. Ça ne l'empêchait pourtant pas de chercher le réconfort de la foi.

Une libellule est venue voleter à côté de la photo de Jack. Ses ailes brillantes capturaient les rayons de soleil. Il était si simple d'oublier que même les belles créatures pouvaient être d'impitoyables prédatrices.

— Ayons toute confiance en la police et ses enquêteurs, a ajouté sœur Augustine en désignant Grogan, Decker et Riveaux, qui ont répondu d'un signe de la main. Mais sachez surtout que notre foi en Jésus notre Christ nous inspirera le pardon. Voilà notre épreuve.

Une moitié des parents s'était jointe à la prière de sœur Augustine. L'autre moitié réclamait des mesures de surveillance et la fouille des casiers.

Le triumvirat constitué de Grogan, Decker et Riveaux s'est rapproché de moi parmi la foule.

— Riveaux, ai-je appelé en agitant le gant en l'air.

Toute à leur conversation, elle ne m'a pas répondu. Avec mon pouce posé sur la lettre *n* de ULINE. U LIE. Tu mens.

— Prenez les témoignages de tout le monde ici : les profs, le personnel, les élèves, la totale, a ordonné l'inspecteur Grogan à Decker.

— Penchons-nous sur le cas de ce Prince Dempsey le plus vite possible, a ajouté Riveaux avant de parcourir ses notes. Il serait à l'origine de deux départs d'incendie sur les lieux, selon… selon sœur Honorée.

— Bien reçu. Il va falloir une ou deux journées pour entendre tous les élèves, vous le savez ? a répondu Decker avec un soupçon de condescendance dans la voix.

— Riveaux, ai-je appelé, il faut que je vous parle.

— D'accord. Laissez-moi une minute, ma Sœur, m'a-t-elle éconduit.

Grogan, qui mâchonnait un cure-dents, l'a retiré de la bouche. J'ai aperçu l'imperceptible marque laissée par le bâtonnet, comme la fourche d'une langue de serpent.

— Dommage. Saint-Sébastien est un pilier de notre communauté. C'est une vraie église. Pas comme ces conneries d'églises évangélistes. Même si sœur Holiday n'a pas l'air en grande forme.

Il a dit ces derniers mots à destination de Riveaux et Decker, comme si je n'étais pas là.

— Vous voulez être là quand je vais l'interroger ? a demandé Decker à Riveaux.

— Je l'ai déjà interrogée hier sur les lieux du crime, a répondu celle-ci.

— Une déposition détaillée, cette fois, a corrigé Grogan. Mais évitez de l'épuiser.

— Qu'est-ce qu'il est gentil, a répliqué Decker d'un air moqueur.

— Gentil comme une teigne ? a ricané Riveaux.

— Mesdames, vous avez du pain sur la planche, les a interrompues Grogan en posant la main sur sa poitrine, un léger sourire aux lèvres.

De profil, son nez était pointu comme une lance.

— Faites gaffe, Decker, votre femme pourrait être jalouse, a ajouté Riveaux.

— On peut divorcer quand on est gay ? a demandé Grogan à Decker. J'ai le droit de dire ça ? J'ai du mal à suivre ce que les gays et les transgenres veulent bien qu'on dise ou pas. Nous, les hommes blancs hétéros, on sera bientôt une espèce en voie d'extinction.

En disant cela, il a tordu son cure-dents mouillé. Il avait beau être tout ramolli, Grogan réussissait encore à croquer dedans.

— Vivement que ça arrive, a conclu Riveaux avec un sourire suffisant.

Ils parlaient sans se soucier de moi, pensant sans doute que j'étais plongée dans mes prières. Mieux valait les laisser croire ça. Je me suis signée. Les gens estiment que les nonnes sont des clones sans identité propre, une sorte d'entité collective plutôt que des individus à part entière. L'ironie dans tout cela, c'est que, coupées de prétendus luxes tels que le téléphone portable ou les réseaux sociaux, totalement dédiées au service des autres et à la prière, les sœurs nourrissaient des univers intérieurs particulièrement riches, de vrais dialogues intimes. Notez bien que la plupart des grandes mystiques sont des nonnes. Béatrice de Nazareth. Consolata Betrone. Ou prenez sœur Helen Prejean : elle déchire bien plus que la plupart des militants radicaux autoproclamés qui geignent à propos de la faillite morale liée à l'utilisation des pailles jetables en plastique. Les nonnes forgent de véritables liens, elles relient l'âme à l'âme éternelle. Quel autre choix avons-nous que d'être douloureusement présentes ?

Personnellement, on ne m'a jamais demandé mon avis.

— Inspecteur Riveaux, ai-je répété.

Elle a fini par se tourner vers moi.

— Quoi donc, sœur Chryslor ?

Elle a tapoté du doigt une de ses canines.

Ma dent – un choix littéralement né du désespoir – semblait beaucoup l'amuser. Sans doute le signe qu'elle n'avait pas grand-chose pour la divertir dans la vie.

— La nuit a été courte ? Vous n'avez pas eu le temps de vous changer ?

— Quel sens de l'observation…

— Plus aiguisé que le vôtre, en tout cas. Moi, j'ai trouvé un indice, ai-je dit en agitant sous son nez le gant brun ramassé dans la rue. Étant donné que personne ne semble vouloir enquêter activement, je me suis dit que je pouvais vous donner un coup de main.

— C'est un gant ignifugé, ma Sœur.

D'un geste, elle a sorti un sac de preuves d'un kit qui se trouvait à proximité. Elle a attrapé le gant avec la pointe de son crayon pour le glisser à l'intérieur.

— Bonne pioche. Où l'avez-vous trouvé ?

— Là-bas, ai-je indiqué en pointant du doigt le milieu de la chaussée qui séparait l'église et le couvent du reste de l'école.

— Hé, a fait Bernard qui s'était écarté de l'autel improvisé pour se rapprocher de nous. Que faites-vous avec mon gant ?

— Il traînait dans la rue, ai-je expliqué.

— Hum. C'est un de mes gants de travail.

— Quand est-ce que vous l'avez vu pour la dernière fois ? ai-je demandé.

— C'est à moi de poser les questions ici, ma Sœur, est intervenue Riveaux en plissant les yeux. Quand avez-vous vu ce gant pour la dernière fois ?

— Vendredi. Je les avais enfilés pour sortir les poubelles. Et puis j'ai retiré une tarentule morte du casier d'un élève. On avait reçu une alerte comme quoi un arachnide exotique se promenait dans le bâtiment.

J'ai fait un bref signe de croix.

— Paix à son âme.

Riveaux a reculé d'un pas et a pris le temps d'examiner Bernard avec attention.

— On peut savoir pourquoi vous portez des gants ignifugés ? Vous brûlez les poubelles, ou quoi ?

— Je ne savais pas qu'ils étaient ignifugés. Il y a six ou sept paires de gants comme ça dans la remise.

Bernard a montré l'abri, à peine assez grand pour contenir notre motoculteur.

Riveaux s'est retournée vivement et a manipulé sa radio, en s'y prenant à deux fois pour trouver le bon bouton. Elle a dicté quelques instructions incompréhensibles.

— Cette ville est maudite, a dit Bernard.

Il portait un T-shirt à l'effigie de The Cure sous sa blouse de gardien. On avait l'impression qu'il n'avait pas dormi depuis une semaine tant ses yeux noirs sortaient de leurs orbites. Il m'a serré dans ses bras si longs qu'il aurait pu enlacer deux personnes comme moi. Rosemary a incliné la tête devant cette effusion de tendresse.

— Sœur Holiday, a chuchoté Bernard en approchant son visage de mon oreille. C'est vous le détective, dans cette école. Que se passe-t-il, à votre avis ?

Impossible de supporter la chaleur corporelle de Bernard. J'ai gigoté pour me défaire de son étreinte poisseuse, mais il ne voulait pas me lâcher. Il sentait un mélange d'herbe fraîchement coupée et de gin.

— Je peux plus respirer.

— Désolé.

Il m'a libérée pour aller rallumer une des bougies qu'une bourrasque venait d'éteindre.

— Je vais devenir quoi, sans Jackie ? Mon Jack à tout faire, Jackie les bons tuyaux…

À mon tour, je me suis agenouillée pour allumer deux autres bougies et adresser deux prières dans l'air.

— Moi aussi, j'ai perdu des proches, ai-je murmuré à Bernard. Des gens que j'aimais. C'est un fardeau insoutenable. Ça fait un mal de chien et ça ne s'en va jamais. Malgré tout, on trouve des moyens de survie. Je prie pour vous et pour Jack. Pour nous tous.

À ce moment précis, j'ai senti qu'on arrachait Bernard de moi.

Juste derrière lui, un policier l'a obligé à faire face à la rue en le manipulant comme un vulgaire pantin.

— C'est votre gant, ça ? a demandé l'homme en penchant sa tête ronde d'un air menaçant, à la limite du comique.

D'un geste du menton, le policier a désigné le sac de preuves que Riveaux avait dans les mains.

— C'est le mien, a répondu Bernard en plongeant son regard vitreux dans celui de Riveaux. Je le lui ai déjà dit.

— Suivez-nous.

— Pourquoi ?

Le policier n'a pas pris la peine de répondre. Devant la foule d'élèves et de parents, il a poussé mon ami en direction d'une voiture de police et l'a assis sans ménagement sur la banquette arrière.

— Hé ! Ne lui faites pas mal, ai-je crié.

En vain.

Riveaux s'est éloignée à grands pas et a tendu le sachet aux policiers, puis est retournée vers la foule. La portière s'est refermée dans un claquement brutal.

Quelle connerie – devant tout le monde, conduire Bernard au commissariat pour l'interroger. Donner du grain à moudre au moulin à ragots.

— Je n'arrive pas à croire qu'on emmène Bernard comme un vulgaire criminel, ai-je dit. Il a reconnu de lui-même que le gant lui appartenait.

C'est parfois la tactique qu'adoptent les criminels les plus doués, ai-je aussitôt pensé. Ils anticipent chaque coup, avancent leurs pions jusqu'à l'échec et mat.

— Tout le monde à l'école va être interrogé, a répondu sœur Honorée, pas seulement votre « protégé ». Moi aussi, je vais répondre aux questions. De même que le personnel et les professeurs.

J'ai de nouveau observé Rosemary Flynn. Elle ne priait pas – rien d'étonnant à cela, je ne l'avais jamais vue se recueillir -en revanche elle scrutait le mémorial improvisé d'un air réprobateur.

Elle est allée réaligner les bougies en les rangeant de la plus petite à la plus grande et en a retiré un œillet fané. Le soleil dardait et diffusait une chaleur métallique. L'air était difficilement respirable, chargé d'une odeur de brûlé. Je me suis postée juste derrière Rosemary et lui ai dit bonjour. Ma voix a dû la surprendre car elle a sursauté. Elle s'est retournée et a cligné des yeux.

— Vous faites peur à voir.

— Toujours le mot pour faire plaisir.

— Tâchez plutôt de vous reposer, sinon vous allez décéder sur place.

— Ils ont emmené Bernard au poste.

— J'ai vu, a répondu Rosemary d'un air interrogateur. J'ai…

Elle s'est interrompue comme si elle ne savait pas quoi ajouter, ou comment le dire.

Sur une haute branche, des tourterelles en deuil roucoulaient. J'ai remarqué au loin plusieurs policiers qui prenaient des photographies de l'endroit où j'avais retrouvé le gant.

Après avoir échangé quelques mots avec l'agent qui avait envoyé Bernard au commissariat, l'inspecteur Grogan et le sergent Decker se sont approchés de moi.

— On a encore quelques questions à vous poser, a dit Decker. Nous devons établir un rapport complet.

— Tout va bien ? a demandé Grogan en posant sa large main sur mon épaule. Vous avez été blessée à l'œil, hein, ma Sœur ?

J'ai hoché la tête.

— Ça va. Ils m'ont donné des gouttes à l'hôpital.

Grogan était tiré à quatre épingles. Il portait une chemise blanche fraîchement repassée, une cravate d'un noir mat, un pantalon sans un pli, des chaussures tellement bien cirées qu'on pouvait se voir dedans.

Cet homme était l'élégance incarnée. Le seul détail qui dénotait chez lui était le tabac à chiquer qu'il planquait dans la bouche. Sa joue était enflée comme s'il cherchait à étouffer un fou rire. Il a recraché un liquide brun foncé au fond d'un gobelet en carton.

— Tu as repris cette merde ? a demandé Decker, avec un air de dégoût. Je croyais que tu avais arrêté.

— Jamais de la vie, ça m'aide à me concentrer.

— Arrête de chiquer avant que je te coupe la chique, a répondu Decker. Tes gencives vont se déliter à force de mâchonner ce truc.

Grogan a gloussé :

— Tiens donc, sergent. Depuis quand on se préoccupe de ma santé ?

— Cette pourriture, c'est la bile du diable, a marmonné Decker avant de retourner contre moi sa frustration. Où vous trouviez-vous *précisément* quand vous avez vu le corps de Jack ?

Dans ses larges lunettes de soleil de sport, j'ai aperçu mon reflet spectral. Avec les cernes au-dessous de mes yeux, on aurait dit que j'étais maquillée comme une gothique.

— Devant l'école. Je l'ai vu tomber au moment où je sortais de l'allée en courant.

— Quelle allée ? a demandé Grogan avant de lâcher une nouvelle rasade de liquide dans son gobelet usagé.

— Celle qui longe le théâtre de vaudeville.

— Vous n'avez vu personne d'autre aux fenêtres de l'étage ? Quelqu'un qui aurait pu le pousser ?

La peau de Decker ne possédait aucun défaut. Pas même une ride à l'horizon. J'en ai déduit qu'elle ne devait pas rire très souvent.

— Non.

— Avez-vous vu quelqu'un d'autre à l'intérieur du bâtiment ? D'autres élèves ? Prince Dempsey, par exemple, puisque sœur Honorée en a parlé…

— En dehors de Lamont et Jamie, je n'ai vu aucun autre élève. Mais j'ai perdu connaissance une fois dehors. Il est possible que quelque chose m'ait échappé à ce moment-là.

J'avais essayé de suivre cette ombre mystérieuse à l'intérieur du bâtiment en flammes, mais j'ai préféré ne pas en parler aux enquêteurs de la criminelle. Comment pourrais-je expliquer ça ? On aurait dit, du moins c'est la sensation que j'ai eue, une apparition de l'Esprit saint. Comme s'il avait été placé exprès sur mon chemin pour me guider. Pour nous délivrer.

Un autre agent du NOPD s'est approché et a glissé quelques mots dans l'oreille de Grogan rougie par le soleil.

— Nous avons une petite urgence à régler. Nous reviendrons vous poser d'autres questions. Pensez à vous hydrater.

Rosemary a poussé un soupir. Elle avait écouté toute la conversation avec les deux inspecteurs. *Lâche-moi la grappe,* ai-je pensé. J'étais la seule à avoir l'autorisation de laisser traîner mes oreilles partout.

— Un problème ? lui ai-je demandé dès que Decker et Grogan ont eu le dos tourné.

Elle a fait un geste en direction de mon foulard qui s'était légèrement défait.

— On *voit,* en dessous.

J'ai resserré le nœud.

Avec moi, Rosemary soufflait le chaud et le froid, comme si elle ne m'aimait pas ou comme si elle me prenait pour une dépravée, ce que j'étais sans doute – le parfait cliché de la prof de sciences *versus* la prof de musique. Impossible de cerner Rosemary Flynn. Intensément présente par moments, se mettant en retrait l'instant d'après ou fourrant son nez partout, avant de s'effacer à nouveau, à la manière d'une goutte de sang qui se dissout dans l'eau.

Sœur Augustine nous a rejointes. Les deux femmes se ressemblaient ; exception faite du rouge à lèvres, on aurait pu les prendre pour mère et fille. Elles étaient toutes les deux grandes, pâles, convaincues que tout était forcément mieux avant, à commencer par la division posée et l'écriture attachée. La seule chose qui les distinguait était leur vocation : Rosemary était aussi dévouée à la science que sœur Augustine à l'Église.

— Sœur Augustine, a chuchoté Rosemary, le Diocèse va-t-il fermer l'établissement ? Nous obliger à annuler les cours ?

Elle avait des yeux gris et des pommettes hautes. Sa bouche fermée dessinait un cœur.

— Soyons persévérantes. Nous n'allons jamais renoncer à notre mission auprès de nos élèves. Dieu ne nous charge jamais plus que ce nous sommes capables de porter, et Ses voies sont impénétrables, a asséné sœur Augustine.

La gravité de notre Mère supérieure rassérénait le corps habituellement fébrile de Rosemary.

Sœur Augustine a enlacé Rosemary, puis d'une main douce l'a invitée à se rapprocher des parents pour leur apporter un peu de réconfort. Mes yeux ont croisé son regard d'un vert étincelant.

— Nous nous devons d'être fortes, sœur Holiday, pour notre communauté, pour nous-mêmes et pour notre Seigneur. Et comme le dit notre saint règlement : « Pour bien enseigner, les sœurs s'efforceront de conserver leur calme en invoquant dès que possible la présence de Dieu. »

À ces mots, sœur Honorée a agité ses grands bras. Elle venait de réapparaître après être allée prier avec des parents inquiets, de l'autre côté de la rue. J'avais du mal à m'imaginer qu'elle puisse leur offrir un quelconque soulagement. Elle a braqué sur moi ses yeux rougis, semblables à deux furieux lasers.

— Regardez-moi ça, a-t-elle commenté en désignant la foule de voisins, d'élèves et de parents parqués derrière la bande de police.

Certains prenaient des photos, d'autres pleuraient.

— Tous des charognards. On ne les voit jamais à la messe du dimanche. Ils n'achètent jamais rien aux ventes de gâteaux. Et voilà qu'un incendie se déclare, que Jack périt dans les flammes et ils tournent autour des caméras comme des mouches. Certaines personnes ne vivent que pour attirer l'attention.

Sœur Honorée avait le regard noir. Sœur Augustine a tendu les mains dans sa direction.

— Je sais que vous êtes sous le choc, mais notre communauté se pose des questions. C'est vous, moi, nos sœurs et l'amour porteur de vie de notre Seigneur Jésus-Christ qui leur apporteront du réconfort.

Les yeux de sœur Honorée brillaient à présent.

— Ramenons nos voisins, notre ville, à la parole du Christ.

— Ce qui compte, ce n'est pas ce qu'on regarde, c'est ce qu'on voit, a repris sœur Augustine, le regard braqué sur les décombres de l'école. Moi, ce que je vois, c'est la survie. La résurrection.

— Merci de nous redonner courage, a souligné sœur T de sa voix douce, pareille au rayon de soleil qui perce un amas de nuages bruns et ventrus. Vous êtes la renaissance même, sœur Augustine. Vous sentez l'arbre qui pousse, la feuille qui bourgeonne, le calendula qui éclot.

Avec un grand sourire, sœur Augustine a serré fort sœur T dans ses bras.

— Votre dur labeur au jardin et en prison vous donne de la sagesse. Vous êtes un exemple pour nous toutes.

Bernard a poussé un long soupir à son retour du commissariat. J'étais toujours dans la rue, dégoulinante de transpiration, après être allée jusqu'au magasin de bricolage puis dans deux pharmacies voisines pour vérifier si des substances inflammables avaient été vendues, ou si des caméras de sécurité avaient été récemment détériorées. Chou blanc.

— La police m'a cuisiné sur l'incendie et sur mon alibi, a expliqué Bernard, livide. Ils m'ont bombardé de dizaines de questions. Jack, c'était mon frère ! Je me serais jeté sous un train pour lui.

— Ces imbéciles vont devoir tous nous interroger.

J'ai craché. Il me restait encore un peu de suie dans les glaires, bien que je me fusse brossé les dents à deux reprises.

— Qu'ont-ils dit quand ils vous ont laissé partir ?

— Que mon alibi était solide.

— Bien. Mais c'est comme si quelqu'un avait cherché à nous viser. J'ai un mauvais pressentiment. Je vais en avoir le cœur net.

Bernard a plongé son regard dans le mien et m'a dit sur le ton de la confidence :

— Moi, je vous parie 50 dollars que c'est un coup de Prince Dempsey. Il aime jouer les gros durs, pas vrai ? Avec son pitbull et ses chaînes en toc.

— C'est vrai qu'il est toujours à l'affût et qu'il aime bien rouler des mécaniques, ai-je répondu, mais ça ne doit pas nous empêcher de surveiller *tout le monde*. Au fait, c'est quoi votre alibi ?

Je me suis agenouillée pour examiner un morceau de papier par terre. J'ai aussitôt reconnu une feuille flétrie, échappée d'un des bouquets posés devant l'autel :

— Vous leur avez raconté quoi ?

— Je leur ai raconté la *vérité*, a répondu Bernard. J'ai passé la soirée dans mon garage à répéter avec mon groupe. Jasper, Chuck et Dee peuvent tous le confirmer.

Surpris par mes questions, Bernard s'est voûté et a croisé les bras sur la poitrine, comme s'il s'arc-boutait face à des bourrasques.

— Nous deux, nous sommes des âmes d'une loyauté absolue, l'ai-je rassuré en me notant mentalement de lui reposer la question de son alibi plus tard pour vérifier si sa version avait changé.

On ne pouvait faire confiance à personne. Pas même à soi.

— Il va nous falloir plus d'indices. Des preuves tangibles. Les incendies laissent des traces. Il n'y a pas de fumée sans feu.

— Il m'est arrivé d'allumer deux trois feux dans mes jeunes années, a dit Bernard. (Il a légèrement tourné la tête pour m'observer.) Pas dans le but de blesser qui que ce soit, hein ? Mais pour voir comment ça fait. Il n'y a pas deux feux qui évoluent de la même manière, peu importe ce qu'on fait pour les maîtriser.

Un nuage en forme de spirale obstruait le soleil. Le Diocèse était revenu. Les trois hommes se tenaient devant le mémorial de fortune, gonflés d'orgueil comme si le trottoir, l'école, voire toute la ville leur appartenait. Ils suintaient l'odeur putride de l'autorité à l'ancienne. À vrai dire, l'évêque et ses sbires n'en avaient rien à faire des bonnes sœurs. Ils n'en avaient rien à faire non plus de notre école et de nos élèves, peu importe toute l'énergie que nous mettions en œuvre pour les relier à eux-mêmes et à Dieu. La nuque épaisse du Parrain se gonflait au gré de son blabla sur la grâce de Dieu. Mon sang s'est glacé quand le Velu a souri. Il avait un regard aussi noir qu'un caveau, une bouche remplie de minuscules dents d'opossum. Leurs jours étaient comptés, grâce à Dieu. Le patriarcat et le prétendu bien qu'il apporte au monde. Il était largement temps que ça change.

Au moment où sœur Augustine s'est éloignée pour saluer les trois hommes et les conduire à l'intérieur pour une réunion, un peu comme une nounou chargée de s'occuper d'enfants insupportables, Bernard s'est éclipsé à son tour.

Sœur T et sœur Honorée se sont regardées ?

— Tout était tellement plus *simple* à l'époque où sœur Augustine dirigeait l'institution, a déclaré sœur Honorée avec le zèle et l'aplomb d'une adolescente en quête de potins. Vous rappelez-vous le temps où *nous* prenions les décisions et où sœur

Augustine n'avait pas besoin d'obtenir l'autorisation pour la moindre chose ? Nous avions tellement plus de liberté à l'époque.

Sœur T a répondu par deux signes de croix.

— Amen, ma Sœur. Oh ! vous avez raison. Je m'en souviens. Le changement remonte à cinq ans, mais j'ai l'impression que ça fait une éternité. (Avant d'ajouter avec panache – ou désespoir :) Les hommes cherchent toujours à garder le pouvoir, n'est-ce pas ?

5

La nuit s'annonçait chaotique. Une tempête se préparait au-dessus du Mississippi sans pour autant s'abattre sur la ville. Impossible de rester assise dans ma chambre à ne rien faire. Les yeux me piquaient et j'avais encore mal à la poitrine. Pourtant, je voulais partir à la recherche de nouveaux indices et donner un sens à ceux que j'avais déjà récoltés.

De toute évidence, tous les professeurs de Saint-Sébastien, toutes les sœurs, de même que Bernard, Jack, Jamie et Lamont avaient accès au bâtiment. Quant à Prince, il était capable de se faufiler partout, avec ou sans autorisation. Son alibi de « Je promenais tranquillement mon chien » était aussi léger que du vin de messe coupé à l'eau. Mais sa motivation – du moins la seule que je voyais –, c'était de me faire tourner en bourrique. En revanche, Lamont et Jamie auraient très bien pu mettre le feu pour garder leur romance secrète. Ils auraient même pu aller jusqu'à pousser Jack et provoquer cette mort atroce. Les gens sont capables de n'importe quoi s'ils se sentent acculés.

J'ai arpenté d'un pas lent l'école, l'église et le couvent. Le lugubre trio du Diocèse avait quitté les lieux et regagné sa fastueuse résidence épiscopale du centre-ville. Quelle humiliation de voir mes sœurs ramper devant eux. « Oui, Votre Grâce. »,

« Oui, vicaire. » Qu'ils aillent se faire foutre. J'étais écœurée de constater que même sœur Augustine était obligée de se prêter à ces petits jeux.

Mes yeux balayaient le sol comme un rover. J'examinais le moindre centimètre. Mais la rue était jonchée de débris laissés par l'incendie. Scarifiée comme tout ce qu'il y avait dans cette ville malmenée par les tempêtes. Tout paraissait suspect.

Lorsque je m'y suis installée, l'ambiance tropicale de La Nouvelle-Orléans m'a prise au dépourvu, avec ses palmiers aux fortes personnalités. Ici, les arbres aux feuilles persistantes étaient garants de l'ordre, du moins en apparence, alors que leurs congénères aux feuilles caduques, à Prospect Park, étaient noueux et lunatiques : ils passaient une moitié de l'année à arborer une orgie de couleurs et de feuillage, l'autre à moitié nus. Les palmiers du golfe du Mexique au contraire dominaient de toute leur hauteur. Ils perdaient rarement leurs feuilles, sauf lorsque les tempêtes venaient les secouer ou les déraciner. Ils faisaient figure de disciples modèles.

Trois voitures de police étaient postées devant l'aile Est. Deux agents étaient assis dans chacune d'elle, si parfaitement immobiles qu'on les aurait crus endormis. Une des têtes, coiffée d'une casquette noire, s'est brusquement tournée vers moi. Le sergent Decker. J'ai marché comme si de rien n'était. J'avais l'impression d'entendre résonner chacun de mes pas, comme si j'étais suivie par une caméra et mon image projetée sur des écrans hors de ma vue. Deux, trois, quatre prises de vue.

Le ciel semblait tourbillonner. De lourds nuages d'un bleu zébré formaient un plafond bas qu'une averse menaçait de déchirer. J'ai observé une voiture de curieux roulant au pas à la hauteur de l'aile calcinée. Cela faisait à peine vingt-quatre heures que le feu avait été maîtrisé. Les miasmes qu'il avait laissés avaient quelque chose de repoussant. Dans l'herbe se mêlaient le bois détrempé, des débris de plâtre et de papier brûlé. L'autel dressé en mémoire de Jack s'était enrichi de nouvelles bougies. Les grandes étaient de toutes les couleurs, les petites, blanches. Leurs flammes dansaient sous les brusques assauts du vent. Il y avait tant à sentir, tant à voir, mais je devais procéder avec méthode. Chercher avec ordre.

Alors que l'aile Est était encore sous surveillance, je me suis approchée de l'aile opposée dans l'idée de fouiller les classes, le gymnase et la cafétéria.

— Contrôle d'identité, a lancé le policier en faction devant la porte d'entrée principale de l'aile Ouest.

J'ai présenté ma carte d'enseignante attachée au cordon que je portais par-dessus ma croix en or. L'agent a relevé la tête pour lire mon nom, puis il a examiné mon visage, mon foulard et mes gants.

— Sœur Holiday, musique. Quoi ? Vous êtes une sœur ?

Je l'ai dévisagé d'un air impassible et j'ai hoché la tête.

— *Sister Christian*, de Night Ranger, c'est ma chanson préférée au karaoké. Vous ne la connaissez pas, sûrement, parce que les bonnes sœurs ça n'écoute pas trop ce genre de trucs, pas vrai ? Et puis, vous êtes bien trop jeune pour être nonne. Vous avez quoi ? Vingt ans ?

— Trente-trois, l'âge du Christ quand il s'est sacrifié pour racheter vos péchés.

— Les péchés, c'est pas mon truc, a-t-il répondu en riant. Moi, je suis aussi pur qu'un ange. Vous voulez faire quoi à l'intérieur ? On ne doit laisser entrer personne.

— Des copies urgentes à récupérer pour les corriger, ai-je menti.

— Deux minutes, pas plus.

— Dieu vous bénisse, lui ai-je glissé autant qu'à moi-même, car j'étais sur le point de lui coller une droite dans les dents.

J'ai traversé le premier étage de l'aile Ouest en passant la tête dans chaque salle de classe. Rien ne paraissait sortir de l'ordinaire, même s'il flottait une étrange atmosphère. À l'étage, sur le pas de la porte de la classe de musique, j'ai embrassé du regard le grand espace. C'était le repaire idéal pour mes graines de musiciens maladroits, leurs grands sacs à dos, leurs étuis à guitare et leurs pupitres. Nous disposions souvent les chaises en un grand cercle ou en plus petits groupes. Dans un coin de la pièce trônait mon bureau, celui où je menais également mon travail d'enquêtrice. Tous les détectives les plus aguerris, même cet enfoiré de Mike Hammer, ont un bureau. Je cachais mon tableau de preuves sous le poster du cycle des quintes. Ni vu ni connu.

Au bout d'une minute à peine dans la pièce, j'ai constaté que la corbeille à papier avait été déplacée. J'avais pour habitude de déchirer, dans un grand geste théâtral, les dissertations de théorie musicale recopiées sur Internet avant de les jeter à la poubelle, au nez de mes élèves. Si bien que je savais où était sa place. J'ai rapproché la corbeille de mon bureau et j'ai plongé mes mains gantées à l'intérieur. Parmi les papiers, les mouchoirs usagés – répugnant – et les emballages de chewing-gum, voilà ce que j'ai découvert.

Une tunique noire dont la manche droite était brûlée. Bien plus que ça, elle semblait avoir fondu. Une blouse en polyester bon marché, semblable à celle que j'avais sur moi. Un vêtement de l'ordre des sœurs du Sang sacré.

C'était nécessairement celle qui manquait à l'appel. Que faisait-elle au fond de la poubelle ? Qui cherchait à me piéger ? Sœur Honorée et Rosemary Flynn n'avaient jamais dissimulé leur mépris depuis mon arrivée incongrue à l'école et l'exprimaient même ouvertement. De là à imaginer que l'une d'elles irait aussi loin…

Il fallait que j'informe immédiatement Riveaux et l'inspecteur Grogan de ma découverte.

La cloche de l'église a carillonné à six reprises. Dix-huit heures. La messe allait bientôt débuter. Je suis sortie de l'école et j'ai rejoint les marches de l'église, la tunique abîmée sous le bras.

Mon front était luisant de sueur. De l'autre côté de la rue, j'ai aperçu Bernard qui sortait de l'abri de jardin. Il faisait encore jour, avec cette teinte ambrée propre aux premiers jours de septembre sur les rivages du golfe du Mexique. Pourquoi Bernard travaillait-il encore à cette heure-ci ? Pour remettre en ordre les espaces extérieurs après le passage des véhicules d'urgence ? Ou bien était-il à la recherche du deuxième gant ignifugé ?

Au moment où il a relevé la tête, il m'a aperçue :

— Hey ! s'est-il écrié d'une voix capable de traverser Prytania Street. Ma Sœur ! Comment ça va ?

Trop faible pour crier à mon tour, je lui ai fait signe de me rejoindre.

Il a traversé la rue en courant et a gravi les marches du parvis deux par deux.

— Hello.

— Pourquoi êtes-vous encore au travail ?

Il a décoché un regard en direction de trois fidèles derrière nous qui rentraient dans l'église.

— Mon passage au commissariat m'a foutu la trouille. Faut que je m'occupe, sinon je vais devenir cinglé.

— Pareil pour moi. Il faut d'ailleurs que je vous parle de…

J'ai tendu la blouse que je tenais entre mes mains. Mais la messe était sur le point de commencer, je ne pouvais pas la manquer.

— Après le service ?

— Bien sûr. Je reste dans le coin.

Il a hoché la tête puis il a traversé la rue en regardant à gauche et à droite, par-dessus son épaule, en direction de l'appentis. Bernard ne savait pas s'arrêter. Toujours en mouvement.

Les vêpres avaient un effet apaisant sur moi. En particulier quand j'étais assaillie de pensées ou quand j'avais le moral en berne. Nos messes étaient généralement peu fréquentées ; la plupart des bancs restaient vides. Chaque jour, les églises catholiques du pays perdaient de nouveaux fidèles, et Saint-Sébastien ne faisait pas exception à la règle. Quand j'étais enfant, tout le monde autour de moi allait à l'église. Au cours de mon année de noviciat, rares étaient les services fréquentés par plus de deux ou trois paroissiens. Mais, ce soir-là, ils étaient plusieurs dizaines à assister aux vêpres et à prier auprès de mes trois sœurs et moi, et du père Reese, qui, bien que né à l'ère du paléolithique, avait les intonations d'un animateur radio. Si seulement, avec une voix comme ça, il disait des choses inspirantes… Mon faible reflet dans les vitraux, ceux de la première station du chemin de croix, m'a poursuivie tandis qu'en allant communier j'agrippais le dossier des bancs de bois.

À la sortie de la messe, au moment de mettre la main dans l'eau bénite fraîche, j'ai trébuché, manquant de peu de me fracasser le crâne sur le bénitier en marbre. J'avais du mal à tenir sur mes jambes, comme si mon corps ne m'appartenait plus.

— Tout va bien ? m'a demandé sœur Augustine en m'aidant à me relever.

Sa voix était douce, mais la manière dont elle me regardait trahissait son inquiétude.

— Ne devrions-nous pas demander à sœur Connors de nous rendre visite ?

— Non, je vais bien, un peu de fatigue, c'est tout.

Sœur Augustine a souri en plaçant sa main chaude à l'arrière de ma tête.

— Eh bien, il va falloir nous occuper d'une nouvelle coupe avant les obsèques de Jack.

Notre Mère supérieure avait le geste sûr quand il s'agissait de manier les ciseaux. C'était elle qui me coupait les cheveux dans le jardin, tandis que Voodoo venait enrouler sa queue autour de ma jambe. J'étais moi-même surprise par la vitesse à laquelle mes cheveux avaient poussé, mes racines noires apparaissant de manière désordonnée entre mes mèches blanches. Sœur Augustine m'avait autorisée à les décolorer avec le bidon géant d'eau oxygénée du couvent.

J'avais insisté jusqu'à ce qu'elle finisse par craquer. C'était le petit reste de coquetterie sur lequel je ne pouvais pas céder.

J'ai tendu à sœur Augustine la tunique découverte dans ma poubelle un peu plus tôt.

— Ma Sœur, j'ai trouvé ça dans ma classe.

— Ce n'est pas le soir où vous préoccuper de votre linge, sœur Holiday. Ne vous fatiguez pas inutilement, s'il vous plaît.

— Mais, ma Sœur…

— Sœur Augustine !

Nous sommes soudain tombées dans l'embuscade tendue par un groupe de fidèles inquiets. La Mère supérieure est sortie avec eux dans le calme sans que je puisse entendre leur conversation.

J'ai retrouvé Bernard devant le portail de l'église.

— Vous avez du nouveau ?

— J'ai trouvé une tunique noire avec une manche brûlée au fond de ma corbeille à papier.

— Comment ça ?

— Les sœurs possèdent toutes cinq tuniques noires identiques. Il m'en manque une, justement.

— Et vous l'avez retrouvée dans votre poubelle ?

— Quelqu'un cherche à me piéger.

— Pas moi, en tout cas, s'est écrié Bernard, bouche bée.

— Mais je ne vous accuse pas ! Simplement, quelqu'un essaie de me faire porter le chapeau et a glissé une tunique brûlée dans la poubelle de ma salle de classe.

— J'ai vu Prince aujourd'hui, a dit Bernard en pinçant le bout de son bouc. C'est peut-être lui. Il paradait du côté de l'aile Ouest. Et s'il avait réussi à passer le cordon de police ?

— Prince fait partie des suspects, de toute évidence. Mais on ne peut pas se permettre de se concentrer uniquement sur lui, au risque de passer à côté d'un détail important. Je vais vérifier son alibi.

J'ai rejoint la rue dans l'espoir d'y trouver sœur Augustine pour finir de lui raconter l'histoire de la tunique, mais je ne l'ai trouvée nulle part. J'étais épuisée et j'ai préféré rentrer au couvent. Le vent s'est brusquement levé. Des rafales horizontales d'abord, puis verticales.

Une fois dans ma chambre, j'ai recompté deux blouses dans mon placard. Je devais en reparler sans faute à sœur Augustine dès la première heure. À Riveaux également. Et aux flics.

Les enquêteurs pensaient déjà que j'avais quelque chose à voir avec l'incendie. Et quelqu'un cherchait à me faire accuser. Mais la personne en question commettait une erreur grossière. Elle me sous-estimait et, ce faisant, elle avait dévoilé ses cartes, non sans une certaine arrogance. Or, à ce jeu-là, j'étais la plus forte. J'étais une catastrophe ambulante, c'est vrai, mais personne ne devrait douter de mon engagement. Il suffisait que je me mette un plan, une idée ou une personne en tête et on ne m'arrêtait plus. J'étais comme un chien qui ronge son os. Je préférais m'étouffer avec, plutôt que de le lâcher.

6

Le réveil du mardi matin a été difficile. J'avais à peine dormi, tant mon esprit ressassait les images terrifiantes de la chute de Jack, du corps mutilé de Jamie, de Lamont rampant derrière moi. Allongée sur mon lit, j'ai prié, puis récité les noms des livres de la Bible dans ma tête, compté à l'envers depuis cent… Rien à faire pour me calmer.

À l'aube, j'ai trouvé sœur Augustine qui se tenait devant le mémorial de fortune et priait, les yeux clos. Je me suis jointe à elle un moment. « Je vous salue Marie, pleine de grâce. »

Une voiture de police est passée à côté de nous, à petite vitesse.

Sœur Augustine a rouvert les yeux comme si elle sortait d'une transe.

— Vous n'allez jamais deviner ce que j'ai trouvé hier, ai-je dit en lui tendant la blouse calcinée. C'était dans la corbeille à papier de ma salle de musique. Une manche est brûlée. Il y a sûrement un lien avec l'incendie.

— Mon enfant, voilà une découverte choquante, a répondu sœur Augustine de sa voix chantante.

Elle avait le don de toujours rester calme et droite dans ses bottes, même par grand vent.

— Je sais, je…

— Avez-vous…, m'a-t-elle coupée en inclinant la tête sur le côté, sans se départir de sa sérénité. Avez-vous quelque chose à voir avec le feu, ma Sœur ? Si vous avez besoin de vous confesser…

— Non, putain ! Enfin, je veux dire… Désolée.

Je sentais déjà la sueur perler au-dessus de mes sourcils. J'ai serré les poings jusqu'à graver dans mes paumes huit arcs de cercle. S'il y avait bien une chose que je détestais, c'était jurer devant sœur Augustine.

— Avez-vous parlé de cette tunique à la police ?

— Pas encore. Je ne voudrais pas qu'ils pensent que j'ai quelque chose à voir avec tout ça. Je sens bien qu'ils me soupçonnent déjà. Vous avez vu comment ils ont traité Bernard…

— Nous devons immédiatement prévenir les autorités. Pas de temps à perdre. Allons trouver l'inspecteur Riveaux.

Nous sommes parties à sa recherche, quasiment bras dessus, bras dessous. C'était grisant de marcher avec tant de détermination et de résolution aux côtés de la Mère supérieure. Tandis que le vent soufflait autour de nous, j'ai senti battre le pouls d'un monde plus large dont j'ai eu la sensation de faire partie. Queer depuis toujours, « tolérée » par mes parents, inquiète de voir Moose s'effondrer, effrayée par les colères de papa et le numéro de martyre de maman avant d'être virée de la maison, j'avais dû me créer un autre genre de famille, une communauté que j'avais moi-même façonnée. J'aimais être nonne, appartenir à notre communauté. Même si, au début, j'en avais plein le cul. J'ai reçu un déluge de piques sournoises pendant les premiers jours de cours. J'ai dû encaisser sans broncher les remarques acerbes de sœur Honorée. Les semaines ont passé. Vêtue de mes gants, de mon foulard, de mon uniforme noir, j'ai fini par devenir une nonne comme une autre.

Après avoir fait le tour de l'école, nous n'avions toujours pas trouvé Riveaux.

— Je reviens dans un instant.

Sœur Augustine s'est retirée dans son bureau pour appeler la police, son voile noir flottant derrière elle comme un sortilège de protection.

Le ciel bleu était moucheté de blanc et résonnait du chant des oiseaux. Les perruches, les rouges-gorges et les tourterelles argentées piaillaient et roucoulaient leurs langages secrets.

Les deux ailes opposées de l'école, séparées par le bâtiment central, étaient suffisamment éloignées l'une de l'autre pour que la police et les pompiers donnent le feu vert à la reprise des cours ce jour-là. Uniquement dans la partie Ouest, cependant. Mon œil était toujours injecté de sang, mon corps toujours faible, mais, au même titre que Bernard, j'étais incapable de rester assise à me tourner les pouces. J'aurais fini par me prendre la tête. Si seulement j'avais accès à la scène de crime, aux rapports et aux clichés de la police scientifique, je pourrais boucler l'affaire en deux coups de cuillère à pot. Les flics n'étaient bons à rien. Je m'en voulais de leur en vouloir, mais le temps passait. Il y avait des indices à trouver, des endroits à fouiller, des personnes à interroger.

Sœur Augustine est reparue.

— Louez le Seigneur, sœur Holiday, j'ai appelé les enquêteurs et ils sont en route.

Ensemble, nous avons traversé la rue en direction de l'école. Les portes coupe-feu avaient eu beau contenir la plus grande partie des fumées, l'odeur âcre des ordinateurs brûlés et de plastique fondu s'était répandue jusqu'à l'aile Ouest et est venue me gratter le fond de la gorge.

Faute de pouvoir utiliser une partie de notre école en forme de U, les enseignants étaient soudain deux fois plus nombreux dans l'aile Ouest. Nous avons dû mettre deux classes dans une même salle. Malgré mes protestations, sœur Honorée, responsable du Comité scolaire des valeurs chrétiennes et chargée à ce titre du maintien de l'ordre, a décrété que Rosemary et moi devions partager le même espace, puisque la salle de sciences avait été détruite par l'incendie. Apparemment, toutes les fenêtres avaient explosé. Ma salle de musique était l'espace disponible le plus grand et le plus facile à aménager, grâce aux chaises et aux bureaux mobiles. Seul mon bureau, situé du côté de l'entrée de la salle, était inamovible. Il était en bois massif et monstrueusement lourd. C'était surtout mon agence de détective privé, l'endroit où je conservais mes notes sur l'incendie, ma liste de suspects (tout le monde) et ma liste d'indices. Pour l'instant, il n'y en avait que deux : la tunique brûlée et le gant trouvé au milieu de la chaussée.

J'ai fourré la blouse dans le tiroir et j'ai sorti mes affaires pour le cours, tandis que les premiers élèves entraient d'un pas traînant dans la classe. Rosemary et son groupe occupaient l'autre moitié de l'espace. J'ai maugréé et essayé de les ignorer, mais chaque son en provenance de l'autre côté de la pièce me faisait enrager.

Sainte Marie, donne-moi un peu de ta force.

En franchissant la porte de ma classe, les flics m'ont regardée m'agiter. J'ai serré ma guitare contre moi. Peu importe ce que je faisais, je sentais tous les regards braqués sur moi. Ou bien était-ce la chaleur insupportable du feu dont j'aurais aimé me débarrasser ? J'avais l'impression que le fantôme de l'incendie venait me chatouiller les lobes d'oreille et que mon médiator porte-bonheur, glissé dans ma poche arrière, était en train de fondre.

Au début de la leçon, j'ai demandé à mes élèves de jouer le solo les uns à la suite des autres. Du coin de l'œil, j'observais Rosemary Flynn de l'autre côté de la classe, juste en dessous du crucifix géant accroché au mur. Quand elle lisait son cours sur le frottement fluide d'une voix monotone, elle exagérait chaque *t*.

— J'ai entendu dire que sœur Holiday avait coupé la jambe de Jamie, a lancé un de ses élèves, avec une pointe d'excitation dans la voix, suffisamment fort pour que toute la pièce entende.

— Bernard Pham a été arrêté pour avoir mis le feu, a renchéri un autre.

Le moulin à ragots tournait à plein régime.

— Il a fallu six flics pour le maîtriser, tellement il était défoncé.

— Silence !

Rosemary et moi avons tonné à l'unisson. La première – et sûrement la dernière fois – que nous étions d'accord sur une chose.

— Bernard Pham n'a pas été et ne sera pas inculpé de quelque crime que ce soit, ai-je asséné à la masse d'élèves interloqués.

C'est là que j'ai vu qu'un d'entre eux m'enregistrait avec son téléphone. Avant que j'aie le temps de faire la leçon sur les élèves qui utilisaient leurs portables pendant les cours – une quête aussi vaine que de demander à des oiseaux d'arrêter de chanter –, la voix puissante de sœur Augustine a résonné dans les haut-parleurs.

— Chers élèves, soyez les bienvenus après cette épouvantable tragédie. Vos courageux camarades, Jamie et Lamont, vont guérir, Dieu soit loué. Nous ignorons combien de temps ils manqueront l'école. Prions pour notre concierge, Jack Corolla, qui a péri dans les flammes. Qu'il repose en paix. Prions pour la résilience. Prions.

C'est ainsi que sœur Augustine a conclu son message. Il y a eu un larsen au moment où elle a coupé le microphone.

Prince Dempsey a levé la main et j'ai choisi de l'ignorer. Il l'a baissée en s'éclaircissant la voix. Il a alors ouvert son Zippo et passé la flamme sur les poils de son avant-bras ainsi que sur une croûte qui s'était détachée de son coude.

— Rangez-moi ce briquet, ai-je dit en plaquant un accord en *mi* majeur que j'ai laissé résonner. Fleur, ça c'est un accord de cinquième. Ryan, vous aussi.

Fleur a pris une inspiration, Ryan s'est mordu la lèvre, et les deux élèves ont corrigé la position de leurs mains gauches sur les cordes.

L'ensemble de guitare 1 était un cours d'initiation pour les élèves possédant déjà quelques bases. Nous exercions l'indépendance des doigts, les accords parfaits, les accords barrés, la gamme pentatonique. Nous apprenions à gratter et à jouer les bons accords en rythme. Grâce aux techniques d'improvisation, je faisais en sorte que les élèves jouent et s'amusent suffisamment pour ne pas détester complètement ce cours, et me haïr par la même occasion. C'était le cas de la plupart d'entre eux. Les gosses étaient fiers quand ils quittaient mon cours. J'avais commencé par les Ramones et on avait remonté le temps jusqu'à Vivaldi. Je leur avais mis un peu de Beatles sous les doigts. Du Jimi Hendrix pour le plaisir du funk. Django Reinhardt pour exercer le picking.

C'était un petit groupe. En l'absence de Jamie et de Lamont, il n'y avait que six élèves en tout. Sam, un membre de l'équipe de natation – on aurait pu désinfecter la classe avec ses effluves tellement il sentait le chlore. Fleur et ses quinze ans qui tiraient sur les cinquante, avec sa coiffure de jeune fille rangée et son attitude docile. J'aurais parié qu'en plus, elle était bonne cuisinière. Cette grande tige de Rebecca, une élève d'avant-dernière année, issue d'une famille bien comme il faut, qui semblait réellement amoureuse du Christ. J'en voulais pour preuve la manière dont elle fermait les yeux très fort dès qu'elle priait. Cette andouille de Ryan Brown qui aurait bien aimé se la jouer cool mais qui pour y parvenir aurait dû se départir de son béret à pompon et du badge « Au meilleur des fils » que sa maman poule avait accroché au revers de sa veste d'uniforme. Skye, la *drama queen*, capitaine de l'équipe Éloquence et Débats, qui chantait toujours parfaitement juste mais pour qui les répétitions assidues étaient un défi à son trouble TDA. Sans oublier Prince Dempsey, notre ado délinquant. Les plaintes contre moi venaient peut-être de mes autres classes, mais je me demandais quand même si Prince Dempsey n'avait pas utilisé deux écritures différentes pour me dénoncer. En tout cas, moi, je n'aurais pas hésité à le faire si j'avais cherché à nuire à un prof que je détestais. La vengeance est une manière, certes stupide, d'éprouver un sentiment de maîtrise. Mais comme pour toutes les drogues, l'effet est fugace, même si on s'amuse vraiment sur le moment.

— C'est quoi, la pire manière de mourir pour vous ? a demandé Prince avec un sourire narquois.

BonTon était assis, pelotonné contre son bureau. En guise de collier, le chien portait une chaîne à épais maillons que Prince avait probablement volée dans une quincaillerie. Le molosse borgne suivait Prince partout où il allait. Il était en effet enregistré comme chien d'assistance, en raison du trouble de stress post-traumatique et du diabète de type 1 de son maître. BonTon était entraîné pour détecter le niveau de glycémie rien qu'en flairant la salive humaine.

J'ai arrêté de jouer et j'ai fermé brièvement les yeux. Les étudiants me fixaient, guettant ma réponse.

— Continuez, les autres. Ne faites pas attention à M. Dempsey.

Le sourire de Prince s'est accentué.

— Hé, je vous ai demandé : « C'est quoi la pire manière de mourir ? » Selon vous, c'est brûler vif, faire une chute ou être poignardé ?

Les yeux de Prince, d'un bleu aussi vif qu'une flamme de propane, étaient braqués sur moi.

— Quelle est, selon moi, la pire manière de mourir ? ai-je répété. D'être votre professeur de musique, sans doute.

Les élèves ont ri. BonTon a relevé sa truffe rose bonbon en direction de Prince, elle a bâillé avant de retrouver sa forme de spirale blanche sur le sol.

J'ai serré mon instrument plus fort. Ma guitare électrique me manquait. Mais ma Yamaha acoustique avec ses courbes réconfortantes était plus sensible. J'aurais aimé qu'elle puisse me rendre mon étreinte.

J'ai observé la haute silhouette de Rosemary, à l'autre bout de la classe. Elle avait quelque chose de sculptural, d'aussi impérieux qu'un commandement divin. Soit elle était profondément plongée dans son cours et ne prêtait pas l'oreille au brouhaha qui venait de mon côté, soit elle faisait semblant de ne pas entendre.

J'ai sorti mon médiator de la poche de mon pantalon noir.

Prince Dempsey a sifflé dans ma direction, avant de lancer une croûte arrachée de son coude au milieu de notre cercle. Ses cheveux d'un blond sale, son visage balafré et son sourire en coin permanent… Sa grande gueule qui ne faisait jamais ses devoirs, et harcelait le petit club LGBT de l'école. Le jour où Prince a été transféré dans mon cours de musique au semestre dernier, j'ai aussitôt compris que Dieu m'envoyait une épreuve.

— Ce que nous ressentons au fond de nous correspond à ce que nous renvoyons au reste du monde, m'avait dit sœur T au tout début du semestre.

Elle avait raison. Je connaissais par cœur le numéro de gros dur de Prince. Brandir une armure plutôt que sa souffrance. Mais je ne pouvais pas laisser cette pensée embrouiller mon esprit. Sœur Honorée et Bernard étaient convaincus que Prince était à l'origine de l'incendie. Il fallait que je me penche plus précisément sur son cas.

Les étudiants étaient en train d'exercer l'indépendance des doigts sur les accords en *sol.* Mes doigts avaient la bougeotte ; j'ai joué un arrangement sur le cycle des quintes. La musique est une autre manière de prier. La guitare lovée contre mon corps, c'était comme si mes doigts devenaient mon cerveau. Je manquais singulièrement de dextérité, sauf pour le sexe, la bagarre ou la guitare. Dans ces domaines, j'avais une détermination sans faille. Incapable de danser ou de tenir une posture de yoga. En revanche, si j'avais une corde à mon arc, c'était d'apprendre aux autres à jouer d'un instrument.

Pour donner mes instructions, j'ai ajusté la position de ma guitare de sorte que mon menton touche pratiquement le manche.

— OK, tout le monde. Accords de *mi* majeur et *la* majeur. Sur un rythme binaire. Voilà.

Rebecca, Fleur, Sam et Skye juste et en rythme, alternant les accords au bon moment. Ryan Brown multipliait les fautes. Prince n'avait même pas pris la peine de sortir de sa housse la guitare déglinguée qu'il louait à l'école. Skye s'est mise à chanter *I Wanna Be Sedated* de sa voix de diva. Sam et Ryan Brown l'ont rejointe en fredonnant timidement.

Sœur Honorée, qui venait d'apparaître dans la classe en se dandinant, s'est étouffée en entendant les paroles, mais elle s'est gardée de commenter. Même cette rabat-joie de haut vol ne pouvait nier mes qualités de pédagogue. Deux semaines à peine après la rentrée, mes élèves étaient capables de jouer une chanson en entier. Des accords simples sur un rythme régulier, certes. Mais quand même. Dès qu'il s'agissait d'apprendre aux autres, je ne rigolais plus. L'équipe enseignante le savait pertinemment. Sœur Honorée a remis une pile de documents à Rosemary Flynn.

Tout en jouant, j'ai senti leurs regards insistants se poser sur moi ; on aurait dit qu'elles rêvaient de me faire porter le chapeau de l'incendie et du meurtre.

Je me suis concentrée sur le visage des élèves en battant la mesure de The Ramones et en apportant quelques corrections aux accords faux ou pas assez sonores de Rebecca et Fleur. J'ai jeté un coup d'œil à l'horloge, en quête de ce qu'elle ne pouvait pas me donner, à savoir un moment de tranquillité pour assembler les indices entre eux et essayer de leur donner un sens.

La différence entre moi et d'autres détectives n'avait rien à voir avec le fait que j'étais une nonne. Rien à voir du tout avec moi, d'ailleurs. La différence, c'était le maintien de l'équilibre, la lutte pour le Bien.

Or n'y avait-il pas plus grande cause que celle de Dieu ?

7

Cet après-midi-là, Rosemary Flynn a brutalement décidé d'organiser une sortie avec ses élèves au planétarium de La Nouvelle-Orléans. Jamais je n'avais ressenti un tel soulagement. J'avais besoin de récupérer ma salle de classe. L'incendie paraissait avoir amplifié les angoisses de la professeure de sciences. Elle avait les épaules tellement crispées qu'on les aurait dites alignées avec ses oreilles. Elle dégageait une telle condescendance, un tel besoin de contrôle, tant d'énergie chaotique sous son apparence calme, que j'avais du mal à me détendre en sa présence.

La fin des cours était dans une heure et la police avait fait venir les élèves dans le couloir un par un pour les interroger dans le bureau de sœur Augustine. Et si la tunique brûlée qui se trouvait dans le tiroir de mon bureau venait à disparaître ? En jetant un coup d'œil par la fenêtre, j'ai vu les parents qui faisaient le pied de grue devant l'école, morts d'inquiétude.

BonTon s'est mise à aboyer d'un coup.

— Chut, Bonnie, a dit Prince pour la calmer. Tout va bien, mon bébé.

Le sergent Decker se tenait sur le pas de la porte, suivie de l'inspecteur Grogan.

— Z'avez une minute ? a demandé Decker en ouvrant son calepin à spirale.

— Bien sûr. Ça tombe bien, j'étais justement en train de me détendre en compagnie de mes groupies. Ben non, je n'ai pas *une* minute.

— Vous avez l'air sacrément occupée à faire joujou, a renchéri Decker en prenant dans la main un capodastre qu'elle a fait tourner autour de son doigt.

— Je suis en plein cours, si ça vous avait échappé.

L'inspecteur Grogan a passé la main dans sa tignasse d'un blond miel. Decker a fait claquer son chewing-gum dans la bouche. Le sergent était petite et robuste. Banale, à l'exception de ses longues tresses qu'elle tenait attachées au niveau de la naissance de son crâne par des perles rouges, or et vertes, les couleurs du Carnaval.

— Augustine a dit que vous aviez des choses à nous dire. On a aussi quelques questions à propos de l'aile Est.

— Ici ? Maintenant ?

— Maintenant, a-t-elle répondu. Ici, à moins que vous ne préfériez nous suivre au commissariat.

— Ooooooh, a entonné Skye avec son sens du drame.

— Sœur Holly a des ennuis, a continué Ryan Brown en chantant.

— La ferme, monsieur Brown.

Rebecca a aussitôt réagi par un meuglement de vache.

— Cinq minutes de pause, tout le monde. Tâchez de ne pas mettre le feu au reste de l'école. Rebecca et Fleur, vous êtes responsables en mon absence. Si quelqu'un sort son téléphone, vous me donnerez les noms.

Les deux filles ont hoché la tête.

Rebecca et Fleur était mes élèves préférées, les seules auxquelles je pouvais me fier en l'absence de Jamie et Lamont. Sam n'était pas méchant, mais il n'avait pas non plus inventé la poudre. Obsédé par la natation, point. Difficile de prédire les réactions de Ryan, mais il était trop tranquille pour constituer une véritable menace. La plupart du temps, on ne peut pas faire confiance aux garçons. « Gavés de testostérone », disait souvent Moose à propos des mecs et de leur art de rouler des mécaniques. Quand il disait ça, j'imaginais des têtes de mort couler dans les veines des hommes.

Mon foulard était étonnamment imprégné de sueur. J'ai tiré sur mes gants et j'ai suivi l'équipe de la criminelle dans le couloir.

— Bon, vous voulez quoi ?

— Quand vous avez descendu l'escalier avec Jamie, avez-vous entendu quelque chose ?

— L'alarme incendie. Lamont qui hurlait sa mère. Et sinon, rien.

— Vous n'avez rien vu à l'extérieur, au niveau de la sortie principale, juste avant de vous évanouir ?

— Non.

— Combien de temps êtes-vous restée là ?

— Comment voulez-vous que je le sache ? J'étais in-cons-ciente.

— Détendez-vous, ma Sœur, a dit le sergent Decker avec un petit sourire en coin.

J'ai retrouvé mon sang-froid.

— C'est vous, les enquêteurs. Vous n'avez qu'à regarder les photos de la scène de crime. Ou encore mieux, vous n'avez qu'à me les montrer.

— Détendez-vous, a répété le sergent Decker. Coopérez avec nous, ma Sœur. Avez-vous vu quelque chose à côté du corps de Jack Corolla dehors ? Un téléphone ? Un portefeuille ?

— Non, je…

— Avez-vous vu le deuxième gardien ? Euh... Bernard Pham.

La paupière de Decker clignait d'excitation.

— Non, je n'ai pas vu Bernard. L'école était déserte, en dehors de Lamont et Jamie. Et, au fait, ce que je voulais vous dire, c'est que ce soir-là, juste avant la tombée de la nuit, Jack Corolla a dit que quelque chose de grave allait se produire. Peut-être que l'incendie était prémédité et qu'en l'allumant quelqu'un cherchait à faire taire Jack. Il avait toujours des prémonitions.

Je préférais garder l'histoire de la tunique pour moi.

Et aussi celle du Saint-Esprit.

Les flics ne me faisaient pas confiance et je le leur rendais bien. J'avais déjà donné le gant et je préférais livrer la tunique à Riveaux d'abord, pour voir ce qu'elle en ferait.

— Oh ! oh ! a fait Grogan en m'examinant de la tête aux pieds. Des prémonitions !

Decker a pouffé.

Malgré mon foulard et mes gants, je me sentais nue face à eux.

— Revenons à Jamie et Lamont. Ils sont déjà des PI, a repris le sergent. PI pour personnes impliquées. Bref, de potentiels suspects.

— Je sais très bien ce que ça veut dire, putain ! ai-je répliqué, irritée par l'attitude de Decker. Je comprends pourquoi vous soupçonnez un cercle assez large, mais ce sont deux gentils garçons. Ils ne feraient pas de mal à une mouche.

Aurais-je dû faire part de mes doutes concernant Jamie et Lamont et leur possible romance queer ? Peut-être. Mais pas tant que je n'avais pas la garantie que les flics n'allaient pas leur tomber dessus. C'était mon rôle de les protéger. Des brutes épaisses comme Grogan, racistes et homophobes, rêvaient probablement de démolir à coups de poing américain des gamins noirs et gays comme Lamont. Et tabasser Jamie par la même occasion serait un petit plus.

— Hum, très bien, a noté Decker. Parlons plutôt de Prince Dempsey. Ce gamin a déjà un casier. Et il est à l'origine de deux départs d'incendie. On pense par conséquent que…

— C'est quoi, son mobile ? l'ai-je coupée.

Prince Dempsey était un parfait suspect, pas l'ombre d'un doute, mais ma paranoïa queer m'avait appris à explorer les pistes les plus inattendues.

— C'est ce qu'on s'emploie à trouver, a dit Grogan.

— Vous avez vérifié son alibi ? La promenade du chien ?

— Le chien n'a rien dit, a tenté l'inspecteur.

— On l'a fait, a renchéri Decker. Mais personne dans le quartier ne l'a vu. On sait également qu'il connaît les lieux par cœur et qu'il va et vient à son aise.

— Même chose pour moi.

J'ai croisé les bras.

— Oh ! nous sommes bien au courant, a répondu le sergent Decker en souriant en direction de Grogan.

— Qui plus est, ça ne vous donne toujours pas de mobile, ai-je insisté en me hissant sur la demi-pointe des pieds.

— Très bien, ma Sœur, a conclu Decker, vous n'avez qu'à nous prévenir quand vous aurez coincé l'assassin. Une chose simplement : vous n'êtes pas dans un épisode d'*Arabesque,* vous êtes à La Nouvelle-Orléans.

Je bouclerai cette affaire plus vite que vous, ai-je ruminé en faisant mon signe de croix. Mes gestes chorégraphiés m'ont apaisée. Le rituel était à la fois fluide et rassérénant. *Au nom du Père, du Fils, du Saint-Esprit.* Était-ce mal de me reconnaître en chacun d'eux, comme s'ils ne faisaient qu'un ? Ne sommes-nous pas tous des flammes sacrées qui nourrissent le feu mystificateur de la vie ?

L'inspecteur Grogan a fait un pas devant Decker pour poser sa main sur mon épaule. Mon père était flic ; jamais il ne se serait permis de toucher quelqu'un sauf pour planter son genou dans le dos d'un suspect pendant une arrestation musclée. Pour quelqu'un d'aussi massif, la main de Grogan paraissait raffinée.

— Merci, ma Sœur, de votre aide et de vos idées. Ne vous inquiétez pas, nous examinons toutes les pistes.

Decker a jeté un œil sur son carnet où j'ai aperçu une liste de noms : Bernard Pham, John Vander Kitt, Rosemary Flynn, père Reese, sœur Augustine, sœur Honneur, sœur Thérèse, sœur Holiday (mon nom était souligné deux fois, à mon grand désespoir), Jamie LaRose, Lamont Fournet et Prince Dempsey (entouré).

Decker s'est pincé l'arête du nez avant de refermer le carnet.

— On y va ? a-t-elle demandé à Grogan.

— Très bien, allons-y, a répondu l'inspecteur en se grattant l'entrejambe de manière grotesque.

Sans doute un réflexe ou peut-être une manière de signaler sa position de mâle alpha. Le duo a fait demi-tour et s'est éloigné dans le couloir.

— Rebecca, on reprend au tempo, ai-je lancé en retournant dans la classe.

J'étais tremblante mais, une fois ma guitare retrouvée, je me suis reconcentrée.

— Les doigts bien sur la frette.

J'ai ensuite montré aux élèves comment bomber leurs poignets et gratter les cordes en maniant leurs pouces comme des pinceaux. Je voulais débrancher mon cerveau, me laisser guider par mes mains. Mon corps était au summum du bien- être quand il jouait de la musique. Je ne me cachais pas derrière mon instrument, mais je n'étais véritablement moi-même qu'avec lui. Même en présence d'aspirateurs d'énergie comme Prince Dempsey, je n'avais jamais l'impression de perdre mon temps à enseigner la musique. Mes élèves avaient besoin de maîtriser suffisamment les bases techniques pour commencer à cultiver leur propre sensibilité musicale. Laisser leur corps s'exprimer pendant un concert. Invoquer sa mémoire. Jouer de la guitare, peu importe si c'était pour courir le cachet ou simplement s'amuser : rien de tel pour se vider la tête et décompresser. Plutôt que de reproduire mes mouvements, les élèves avaient les yeux rivés sur mes mains. Sam avait même plissé ses grands yeux vert menthe à l'eau. Pas facile de déchiffrer mes tatouages quand mes doigts s'agitaient, mais mes élèves les connaissaient déjà par cœur. *LOST* (main droite). *SOUL* (main gauche). Pourtant, ils ne les lâchaient pas du regard.

Cela faisait un bon bout de temps que je m'étais habituée à mes tatouages, mais le souvenir de l'un d'eux était si vivace qu'il était impossible de l'oublier. C'était celui que je partageais avec mon frère. Durant notre enfance à Brooklyn, tout le monde nous prenait pour des jumeaux. Moi, je l'appelais Moose et lui m'appelait Goose, comme dans ce dessin animé qu'on regardait, enfants. On lisait les mêmes bouquins (Alice Roy et Sherlock Holmes), on résolvait les enquêtes ensemble, on jouait au Cluedo. Nous avions notre propre langage. Nos dix-huit mois d'écart n'avaient jamais été un obstacle entre nous. La plupart du temps, j'étais dans mes pensées (selon Moose, il y avait trop de Ça en moi, pas assez de Surmoi). Bien sûr, on était jaloux l'un de l'autre. Classique. On se ressemblait beaucoup, même si j'avais les cheveux noirs de jais, une saloperie à teindre en blond, et lui était châtain. En revanche, nous avions exactement les mêmes yeux.

Mon frère avait besoin de moi. Après son coming out au cours de sa première année de lycée, il était sans cesse harcelé. J'avais seize ans et lui quinze lorsqu'il a été sauvagement agressé dans les vestiaires par trois membres de l'équipe de football américain. Il a eu quatre points de suture sur la tête, et a été blessé à d'autres endroits. Lui faisait partie de l'équipe d'athlétisme, mais il partageait les vestiaires avec ces hommes de Néanderthal. Après l'avoir copieusement roué de coups de pied et de poing, ils avaient bloqué les portes et trois d'entre eux l'avaient violé. C'était la première fois que j'étais confrontée à ça : je ne savais pas que les garçons pouvaient se faire violer.

Qu'est-ce que j'étais naïve, à l'époque. Après, je me suis fait la promesse de ne jamais céder à l'insatiable appétit de pouvoir des hommes. Jamais je ne laisserais plus rien passer.

Maman et moi avons passé les deux jours qui ont suivi l'agression de Moose à son chevet à l'hôpital. Papa passait le matin juste avant de prendre son service.

Je me souviens de la sensation de douceur quand je passais la main dans ses cheveux.

— Dis-moi qui t'a fait ça.

— Laisse tomber, Holly, disait maman. Il ne veut pas porter plainte. Laisse-le se reposer.

Je revois les yeux fermés de Moose, ses longs cils qui projetaient leurs ombres sur ses traits creusés, son visage barré d'une cicatrice. Quinze ans à peine et déjà détruit.

— Ils vont payer, ai-je dit sans tenir compte de l'avis de maman.

Les roues du lit avaient couiné au moment où Moose m'avait tourné le dos.

— Ils sont quinze dans cette équipe. Je vais faire défiler les noms et tu n'as qu'à dire « Oui » ou « Non. »

— Arrête ça tout de suite, Holiday.

Papa était rentré si discrètement dans la chambre que je n'avais même pas remarqué sa présence. Gabriel ne va pas porter plainte.

— L'école ne fera rien tant que Moose n'aura pas donné de noms. Il est terrorisé. On doit l'aider !

— Écoute ton père, a dit maman en évitant mon regard.

— Maman, Moose a la mâchoire brisée. Ces salauds vont payer.

— Il n'y a que Dieu à pouvoir juger les pécheurs.

— Dieu a besoin de mon aide pour que ces sauvages soient conduits devant un tribunal.

— Arrête, Goose !

Le cri de Moose avait été étouffé par l'oreiller. Maman a secoué la tête.

— Seul Dieu est en mesure de les juger. Pardonne-les, Holiday. Seules les âmes brisées sont capables d'en briser d'autres.

Des mots avec lesquels ceux de sœur Augustine ont résonné, bien des années plus tard.

— Seules les âmes blessées sont capables de blesser, a insisté maman. Concentre-toi sur ton frère. Cesse de tout ramener à toi. Le monde ne tourne pas nécessairement autour de ta personne.

Elle s'était penchée pour poser la main sur l'épaule de Moose. Des larmes coulaient le long de son visage et tombaient depuis le bout de son long nez.

J'avais malgré tout continué de mener l'enquête.

À l'école, j'ai demandé autour de moi si quelqu'un savait quelque chose. Tout le monde connaissait une version de l'histoire, évidemment, mais personne ne voulait parler. Je me suis inscrite à l'athlétisme, j'ai appris les plannings d'entraînement par cœur, j'ai suivi les quinze membres de l'équipe de football américain comme une ombre. J'ai joué l'idiote. J'ai fait croire que j'aimais les garçons. Je me suis fait bien voir d'eux. J'étais prête à tout pour gagner leur confiance. En trois semaines à peine, j'étais sortie avec quatre d'entre eux pour essayer de leur tirer les vers du nez. Ces abrutis n'étaient même pas capables de raccrocher les wagons et de comprendre que j'étais la sœur de Moose. Et pourtant, mon plan ne marchait pas. J'avais même fait une fellation à un des mecs dans le vestiaire, juste après un match. J'avais eu beau m'anesthésier les lèvres et les gencives avec de la coke, le plus dur avait été de dissimuler mon dégoût. Lors d'une soirée à Greenpoint, j'ai allongé les boissons de quatre autres joueurs avec de l'alcool de pharmacie pour les soûler. L'alcool n'est pas un sérum de vérité, mais je cherchais à leur faire baisser la garde. Et ce soir-là, enfin, ça avait marché. Todd McGregor s'était confessé. Il était tellement déchiré qu'il n'ouvrait même plus les yeux.

— Ben quoi ? Oui, c'est moi, a-t-il marmonné indistinctement sur le dictaphone de mon portable. Les pédés, c'est ça qu'ils veulent ! Ils adorent se faire enfiler. Moi, j'ai juste voulu rendre service.

Il a passé la langue sur ses lèvres comme si elles étaient recouvertes de givre. Deux minces filets de salive s'écoulaient de la commissure de ses lèvres.

— Fallait bien qu'il y passe un jour ou l'autre. Il a de la chance, on est tous bien montés. Il a sûrement pris son pied. J'ai une bite d'enfer. J'pourrais même être top modèle pour les sous-vêtements. Tu veux voir la bête ?

Il a donné le nom de deux autres mecs. Il a essayé d'ouvrir sa braguette mais a perdu connaissance.

J'ai écrit « VIOLEURS » à la bombe sur le casier des trois agresseurs. Et Todd McGregor ? Je l'ai laissé à la soirée, après lui avoir noué les pieds et les mains avec sa cravate et sa ceinture, allongé sur le sol, le nez dans son vomi.

Vous trouvez ça cruel ? Croyez-moi, pourtant, je me suis retenue. J'étais plutôt en mode Judith décapitant ce salaud d'Holoferne. Retrouver la trace du trio avait été un jeu d'enfant. Les piéger, un plaisir. Les punir, une jouissance. C'est là où tout avait commencé. Où j'avais compris que je pouvais dédier à Dieu mes talents d'enquêtrice. Rendre la justice dans un monde pourri. Même si c'était une goutte d'eau au milieu de l'océan.

J'ai transféré par mail à mon père l'enregistrement de la confession alcoolisée de Todd McGregor. Il a supprimé le fichier sans même l'ouvrir. Il a dit qu'une confession obtenue sous la contrainte n'aurait jamais aucune valeur devant un tribunal.

— Holly, une bonne fois pour toutes, pense à la famille, a-t-il ajouté en secouant la tête. On dirait bien que ton frère l'a cherché. Ils auront mal pris ses avances. Tu sais comment sont les garçons… Les hommes virils…

Papa n'avait pas été au bout de sa pensée. Peut-être parce qu'il mesurait pour la première fois l'ampleur de ce qui s'était passé. La violence de l'agression et de sa propre réaction. Comme si une tornade était en train de nous déchiqueter dans tous les sens et s'apprêtait à définitivement remodeler notre famille. Pourtant, il était resté droit dans ses bottes :

— Gabriel aurait dû faire plus attention.

— Tu n'es pas en train d'affirmer que Moose a mérité ça ?

— Passe à autre chose. Cette histoire peut me porter préjudice. De nos jours, les policiers n'ont pas le droit au moindre faux pas. Tu le sais bien, non ? Je suis vraiment désolé, Holly. Notre famille va aider Gabriel à se relever. Les garçons peuvent être cruels entre eux, mais…

— Cruels ? Tu ne vois pas ce qu'ils ont fait à Moose ? Regarde-le ! Ils l'ont vio…

— Ça suffit.

Papa a collé sa main sur ma bouche avant même que je prononce le mot jusqu'au bout.

— Stop. Fais-moi confiance. Je vais arranger ça. *Nous* allons arranger ça.

Papa m'a serrée dans ses bras et a délicatement posé sa joue contre mon front. Les flics de Brooklyn étaient aussi durs que les steaks carbonisés de ma mère, et papa avait une réputation à tenir.

Moose avait tellement peur de retourner à l'école après son agression qu'on s'était mis tous les deux à sécher les cours, puis il a arrêté complètement et passé son diplôme en suivant les cours du soir. Moose s'était éteint. Il ne pouvait plus s'endormir sans avaler des somnifères ou fumer un joint. Le simple fait de rester assis au calme suffisait à faire remonter le traumatisme. Avant son agression, nous étions capables de nous étrangler de rire en racontant une blague que nous seuls comprenions. De faire les zouaves sur un parcours de mini-golf. De nous balancer des boules de neige en pleine tête. Moose et Goose. Mais très vite nous avons dû apprendre à ne plus rien attendre de l'autre, à nous séparer, à sublimer nos sentiments. Les souvenirs étaient comme des mines anti-personnelles. Mieux valait apprendre où poser le pied. Lui pensait que je ne le voyais plus que comme Moose, le gamin brisé, alors qu'il était censé être Gabriel, le protecteur. Il n'avait pas tort. Je ne pouvais m'empêcher de vouloir le retenir, de remonter le temps.

J'avais pensé qu'il aimerait l'idée d'avoir le même tatouage que moi. Nous avions choisi l'Arbre de vie, comme un rappel de nos racines, de la manière dont lui et moi serions à jamais liés par ce que nous voyions et ce qui était invisible à nos yeux. Mon Arbre à moi recouvrait une grande partie de mon dos. Je le voulais majestueux, couleur bronze, suffisamment foisonnant pour bloquer la lumière du soleil, capable d'éclairer de sa propre lumière notre monde inquiétant. Celui de Moose était plus petit. Il prétendait vouloir lui laisser la place de grandir. Il m'avait attendue dans l'entrée du salon pendant que j'étais allongée sur le ventre sur la table de l'artiste qui me tatouait. Mes os vibraient sous le bourdonnement de l'aiguille d'Aimee qui chantait tout au long des quatre heures que durait chaque séance. J'aimais sentir son souffle se poser sur ma nuque pendant qu'elle travaillait. Elle me tenait fermement par l'épaule, de sorte que mon corps restait parfaitement immobile, tandis que son aiguille traçait les racines, les branches et les imperceptibles nervures qui striaient l'écorce. Les arbres sont un des nombreux miracles de Dieu. Des méridiens d'énergie, de vie, d'ombre et de protection. Mais actuellement, mon Arbre de vie était caché. Enfoui sous l'écorce d'un autre.

Le ricanement de Prince m'a brusquement sortie de ma rêverie. Il avait arraché une grande partie de sa croûte et il regardait fixement par la fenêtre.

— Monsieur Dempsey, sachez que vous ne trouverez aucune réponse aux impérieux mystères de l'existence à travers cette fenêtre. Regardez plutôt la partition, si ce n'est pas trop vous demander.

— Arrêtez de faire votre reloue, si ce n'est pas trop vous demander, a-t-il répondu en se grattant la nuque.

J'avais beau être à trente centimètres de lui, sa mauvaise haleine parvenait jusque moi : un mélange de souffre et de tabac bon marché.

Prince a parcouru la classe du regard pour vérifier l'effet de sa plaisanterie sur ses camarades. Se sentir au cœur de l'attention, c'était tout pour lui. Mettre le feu à l'école était peut-être une manière d'étancher cette soif. J'aurais voulu renverser Prince de sa chaise et le relever par la peau du cou. Mais j'ai préféré pousser du bout du pied l'étui de guitare de Prince derrière sa chaise pour l'écarter du groupe d'élève. Puis j'ai lancé un exercice difficile à base d'arpèges et d'accords déliés où l'on doit jouer les notes les unes après les autres plutôt que d'un seul coup. Ainsi, les élèves étaient obligés de regarder attentivement les six cordes.

Sachant leur attention ainsi détournée, ne serait-ce qu'une minute, j'en ai profité pour ouvrir discrètement l'étui de Prince dans son dos. BonTon faisait un petit somme. J'ai fouillé la housse à la recherche d'indices – tout ce qui pourrait prouver son innocence ou sa culpabilité. J'ai passé les doigts le long des poches en satin. Rien du tout. J'ai vérifié qu'il n'y avait pas de double-fond. Un instant, je me suis inquiétée qu'un élève se retourne et me demande ce que je fabriquais. Mais, comme je m'y attendais, ils étaient tellement concentrés qu'une pluie de sauterelles aurait pu s'abattre sur eux sans qu'ils ne réagissent. La seule chose que j'ai dégottée, dans un compartiment sur le côté, était un sachet en plastique contenant de la marijuana d'une magnifique teinte bleu-gris. Je l'ai fourré dans ma poche, ce serait pour Bernard et moi.

Bernard serait ravi. Son côté punk, son grand cœur aux élans désordonnés étaient de vrais repères pour moi, et j'étais heureuse de pouvoir lui offrir un moment de lévitation, quelques petites notes de rhapsodie. Sa vie n'était pas sans présenter des parallèles avec la mienne : ses parents, de braves gens, travailleurs, ne l'avaient jamais compris, depuis le berceau visiblement, et ils n'avaient eu de cesse de le convaincre qu'il était tout aussi étranger à lui-même. Son père travaillait comme marin-pêcheur dans le golfe du Mexique, et il était convaincu que l'art était une forme de complaisance. Pas vraiment un péché, mais en tout cas à mille lieues du salut.

Au moment où j'ai replacé son étui devant lui, Prince a posé ses pieds dessus. Personne ne m'avait vue ; j'étais comme invisible. Au fond, une nonne et un détective ont de nombreux points communs. Camouflés au vu et au su de tous. Vous aurez beau essayer de nous pousser à bout, nous sommes infatigables. Patients et têtus comme des mules.

Ryan Brown a poussé un petit cri en laissant tomber son téléphone, qu'il avait dû sortir pour envoyer un message en douce. Ou enregistrer la classe en train de jouer. Espionner dans tous les cas. Il était aussi en train de prendre des photos le soir de l'incendie.

— Téléphone, je vous prie, ai-je dit en tendant la main vers Ryan Brown, qui a placé l'appareil sur la paume de ma main. Merci beaucoup. Vous le retrouverez à la fin du cours.

Je l'ai fourré dans la poche arrière de mon pantalon avant de plaquer trois nouveaux accords, en faisant glisser ma main sur le manche de guitare.

— Et ne soyez pas insolent, monsieur Brown.

— Mais j'ai rien dit !

— Mais vous alliez parler, non ?

J'ai hoché la tête avec lenteur, imitée aussitôt par Ryan.

— Si vous voulez bien m'excuser, ai-je lancé d'une voix plus forte, de sorte que toute la classe puisse m'entendre. Je vois l'inspecteur Grogan qui revient.

Sauf que je n'avais pas vu Grogan. J'ai disparu dans le couloir vide et j'ai sorti le téléphone de Ryan Brown. Qu'il semblait léger et lumineux ! Ça me manquait, d'avoir un portable, le meilleur remède contre l'ennui. J'ai cherché sa galerie de photos, fait défiler des images de couteaux, de gamins qui jouaient aux jeux vidéo, quelques clichés du dimanche soir où j'étais dans l'ambulance (l'air complètement pitoyable), quelques autres de l'école en flammes. Rien que je n'aie déjà vu. Le chahut des élèves résonnant jusque dans le couloir, j'ai éteint le téléphone et je suis retournée dans la salle.

BonTon s'est levé et a étiré son corps musculeux. Rebecca était en larmes. Son corps d'asperge était recroquevillé comme un vieil épouvantail battu par le vent.

— Qu'est-ce qui se passe encore ?

— Prince m'a arraché une touffe de cheveux, a-t-elle répondu en sanglotant.

Il régnait dans la pièce une odeur de brûlé.

— Monsieur Dempsey, ai-je dit en fermant les yeux. Avez-vous vraiment arraché des cheveux à Rebecca pour y mettre le feu ?

— Sale pute, a-t-il répondu. Elle raconte n'importe quoi.

— Il fait ça sans arrêt depuis qu'il a foutu le feu aux toilettes, a rétorqué Ryan d'un air sombre.

— T'as une preuve ?

Prince a souri en levant les mains en l'air. Son Zippo était posé sur sa table.

— Rebecca, je vous prie d'accepter mes excuses pour ce qui vient d'arriver. Faites attention ! ai-je ajouté à l'attention de Prince.

J'ai tendu la main en direction du briquet, mais il a été plus rapide que moi.

— Donnez à Prince le temps d'apprendre et de commettre des erreurs, bref de grandir, m'avait dit sœur Augustine après l'incendie des toilettes, huit mois plus tôt. Prince et sa mère ont passé vingt-quatre heures prisonniers sur le toit de leur immeuble, juste après le passage de Katrina.

— C'est le cas de plein d'autres personnes, avais-je répondu en réajustant mon foulard.

— C'est facile d'être dure, avait renchéri sœur Augustine. Plus difficile d'éprouver la compassion.

Notre principale prêchait toujours l'Évangile en souriant.

— Soyez patiente. Prenez de la hauteur. Chacune de nos sœurs joue un rôle essentiel dans la transmission de la parole de Dieu. Vous êtes celle qui y contribue sans doute le plus, sœur Holiday.

— Arrête de jouer les fayots, Ryan.

La voix de Prince m'a ramenée à la réalité.

— Prince Dempsey, vous allez fermer votre petite gueule de raclure avant que je ne le fasse moi-même.

Le visage de Prince est devenu rouge en un instant et il s'est recroquevillé sur sa chaise.

J'étais allée trop loin, mais je ne pouvais plus revenir en arrière.

La fin des cours a sonné, Prince est resté assis, immobile, BonTon toujours à ses pieds.

Pardonnez-moi, Seigneur. Donnez-moi la force de comprendre. J'ai redressé les épaules. Prince n'était qu'un gosse, malgré son sale caractère et son cran d'arrêt. Un gamin perdu, blessé, en colère contre l'injustice de la vie. Il avait la rage de voir que le monde prenait plus qu'il n'offrait.

8

Après la fin des cours, j'ai dû descendre à pied en centre-ville, guitare sur le dos, pour rejoindre sœur T avec qui j'assurais une permanence à la nurserie de la prison. C'était mon engagement pour la communauté, cinq heures par semaine.

Juste avant de partir, j'ai aperçu Prince et BonTon qui traînaient devant l'école. Les deux voitures de police restées garées devant l'établissement toute la journée avaient disparu.

La chaleur montait du myrte tacheté de pourpre. Un papillon noir voletait dans la brume. Prince et BonTon tournaient autour de l'autel de bougies en mémoire de Jack. Le garçon avait le dos tourné. Il devait se croire seul, à moins que ce lui soit égal, car il se tenait juste au-dessus d'un des bougeoirs, tenant la laisse de la chienne d'une main, l'autre cachée devant lui. Il y a eu un bruit d'éclaboussure. Deux bougies se sont aussitôt éteintes.

Le gamin était en train de pisser sur le mémorial. Peut-être que l'irrévérence et la fureur étaient des mobiles suffisants…

Une des voitures de police est réapparue. Prince et BonTon se sont éloignés. J'étais submergée de rage, mais je n'ai rien dit. Je ne l'ai pas arrêté. Je suis restée sur place à enregistrer dans mon esprit chaque détail de la scène.

Les nonnes ne peuvent pas acheter un paquet de chewing-gums, encore moins un appareil-photo haute définition. Ma mémoire était une de mes fonctions les plus développées. Certaines personnes ont une mémoire auditive : ils répètent les noms, les horaires à haute voix, comme des incantations. Moi, je récitais chaque détail en silence à l'oreille de mon cerveau. J'étais capable de passer une, voire deux heures à me rappeler le nombre et la disposition des zébrures sur le miroir des toilettes dans un bar miteux où je n'aurais été qu'une fois. Tout le monde me prenait pour une cinglée obsessionnelle.

Sauf Nina.

Nina me prenait pour qui j'étais.

— C'est la taxe de séjour Holiday.

Voilà comment qualifiait Nina le prix à payer pour se rapprocher de moi.

Nina Elliott.

On jouait dans le même groupe. C'est elle qui a pris ma virginité, puisque c'est l'expression consacrée, mais croyez-moi, je ne me suis pas fait prier.

Même si, à l'époque, je n'en étais pas bien sûre non plus : je n'avais jamais eu de cours d'éducation sexuelle sur la mécanique de la sexualité lesbienne et je ne savais pas ce que voulait dire le mot « queer ». Nina était la fille d'un boursicoteur et d'une virtuose de cool jazz qui n'avait rien de cool car il était aussi dissonant qu'une alarme de voiture. Avec sa peau cuivrée, Nina avait le look sulfureux d'une fille sur une couverture de Playboy, une aura de star de cinéma dans ses T-shirts moulants à rayures. Dans ses yeux vairons brûlaient deux flammes intenses. L'une était grise. L'autre d'un brun sépia.

— Cent pour cent bi, avais-je dit. Même tes yeux n'arrivent pas à se décider.

—Tu es jalouse, hein ? avait-répondu Nina en battant des paupières à deux reprises.

Évidemment que j'étais jalouse.

On a commencé à flirter quand on avait dix-sept ans. Elle était de loin la personne la plus intelligente et la plus sexy que j'aie jamais rencontrée, et son corps, son petit cul rebondi, me rendait littéralement folle. Mais son esprit me fascinait également ; je pouvais l'écouter des heures me parler de sa passion des archives. On fricotait toujours quinze ans plus tard, lorsque j'étais partie pour La Nouvelle-Orléans en laissant le chaos dont j'étais à l'origine.

Il suffisait que Nina ou moi ayons bu un verre de trop pour qu'on s'envoie un texto et qu'on finisse au lit, même après son mariage avec Nicholas.

« Nina et Nicholas : c'est pour la vie. » Voilà ce qui était écrit sur le carton d'invitation que j'ai brûlé au fond de l'évier.

Leur union m'a brisée. Et même si je ne l'ai jamais avoué, Nina le savait. Je n'ai pas répondu à l'invitation. J'ai séché le dîner de répétition. Je me suis pointée le jour de la noce dans une sorte d'usine à mariages de Long Island City. Je portais une robe d'un bleu ravageur et je tenais déjà une cuite stratosphérique. Après les avoir regardés danser sur *I Swear*, des Boys II Men, j'ai enchaîné trois bourbons cul-sec. Merci l'open bar. Puis j'ai eu l'idée de donner un grand coup de pied dans leur arche de mariage et d'envoyer valdinguer par la même occasion quelques gerbes de gueules-de-loup et de gaillets. Qu'est-ce que ça faisait du bien de mettre fin à tout ça, même temporairement. De piétiner leurs roses. J'ai sauté à pieds joints sur l'inscription « N+N » tombée par terre jusqu'à ce qu'à ce qu'un clou rouillé se fiche dans mon pied et qu'un grand chauve, du nom d'oncle Kevin, m'évacue sans ménagement. Le reste de la soirée, je l'avais passé à l'hôpital du

Mont-Sinaï à attendre un rappel antitétanique. Au fond, l'amour n'était rien d'autre qu'une infection. Pareille au venin qu'on extrait du croc d'un serpent à sonnettes : une goutte peut vous sauver. Une morsure profonde, et votre cœur cesse de battre.

Nicholas Nieman Jordan. Un nom digne d'un kidnappeur en série. Il avait d'ailleurs l'ego surdimensionné qui allait avec. Nina l'avait rencontré au cours de ses études dans l'air asphyxiant de Paris. Pendant ce semestre à l'étranger, elle avait suivi ses cours de peinture. Il passait pour un érudit d'art, mais il donnait l'impression de détester l'art en réalité, vu sa manière de le ridiculiser. Toujours est-il que Nina paraissait sensible à son numéro. Comme s'il était l'antidote à ses insipides parents. Il avait le cachet de l'Américain à Paris. Nicholas Psychopathe Jordan abordait tout comme une compétition de sport : les intellectuels, les conversations polies et même le mariage. J'ai tout de suite vu clair dans son jeu. Mais il constituait un ancrage plus solide pour Nina que moi. Elle a même fini par abandonner son nom de famille pour prendre le sien.

Au cours de nos longues années de relation orageuse où nous ne cessions de décider de nous tenir à distance l'une de l'autre, nous étions condamnées à échouer. Nina m'aimait et je l'aimais, mais nous n'arrivions pas à nous faire confiance. Ni l'une ni l'autre ne nous croyions capables de former un « nous ». Nous avions assimilé le sexisme et l'homophobie jusqu'au plus profond de notre moelle. À quoi je m'attendais en me pointant au mariage de Nina ? À ce qu'elle change d'avis et dise « Je choisis Holiday » avant de tomber à genoux et de me tendre une alliance, comme dans les comédies romantiques débiles qu'on regarde en pleurant dans l'avion ? (Je prétendais à chaque fois que c'était parce que j'étais bourrée et déshydratée.) J'ai été horrifiée par le chemin emprunté par Nina. Et regardez-moi aujourd'hui, sœur Holiday, fiancée du Christ : je n'ai même plus de nom de famille.

Nina et moi avions trois points communs : la musique, la baise et la fuite. On adorait la sensation que procurait un claquement de porte. C'était peut-être ça, le grand amour : offrir notre corps à l'autre, s'en délecter, se sentir tellement en phase avec elle qu'il n'était pas nécessaire de parler, de questionner ou de mettre un nom sur la relation. On l'arrêtait et on la reprenait sans jamais se poser de questions.

Jamais je ne m'étais sentie aussi vivante qu'avec Nina, c'en était presque dément, si débordant de vie que j'avais l'impression que mon sang bouillonnait dans mes veines. Mon désir était comparable à des acouphènes au niveau du cœur – un léger battement d'ailes auquel se superposaient les autres sons. J'étais en colère de savoir que Nina ne serait jamais mienne. En colère parce que nous n'avions jamais accordé une vraie chance à notre couple. Ses yeux vairons m'obsédaient. Sa peau, chaude au toucher, douce et ferme à la fois, semblable à une pierre chauffant au soleil. Je me détestais de vouloir la posséder. D'apprendre à aimer cette souffrance. N'y a-t-il pas plus élégante torture que celle consistant à chercher à attraper ce que vous ne parviendrez jamais à atteindre ? Un amour qui ne reste pur que parce qu'il est nié, piégé dans un bocal de verre. Un vœu éternel qui vous hante. Il s'agissait peut-être d'une épreuve envoyée par Dieu, les matrices de vérités qu'il fallait que je découvre encore à mon sujet.

Ce mardi-là, je faisais face à une autre sorte d'épreuve. Au plus fort de la chaleur de l'après-midi, alors que je marchais à pas lourds en direction de la prison, quasiment en nage, j'ai rattrapé une parade de Seconde Ligne, constituée de femmes aux robes blanches qui jouaient de la trompette et chantaient en marchant. Pas besoin d'occasion spéciale pour cela, chaque jour à La Nouvelle-Orléans s'accompagnait d'une parade. Le simple fait de se lever était une raison de célébrer avec excès. Même les mannequins géants donnaient l'impression d'être ivres, avec leurs regards pervers et leurs visages goguenards. Mon esprit tourbillonnait tandis que je me rappelais les monstrueuses découvertes, parfois miraculeuses, que j'avais faites au cours de mon année de noviciat quand je récurais ou quand je servais à l'église : un sac plein d'argent que j'avais vu luire à l'intérieur d'une fausse cloison de la chapelle (je l'avais donné au père Reese). Un chat momifié découvert dans le vide sanitaire du couvent (enterré depuis dans le jardin). Un sac de billes et une bouteille vide d'absinthe dans les conduits d'aération de l'école (j'ai donné les billes à Ryan, en lui conseillant de faire attention à ses bijoux de famille). Des gens de tous âges dansaient dans la Seconde Ligne ; ils portaient le portrait d'un vieil homme, un père, un cousin, un voisin, un ami, un chef, bref un être humain, auxquels ils rendaient un dernier hommage. Tous ces pécheurs et guérisseurs réunis, éméchés à la bière tiède, portant des vêtements de deuil couleur ivoire, priaient pour le pardon, imploraient en pleurant la résurrection. Comme moi. À cette nuance près que j'avais un plan. À vrai dire, c'était plutôt Dieu qui avait un plan. Mais moi aussi dans mon genre, avec ma mission d'infiltrée.

J'étais une sorte d'instrument divin. Une mercenaire de Dieu envoyée dans une ville étouffante où l'air était aussi oppressant que l'étau qu'on a autour de la tête un jour de gueule de bois au whisky. Même si ça fait un bon moment que ça ne m'est pas arrivé. Vous aurez beau essayer, vous aurez beau transpirer, il y a certaines fièvres que le corps refuse d'oublier. Quand saint Augustin observe l'enfer, ce n'est pas de l'eau qu'il réclame, mais des flammes : « Allumez le feu ! »

Au bout de cinq kilomètres à cuire dans la chaleur asphyxiante, le bras engourdi par le poids de ma guitare, j'ai éprouvé un grand soulagement à la vue de sœur T à l'entrée de la prison. Elle m'a adressé un grand sourire. Avec ses dents très en avant, elle avait l'allure d'un personnage de dessin animé, comme une sorte de grand-mère lapine : une vision incongrue sous les spirales de fil barbelé qui couraient le long du toit du bâtiment. Toujours pleine d'attentions, elle était venue à ma rencontre avec un verre d'eau glacée sur lequel la condensation coulait. Sans prendre la peine de lui dire merci, j'ai saisi le verre et je l'ai vidé d'une traite en inclinant la tête en arrière. La moitié est passée à côté, coulant le long de mes joues et de mon menton jusque sur mon foulard détrempé. J'ai croqué dans les glaçons comme si ma vie en dépendait. Je sentais la sueur s'accumuler au creux de mon dos, au niveau des racines de mon Arbre de vie.

Nous avons passé les détecteurs de métaux, avons apposé nos noms au registre d'entrée et suivi Janelle, la gardienne de l'entrée, jusqu'à une salle à peine aussi grande que ma salle de musique à Saint-Sébastien : c'était là que se trouvait la nurserie de la prison. Les détenues enceintes y étaient logées et suivies pendant leur grossesse. Le lieu servait aussi de lactarium pour les mères allaitantes qui venaient ponctuellement tirer leur lait jusqu'à trois à quatre fois par jour. Sœur T et moi placions le lait au réfrigérateur en indiquant sur les récipients au marqueur noir les noms et les dates. Nous les bénissions juste avant de confier aux gardiens la précieuse cargaison.

J'étais fière de notre action au centre pénitencier, initiée par sœur Augustine et sœur Thérèse en 2005, au lendemain de la tempête Katrina, avec la bénédiction du Diocèse, juste avant que l'évêque et ses deux vicaires ne nous serrent la vis, obligeant sœur Augustine à justifier la moindre nouvelle dépense, le moindre changement d'emploi du temps ou, selon sœur T, le moindre achat de papier toilette. Les raisons qui justifiaient la création du centre avaient de quoi fendre le cœur. Ces femmes qui avaient souvent survécu à des actes de maltraitance avaient été incarcérées enceintes, condamnées à des peines allant de huit à seize mois. Des peines souvent liées au trafic de drogue ou à des vols. Croyez-moi, j'ai fait bien pire que ça. Ces jeunes femmes avaient besoin qu'on les aide, pas qu'on les enferme, pas que le système leur impose de nouvelles violences. Les autorités pénitentiaires avaient tendance à leur faire plus de mal que de bien.

« Les blessés blessent, nous répétait maman, à Moose et moi. Les guéris guérissent. »

Le manque de contact entre les jeunes mères et leurs nourrissons avait de quoi choquer. Les mères en détention n'avaient le droit de garder leur enfant près d'elles que les vingt-quatre heures qui suivaient l'accouchement à l'hôpital. Certains enfants naissaient par voie naturelle, mais la plupart par césarienne. Plus rapide, plus facile à programmer. Au bout des vingt-quatre heures pour « créer le lien », les mères étaient reconduites en prison, les enfants leur étaient retirés, placés chez des proches ou en famille d'accueil quand ils n'étaient pas emmenés dans des institutions spécialisées. Des familles déchirées, à peine nées.

Linda nous avait confié, à sœur T et moi, qu'elle avait une peur bleue d'accoucher. Elle était entrée en prison avec sa fille dans son ventre et était terrifiée à l'idée de la perdre. Tant qu'elle était en elle, elle pouvait sentir l'enfant, la nourrir, apprendre à connaître ses habitudes et ses petites manies. Une fois qu'elle serait sortie de son ventre, Linda serait la seule à rester enfermée. L'absence serait si cruelle qu'elle la vivait comme une seconde peine.

Au Centre, les femmes venaient trouver de petits réconforts entre elles et avec nous, sœur T et moi. Ensemble, nous lisions la Bible et l'horoscope. Nous chantions, nous priions et nous pleurions aussi. Certaines fois, les jeunes femmes ne demandaient qu'à être écoutées. Vous trouvez que le death metal est noir ? C'est que vous n'avez jamais écouté les cris déchirants et les profonds sanglots de femmes qui se languissent de pouvoir bercer leurs bébés, de les tenir contre elles et de leur donner le sein. Le Centre était le lieu où les détenues pouvaient déposer leur chagrin et retrouver la joie, sous la surveillance attentive de Janelle et de deux caméras de sécurité. Combien de fois ai-je rêvé de grimper sur une chaise pour les pulvériser ? En tout cas, j'essayais de maintenir un certain degré de dignité pour ces femmes. Pas simple quand on se trouve dans un lieu aussi inhumain.

Maman aurait été fière de moi.

Parfois, je tendais ma guitare aux détenues, restais en retrait tandis qu'elles essayaient de jouer.

— J'ai l'air cool comme ça ? a demandé Yasmine.

— Super cool, a répondu Linda.

— Ça vous va vraiment très bien, a renchéri sœur T, avec son sourire de lapin.

Pour moi, jouer de la musique, c'était retrouver des sensations in utero. Tout était amorti. Je voulais offrir cette possibilité aux femmes enceintes et aux jeunes mamans, à supposer qu'elles le veuillent également.

L'idée de devenir mère m'avait effleurée une ou deux fois. Nina et moi en avions même parlé. Comment aurait-il pu en être autrement ? C'est notre principal numéro de magie. Nous, les femmes, sommes les premières imprimantes en 3D. On appelle ça la fabrication additive. Un corps, voire deux, dans le cas des jumeaux de Renée, sortis d'un autre.

Ce mardi-là, Renée tirait son lait pour ses deux fils. Yasmine, Peggy, Linda et Mel, toutes à des stades plus ou moins avancés de leur grossesse, étaient assises autour et discutaient, échangeaient des potins et des histoires. Parfois, ça me rappelait ma vie d'avant, à Brooklyn, avec mon groupe. Sans le drame ni les drogues.

Elles étaient belles, ces femmes. Avec leurs cicatrices et leurs récits. Tous les masques qu'elles arboraient.

Même s'il est impossible de se cacher de Dieu.

Le Centre était privé de fenêtres. Pas de jeux de lumières à travers les grands vitraux. Pas de plantes pour apaiser, ni d'ours bleus en peluche. Pas de coussins moelleux. Pourtant, toutes les détenues disaient que c'était le seul havre de paix au milieu de ce qui s'apparentait plutôt à une boîte à sardines.

Cet après-midi-là, Mel et Linda somnolaient, allongées sur le côté, vêtues de leurs uniformes blancs. Leurs corps formaient des demi-lunes sur les fins matelas jaunis comme du vieux papier. Yasmine était assise sur son étroite banquette et massait son ventre arrondi. Alors qu'elle faisait la lecture, j'ai deviné le bracelet orange à son poignet, celui avec son numéro de matricule. Les murs ternes, le vrombissement du tire-lait, l'air parfaitement immobile renforçaient l'impression de torpeur du Centre.

— Ne sont-ils pas la perfection-née ? a remarqué sœur T en désignant la photo des deux jumeaux prématurés de Renée qui partageaient la même couveuse.

J'ai acquiescé avant d'ajouter :

— Des petits durs à cuire, ces deux-là. Deux fois plus d'ennuis.

En réalité, j'avais peur à les regarder. Leurs corps me paraissaient bien trop petits, sous l'enchevêtrement de tuyaux de leur couveuse au service de néonatologie.

J'ai préféré détourner le regard vers les murs de béton. Dans un coin de la salle, Renée était installée dans un fauteuil à bascule gris. Comme cela avait dû être affreux, de voir ces deux êtres fragiles, nés trop tôt, sans pouvoir les tenir dans ses bras.

— Les miracles peuvent se produire partout, a dit sœur T, visiblement subjuguée par ses propres paroles, qui s'adressaient à Renée, mais sans doute un peu à moi aussi. Dieu nous a couverts de Sa grâce. C'est sans doute difficile de le voir, mais la main sacrée de Dieu est à l'œuvre.

Elle portait une pile de livres de naissance que les mères pourraient personnaliser. Nous allions les envoyer en même temps que la prochaine livraison de lait maternel.

Quand nous nous déplacions dans la pièce, la surveillante Janelle nous suivait comme une ombre.

— Jack Corolla a rejoint le royaume de Dieu la nuit même où deux vies naissaient du ventre de Renée, a déclaré sœur T avant de se signer.

Son sourire et l'éclat de son regard suffisaient à réchauffer l'espace confiné.

— La vie est un cycle infini, a-t-elle poursuivi après une pause. Le soleil se lève, le soleil se couche, il se hâte vers son lieu, et c'est là qu'il se lève. L'Ecclésiaste 1 :5.

J'ai imaginé la force vitale de Jack se scindant en deux pour donner aux minuscules jumeaux de la force supplémentaire.

— Pouvez-vous bénir mon lait ? m'a demandé Renée.

Elle avait un visage à l'ovale élégant et un regard d'une profonde douceur.

J'ai ôté mes gants pour poser ma main sur son épaule. Elle a cessé de se balancer sur la chaise et j'ai senti son souffle court quand je l'ai touchée. Nous avons prié Dieu de les maintenir, elle et ses bébés, en bonne santé.

Après avoir béni le lait, je suis allée chercher ma guitare, restée dans son étui, à proximité de la gardienne. Mel, condamnée à un an de prison, m'a interpelée depuis son lit.

— Sœur Holiday, et si vous nous chantiez *You Are My Sunshine* ? C'est la chanson préférée de ma petite Jenny.

Un enfant à l'extérieur, l'autre dans le ventre. Mel avait une photo de Jenny posée sur son oreiller : une petite fille aux grands yeux malicieux.

Sœur T m'a accompagnée de sa voix sautillante. Mel fredonnait l'air bouche fermée, les yeux clos. Je me suis demandé si elle priait, si elle se connectait à Jenny, ou bien si elle cherchait simplement à se téléporter en dehors de ces murs.

J'ai enchaîné un certain nombre de tubes du Centre – *Somewhere over the Raibow, On Eagle's Wings, Turn ! Turn ! Turn !* Il était temps de changer d'ambiance.

— Et si on chantait mon hymne interdit préféré, *Ring of Fire* ?

Renée et Mel ont pouffé. Mel s'est redressée.

— J'adore Johnny Cash. Cette chanson me file toujours des envies coquines. On a le droit de dire ça ?

Janelle, la surveillante, a haussé les épaules avant de se redresser sur sa chaise pliante.

— Vous avez le droit, ai-je répondu en plaquant quelques accords. À propos de feu, l'une de vous s'y connaît-elle en incendie criminel ?

Si l'une d'elles avait ne serait-ce que des connaissances rudimentaires, cela pourrait m'aider à voir l'embrasement de l'aile Est sous un autre angle. J'avais quand même mauvaise conscience de poser une telle question.

Le silence régnait dans la pièce jusqu'à ce que Yasmine prenne la parole.

— Ça fait un bail mais, à l'époque où je créchais à Texarkana, putain de trou, mon ex a fait de la taule pour avoir foutu le feu.

Son fard à paupières était appliqué avec beaucoup de soin. De toute évidence, Yasmine avait le goût du détail.

— Mon premier mari, a-t-elle repris. Eric. Il a fait cramer le resto de viande grillée pour toucher le fric des assurances. La semaine suivante, il était sur les lieux de l'incendie, juste sous le nez des flics. Les pyromanes font souvent ça, vous savez…

— Quoi donc ?

— Revenir sur la scène du crime, a expliqué Yasmine. Ils adorent vérifier que le travail est bien fait. C'est leur grand kif. Le truc, c'est que deux caméras l'ont filmé en train de décharger deux réfrigérateurs et un fumoir la veille de l'explosion. Putain de demeuré. Les maris ne sont bons qu'à une chose et, même pour ça, parfois, ils sont même pas capables de vous donner satisfaction, si vous voyez ce que je veux dire. Oh ! désolée, ma Sœur ! Je…

J'ai éludé d'un geste de la main.

— Je vois de quoi vous voulez parler.

Les détenues semblaient apprécier ma nature peu conventionnelle. Quand j'ai joué *Let It Be*, elles ont commenté mes mèches décolorées et mes tatouages sur les doigts. J'étais, de quarante ans, la plus jeune sœur de l'ordre. Dans ma vie d'avant, un de mes superpouvoirs gays consistait à détendre les filles hétéros à tel point qu'elles finissaient par lâcher leurs secrets les plus inavouables. L'écoute profonde était une qualité commune aux impies et aux figures saintes, qu'il s'agisse des pires manipulateurs ou du pape. Mais je ne trahissais jamais personne.

Mon dérapage n'a pas échappé à sœur T qui, fidèle à son intuition, me surveillait toujours du coin de l'œil.

— Sœur Holiday, mesdames, prions ensemble.

Elle finissait de sécher un biberon avec un torchon usé jusqu'à la corde qu'elle a placé sur le comptoir avant de s'essuyer les mains en sifflotant. Sœur T sifflotait toujours. La musique et le silence sont les deux manières d'assimiler et de partager la parole de Dieu.

Si celle-ci m'a toujours fascinée, je dois dire que presque tous les prêtres m'ennuient. C'est d'ailleurs la raison qui m'a poussée à aller lire la Bible à la source, même si je ne comprenais pas très bien le texte. Enfant, le père Graff répétait si régulièrement la même homélie ronronnante sur le pardon que Moose et moi avions lancé le concours de celui qui tiendrait le plus longtemps sans s'endormir. Maman n'aimait pas les imposantes églises en marbre. Elle avait préféré rejoindre la paroisse Saint-Pierre, la plus petite et ancienne église catholique, située à Bay Ridge. L'édifice était glacial et délabré, sans cesse battu par le vent chargé d'humidité. Avec l'eucharistie qui fondait sur ma langue, je me laissais aller à écouter Dieu, le visage dans les mains. Je passais le père Graff en mode silencieux et je me plongeais dans l'écoute de moi-même. Même sœur Régine vantait ma piété.

Je me souviens des efforts déployés par Moose pour étouffer ses rires.

— Même quand on prie, tu veux toujours être la première, disait-il en me donnant un coup de coude.

J'ai une nouvelle fois retiré mes gants et pris les mains chaudes de Linda entre les miennes. En fermant les yeux, j'ai récité :

— C'est pourquoi je me complais dans les faiblesses, dans les outrages, dans les détresses, dans les persécutions et les angoisses endurées pour le Christ ; car, lorsque je suis faible, c'est alors que je suis fort. Deuxième épître de Paul aux Corinthiens 12 :10.

— Putain, c'est tellement vrai, a approuvé Linda.

9

Je mourais de soif et j'étais sur le point de tomber d'inanition tellement j'avais faim alors que nous rentrions de prison, sœur T et moi. Nous sommes passées devant un rade dont le nom « Chez Josie » était écrit en lettres de néon et la façade couverte de mosaïques. J'imaginais très bien mon ancien moi y boire du whisky de mauvaise facture entre deux Abita glacées.

À trois blocs du couvent, nous avons fait une courte halte. J'ai posé ma guitare au sol et, tout en écoutant un *brass band* improvisé, vêtu de costumes vert et doré, j'ai secoué mon bras ankylosé. Leurs instruments vibraient frénétiquement sous les convulsions du son et les explosions des cuivres, pratiquement comme si la musique mettait le feu au chèvrefeuille rouge qui courait le long du trottoir. Sœur T battait la mesure. Même les bougainvilliers semblaient fléchir sous l'enchantement de la musique. Le jazz est tout à La Nouvelle-Orléans. Non pas le jazz guindé où l'on reste poliment assis ou celui qui se joue sur les podiums de concert. Le jazz de La Nouvelle-Orléans est tout en écarts et en courbes. La carte qu'il dessine est si tortueuse qu'elle ne peut être qu'authentique. Avec le grattement des banjos, la crécelle des planches à laver, les touches de piano qui claquent. Avec ses trompettes et ses trombones pétaradants et tout ce qui est capable de produire un putain de son. Tout se mêle, et les gens n'en ont jamais assez.

Nous sommes arrivées au couvent, épuisées et en nage, mais, plutôt que de me rendre à la cuisine pour le dîner et d'affronter la cacophonie des assiettes qui s'entrechoquent et les yeux de vierge de fer de sœur Honorée, j'ai pris congé de sœur T pour m'offrir une balade à travers l'institut.

Yasmine avait bien dit : les pyromanes retournent sur les lieux du crime. C'est leur kif. Peut-être que je pourrais prendre ce salaud ou ces salauds sur le fait. Il fallait que je découvre de nouveaux indices.

Une tourterelle a poussé un roucoulement. Je sentais une présence rôder autour de moi, comme si j'étais suivie. Un ouaouaron a coassé côté Est, auquel un autre a répondu côté Ouest. J'ai adressé une prière de remerciements à tous les petits êtres invisibles qui me faisaient savoir que je n'étais pas seule.

Dans la cour, des bouquets de jasmin frémissaient sous la brise. Un mille-pattes a glissé son armée de pieds juste devant les miens avant de disparaître dans la fente d'une dalle en ardoise. Sous l'effet de l'humidité permanente, le bois du banc était fendu par endroits. La chaleur oppressante, comme une demande pressante. J'ai écrasé un moustique qui venait de se poser sur mon pantalon noir. À La Nouvelle-Orléans, ils seraient capables de piquer à travers du métal.

J'ai examiné les bordures, les caniveaux. J'ai fouillé les buissons, où j'ai retrouvé des papiers de bonbons, un sachet vide de M&M's et un masque de carnaval. J'ai regardé sous les bancs en pierre. La poubelle à l'angle de Prytania et de First Street débordait. Tout en m'assurant que personne ne se trouvait aux alentours, je me suis approchée du ramassis d'ordures. J'y ai trouvé une bouteille remplie d'urine. Un paquet de chips Zapp, parfum écrevisse. Une pizza surgelée. Quelques paquets de cigarettes. Vides. Rien d'étrange au premier abord, mais je n'étais pas née de la dernière pluie. Ne jamais se fier aux premières impressions.

Les oiseaux nocturnes déployaient leurs trilles. Voodoo est venue enrouler sa mince queue noire autour de mon mollet. Elle m'a regardée avec une pointe de malice. Un faucon est apparu dans la lumière changeante du soir avant de plonger dans les herbes hautes, les yeux fixés sur une proie. À une occasion j'avais surpris le même regard chez Nina, celui d'un prédateur observant la chair en mouvement avant de la réduire en lambeaux. J'ai senti mon sang frémir à ce simple souvenir.

Il y a quelque chose de sublime dans la plénitude qu'on ressent en tenant quelqu'un dans ses bras, en sentant son corps parfaitement épouser celui de l'autre. Nous mangeons le corps du Christ. Nous buvons son sang. Des années plus tard, j'avais encore dans la bouche le goût de Nina : un mélange de champagne, de transpiration et de la mine de graphite léchée sur son pouce.

— Nicholas est mon mari, m'avait-elle dit un jour, mais c'est toi que j'aime.

Soudain, un groupe d'élèves portant masques et couronnes s'est dirigé vers les portes du bâtiment principal de l'école. Ils étaient une demi-douzaine, tous méconnaissables sous leurs maquillages et dans leurs costumes extravagants. Au milieu de cette semaine épouvantable, j'avais oublié que se tenait le bal des étudiants, organisé à la fin de l'été pour tous les étudiants des écoles catholiques de la région. Un mini Mardi Gras, l'alcool en moins.

Sœur Augustine avait promis de maintenir la soirée, malgré l'incendie et la présence de la police tout autour, malgré les interrogatoires des élèves et du personnel, les protestations des parents. Malgré la mort de Jack. Le Diocèse, qui tournait autour de l'établissement comme des vautours depuis lundi, avait fini par donner son autorisation à contrecœur, ce qui avait été à l'origine d'une perte de temps et d'énergie supplémentaire. Le Parrain et sa tête en forme de dirigeable prenaient la plupart des décisions relatives aux enseignements, aux admissions et aux fermetures, encouragé par la Goule et le Velu. « *The show must go on* », avait plaidé sœur Augustine, les élèves avaient besoin d'exprimer leur créativité.

Le bal, chaperonné par John Vander Kitt et cinq parents, devait se tenir dans l'auditorium. Les gosses se pointaient rarement à l'heure pour les cours, mais dès qu'il s'agissait de s'amuser ils étaient en avance. Filles comme garçons portaient des perruques bouclées et des colliers de perles vertes.

Aucune trace de Prince Dempsey parmi eux. Le dur à cuire de Saint-Sébastien brillait par son absence.

Une débauche de mousseline, de soie et de satin. Une élève avait revêtu une robe en velours et des bas résille. Une autre portait un masque d'oiseau au-dessus d'un corset et d'escarpins couleur rubis. Un troisième avait l'allure d'un noble à la cour de Versailles : il avait enfilé une perruque rose au-dessus de son visage poudré de blanc.

J'ai regardé de loin mes élèves chahuter dans leurs costumes, savourer le vertige, comme celui d'une drogue, de pouvoir être quelqu'un d'autre l'espace d'une soirée. La plupart d'entre eux étaient attroupés dans la cour, celle-là même où, deux jours plus tôt, j'étais allongée sur une civière, bombardée de questions par l'inspecteur Riveaux. Bien que je ne puisse identifier les gamins masqués, je n'ai eu aucune peine à reconnaître Ryan Brown qui portait des collants verts sous un queue-de-pie. Il portait sur la tête une immense paire de bois de cerf en papier mâché.

Ryan s'est extrait de la cohue pour nous rejoindre, Voodoo et moi. Le chat s'était endormi derrière un banc.

— Sœur Holiday, c'est le bal, ce soir !

— Je vois ça.

— Pourquoi vous n'avez pas mis de costume ?

— J'en ai un.

— Si vous le dites.

J'avais du mal à imaginer comment il pourrait danser dans cet accoutrement, mais la question n'avait pas l'air de l'inquiéter. C'était d'ailleurs le cas de la plupart des gens de cette ville dont l'unique souci était de profiter de la vie. Dans les rares lettres que j'écrivais à Moose et auxquelles il répondait, tout aussi rarement, par un laconique « Fais gaffe à toi », ou dans celles que j'écrivais à mon père qui ne prenait même pas la peine de répondre, j'essayais de décrire la folie de ma nouvelle ville. Les arbres séculaires fleuris toute l'année. Les quartiers qui vivaient sous la menace d'inondations catastrophiques. La Nouvelle-Orléans était une ville gâtée en tout, surtout en châtiments. À l'image de la fibre de verre, c'était comme si elle n'était pas de ce monde, une étrange bizarrerie qui ne vous laissait pas d'autre choix que de la toucher. Mais dès lors que vous la serriez fort contre vous, elle vous transperçait de ses dents invisibles.

Pile à cet instant, l'alarme incendie a retenti.

L'air a vite été saturé de vibrations.

Des vapeurs. De la fumée qui venait chatouiller le fond de ma gorge.

Ça n'allait pas recommencer !

— Ma Sœur ! a hurlé Bernard depuis une des fenêtres de la cafétéria, en agitant frénétiquement les bras. Restez où vous êtes ! Dites aux élèves de reculer !

— C'est quoi, ce bordel, Bernard ?

— Il y a le feu à la cafétéria.

— Comment ça ?

— Je maîtrise. J'ai déjà appelé les secours. Ils arrivent. Restez où vous êtes !

Bernard a disparu. Les élèves couraient dans tous les sens, paniqués.

— Reculez ! ai-je aboyé.

Fleur a perdu sa perruque en courant. Ryan devait tenir ses bois à deux mains pour galoper.

J'ai escorté les élèves déguisés jusqu'à la rue. Une fois les jeunes en sécurité, j'ai ramené mes fesses jusqu'à l'entrée de la cafétéria. Je voulais m'assurer que Bernard n'allait pas terminer comme Jack.

Il est apparu près de la porte, un extincteur à la main.

La fumée commençait à s'échapper par l'ouverture.

— Dehors ! a-t-il hurlé en postillonnant. Restez dehors !

— Je n'ai pas le choix, Bernard, ai-je répondu en le dépassant.

J'ai franchi les portes et me suis précipitée à l'intérieur de la cafétéria. Il devait forcément y avoir un indice. Une preuve. Voire le coupable en personne, caché, observant avec délectation son méfait.

Pas de flammes en vue. Cet incendie n'avait rien à voir avec l'enfer de l'aile Est. Pourtant, la fumée me brûlait les yeux et me faisait tousser exactement de la même façon.

Sainte Marie, Esprit saint, qui que vous soyez, lâchez-moi les basques.

En bas de l'escalier qui reliait la cafétéria en sous-sol au hall d'entrée principal de l'école, j'ai aperçu une couverture noir et blanc, abandonnée en boule par terre.

Sauf que ce n'était pas une couverture.

C'était sœur T, visage contre terre, au pied des marches.

— Sœur T, me suis-je écriée en courant vers elle. Ma Sœur ! Non !

Son voile s'était détaché, et elle avait perdu une chaussure. Sa chaussette noire était trouée au niveau du gros orteil.

J'ai posé mes doigts sur son cou. Pas de pouls. Sa cheville gauche était tordue et formait un angle improbable vers l'arrière. Elle était immobile, aussi figée que le sol sur lequel elle était allongée. J'ai poussé un hurlement de dépit avant de m'agenouiller auprès de sœur T et de poser la main sur son épaule, priant et maudissant Dieu à la fois. Putain, pas elle !

Comment avez-Vous pu laisser faire ça ?

Dieu de miséricorde, arrête ça tout de suite. Reviens en arrière.

C'est pour ça que tout le monde pense que Tu fais de la merde.

Si Tu es tout-puissant, alors démerde ça immédiatement.

Du regard, j'ai balayé la scène, hébétée, à la recherche d'un détail, n'importe quoi, pour m'aider à relier les points. J'ai aperçu un objet familier juste à côté du corps meurtri de sœur T. Mon médiator. Il avait dû glisser de la poche de sa tunique. À moins qu'il n'ait été placé là. Je l'ai ramassé. Si elle avait mon médiator en sa possession, c'est peut-être parce qu'elle cherchait à me piéger. Sœur T avait-elle allumé l'incendie avant de tomber dans l'escalier ? L'incendie était pourtant limité au niveau inférieur. Qui plus est, elle était sur les marches, face contre terre. Elle ne sentait pas les produits inflammables. Et surtout, sœur T m'aimait. Je le savais.

À peine avais-je récité un « Je vous salue Marie » que les secouristes, dont l'homme à la fossette rencontré le dimanche précédent, débarquaient.

— Que s'est-il passé ? a demandé M. Fossette.

— Sœur Thérèse… elle ne bouge plus.

— Allez dehors.

D'un geste vif, il m'a écartée du passage et a entrepris de l'examiner. Avant que j'atteigne les portes de la cafétéria, je l'ai entendu annoncer dans la radio : « Nuque brisée, pas de pouls. »

Une fois retrouvé l'air de la nuit, j'ai découvert le fourgon d'incendie 62, une sorte d'énorme baleine en métal rouge, juste à côté d'un autre camion.

Riveaux est apparue dans mon champ de vision. Sa tête et son corps suivaient des mouvements désynchronisés, bougeant dans toutes les directions, un peu à la manière d'une figurine Bobble Head.

Les sirènes hurlaient. Mon cœur tambourinait comme un métronome sur un tempo impossible.

— Riveaux ! ai-je appelé.

Elle est passée en courant devant moi, transpirant sous sa chemise à manches courtes. Elle a disparu à l'intérieur de la cafétéria.

— Riveaux, ai-je répété, mais la fumée l'avait déjà engloutie.

Quand elle en est ressortie une minute plus tard, elle pestait dans sa radio.

Les badauds s'étaient attroupés dans la rue, de la même manière qu'ils avaient assisté, la nuit du dimanche précédent, au spectacle des flammes qui dévoraient l'aile Est, comme si l'enfer s'abattait sur elle. Un trait de fumée s'échappait de la fenêtre de la cafétéria. Qu'espéraient-ils tous ? Un autre spectacle grotesque ? Les parents affolés débarquaient pour récupérer leurs enfants. Quelqu'un avait trébuché sur deux des bougies installées autour du mémorial de Jack, laissant des bris de verre derrière lui.

L'inspecteur Grogan et le sergent Decker ont fait leur apparition et ont foncé droit sur la cafétéria où les pompiers étaient en train de maîtriser les flammes.

Dans la cour, la transpiration ruisselait sur la nuque et le menton de Riveaux. Elle dégageait une odeur de cendrier et d'écorce d'orange séchée au soleil. Elle a remonté sa monture métallique jusqu'en haut du nez. Au moment où elle est repartie en direction de la cafétéria, j'ai voulu la suivre.

— Restez dehors !

Elle avait beau avoir lâché les décibels, sa voix chevrotait, fragile.

— J'ai une impression de déjà-vu. Pourquoi faut-il que je tombe sur vous à chaque nouveau crime ? Où étiez-vous, point d'interrogation.

— Je venais de rentrer en compagnie de sœur T. Il y a dix minutes.

— Vous avez vu quelqu'un dans les parages, point d'interrogation.

— Bernard nous a alertés depuis la cafétéria...

— Il était dedans ? m'a interrompue Riveaux.

— Oui ! Il a crié « Au feu ! » au moment où les élèves arrivaient.

— Les gosses habillés comme des phénomènes de foire ?

Riveaux a désigné Ryan Brown et ses bois sur la tête.

— Nous étions tous dans la cour quand l'alarme s'est mise à sonner. Le bal était sur le point de débuter.

— Génial, une fête.

Riveaux est repartie à la cafétéria. Elle avait l'allure d'un robot quand elle courait, tant l'amplitude de ses mouvements de bras et de jambes était limite. Elle semblait épuisée. Ou excédée. Peut-être les deux.

Au moment où je me suis retournée, j'ai découvert sœur Honorée et sœur Augustine.

— Elle est morte, c'est ça ? ai-je demandé avec colère. Sœur T ?

Sœur Augustine a joint les mains en signe de prière.

— La police nous a expliqué que les secouristes ont fait tout leur possible.

La principale avait les yeux bouffis et rougis. Elle venait de pleurer.

C'était horrible de me trouver là avec sœur Augustine et sœur Honorée.

Un grand vide.

Notre ordre sens dessus dessous.

Sœur Augustine était notre Mère supérieure, un roc. Mais Sœur T était la légèreté qui nous aidait à nous élever. Celle dont les petits gestes de réconfort m'aidaient à avancer : quelques figues mûres laissées sur mon bureau ; les petites offrandes glissées à Dieu sur l'autel ; les affirmations positives qu'elle écrivait sur mon tableau, parfois sous la forme de haïkus ; ses mains qui m'enseignaient comment bénir le lait maternel.

Sœur Honorée a secoué la tête.

— Notre Père qui es aux cieux.

Les larmes coulaient le long de ses joues. Elle était tellement dévastée qu'elle n'avait même pas la force de rejeter la faute sur moi :

— Pardonne-nous nos offenses, a-t-elle poursuivi d'une voix chevrotante, entre deux sanglots, comme nous pardonnons aussi à ceux qui nous ont offensés. Et ne nous laisse pas entrer en tentation, mais délivre-nous du mal.

Je me suis gardée de me joindre à leur prière. Je prononçais rarement le « Notre Père », même si j'adorais son rythme. Je ne demandais qu'à Marie, qu'aux femmes en général, de m'accorder leur pardon.

Quinze minutes plus tard, l'incendie de la cafétéria était maîtrisé, même si des fumées brunes continuaient de sortir par les fenêtres et les portes. Riveaux s'est avancée d'un pas raide jusqu'à l'entrée. Elle a échangé quelques mots avec un pompier avant de me faire signe. Je me suis écartée des deux nonnes plongées dans leurs prières. Sœur Honorée avait les mains posées sur les genoux, si bien que sa tunique soulignait sa silhouette bossue. Je me suis imaginé levant ma chaussure noire juste assez haut pour viser ses fesses et la voir basculer en avant. J'ai aussitôt lancé une prière pour ôter cette vision de mon esprit.

— Le feu a été allumé avec du kérosène, a dit Riveaux en jetant un coup d'œil à droite et à gauche, avant de baisser la voix. Quelqu'un en a aspergé une pile géante de serviettes dans le garde-manger.

— Il faut que j'aille voir.

— Bien tenté, ma Sœur. Mais perdu.

— Dites-moi à quoi ça ressemble à l'intérieur, ai-je insisté, désespérée de ne pas pouvoir entrer.

— Des dégâts en surface essentiellement. Le comptoir a brûlé. Un seul appareil touché, le grille-pain.

— Vu d'ici, ça a l'air grave.

— Nos équipes vont utiliser un traitement à l'ozone pour éliminer les odeurs, a dit Riveaux en ôtant ses lunettes pour masser ses tempes humides. Si le feu avait pris à proximité d'une des friteuses, avec toute cette graisse, la cantine aurait complètement brûlé. Le foyer était limité. Maîtrisé. Quelqu'un veut nous faire passer un message.

— Du genre « Attrape-moi si tu peux ? »

— Un message de défi. La cafétéria sera fonctionnelle d'ici une semaine, mais nous avons affaire à un pyromane. On va devoir fermer l'école.

— Pourquoi ? Vous avez dit vous-même que c'était un incendie mineur.

— Comme il a pris dans une pièce basse et centrale, les fumées se sont propagées aux autres ailes. Il va falloir traiter toute l'école. C'est une question de sécurité. Et puis, il faut bien que les élèves mangent quelque part.

— Ils peuvent déjeuner dehors.

— Par cette chaleur ? a-t-elle fait en inclinant la tête. Dites, ce serait pas vous qui allumez tous ces feux ?

— Moi ? Je suis celle qui mène l'enquête !

— Ou bien celle qui efface ses traces, a pouffé Riveaux.

Bernard a fait son apparition. Il portait un large pansement sur le front.

— Bernard, me suis-je écriée. Vous avez vu un truc là-dedans ? Entendu des bruits ? Croisé quelqu'un ?

— Non. Rien. Personne. J'étais venu ranger le balai à franges quand j'ai senti la fumée.

Riveaux a posé ses mains sur mes épaules, un peu comme un entraîneur qui cherche à motiver ses troupes, et m'a fait pivoter en direction du couvent.

— Rentrez chez vous, ma Sœur. Laissez faire les professionnels.

— Mais j'ai des informations pour vous.

— Quel genre d'informations ?

— J'ai trouvé hier une tunique noire avec une manche brûlée.

— Où est-elle ?

— Dans ma salle de classe. Dans le dernier tiroir à gauche de mon bureau. Il se trouve que j'en ai perdu une. Et que j'ai trouvé ceci juste à côté du corps de sœur T, ai-je ajouté en sortant le médiator rouge de ma poche. Quelqu'un cherche à me piéger.

— Vous avez retiré une preuve d'une scène de crime ? À deux reprises ?

Elle a pris un air renfrogné au moment où elle a saisi l'objet à l'aide d'un mouchoir. Elle l'a placé dans un sachet de plastique qu'elle a fermé hermétiquement avant de le fourrer dans un autre sac.

— Je vous en fais cadeau.

— Vous n'avez pas le droit..., a commencé Riveaux avant de s'interrompre. Rentrez chez vous. Laissez-nous faire. Je vais enregistrer le médiator et j'irai ensuite récupérer la tunique. Nous allons chercher les traces d'ADN, sauf si vous avez déjà compromis ces preuves.

— J'ai des gants, ai-je dit en levant les mains, ce qui n'a eu aucun effet sur elle.

Voir mon médiator ainsi placé dans un sachet de pièces à conviction me faisait l'effet d'un électrochoc. J'avais l'estomac retourné.

— Quelqu'un essaie de me faire porter le chapeau !

— Qui donc ?

— Sœur Honorée ? Rosemary Flynn ? Prince Dempsey ? Je ne sais pas, mais je vais finir par le découvrir.

— Et si c'était votre copain Bernard ?

Les yeux violets de Riveaux scintillaient avec douceur, comme la surface d'un lac au crépuscule.

— C'est lui qui a lancé l'alerte. Vous en connaissez, des pyromanes qui se dénoncent en plein milieu de leur méfait ?

— Les gens ont des raisons à tout.

— L'alibi de Bernard est solide, ai-je rétorqué. Celui de l'incendie de dimanche.

Riveaux m'a coupé la parole.

— Vous avez vraisemblablement ruiné des pièces à conviction majeures de cette enquête. Restez à votre place, ma Sœur.

Elle a grimpé dans son pickup pourri et démarré en trombe.

Elle m'avait dit de laisser faire les pros. Sauf que Jack était mort. Et sœur T aussi. Victimes probables de meurtre. J'ignorais qui tirait les ficelles de la terreur, mais il n'en était qu'aux débuts. Bernard avait le charisme d'un gourou de secte, mais il n'aurait pas fait de mal à une mouche. J'avais bien reconnu la peur sur son visage rouge au moment où il nous avait intimé de rester loin de la cafétéria. Il était trop émotif, il n'avait pas une once de fanatisme en lui. Il évoluait dans le monde avec le cœur sur la main. Un peu solitaire, sans doute marginal. On aurait dit qu'il marchait avec une clé dans la main en attendant qu'elle trouve la bonne serrure. Comme nous tous.

En entrant dans l'église, je me suis effondrée sur le banc. J'ai enfoui mon visage dans les mains et j'ai éclaté en sanglots. Le prie-Dieu s'est renversé dans un grand fracas quand j'ai donné un coup de pied dedans. Mes larmes coulaient à flots tandis que je priais pour sœur T et Jack. Pour moi aussi, qui consacrais ma vie à un dieu capable de laisser arriver de telles choses. Encore et encore. Fait chier.

« Dans la détresse tu as crié, je t'ai sauvé. Je te répondis caché dans l'orage. » Psaume 81.

Dieu était-il à la fois le phare au milieu de la tempête et la tempête elle-même ?

La lumière et l'obscurité sont les piliers opposés qui soutiennent la porte de la rédemption.

Vous ne trouvez la solution qu'en franchissant cette porte et en restaurant l'ordre. Un peu comme quand on résout une enquête.

Il faut savoir se dépasser, sortir de soi-même. Mais moi, justement, je laissais tomber les gens, même dans ma nouvelle vie, comme avant. J'avais fait exploser ma famille, mon groupe, mon histoire avec Nina. J'avais explosé aussi par la même occasion. J'avais touché du doigt quelque chose d'extraordinaire pour aussitôt le foutre en l'air.

Notre groupe commençait à avoir un avenir : Nina, Hannah, Smiles (qui devait son surnom au fait qu'elle ne souriait jamais) et moi. Les quatre membres de Original Sin[1]. C'était moi qui avais baptisé le groupe ainsi. C'était moi aussi qui écrivais les paroles et les tablatures. Smiles était la chanteuse *lead*, à la fois dure et sexy, et elle m'aidait à placer mes solos de guitare. Ensemble, on s'arrachait les cordes vocales. On poussait nos corps à bout en assurant les premières parties de groupes bien moins bons que le nôtre, histoire de gagner de l'expérience sur scène. Le tout dans des salles plus pourries les unes que les autres. Avec des aiguilles et des sachets de drogue à même le sol collant. Des gobelets en plastique qui craquaient sous les pieds. Des vestiges d'affiches partout sur les murs.

— Holiday Walsh à la guitare solo !

Smiles s'autorisait un imperceptible rictus quand elle me présentait sur scène (généralement reléguée au fond d'un bouge miteux).

À travers la sororité qui régnait dans notre groupe, les états de dépravation extatique que nous traversions lors de nos concerts, je découvrais un sentiment d'appartenance que je n'avais jamais ressenti auparavant.

C'est peut-être pour ça que je l'ai aussitôt torpillé. À la fin d'un concert donné en plein hiver à Brick, alors qu'on était en train de reprendre nos esprits dans les loges qui n'avaient de loge que le nom – la pièce avait la couleur du vomi et sentait les égouts.

Nina a repris son souffle après avoir descendu une bouteille d'eau :

— Que fait Hannah sur les genoux du mec du son ?

— Elle est complètement défoncée, a dit Smiles, sourcils froncés.

1. « Péché originel ».

— Tu n'as pas fait ça, a dit Nina en me regardant.

Ses yeux vairons me lançaient des éclairs de mépris. J'ai enlevé mes écouteurs. La transpiration coulait jusqu'à l'intérieur de mes oreilles.

— Rien qu'un tout petit peu. Je ne suis pas sa mère, elle fait ce qu'elle veut.

J'avais donné à Hannah un sachet de coke.

— Tu fais chier, Holiday.

Nina a jeté son mégot allumé sur moi. J'ai réussi à esquiver. Mieux valait me concentrer sur le visage sans sourire de Smiles pour arrêter de déconner. Moi aussi, j'étais stone. Cela faisait plusieurs semaines que j'y allais fort avec la dope. Voire plusieurs mois. La drogue m'endormait juste assez pour calmer mon cerveau sans cesse en fusion.

— Les filles, arrêtez de…

Mais Hannah était trop déchirée pour aller au bout de sa phrase. Le mec du son, Robbie, a redressé son joli corps sur ses genoux. Lui était droit comme un I, fier de lui, comme un Père Noël qui vient d'attraper une proie.

Robbie, de même que les autres ingénieurs du son de Brooklyn (une espèce douteuse qui portait des jeans moulants) la surnommait Hannah la Chaudasse, même si, en temps normal, elle n'aurait jamais voulu d'eux. Sauf que, ce soir-là, elle était tellement défoncée qu'elle tremblait comme un satellite déglingué et qu'elle laissait courir ses ongles à la french manucure rose et blanc dans les cheveux gras de Robbie.

— Vous kiffez pas ces cheveux ? a demandé Hannah, en laissant son regard vagabonder à travers la salle crasseuse. On dirait Jésus !

La chemise en flanelle de Robbie était criblée de brûlures de cigarettes.

— Hum, pas vraiment, ai-je commenté avec un signe de croix. Le mec ressemble à tout, sauf à Jésus.

— Parce que tu sais, toi, à quoi il ressemblait, Jésus ?

Nina a parlé d'un ton désinvolte, tandis qu'elle repassait le trait d'eyeliner qui avait coulé pendant le set :

— À supposer qu'il ait existé, d'ailleurs. Tu devrais t'écouter un peu, Hol, avec ta vision démagogue de Jésus. Le christianisme est une secte.

— Jésus a vraiment existé. Jésus était une belle âme, une âme douce avec de longs cheveux bouclés, des rêves immenses. Il s'est rendu dans les grandes villes avec de grandes ambitions. Comme Patti Smith.

J'avais la bouche sèche d'avoir hurlé dans le micro et fumé toute la soirée.

— Vous croyez pas que Jésus et les saints sont des aliens venus de l'espace ? a dit Robbie dont les yeux étaient à peine ouverts. Vous savez, comme dans les films, quand les anges descendent dans des rayons. Ça pue les aliens à plein nez.

J'ai écrasé mon mégot contre le chambranle de la porte.

— La religion, c'est comme l'art, tout est une question d'interprétation.

— Hmm. Prends les dix commandements, a riposté Nina. Dix lois qui sont là pour te dicter comment vivre, quoi faire, quoi penser. Ça laisse pas beaucoup de place à l'interprétation. Ou Jeanne d'Arc, brûlée sur le bûcher. J'oubliais les petites sauteries du KKK avec des croix qui flambent. Et aussi la Westboro Baptist Church. La religion, c'est le mal. Je n'arrive pas à croire que nous ayons encore cette discussion !

Je ne voulais pas lâcher.

— Une croix est un symbole. Ça n'a jamais été conçu pour brûler. Ce sont des dégénérés qui déforment la religion et l'abîment par pur ego…

Smiles m'a coupée.

— On a compris, on a compris. Tu es une catastrophe ambulante, aveuglée par ta foi, Holiday Walsh, mais je t'aime quand même. Ne sois pas en retard demain, SOUS AUCUN PRÉTEXTE. Tu jures devant Dieu ?

— C'est promis.

— Répète après moi : « Je n'arriverai pas en retard demain. »

— Je n'arriverai pas en retard demain, ai-je marmonné.

— Bien.

Smiles a embrassé ma joue luisante de transpiration.

— HANNAH ! a-t-elle hurlé.

Mais celle-ci était sur une autre planète.

— Ramène-la chez elle. Ne tarde pas à la raccompagner, seule, a-t-elle dit. Johnny ne nous donnera pas de seconde chance.

Le lendemain, nous devions nous retrouver au studio de Johnny Love pour enregistrer notre premier album, Red Delicious. Toutes les chansons parlaient de massacres, de salut et du fait d'être queer. Pour moi, être gay était par essence punk rock. On ne comprend son homosexualité qu'en la vivant. C'est la même chose quand on est punk. La même chose que les épiphanies dans la religion.

— Ne sois pas en retard, a répété Nina en écho pendant qu'elle ramassait ses affaires à son tour. S'il le faut, je te traînerai moi-même là-bas.

— Tout ce que tu veux, tant que je suis dans tes bras, ai-je ironisé.

— T'es pas croyable.

Nina a jeté son mégot par-dessus son épaule en s'éloignant. J'ai regardé la cigarette s'éteindre sur le béton.

Une scène digne de l'esprit d'Original Sin. On était capables de donner le change sur scène et de se déchirer en coulisses. De réparer nos instruments, de même que notre santé mentale et nos relations, à coups de ruban adhésif. Pourtant, nous avions une vraie chance de percer avec cet enregistrement.

Mais plutôt que de prendre mes affaires, de mettre Hannah sur ses pieds et de la raccompagner en train chez elle, j'avais passé les huit heures suivantes dans les loges du Brick, à avaler et sniffer toutes sortes de drogues et à vider des bouteilles de Wild Turkey en compagnie de Hannah et de son Jésus aux cheveux gras.

— Cligne des yeux pour voir.

Hannah a cligné des yeux.

— OK.

— Quand on y pense, c'est dingue de cligner des yeux.

Plus dur que de respirer.

J'ai vidé d'une traite la moitié d'une bouteille d'eau. Mes genoux tremblaient. J'étais incapable de rester assise. La cocaïne coulait dans mes veines.

— Y a rien de plus simple que respirer, a rétorqué Robbie.

Sauf quand on ment comme on respire, ai-je pensé. Mentir était simple pour moi. Courant. Tromper était bien plus aisé, plus rassurant que faire part de mes sentiments et mes pensées. Mes mensonges me maintenaient à flot. La coke aussi.

L'aube s'est levée. Aucun de nous trois n'avait dormi. Robbie est sorti, capable sans doute de remettre un pied devant l'autre et de reparler. Il est revenu avec deux sacs dans les bras, remplis de bagels et de café.

J'ai mordu dans un bagel aux céréales. La nourriture a un effet transcendant quand on est en plein délire.

Hannah a goûté son bagel nature.

— C'est tellement doux, j'ai l'impression de manger un bébé.

— C'est quand, la dernière fois que t'as mangé un bébé ? a objecté Robbie.

— On n'est pas censées être au studio bientôt ? a demandé Hannah avec une pointe d'inquiétude.

— Non, c'est demain.

J'ai menti. Nous ne nous sommes jamais pointées à l'enregistrement de 10 heures. Nous n'y sommes jamais allées.

Était-ce par peur de connaître le succès ? Ou bien par habitude de décevoir ?

Vers 1 heure de l'après-midi, j'ai regardé mon téléphone. La voix tremblante de Nina résonnait sur ma messagerie. À travers les larmes, elle criait :

— Tu as foiré notre unique chance. Je m'en veux tellement d'avoir cru que tu pouvais changer.

Chacun de ses mots martelait l'air avec des clous rouillés. Mon corps tressaillait à chaque fois que je les sentais se planter.

Pardonne-moi, ai-je pensé.

Je ne l'ai pas rappelée pendant des semaines, préférant laisser la distance s'installer entre nous.

J'ai dit une dernière prière pour sœur T. Quand j'ai levé la tête, l'église était vide. Seuls les visages sur les vitraux m'observaient, obscurcis par la nuit. Surveillée, mais seule. Comme un loup solitaire qui rôde dans la nuit.

10

L'école a été fermée pendant une semaine, le temps que la cafétéria soit nettoyée et l'air, détoxifié. Riveaux a confirmé qu'elle avait récupéré la tunique brûlée et qu'elle l'avait enregistrée comme indice, ainsi que le médiator.

Cette semaine-là a été épouvantable. Fiévreuse. La nuit, je dormais à peine deux ou trois heures, quand je ne retournais pas dans ma tête les événements, les indices, les suspects. La surveillance était plus stricte. Je ne pouvais plus me glisser dans l'école, je n'avais plus accès à mon bureau ni à mes notes sur l'affaire. Le Diocèse était constamment sur place, tout le temps sur notre dos, à nous donner des ordres. Ils ne voulaient pas que nous réfléchissions par nous-mêmes, ou ils ne nous en croyaient pas capables, pensant nous sauver avec leurs divines exigences. Les hommes ont toujours refusé de reconnaître la valeur des femmes.

Près des massifs de fleurs et de la grille en fer forgé de la cour, sœur Augustine priait tous les matins. Jérémie 17 :14 : « Guéris-moi, Yahvé, et je serai guéri ; sauve-moi et je serai sauvé. Car Tu es ma louange ! » Chaque jour, sœur Augustine levait haut les bras au ciel.

Une affiche de Crime Watch était désormais collée au scotch sur le poteau du téléphone sur Prytania Street. Les voisins avaient peur. Les parents étaient inquiets. Deux morts et pas la moindre arrestation. J'étais en miettes, dévorée par un mélange d'angoisse et d'adrénaline, un cocktail diabolique que je n'arrivais pas à garder sous contrôle.

N'ayant pas de cours à assurer, j'aurais pu faire profil bas, prier et jouer de la musique au couvent, mais tous les matins, je sortais précipitamment pour fureter partout jusqu'à ce qu'un agent de police me distille en grommelant des « Soyez prudente », autrement dit « Cassez-vous. »

Comme un faucon ne cessant de descendre en piqué sur la mésange, j'ai suivi et harcelé sœur Augustine jusqu'à ce qu'elle me donne enfin sa bénédiction et l'argent nécessaire pour prendre le tram et aller voir Jamie, qui était encore à l'hôpital. Lamont était déjà sorti, mais je lui mettrais le grappin dessus quand les cours reprendraient.

Sœur T avait disparu. Jack avait disparu. J'étais honteuse de les avoir soupçonnés, même une seconde. Mais la trahison et la culpabilité étaient des chemins souvent empruntés dans mon dépotoir cérébral. Que de temps perdu. J'avais besoin de réponses.

Avant de pouvoir aller à l'hôpital, je devais assurer ma permanence du mardi à la nurserie de la prison. Je suis partie seule avec ma guitare sur le dos. Janelle, la gardienne, a failli me serrer dans ses bras – elle s'est retenue juste à temps. Elle avait dû apprendre la nouvelle de la mort de sœur T. Malgré les détecteurs de métaux, la moisissure et la brutalité – pas de bébés, pas la moindre douceur, seuls les violents éclairages au néon pour distinguer les jours des nuits – c'était étrangement revigorant de me retrouver ici. Je sentais l'esprit de sœur T partout.

— Quand a lieu son enterrement ? m'a demandé Renée, ses grands yeux pleins de larmes.

— L'enquête sur les circonstances de sa mort n'est pas terminée. (J'ai secoué la tête.) Le service funéraire aura lieu dans l'Idaho. C'est là que se trouve sa famille. Elle sera inhumée à La Nouvelle-Orléans.

— Sœur Thérèse, c'était comme une tante pour moi, a dit Yasmine.

— Pour moi aussi.

Linda a réprimé un accès de toux grasse de fumeuse, en mettant sa main pâle devant sa bouche.

— Elle ressemblait à ma grand-mère April, a dit Peggy, qui parlait rarement.

Renée ne disait rien. Sœur T lui avait apporté beaucoup de réconfort lors de son accouchement prématuré. Elle l'avait aidée à mettre au monde deux petits êtres, l'avait empêchée de s'effondrer quand ses deux fils lui avaient été enlevés.

— Je suis bénie de l'avoir connue, ai-je dit en tenant les mains puissantes de Renée dans mes mains gantées.

Comme j'appréciais le sourire doux de Mel. La tête rasée de Yasmine. Les longs cheveux roux de Peggy. Les cuticules rongées de Renée. Les boucles blondes de Linda. Je me reconnaissais en chacune d'elle.

Nous portions toutes des tatouages, des cicatrices, des secrets et des deuils. Nous voulions toutes être pardonnées.

J'ai quitté la prison en traînant ma guitare, pour aller voir Jamie. Rosemary Flynn, John Vander Kitt et moi avions prévu de nous rendre ensemble à l'hôpital. Ils avaient en tête un témoignage de solidarité de la part de l'école. Mais pour moi, il s'agissait surtout d'une occasion d'interroger Jamie sur ce qu'il avait vu la nuit du premier incendie.

En fouillant mon étui à guitare à la recherche des pièces que sœur Augustine m'avait données, j'ai découvert la règle de Rosemary. Je ne me rappelais pas l'avoir empruntée, mais elle était bien là, avec son nom écrit au dos, de son écriture appliquée. L'étrangeté de cette découverte inattendue a fait swinguer mon cœur de manière grotesque dans ma poitrine. J'ai fait tinter cinq pièces pour le tramway au creux de ma main. J'aimais le poids délicat et la jolie musique des pièces, métal contre métal, des formes dans un monde sans formes.

Le tramway est arrivé à l'heure annoncée, un fait rare. Je suis montée prestement, avant de déposer mes pièces dans la boîte.

Le tram était bondé. Chaque fois que j'empruntais les transports, j'essayais de trouver un indice sur chaque passager – le quartier où il résidait, sa profession. Un petit exercice d'investigation pour passer le temps. À ma droite se trouvait un joueur de soubassophone, probablement en chemin pour rejoindre d'autres musiciens du Vieux Carré. Deux étudiants bavardaient. Je me suis dit qu'ils devaient fréquenter la fac de droit de Tulane. Un groupe de touristes est descendu et un siège près d'une fenêtre s'est libéré ; je me suis précipitée pour m'y installer.

Vêtue de mon pantalon noir, ma tunique noire, mon foulard noir noué autour du cou et les gants noirs de rigueur, je me suis demandé si, pour des gens peu observateurs, je pouvais passer pour une employée dans la restauration, et non une sœur sur le point de prononcer ses vœux.

Le siège en bois oscillait tandis que nous roulions vers l'hôpital de La Nouvelle-Orléans. J'aimais le grondement de basse du tram sur ses rails électriques. Chaque paire de rails ressemblait à un signe égal.

Trois voitures de police nous ont dépassés. La fréquence des patrouilles augmentait, comme la tension dans la ville.

Je suis descendue à Canal Street, au coin Sud du carrefour. Le soleil rouge-orangé était encore chaud ; j'ai marché quelques centaines de mètres jusqu'à l'hôpital. Les phlox s'inclinaient dans le vent. Pas de lignes à haute tension au-dessus. Ici, les câbles et autres fils sont enterrés à cause des ouragans et des puissantes rafales de vent. Tout à La Nouvelle-Orléans est livré en retard, mal taillé, dégoulinant. Les chênes étaient ornés de boas de mousse espagnole. Les grenouilles coassaient jusqu'au coucher de la lune. Les tapis de belles-de-jour couvraient les toits roses, et les glycines agitaient leurs tentacules dans la brise. Une rangée de maisons traditionnelles, de plain-pied et tout en longueur : les encadrements des fenêtres étaient orange vif, les volets en bois vert menthe et les colonnes blanches. Un chat a miaulé sous un porche voisin.

De l'autre côté de la rue, deux paires d'yeux familiers étaient braqués sur moi : Prince Dempsey et BonTon. Je me suis approchée. Le pelage blanc de la chienne m'a semblé plus lustré. Ses oreilles, deux triangles repliés. J'ai vu d'innombrables pitbulls avec les oreilles mutilées. Les gens les coupent parce qu'autrement les oreilles naturellement repliées des pitbulls leur font une bouille attendrissante. Les tueurs sont tout sauf mignons. Prince n'avait pas taillé les oreilles de BonTon, ça en disait long.

— Vous me suivez, maintenant ? ai-je demandé. Vous avez besoin de conseils ou d'un guide de prière ?

Prince a jeté sa cigarette, seulement à moitié fumée, sur la chaussée. BonTon a soufflé par sa grosse truffe rose.

— C'est *vous* qui *me* suivez.

— Qu'est-ce que vous faites ici, à l'autre bout de la ville ?

— Mon bébé et moi, on se promène.

— Vous vous enfuyez ?

Il a ri.

— On profite des vacances bonus, de la pause incendie, en prenant un peu le soleil.

— Deux personnes sont mortes. Je ne la ramènerais pas trop si j'étais vous, à moins d'avoir quelque chose à avouer. C'est le cas ?

— Les flics et vous autres, vous me tenez trop en laisse, plus serré que ma chienne. Mais quand vous coincez un chien contre un mur, il mord.

— Vous me menacez ?

J'ai posé mon étui à guitare sur le sol.

— Cool, ma Sœur. Cool. Je vous cherche pas de noises. J'ai rien à vous reprocher, si ce n'est votre teinture qui est carrément ratée.

— C'est vous qui avez un casier.

Il a tendu les bras sur les côtés, imitant, singeant plutôt, la crucifixion.

— Je suis un putain de saint.

— Ah oui ? Désolée d'avoir manqué votre canonisation.

Je n'arrivais pas à le regarder.

— Dites-moi ce que vous savez des incendies, sur Jack et sœur T.

— Qu'est-ce que j'y gagne ?

— Une réputation de saint.

— Ça fait pas lourd, a-t-il dit. Je sais plein de trucs.

— Dites-moi, Prince.

— Donnez-moi une bonne raison, et peut-être que j'y réfléchirai.

Le regard de Prince était d'un bleu aussi trouble que le curaçao, et son expression avait la même amertume.

Il savait quelque chose.

Peut-être que sœur Honorée avait raison. J'ai revu le corps de sœur T, un débris froissé en tas sur le sol. La chute libre de

Jack. Le sang de Jamie et l'angoisse de Lamont. J'ai retrouvé mon sang-froid.

— Dis-moi, espèce de petit morveux.

— Ma Sœur, vous êtes super drôle quand vous êtes toute énervée, mais nous, on a un truc à faire.

Avant de se retourner pour partir, il m'a lancé :

— L'école n'a plus beaucoup de nonnes. N'oubliez pas : si vous prenez feu, faut vous rouler par terre.

Vérifiant que personne ne pouvait nous voir, je l'ai poussé fort dans le dos, tellement fort qu'il s'est cogné la tête sur une clôture et qu'il est tombé. BonTon est devenue hystérique.

Prince s'est retourné vers moi, les yeux étincelants de colère. J'ai plongé la main dans la poche de mon étui et attrapé la règle de Rosemary.

Crac.

Un grand coup dans les genoux. De toutes mes forces. *Je vous salue Marie.*

— Putain ! a hurlé Prince, aussitôt imité par BonTon. Vous êtes dingue. Vous tabassez un élève. Un enfant !

Il a essuyé le sang qui coulait de son front.

— C'est quoi, ça ? Un démonte-pneu ?

— Une simple règle.

— Vous allez perdre votre boulot !

— Vous avez dix-huit ans, vous êtes techniquement un adulte. Et je ne vous ai pas tabassé.

— Je suis un adolescent handicapé.

Il a brandi son moniteur de glycémie au bout de son bras maigrichon.

— Pas de témoins.

— Je leur montrerai mes genoux.

— Je dirai que vous inventez, que vous êtes tombé de votre skateboard. La prochaine fois, peut-être que vous m'écouterez, bordel. Ce n'est pas un jeu. Deux personnes sont mortes et vous cachez des informations.

Il a mis un doigt couvert de sang dans sa bouche et a tressailli. Peut-être était-il surpris par le goût cuivré de son propre sang.

— Vous êtes foutue.

— Je vous mets au défi.

J'ai souri, histoire d'en rajouter une couche. Mais je savais que j'avais dépassé les bornes.

À nouveau.

Quelque chose avait bougé en moi. Provoquer Prince Dempsey, savoir que je pouvais lui faire du mal, le briser – c'était délicieux. Et horrible.

Il a craché sur le trottoir poussiéreux et fendu, marmonné « Salope » dans sa barbe, puis s'est remis à siffler tandis que BonTon et lui tournaient au coin de Canal Street.

J'ai tourné les talons et j'ai remonté Saint-Charles en direction de l'hôpital, le soleil comme une mèche allumée au-dessus de ma tête.

Dieu, pardonne-moi. Mais j'étais bonne *à la bagarre.*

Encore meilleure, à l'époque. Avant de m'ouvrir à la lumière.

Nous venions de finir notre premier set. Je me sentais super bien, dopée par le whisky mais complètement présente au moment. Jouer de la guitare électrique n'est pas tant maîtriser un instrument que surfer avec sur la vague d'un tsunami. Une palette de sons – qu'on pousse et qu'on tire. Les séries d'accords de *métal.* La distorsion, la dissonance. Une prière cinétique.

Nina s'est approchée de moi, un Wild Turkey dans chaque main.

— L'autre tête de nœud, au bar, m'a mis une main au cul, a-t-elle fait, dégoûtée. Je me sens queer à mille pour cent. Les hommes sont dégueulasses.

— Le gars a fait quoi ?

Le whisky est descendu en une gorgée.

J'ai crié :

— Qui c'est qui lui a mis une main au cul ? en désignant Nina.

— Ne me venge pas, Holiday, m'a suppliée Nina. Je ne suis pas ta damoiselle en détresse.

Mais il fallait que quelqu'un paie. D'un bond, j'ai rejoint le bar où un grand type dans un blouson dont l'inscription l'identifiait comme un *linebacker* de Carsity riait à gorge déployée. Je lui ai planté l'index dans le torse.

— Hé, l'enculé.

— L'enculer, elle ? Je la connais à peine.

Il a éclaté de rire de concert avec son pote qui avait les épaules carrées et la beauté d'une gargouille bousillée. *Linebacker* était tellement grand que j'ai dû sauter et frapper en même temps pour avoir l'avantage de la surprise. Mais je l'ai touché. Ma colère a flambé dans tout mon corps, et elle est sortie par mon poing à l'instant où je le touchais au menton. Il a cligné des yeux et porté sa main à son visage. Puis il m'a poussée de toutes ses forces contre le mur.

— Putain.

L'arrière de ma tête avait percuté le mur de briques. J'ai vu triple.

— Cette salope s'en prend à Jones, a gloussé la gargouille.

Il était futile de lutter contre un gars en titanium. Il faisait trente centimètres de plus que moi et il pesait au moins cinquante kilos de plus. Mais, comme pour tout, je ne suis pas allée au bout de ma réflexion. J'étais ivre de vengeance et probablement commotionnée. Ce prédateur dans sa chemise amidonnée, avec ses chaussures très chères et son blouson de footballeur, devait se prendre une tôle. Et j'avais le soutien de Dieu. David faite gouine face au patriarcat de Goliath.

J'ai pivoté à gauche, attrapé un verre plein de bière sur le comptoir du bar et je le lui ai jeté à la figure ; son blouson ridicule était trempé. Son portable est tombé à mes pieds – je l'ai ramassé et je l'ai lâché dans la vodka-cranberry d'une femme peu attentive.

— On dirait que tu vas devoir prendre le nouveau modèle, ai-je dit. Casse-toi, tant que t'y es.

Il est allé pêcher son téléphone dans le cocktail en renversant la moitié du liquide.

— Sale garce.

Aussi vite que la bière avait valsé et que le portable avait été mis HS, j'ai senti mon corps s'envoler à nouveau. On m'empoignait par-derrière cette fois. J'étais évacuée de ce bar miteux par un agent de police dont le gilet pare-balles me faisait mal au dos. Les manches bleu foncé de son blouson avaient l'odeur de bois de cèdre de l'air hivernal. Je ne me suis pas débattue, je n'ai pas lutté. C'était un soulagement d'être portée.

— Tenez-vous tranquille, a dit l'agent alors que nous sortions. C'est ça. C'est terminé.

Sur le trottoir, le tapage du bar me parvenait assourdi ; l'agent m'a remise sur mes pieds sans un mot. Debout à côté de lui, son équipière, l'agent Keating, une blonde pas mal. Je l'avais remarquée plusieurs fois en allant voir mon père, le chef du 39e district de Brooklyn.

— Putain, incroyable, a dit l'agent Keating d'une voix incrédule en jetant un œil sur ma pièce d'identité. Angelero, mate un peu ça. C'est Holiday ; la *fille* de Walsh.

— Est-ce que tu as la moindre idée du tort que tu fais à ton père ? Le chef Walsh est un chic type. Et tu le fais chier.

— Au moins, je suis constante.

— Constante dans la connerie.

Le regard de l'agent Angelero m'a fait l'effet d'un uppercut.

Une petite foule s'était attroupée devant le bar, certains avaient enfilé leur manteau, mais la plupart n'avaient pas pris cette peine, pour assister au drame qui se nouait.

— La fille de Walsh, a dit Keating. Ce n'est pas possible. Quel gâchis.

— Peut-être que madame s'envoyait le facteur.

Angelero a souri.

— Plutôt l'éboueur, a ponctué Keating.

Si seulement j'avais gardé ma gueule fermée, la tension serait retombée tranquillement.

Mais j'ai choisi de cracher dans l'œil droit de Keating. Elle a essuyé son visage du plat de la main, comme un clown qui venait de se faire entarter.

Angelero m'a tournée pour me mettre face à la voiture de patrouille, et m'a passé les menottes. Je me suis arquée pour échapper à sa poigne, et je me suis cogné le côté droit du visage contre le toit de la voiture. Le craquement produit par mon crâne sur la tôle a résonné si fort que même les clients du bar se sont tus. Le sol tremblait sous mes bottes à talons aiguilles. Angelero a tiré plus fort sur mes mains. J'avais l'impression que mes épaules allaient se déboîter.

L'agent Keating a attrapé une pleine poignée de mes cheveux puis m'a écrasé à nouveau le visage sur le toit. – Doucement…, a-t-elle dit.

Puis elle a recommencé. Boum. Un feu d'artifices derrière mes yeux.

— Doucement… Pas de résistance.

— Arrêtez ! Elle ne résiste pas, a crié Nina dont je sentais presque la flamme de la colère dans la voix.

Elle a éteint sa cigarette tout en filmant la scène avec son portable.

— J'appelle le service d'aide juridique. Regardez, tous. C'est de la persécution homophobe !

Les policiers m'ont tournée à nouveau pour que je sois face à eux et à la foule.

— Appelez les flics, a dit un spectateur dont la diction pâteuse révélait l'alcoolémie.

— Connard, *ce sont* les flics, a répondu quelqu'un, énervé.

J'étais à moitié consciente, pas complètement là, mais je voyais les gens filmer la scène avec leurs téléphones. Nina continuait de scander :

— Persécution homophobe !

Je sentais une brûlure salée au coin de ma bouche. Quand Keating m'avait frappé la tête la dernière fois, je m'étais profondément mordu la langue. Ma lèvre était fendue et j'avais une dent cassée – ma canine supérieure gauche.

En voyant ma bouche en sang, les deux agents ont fait un bond en arrière.

— Elle en vaut pas la peine, a dit Angelero en secouant la tête. J'ai autant besoin d'une vidéo de moi sur YouTube que d'un bâton de dynamite dans le cul.

Les policiers ont défait les menottes, ont fait pivoter mon corps vaseux. Ils sont repartis vers leur voiture couverte de boue et ont démarré avant même que Keating ait fermé sa portière.

Nina est accourue vers moi, a écarté de mes yeux une mèche de cheveux pleins de sang. Elle m'a embrassée sur la joue et j'ai grimacé. La foule s'est dispersée. Les gens en jean moulant et manteau en fausse fourrure se sont éloignés d'un pas nonchalant, comme si rien ne s'était passé.

— Oh ! chérie, a-t-elle chuchoté. Tu ne sais jamais quand t'arrêter.

Dans l'air piquant de l'hiver, électrifiée par ma douleur dans la bouche, j'ai marché vers le métro avec Nina. Mon excitation a diminué aussi vite que ma bouche saignait, coulant comme un sacrement. *Car ceci est mon sang*, ai-je prié, *le sang de l'alliance, qui est répandu pour une multitude, en rémission des péchés*. Matthieu 26 :28.

11

Je suis entrée dans l'hôpital en retenant mon souffle. Voilà l'occasion unique d'interroger le gamin, de revoir le déroulement de la nuit où Jack était mort, de comprendre pourquoi Jamie et Lamont se trouvaient dans l'école quand l'incendie a démarré.

La vue des blouses blanches et des brancards m'a décontenancée, je me suis mise à disjoncter. Je me suis appuyée contre le mur froid et j'ai fermé les yeux, la panique tourbillonnant à l'intérieur de moi.

— Bonjour, sœur Holiday.

Au prix d'un gros effort, j'ai réussi à voir John Vander Kitt, notre professeur d'histoire guindé. Il se tenait à côté du comptoir des renseignements de l'hôpital, un meuble en bois incurvé et orné d'une bande de mosaïque. Il a porté sa thermos vert kaki de l'armée à sa bouche.

— Ah, et voilà Rosemary.

Rosemary Flynn se dirigeait vers nous. Elle était raide et distante avec les élèves – avec tout le monde, d'ailleurs. J'ai trouvé bizarre qu'elle aille jusqu'à rendre visite à Jamie à l'hôpital.

Peut-être qu'elle avait un dessein inavoué, elle aussi.

Nous avons obtenu nos badges de visiteur, et lentement avons monté l'escalier jusqu'au quatrième étage, où le poste des infirmiers

– un long îlot stérile, haut comme un comptoir – bruissait d'activité. Deux écrans d'ordinateur pour six infirmiers. L'un d'entre eux attendait qu'une feuille sorte de l'imprimante, la main sous le tiroir. Il y avait des hommes et des femmes, des grands et des petits, de différentes races et différents âges, mais tous portaient la même tenue bleu clair.

La climatisation était puissante.

Rosemary claquait des dents. Pour une fois, j'étais contente de porter des gants.

Tandis que nous avancions dans le couloir, John s'est mis à égrener les numéros – quatorze, seize, dix-huit – jusqu'à ce que nous arrivions devant la chambre de Jamie. Numéro vingt.

— Monsieur LaRose…, a dit John avec un grand sourire quand il a aperçu Jamie à l'intérieur de la chambre.

Nous sommes entrés. Tout près de son lit, je me suis concentrée sur lui en essayant d'ignorer tous les tuyaux. Des câbles étaient enroulés autour des bras métalliques des écrans clignotants qui surveillaient ses constantes vitales. Une machine bipait à un rythme lent, constant.

— Salut, Jamie.

Un mélange de soulagement et de crainte a traversé fugacement son regard tandis qu'il essayait de se redresser dans son lit. Ce garçon s'était presque vidé de son sang dans mes bras, il avait eu besoin d'une greffe de peau et d'une transfusion. Je me rappelais mes mains qui glissaient sur sa jambe entaillée. Nous étions comme des soldats qui avaient survécu à une embuscade, traversé un champ de bataille ensemble.

— Comment vous vous sentez ?

— Ça va, a répondu Jamie. Mais les desserts à la gelée sont dégueulasses. J'en peux plus.

— J'imagine.

Je me suis assise près de la fenêtre, dans un fauteuil marron tacheté que le soleil avait décoloré. Je ne quittais pas Jamie des yeux pour étudier ses réactions, mais du coin de l'œil j'ai aperçu un journal par terre. Je l'ai ramassé et j'ai remarqué quelques lettres sur la grille de mots croisés ; le mot « Hanoï » était écrit à l'encre bleue. Qui était venu le voir ?

Avec John et Rosemary si près, il fallait que je choisisse la bonne stratégie pour mon interrogatoire.

— Quel est le truc le plus dingue que vous ayez vu ici ? ai-je demandé.

Jamie s'est empressé de détourner le regard.

— J'ai vu un lapin sur la tête d'une infirmière, mais je crois que c'est parce que je suis shooté aux antidouleurs.

— Pas de honte à ça.

Il a bâillé.

— Je n'arrive pas à savoir quand il fait jour et quand il fait nuit. Aux soins intensifs, j'ai vu un mec arriver avec un tube enfoncé dans le ventre.

— C'est ce qui s'appelle se faire entuber.

— Ma Sœur ! m'a réprimandée Rosemary Flynn.

Jamie a eu un bref sourire en coin.

— Ils ont attrapé ceux qui ont allumé les incendies ?

— Non. Les flics sont incompétents. Je suis la seule apparemment capable de trouver des indices.

— Je suis sûre que la police est aux anges de vous savoir sur l'affaire, a dit Rosemary d'une voix aigre, laissant percer un peu d'affectation typiquement sudiste.

— Aux anges, ai-je répété.

Et un crochet du gauche dans la mâchoire.

John a bu une nouvelle gorgée de café.

— L'aile Est sera inutilisable pendant deux ans, au moins. Il faudra probablement la raser.

Il a décrit un grand arc de cercle avec sa main.

— L'incendie du sous-sol n'a pas causé trop de dégâts à la cafétéria. Si une friteuse avait pris feu, cela aurait été...

Il a laissé sa phrase en suspens.

Comment John était-il au courant de tant de détails que Riveaux m'avait communiqués ? Diffusait-elle ainsi à tout le monde dans l'établissement des informations confidentielles ?

Jamie a tourné la tête vers la fenêtre, fuyant toujours mon regard.

— J'ai vu quelqu'un d'autre, ce soir-là. Dans l'école.

— Que voulez-vous dire ?

John m'a ôté la question de la bouche.

— J'ai vu quelqu'un, tout au bout du couloir. Je me suis mis à crier pour qu'il nous trouve, mais personne n'est venu, sauf vous.

Le Saint-Esprit. Jamie aussi avait vu le spectre.

— Est-ce que l'inspecteur Grogan et le sergent Decker sont passés vous interroger ? a demandé Rosemary en exagérant chaque syllabe.

— Quelqu'un est venu il y a quelques jours. Je ne me souviens plus de son nom.

Avec sa barbe de trois jours, sa blouse d'hôpital d'un bleu froid comme le regret, Jamie LaRose ressemblait soudain plus à un homme qu'à un garçon ; je ne l'avais jamais vu aussi frêle. De la vapeur d'eau se dégageait de l'asphalte du parking, formant dans l'air des motifs géométriques.

Dans les sourcils de Jamie, j'ai lu une certaine gravité. Quelque chose le rongeait. Il voulait parler mais ne savait pas comment. Moi qui avais développé des talents de gardienne de secrets à l'époque où je n'étais pas encore sortie du placard, et à présent, en tant que sœur, j'étais passée maître dans l'espionnage des émotions de mes semblables. Son regard s'est posé sur les dalles en mousse du plafond perforées de milliers de trous. À peine plus grands que les points noirs sur un dé à jouer. De tout petits yeux qui ne cessaient de vous observer.

— Parlez-moi de la nuit où Jack est mort. À quel moment *exact* avez-vous senti l'odeur de fumée ?

— Tout est arrivé si vite.

Le regard de Jamie était sincère, mais le garçon avait aussi l'air troublé.

— Je ne me souviens pas.

— Est-ce que Lamont est venu vous voir ?

— Il est avec sa famille, j'imagine, a-t-il marmonné.

J'ai baissé la voix.

— Jamie, vous pouvez me faire confiance. Y a-t-il quelque chose que vous avez besoin de me dire ?

Il a hoché la tête.

Enfin, nous touchions quelque chose.

Il s'est mordu la lèvre.

— Je voulais vous dire merci, ma Sœur, d'être entrée comme ça et de nous avoir sauvés. Ce que vous avez fait, c'était vraiment de la balle.

— « De la balle », ça veut dire *bien*, ai-je traduit pour Rosemary.

Elle a soupiré, en faisant de gros efforts pour réprimer son sourire ou sa contrariété.

John est sorti de la chambre pour aller se ravitailler en café. Il avait déjà fini sa thermos. Rosemary lui a rapidement emboîté le pas, probablement pour reprendre son souffle loin de moi.

Je me suis penchée tout près de Jamie et j'ai chuchoté :

— Hé, je crois que Lamont et vous, vous avez vu quelque chose ce soir-là. Et ce n'est pas grave du tout.

— Je ne vois pas de quoi vous voulez parler.

— Est-ce que vous avez vu Jack avant sa chute ? Est-ce que vous pensez que c'est Jack qui a allumé l'incendie ?

Il a chuchoté.

— J'ai tellement mal à la tête.

— Que faisiez-vous là-bas, Lamont et vous, ce soir-là ?

— Parler me donne mal à la tête, a répondu Jamie, les yeux fermés.

— Vous pouvez tout me dire.

J'ai voulu prendre la main droite de Jamie dans mes mains gantées, mais il a eu un mouvement de recul et a croisé les bras. Les gens se raidissent quand ils ont quelque chose à cacher. Le corps se recroqueville, essaye de disparaître.

— Je vois bien que vous avez envie de me dire quelque chose mais vous ne savez pas bien comment. Laissez-moi vous aider.

— Les heures de visite sont terminées. Il a besoin de se reposer, a dit une infirmière qui avait fait irruption dans la chambre de Jamie armée d'une écritoire à pince et d'un gobelet en carton plein d'eau.

Ses baskets blanches couinaient quand elle marchait sur le sol de la chambre d'hôpital inhospitalière.

— Au revoir et merci, a ajouté l'infirmière d'un ton monotone en gribouillant quelques notes.

À Jamie, elle a demandé :

— Comment va notre patient préféré ?

Il n'a pas répondu. Ses yeux étaient fermés comme s'il s'était endormi, mais je savais qu'il faisait semblant.

Les billets d'absence ont été nombreux le mercredi, le jour officiel de la reprise des cours. Quatre étudiants étaient déjà partis s'inscrire à Sainte-Anne, d'après Shelly Thibodaux, la réceptionniste, une minuscule petite bonne femme toujours joyeuse dont les brownies double chocolat étaient le secret objet de désir de sœur T.

Un agent de police demeurait en faction à l'intérieur de l'établissement, mais certains parents restaient terrorisés. Le moral était au plus bas, l'angoisse, très élevée. Les esprits se divisaient. Si les cours se vidaient, jamais la messe n'avait eu un tel succès. Le père Reese a ajouté deux nouveaux services au programme hebdomadaire pour pouvoir accueillir les foules.

Ce matin-là, j'étais assise sur les marches de l'église dans la chaleur cotonneuse. L'autel orné de bougies sur le trottoir avait pris de l'ampleur. Chaque jour fleurissaient de nouvelles bougies, de nouveaux bouquets, des messages ou des cartes de prière pour Jack et sœur T. Sœur Augustine passait beaucoup de temps à la fenêtre de son bureau à contempler l'installation lumineuse. Le chagrin ne disparaît jamais complètement, mais dès lors qu'il est partagé, il peut être contenu.

Des parents sont arrivés avant le début des cours, se tenant la main pour prier.

— Nous avons besoin de garanties que nos enfants sont en sécurité ! scandait la mère de Ryan Brown en brandissant un index virulent.

Avec la reprise des cours, les policiers étaient de retour. L'inspecteur Riveaux, l'inspecteur Grogan et le sergent Decker n'étaient pas loin, et parlaient à voix basse à côté d'une voiture de patrouille. Ils comparaient les deux incendies – leurs similarités, leurs différences. Ils ne semblaient pas avoir d'autres indices que ceux que je leur avais donnés. J'ai vu les grands yeux de Grogan balayer l'école. Son regard de hibou qui ne cillait jamais. Je me suis approchée. Pas besoin de me cacher pour épier leur conversation.

La criminalité était une réalité de La Nouvelle-Orléans. C'était le moins qu'on puisse dire. Mais les incendies criminels étaient relativement rares.

— Moins de cinquante affaires d'incendies criminels l'an dernier, disait Riveaux à Decker.

La plupart d'entre eux avaient ciblé des voitures, des bennes à ordures, des tas de pneus, et dans quelques rares cas une maison inoccupée. À Saint-Sébastien, il y avait eu deux feux et deux décès. Notable en soi, mais aussi potentiellement le début d'un schéma.

— Où en sommes-nous des interrogatoires ? a demandé Grogan. Combien de témoignages avons-nous ?

— On en est à la moitié, a dit Decker. Cent trente environ.

— *La moitié ?* a répondu Grogan, contrarié. Ça fait plus d'une semaine, et on n'en a que la moitié ? Faudrait mettre le turbo.

Grogan et Decker étaient équipiers, mais c'était sur elle que pesait le poids de la logistique. Typique.

— L'école était fermée, s'est défendue Decker. Les parents ne veulent ni ramener les gamins ici ni les amener au commissariat. Ils ont la trouille.

— Mettez-leur la pression et avancez, Decker.

Grogan a craché un jet de tabac sur le trottoir.

En se retournant, Riveaux m'a vue.

— Vous étiez là depuis le début, point d'interrogation, a-t-elle demandé à son étrange manière.

— Oui.

Elle m'a détaillée de haut en bas et a essuyé la sueur sur son front.

— Qu'est-ce que vous voulez ?

— Je veux savoir qui a fait ça. Qu'est-ce que *vous* savez, vous ?

— Qu'est-ce que *vous* savez, vous ? m'a imitée Riveaux d'une voix agacée. Sœur Chryslor, détective privée.

Le sergent Decker et l'inspecteur Grogan ont mis fin à leur conversation et se sont tournés vers moi. Entre le grand corps mince de Grogan et la silhouette ronde de Decker, on avait l'impression de voir le nombre 10 quand ils se tenaient côte à côte. Grogan a essuyé la sueur qui coulait le long de son nez.

— Je crois que Prince Dempsey sait quelque chose, ai-je dit, retenant aussitôt l'attention des trois enquêteurs.

— Nous l'avons interrogé, a fait Grogan en inclinant son corps musculeux pour que nos têtes soient au même niveau. Il reste dans notre viseur.

— Vérifiez son alibi pour le deuxième incendie.

— C'est le même que pour le premier, a dit Grogan. La promenade avec le chien.

J'ai eu un mouvement d'impatience.

— Il se peut très bien que Prince ait vu quelque chose. Ou fait quelque chose. Il joue, mais je ne sais pas très bien à quel jeu. En tout cas, il ne correspond pas au profil typique de l'incendiaire criminel meurtrier.

— Au « profil » ? Vraiment ? a gloussé Grogan. Vous vous êtes fourrée dans un drôle de pétrin.

— Tout ce que vous faites, c'est rester plantés là. Il faut bien que quelqu'un agisse.

Decker s'est éclairci la voix.

— L'incendiaire typique ferait beaucoup de bruit et nous aiguillerait dans une mauvaise direction. Généralement, c'est un misanthrope qui a une obsession et…

— Exprimez clairement ce que vous vous voulez dire. (J'ai interrompu le monologue passif-agressif de Decker.) Si vous pensez que c'est moi, dites-le.

Decker a ri sans la moindre émotion. Grogan et elle se sont éloignés d'un pas lourd en direction d'un agent qui leur faisait signe depuis une voiture de patrouille garée sur Prytania Street.

— Ces deux-là sont givrés, a observé Riveaux, mais ils vont réussir.

Les mains calées sur les reins, elle a ajouté :

— Grogan et Decker ont des doutes, par contre, moi, j'ai confiance en vous.

— Et moi, je *peux* vous faire confiance ?

— Si vous m'aidez, je vous aiderai. Accompagnez-moi si vous voulez, une fois ou deux. Dites-moi ce que vous entendez, ce que vous voyez. J'ai besoin de quelqu'un à l'intérieur, dans l'établissement.

— Je ne suis pas encore intégrée, croyez-moi. Je ne suis là que depuis un an et je n'ai pas encore prononcé mes vœux.

— Vous voulez savoir ce que je sais, ou pas ?

— Oui, ai-je répondu, non sans admirer sa naïveté.

— Nous avons des incendies criminels dans l'aile Est et la cafétéria de l'école. Nous avons une trace noire en forme de V au premier étage de l'aile Est, et la preuve d'un embrasement dans la pièce d'où Jack est tombé. Nous avons du kérosène dans la cafétéria. Une tunique brûlée dans votre poubelle. Un gant sur la route. Votre médiator à côté du corps de la nonne.

— Sœur T, je veux dire sœur Thérèse, un être humain, pas « la nonne ».

Elle a haussé les épaules.

– Vous êtes toujours très rapidement sur les lieux. Alors, pour le moment, beaucoup d'indices pointent vers vous, ma Sœur.

— Mais c'est moi qui vous ai livré tous les indices.

— C'est la raison pour laquelle je joue franc-jeu avec vous.

— Et les déclarations des élèves ? ai-je demandé. Y a-t-il eu quelque chose d'utile ?

— La plupart étaient chez eux quand le feu est parti, à part Jamie et Lamont. Et les gamins qui se préparaient pour le bal masqué ont dit qu'ils n'avaient rien vu.

— Comment a démarré l'incendie dans l'aile Est, exactement ?

— Une grande allumette qui a mis le feu à un tas de tissus imbibé d'essence. Il n'a pas fallu plus d'une minute pour que les quelques flammes dans un coin de la salle d'histoire s'étendent, a expliqué Riveaux. Tout l'étage est parti en fumée. Les conduits d'aération ont favorisé la propagation. C'est un travail très *propre*. Extrêmement précis. Quelqu'un avec une bonne expérience en la matière – ou quelqu'un de très bien formé. Et je parie que c'est quelqu'un de la maison.

— De la maison ?

— Probablement quelqu'un que vous connaissez.

— Prince Dempsey est assez incontrôlable. Cela lui ressemblerait assez, mais il n'est pas assez méticuleux pour monter un coup pareil tout seul. Il a peut-être eu de l'aide, mais pour ce que j'en sais, c'est un solitaire.

— Et parmi les enseignants ? a demandé Riveaux.

— Rosemary Flynn est une scientifique. Professeure de science, en tout cas.

Riveaux s'est soudain animée.

— Du genre savant fou ?

— Peut-être. Elle se voit en tout cas comme un génie méconnu de la chimie.

— Capable de comprendre comment se comporte un feu – les réactions en chaîne.

Riveaux a jeté quelques notes dans son carnet.

— Rosemary est terriblement rigoriste, pourtant : elle déteste toute forme de désordre.

— On parle d'un chaos tout à fait construit, m'a rappelé Riveaux. D'autres professeurs ?

— John est un type angoissé, il rumine sur le moindre détail.

— Intéressant.

Elle écoutait attentivement, prenait très vite des notes. Je voyais son cerveau tourner, un peu comme un Rubik's Cube composé de détails et d'indices.

— Les alibis de Bernard Pham ont été vérifiés. Decker a confirmé que ses trois copains musiciens ont corroboré ses activités du dimanche soir.

— Je vous l'avais bien dit.

Mon cerveau est resté en berne pendant quelques instants. J'étais soulagée d'entendre la confirmation de Riveaux. Malgré moi, ma collection de bourdes en or massif et de méfaits sordides, je ne pouvais me résoudre à l'idée que mon ami était au cœur de nos scènes d'horreur.

— Depuis combien de temps êtes-vous ici ? a-t-elle demandé.

— Un an et quelque.

— Et vos sœurs, Honorée et Augustine ?

— Elles ont consacré leur vie à cette école, à notre église, notre communauté. C'est leur foyer. Le mien aussi.

Mais on peut être prêt à faire n'importe quoi pour survivre ou recommencer à zéro. J'en étais la preuve vivante.

— Est-ce que vous avez creusé du côté du Diocèse ? L'évêque et les vicaires, j'entends.

Riveaux a hoché la tête.

— Ils mettraient le feu à leur propriété, pour se précipiter ensuite et se faire passer pour des héros.

— Ou pour être sûrs de nous maintenir sous leur coupe, ai-je ajouté.

La radio de Riveaux s'est réveillée en émettant une voix nasillarde lointaine.

L'inspectrice a répondu :

— J'arrive. Non, restez *là-bas,* bon sang.

Elle est partie vers son pickup rouge avec la vitesse assurée d'un *quarter horse,* de longues traînées de sueur dans le dos. Riveaux était puissante mais son cerveau était toujours en décalage, soit en avance, soit ailleurs.

À nouveau, j'ai senti un regard peser sur moi, une présence mal intentionnée. Prince Dempsey parlait à BonTon en approchant de l'école, une cigarette allumée à la bouche. Le sourire aux lèvres, il avançait d'un pas nonchalant.

À travers les feuilles, les rais de lumière créaient une dentelle d'ombres dans lesquelles Prince s'est glissé jusqu'à arriver à côté de moi. Il a gratté BonTon derrière les oreilles. Ensuite, il a agité un rosaire au-dessus de sa truffe, que la chienne essayait d'attraper entre ses dents. Ils devaient jouer régulièrement à cela. Certaines des perles blanches étaient brûlées.

— Joli chapelet.

Je me suis penchée plus près de Prince. Ses cheveux jaunes filasse dégageaient une odeur si nauséabonde que j'en avais les larmes aux yeux.

— Sœur Augustine me l'a offert, a-t-il dit. C'est une prof réglo, contrairement à vous.

Prince s'est approché de moi et a regardé fixement la croix autour de mon cou.

— Je vais me dégotter un de ces crucifix balèzes. Jésus dit : « Je suis toujours là, salopes. Vous pouvez pas me battre ! »

Il postillonnait abondamment.

— Ouais, ma Sœur. Je vais me prendre une de ces bonnes vieilles croix et je la porterai tous les jours.

— Vous devriez. Cela vous ferait le plus grand bien.

Prince a souri et jeté sa cigarette sur First Street. J'ai tressailli en sentant le mégot embrasé frôler mon oreille.

— Il était moins une.

Il a ri.

— Faites attention, ma Sœur.

Il a sifflé à l'intention de BonTon, et tous deux se sont faufilés parmi les offrandes de l'autel sur le trottoir, renversant une bougie au passage. La cire s'est répandue sur l'asphalte, jusqu'au caniveau.

Je connaissais l'histoire de Prince. Trauma de l'ouragan. Drame familial. Diabète juvénile, puis diabète de type 1. Familles d'accueil. Maltraitance. Pauvreté. Délabrement du lieu de vie. S'il commettait quelque méfait qui méritât une suspension, nous avions reçu l'ordre de demeurer patientes et de le ramener à la raison. De lui demander de vérifier sa glycémie. Prier. Même s'il était aussi incontrôlable qu'un train fou, Prince Dempsey constituait une bonne histoire pour notre école. De celles dont le comité avait besoin pour lever des fonds. Si on le mettait à la porte, cela nuirait à l'image de l'une des rares écoles catholiques qui restaient encore dans la ville.

Prince avait un goût certain pour le chaos, mais quel pouvait être son mobile ? Lui en fallait-il un, d'ailleurs ?

Les gens étaient capables de n'importe quoi, à tout moment.

Même sœur Honorée, avec sa rigidité et son esprit étriqué tordu par des dizaines d'années à mariner dans la solitude. Elle aurait très bien pu gratter l'allumette et tirer les ficelles, pour une fois. Pour provoquer le chaos…

Il fallait que j'étudie chaque suspect, toutes les personnes qui avaient accès à l'aile Est, l'une après l'autre. Si seulement j'arrivais à mettre mes idées au clair, je résoudrais cette affaire.

Mais je trébuchais sur mon ombre. J'en voulais toujours à Dieu.

Comme une âme perdue qui court après l'Esprit saint.

12

Sur le téléviseur antique qui trônait dans la salle des professeurs, John Vander Kitt et moi regardions le Diocèse, le sergent Decker et l'inspecteur Grogan donner une pitoyable conférence de presse à propos des enquêtes sur les décès dans l'établissement. Nous étions le mercredi qui suivait l'interruption des cours. La division des enquêtes criminelles et les dirigeants de notre église se tenaient dans le hall gris du Département de la police de La Nouvelle-Orléans où régnait une grande effervescence, devant d'innombrables photographes qui les mitraillaient avec leurs gros appareils photos.

La pas très sainte trinité accaparait l'attention.

— Au nom du Père, du Fils et du Saint-Esprit » a scandé le Parrain dans le micro, tellement content de lui, cet abruti, gorgé de sa nouvelle célébrité.

J'arrivais presque à sentir son haleine puante à travers l'écran du téléviseur. Avec leurs chaînes en or et leurs montres voyantes, le Parrain, la Goule et le Velu avaient des dégaines de tueurs à gages. Ma colère me rendait vaseuse, presque écœurée. Nos « patriarches » tenaient le destin des sœurs – et le mien – entre leurs mains idiotes.

— Cette enquête sur la mort de Jack Corolla n'est pas terminée, a dit Grogan, qui est devenu visible après que le Diocèse s'est décalé sur le côté.

L'accent de Grogan était exagérément traînant, sa bouche ouverte tout près du micro, comme s'il allait lui rouler un patin. Malgré son côté cool, calme, quelque chose chez ce type me dérangeait.

— Nous avons une information récente, a-t-il poursuivi. Le décès de sœur Thérèse a été identifié comme un accident. Le rapport de l'autopsie n'indique aucune anomalie. L'enseignante, également sœur du Sang sacré, est tombée dans l'escalier, et l'impact lors de cette chute est à l'origine de sa mort.

Il a passé sa main dans son épaisse chevelure et a regardé droit vers la caméra.

— Que Dieu la bénisse, a-t-il dit, comme s'il avait pensé cette phrase à l'avance.

J'ai écrasé le bouton off de la télécommande du téléviseur et j'ai secoué la tête. Ma tunique noire était trempée de sueur. J'ai imaginé mon tatouage de l'Arbre de vie en train de pleurer toutes les larmes de ses feuilles d'encre. En fermant les yeux, j'ai vu le visage souriant et le regard chaleureux de sœur T, j'ai rejoué nos dernières heures ensemble à la prison. Comme l'art qui s'entremêle avec des toiles d'araignée, les souvenirs pouvaient parfois nous piéger et s'autoalimenter. Les mécanismes de la mémoire sont un véritable labyrinthe.

— Eh bien, voilà. Sœur Thérèse n'a pas été poussée, a dit John en remontant ses lunettes sur le nez. Cela devrait nous rassurer sur la sécurité de l'établissement. C'était un regrettable accident, pas un meurtre.

— Elle a été *poussée* dans cet escalier. Je vous assure. Sœur T avait presque quatre-vingts ans mais c'était une satanée… (Je me suis interrompue à temps avant de blasphémer.) Rappelez-vous la violence de la chute. Elle avait perdu une chaussure. Ses jambes étaient pliées en arrière et ses chevilles, tordues comme une poupée de chiffon.

— Ne devrions-nous pas faire confiance à la police ? Ils connaissent leur métier.

Sans un mot, j'ai rangé mes papiers dans mon sac et je suis sortie en courant dans la touffeur, laissant John marmonner dans sa barbe, et siroter son café brûlant malgré l'air étouffant.

L'innocence inepte de John était écœurante. Ou était-elle simulée ?

Quelqu'un cherchait à me piéger.

Ou à me balader.

Ça pouvait être n'importe qui.

Je faisais tellement d'efforts pour laisser les autres entrer dans ma nouvelle vie. Mais quand on ne sait pas, quand on manque de confiance en soi, comment peut-on accorder à quelqu'un d'autre le bénéfice du doute ?

Le pickup pourri de Riveaux était garé devant l'école. Je l'ai trouvée en train de maudire un tas de papiers posé sur le siège passager au moment où j'ai ouvert la portière. De minuscules flacons ont dégringolé. Un nombre invraisemblable.

— Attention ! s'est-elle écriée comme si j'étais un éléphant dans un magasin de porcelaine. Ramassez-les ! Récupérez-moi ça !

Pour monter dans la voiture, j'ai été obligée de retirer du siège quelques fioles qui sentaient le palo santo, le citron ou la bergamote. Il y avait un oreiller dans l'habitacle, à l'arrière. Est-ce qu'elle avait dormi dans ce vieux pickup déglingué ? La sueur ponctuait de quelques gouttes le menton de Riveaux.

— Qu'est-ce que c'est ? ai-je demandé en brandissant une fiole de la taille d'un compte-gouttes pour les yeux.

— Je fabrique des parfums.

— Classe.

— Ça maintient mon odorat en éveil, mes performances au top. Et ça m'oblige à continuer à apprendre.

Elle a sorti un flacon d'une poche de son jean et l'a tenu bien haut.

— Les molécules odorantes sont ma spécialité.

— La seule odeur que j'arrive à sentir, c'est la fumée.

— Qu'est-ce que vous voulez, ma Sœur ? m'a-t-elle demandé en examinant le liquide clair à l'intérieur de la fiole.

— Donnez-moi accès aux lieux. À l'aile Est. À la cafétéria. Pour que j'examine les scènes de crime.

Le moteur tournait, la molette de l'air conditionné était tournée à fond. Mais seul de l'air chaud sortait des aérations. Riveaux puait un mélange de cigarette et de déodorant aux agrumes inefficace. Comme du rhum arrangé avec la mousse visqueuse de citrons putréfiés. À moins qu'il ne s'agisse de l'un de ces parfums maison qui se promenaient dans son pickup.

La chaleur était dense, humide, épaisse. Une brise faisait frissonner les cimes des arbres, où s'amoncelaient de petits nuages. Riveaux s'est essuyé la joue du revers de la main.

— Vous prenez cette affaire très au sérieux.

— C'est exact.

J'ai enlevé mon foulard pour éponger ma sueur.

— Ça a fait mal ?

Elle désignait le tatouage dans mon cou – mon oiseau blanc, une colombe tombée du nid.

— Très. C'est pour ça que je l'ai fait.

— Une colombe ne semble pas être tellement votre style. Vous êtes plus du genre croisement entre une licorne et une zorille. Une créature difficile à expliquer et…

— Impossible à oublier.

Le rétroviseur du pickup a capté un éclat de ma dent en or quand j'ai souri.

Elle a levé les yeux au ciel.

— Vous pouvez m'accompagner seulement si vous répondez à mes questions, a-t-elle dit quand nous sommes sorties du pickup.

Elle a laissé sa clé dans le contact. Le vieux pickup Chevrolet rouge était une poubelle sur roues, mais laisser ses clés à l'intérieur me semblait quand même trop risqué.

— Ça tombait bien que vous vous trouviez sur les lieux pile au moment où les feux ont démarré, a dit Riveaux.

— Je vis et je travaille ici. Avec beaucoup d'autres personnes. Y compris les deux qui ont été assassinées.

— Fermez-la et suivez-moi. Mettez ça.

Nous avons enfilé des surchaussures en plastique bleu pour éviter d'endommager la scène. Je me suis penchée pour passer sous la bande jaune qui barrait l'accès à l'aile Est. Riveaux l'a enjambée. Jambe droite, puis la gauche, tout en se tenant les reins. Elle a ouvert la lourde porte avec un passe, et je suis entrée sur ses talons.

Nous avons lentement gravi l'escalier. L'air devenait plus vicié à chaque pas. Tout le long, je sentais l'odeur de Riveaux qui me précédait, les effluves de sorbet au citron pourri. La chaleur avait fait fondre les lames du ventilateur au plafond dans le hall, « l'antichambre », comme l'appelait Jack. Il aimait bien utiliser des mots spécifiques. Les lames pointaient toutes vers le bas comme un tournesol fané. L'ampoule avait explosé.

Nous faisions à peu près la même taille, mais Riveaux marchait avec les épaules relevées, le dos droit. Certains jours son corps avait une posture qui exprimait la conviction et la précision. D'autres jours, on avait l'impression qu'elle se décomposait lentement.

Prévisiblement imprévisible. Peut-être qu'elle était juste fatiguée de dormir dans son pickup. Je me rappelais les cicatrices invisibles du travail de policier chez mon père. Les nuits à travailler sur une affaire nonrésolue. Le temps qui passait, inéluctable.

L'étage de l'aile Est était ravagé ; on y voyait toutes les nuances de noir, du charbonneux au gris ardoise et au noir de jais. Jusqu'au rien, la couleur du vide. La peinture s'était détachée des murs par plaques.

— La vétusté des canalisations a contribué à la propagation de l'incendie.

Elle a montré la bouche d'aération sans cache. Puis elle a désigné les fils électriques à moitié dénudés, sortant du mur, comme des nouilles régurgitées.

— Rock vous remonterait drôlement les bretelles pour toutes ces infractions aux normes de sécurité.

— Qui est Rock ? ai-je demandé.

— Mon mari, toujours prompt à critiquer. Ça fait des années que je lui tape sur le système.

— Je ne suis pas étonnée.

J'étais contente d'apprendre que Riveaux avait un conjoint, qu'elle n'était pas seule. Mais il était évident que leur relation n'était pas un long fleuve tranquille. Peut-être était-ce la raison pour laquelle elle semblait parfois embrouillée, épuisée. Peut-être luttait-elle pour tenir bon. Riveaux avait des défenses puissantes, au même titre que moi. Mais, comme la plupart des gens qui ne se laissaient pas intimider par moi, elle commençait à me plaire.

Nous sommes entrées dans la coquille vide et noire d'une salle d'histoire. J'ai tendu le bras pour toucher le mur brûlé. – Ne touchez à rien ! m'a-t-elle réprimandée.

— Je porte des gants.

— Observez sans toucher. Grogan et Decker me couvriraient de goudron et de plumes si vous déplaciez ne serait-ce qu'un gramme de poussière. Croyez-moi, Grogan le saura. Il remarque tout.

— Decker me soupçonne, je le sais. Regardez.

J'ai attiré son attention sur des traces de peinture sur le rebord de la fenêtre et le sol.

— Le climatiseur. Il a dû être peint un jour. Puis déplacé. Et où se trouve le câble électrique ? Il n'est pas branché.

— Hum…, a fait Riveaux avec un hochement de tête. Bien vu.

— Personne ne tiendrait très longtemps dans une salle de cours sans clim.

Elle a inspecté le sol, puis a levé les yeux vers la sortie de secours.

— Peut-être que c'est par là que l'incendiaire est entré. Il a utilisé la sortie de secours pour s'introduire depuis la rue et ressortir. Je parie que le câble électrique est dehors.

Riveaux a serré sa queue-de-cheval. Dans l'étrange lumière de la salle carbonisée, tout pouvait être un indice.

— Ou c'est par là que sont entrés Jamie et Lamont, ai-je dit. Ça pourrait être un hareng rouge.

Elle a ri comme une enfant de six ans.

— Qu'est-ce que vous connaissez aux harengs rouges ?

— J'en ai servi pas mal quand j'étais dans le placard, ai-je expliqué.

— Dans le placard ?

— C'est une longue histoire.

— On va devoir remettre à plus tard l'heure des confidences. Regardez, la plus grande trace de brûlure se trouve ici.

Elle a pointé son doigt maigre vers le mur.

— Nous avons trouvé des restes de tissus trempés dans l'essence.

Son expression était un mélange d'excitation et de peur d'une intensité égale à un saut en parachute. Elle a marché avec précaution, essayant d'éviter les tas de débris. Elle a ajusté sa bottine gauche, qui avait commencé à se défaire.

— Vous voyez, là ? C'est ici que l'embrasement a commencé.

— L'embrasement ?

— Le moment de bascule où un feu dans un bâtiment se transforme en bâtiment en feu, a-t-elle dit.

Les fenêtres de la salle de classe avaient volé en éclats. Des morceaux de verre gisaient partout, comme si le bâtiment avait été bombardé. Certaines ampoules s'étaient déformées sans éclater. L'air à l'intérieur de l'aile Est était étouffant.

— Comment avez-vous su si vite que l'incendie était criminel, le premier soir ?

— Les enquêtes sur les scènes de crime et les travaux de la police scientifique ont changé la science des feux, je peux vous le dire.

Riveaux a égrené les étapes importantes dans l'avancement de la pyrologie, en les comparant aux avancées dans sa pratique de la fabrication de parfums.

— Proust a dit que l'odorat est le sens le plus étroitement relié à la mémoire. Comme un voyage dans le temps. « L'édifice immense du souvenir. » Quand j'ai lu ça, j'ai eu envie de comprendre la science.

— C'est en lisant des polars que je me suis retrouvée dans cette situation de merde.

Je me suis accroupie dans un tas de cendres et j'ai examiné le sol.

— Tout est parti de cette vieille salle d'histoire, a-t-elle affirmé.

Autrement dit, il y avait d'autres indices à trouver. Peut-être que quelque chose avait été planqué ici avant l'incendie.

J'ai entendu Riveaux faire craquer son dos. Je me suis relevée.

— Le feu, comme tout, a une histoire. Il faut l'écouter. Prendre son temps. Observer.

Riveaux devenait complexe. Son expertise paraissait si fluide, on aurait dit qu'elle était née en connaissant tous les faits. Ce qu'elle racontait était bien plus intéressant que les diatribes scientifiques que Rosemary Flynn m'imposait.

— L'odeur de la fumée donne des indications. Le bruit qu'elle fait aussi. La manière dont elle se déplace le long des murs, du plafond, du sol. Interrogez les résidus. Traitez-les comme s'il s'agissait de personnes qui avaient quelque chose à cacher. Observez attentivement leur comportement.

— Ça ferait un programme sympa pour un date, ai-je dit.

— Rock et moi, on est toujours trop occupés pour sortir en amoureux.

Riveaux baissait sa garde. Peut-être avait-elle l'impression qu'elle pouvait être elle-même avec moi.

— C'est quoi, l'histoire de Rock ? ai-je demandé.

— Rockwell a beaucoup d'histoires, a-t-elle dit en penchant la tête avant de cligner des yeux devant le mur comme s'il s'agissait d'un miroir, et chaque histoire a beaucoup de chapitres.

Riveaux s'est tournée vers moi, a brandi son portable et m'a montré une photo de son mari, Rock, le majeur dressé et la langue sortie.

J'ai pris le téléphone pour examiner la photo, un type qui avait tout du raté. Le cliché du *bad boy*. Un Blanc en chemise hawaïenne qui avait tellement d'encre sur la peau qu'il ressemblait à une chiotte de bar pourri. Le genre de faux woke qui pense qu'épouser une femme noire l'exonère de toute infraction, de même que de la nécessité de réfléchir ou d'évoluer.

J'ai à nouveau jeté un coup d'œil à la photo.

— Il est chef cuistot, un truc du genre, avec tous ces tatouages ?

Elle a ri sans sourire.

— Non. Rock ne sait pas cuire un œuf. Il était technicien à la police de La Nouvelle-Orléans. C'est comme ça qu'on s'est rencontrés, il m'a harcelée jusqu'à ce que j'accepte de sortir avec lui. Maintenant, il est ingénieur informaticien, tout le temps en déplacement, il monte des réseaux et des parcs de serveurs. Je regrette qu'il ne soit pas payé pour le temps qu'il passe à jouer aux jeux vidéo. Un vrai gamin.

— L'amour est aussi un hobby, de toute façon, ai-je dit en lui rendant son portable.

— C'est pour ça que vous êtes nonne ?

— La lucidité est un atout en plus.

— Regardez.

Elle m'a montré l'angle de la pièce où le feu avait dévoré la bibliothèque.

— Le B.A.-BA de l'incendie.

Elle a gloussé, très contente d'elle.

— Mais, sérieusement, ce que le feu prend peut vous en dire autant que ce qu'il laisse derrière lui. Vous sentez ?

— Affreux.

— Un genre particulier d'âcreté. Comme de la chair en putréfaction. Elle provient certainement de l'isolation.

L'air était tellement vicié que j'ai dû faire beaucoup d'efforts pour ne pas vomir. On distinguait une tonalité sucrée écœurante. Plus d'une semaine s'était écoulée depuis les incendies mais la fumée était toujours prégnante. J'ai senti la brûlure de mon œil se raviver.

Riveaux s'est mise à hésiter comme si elle trouvait qu'elle en disait trop.

— S'il n'y a aucun doute sur le fait que les deux incendies sont criminels, l'ai-je devancée, pourquoi les enquêtes prennent-elles autant de temps ?

— Il reste du travail. Et il n'y a pas encore de mobile clair, a répondu Riveaux.

J'ai enfoncé le clou.

— Et ce n'est pas votre boulot, de comprendre ça ? Beaucoup d'élèves détestent l'école. Des professeurs aussi.

— Assez pour y mettre le feu ? Risquer une arrestation ? La mort ? (Riveaux a serré les mains.) Les incendiaires agissent par vengeance, besoin de contrôle, ou pour l'argent.

— Et par ennui ?

— Non. Quelqu'un qui s'ennuie se contenterait de troller sa proie sur Internet.

Ses mots étaient terriblement tranchants.

— Même si un élève était très en colère à cause d'une note, d'une situation de harcèlement, ou autre, les émotions ne constituent pas des mobiles.

— Les émotions sont à la racine des mobiles. Pensez à tous les tireurs fous dans les écoles, à leurs manifestes.

— Le feu, c'est différent, a-t-elle poursuivi inlassablement. Les mobiles pour des incendies criminels sont presque toujours la fraude à l'assurance ou la vengeance. C'est la raison pour laquelle les enquêtes requièrent du temps et de l'expertise. Ce qui me rappelle que vous ne devriez même pas être ici.

— Vous m'avez fait entrer. Il faut que je comprenne.

Elle a ri.

— Comprendre… Ne perdez pas de temps à essayer de comprendre.

— Le temps est la seule chose que j'ai.

13

Le jeudi matin s'est déroulé dans le calme. Les parents angoissés continuaient à garder leurs enfants à la maison. Le bon côté, c'était que mes cours généralement chahutés étaient gérables.

Après la sonnerie, les élèves ont fermé leur étui à guitare et jeté leur sac à dos sur leur épaule. Ils sont sortis par la porte lentement, en groupe. J'ai observé chacun d'entre eux avec soin, comme si l'un d'eux allait lâcher un indice en passant.

J'avais besoin de faire une pause.

Ma double vie d'enseignante et d'enquêtrice était difficile à concilier. Je vivais dans la menace constante d'une trappe qui s'ouvrirait derrière le rideau.

« Il faut des extincteurs dans toutes les salles et tous les escaliers », a dit un agent en faction à sœur Augustine, ce jour-là.

Les flics du NOPD patrouillaient sur le campus pendant les heures de cours pour rassurer les parents inquiets. Ils avaient terminé la fouille des casiers pendant la fermeture de l'établissement. Un processus fastidieux, c'est certain, mais ils n'auraient pas pu être plus lents. D'autre part, les gamins étaient trop malins pour laisser quoi que ce soit d'incriminant dans leur casier.

Rosemary Flynn discutait d'une copie d'examen avec un élève à l'autre extrémité de notre salle partagée pendant que je récupérais un petit tas de devoirs sur mon bureau – dans mon bureau.

— Miss Flynn, ai-je crié. Vous fermerez à clé quand vous aurez fini.

— Certaines personnes osent ajouter « S'il vous plaît », a-t-elle lancé sur un ton grandiloquent.

— Tant mieux pour eux. Vous fermerez quand vous aurez fini.

J'ai filé dans le couloir bruyant, serpentant entre les élèves absorbés dans la rédaction de SMS. Chaque bosse, chaque rainure dans chaque casier semblait rutiler. Saint-Sébastien était un peu de bric et de broc, sans aucun doute. Le bâtiment avait à peu près le même âge que sœur Augustine, dans les quatre-vingts ans. Les parents payaient pour la bénédiction du Christ, pas pour des infrastructures extravagantes. Les budgets étaient serrés et nous n'avions pas le filet de protection des subventions. Le Diocèse adorait jouer avec nos nerfs, nous dire quels fonds ou quels programmes risquaient d'être bientôt arrêtés. Les familles aisées qui pouvaient payer la totalité des frais de scolarité finançaient l'électricité, la scolarité des élèves pauvres comme Prince Dempsey et le stock de pizzas et de pommes-noisettes surgelées de la cafétéria. Mais nos enseignants étaient de première classe – les meilleurs de l'État – grâce aux exigences élevées de sœur Augustine. Rosemary, John, sœur T, et même sœur Honorée et moi étions tous d'excellents professeurs, quoiqu'un peu fêlés.

La voix de sœur Augustine a résonné dans les haut-parleurs pour annoncer une réunion du personnel à 16 heures, ce jeudi-là. Je redoutais les interrogatoires, la présence policière, les cours supprimés, les rumeurs entre les élèves et les entretiens avec les agents de la police criminelle, surtout Grogan, dont la gentillesse sirupeuse commençait à paraître décalée. Avant que l'incendie ne bouleverse mon quotidien, je travaillais dur pour adopter les pratiques quotidiennes des sœurs du Sang sacré. Les messes, les repas, les cours, les prières, les nuits de sommeil ; en boucle. Il m'avait fallu plus d'un an, mais j'en étais venue à apprécier la répétition. La pureté du rituel. Je voulais la retrouver.

J'ai tourné à gauche pour me diriger vers le bureau de sœur Augustine. Il me fallait son autorisation pour consulter le dossier pédagogique de Prince.

— Est-ce que sœur Augustine est là ? ai-je demandé à Shelly.

— Je suis désolée. Vous venez de la manquer. Comme vous le savez, ma Sœur, le travail du Seigneur n'est jamais terminé.

Son sourire plein de dents a éveillé mon anxiété.

Le téléphone s'est mis à sonner et Shelly a filé décrocher.

— Il ne cesse de sonner. Les parents sont dans tous leurs états. Pardonnez-moi, ma Sœur. « Institut Saint-Sébastien, le secrétariat, Shelly à votre écoute. Comment puis-je vous aider en ce matin béni ? »

Elle a posé sa main sur le micro du téléphone et levé le menton vers moi.

— Sœur Holiday, revenez donc d'ici une heure, elle devrait être de retour.

J'ai hoché la tête mais à l'instant où Shelly m'a tourné le dos et s'est mise à fouiller dans le courrier sortant, j'ai fait demi-tour et posé ma main gantée sur la poignée du bureau de sœur Augustine. Je suis entrée, pour trouver non pas ma principale mais l'inspecteur Riveaux, assise au bureau.

— J'étais vraiment une mauvaise élève.

Elle a levé les jambes et posé ses pieds sur le bureau. Ses chaussures en cuir noir étaient usées jusqu'à la corde.

— Les gens intelligents s'ennuient vite.

— Tout à fait.

Ses yeux violets ont soudain brillé d'un nouvel éclat. Elle s'est détournée de moi pour regarder par la fenêtre derrière le bureau de sœur Augustine.

— Il faut que j'aille faire un tour dehors pour parler à Decker. Restez ici. Ne bougez pas, sœur Chryslor.

Riveaux a tapoté sa canine gauche.

Ma dent en or était ma carte de visite, un rappel permanent de ma vie d'avant.

— Tu es un désastre ambulant fabuleux, ronronnait Nina.

C'était juste après mon empoignade avec les flics. Elle s'est penchée par-dessus l'accoudoir de la causeuse couleur café qui était probablement là depuis que le père de CC avait ouvert la pharmacie en 1982. Elle a déposé un baiser très doux sur ma tempe gauche abîmée.

— Quel jour sommes-nous ?

Je me souviens avoir touché ma mâchoire douloureuse. Une douleur profonde, vive. Si familière. Parfois je me demandais si je n'étais pas éprise de cette sensation, le battement de tambour régulier de la douleur.

— Les jours sont arbitraires, a dit Nina. Les fabricants de calendriers ont inventé les noms de jours pour qu'on continue d'acheter des calendriers.

— Tu sais tout sur tout, toi.

J'ai posé ma main sur sa cuisse et nous avons échangé un baiser. Même si le contact de sa bouche sur la mienne était douloureux, il me faisait du bien. Ses lèvres avaient le goût sucré des emmerdes, du whisky et de la coke.

— Je sais que je t'aime, Holiday Walsh, détective privée.

Nina s'est éclairci la voix. Je savais qu'elle était dégoûtée que je ne lui dise pas la même chose – que je l'aimais. Je ne pouvais pas énoncer les mots, *précisément parce que je l'aimais*. Je l'aimais plus que les flammes aiment dévorer les murs. Plus que le crépuscule aime engloutir le jour. J'ai préféré lancer une plaisanterie idiote. Enquéquetteurs. Voilà comment les vieux flics surnommaient les détectives privés.

Nina a enchaîné.

— Un « enquéquetteur », pour moi, c'est plutôt le gode que cache une gouine dans le tiroir de sa table de chevet.

Nous avons éclaté de rire. Ma commotion et ma gueule de bois ont irradié mon crâne comme un éclair aux dents acérées.

J'ai posé ma tête sur son épaule, humé son odeur de bois de santal en l'embrassant dans le cou. Sa peau était douce et chaude.

— On a gagné, hein ?

— Oui, on a gagné. On se bonifie avec l'âge. Comme un bon vin.

— Plutôt comme une contravention pour stationnement impayée.

Nina a pris mes mains dans les siennes ; son vernis doré, de la couleur du sable sur une plage inondée de soleil, formait un contraste violent avec mon pantalon de cuir noir et le canapé terne de CC.

Bien que ce fût douloureux, je lui ai souri. Éblouissante Nina.

À présent, il me semblait impossible que nous ne nous soyons pas trouvées dans la même pièce depuis plus d'un an.

Mon copain CC – pharmacien le jour, dentiste amateur la nuit – m'a offert la couronne en or.

— Non mais sans déconner.

Il n'a pas caché son agacement quand il m'a vue dans son bureau. Ses épaisses lunettes à monture noire couvraient la plus grande partie de son visage.

— Ce soir, il me faut de l'or, mon pote. Après, on est quittes. Promis.

— Suis-moi.

Riveaux a frappé à la porte avant de revenir dans le bureau.

— Quelque chose à confesser à votre Mère supérieure ? Vous avez mauvaise conscience ?

— Je prie juste pour que quelqu'un résolve cette affaire avant le siècle prochain.

— Nous ne laissons de côté aucun aspect et aucune personne. Tous les élèves, les membres du personnel, les enseignants. Qu'est-ce que vous savez de Rosemary Flynn ?

— En dehors de ses compétences en chimie, de ses twinsets parfaits et de son balai dans le cul ? (J'ai haussé les épaules.) Je dirais, gardez un œil sur elle.

— C'est vous qui allez le faire.

Le regard de Riveaux s'est posé sur le grand crucifix accroché au mur de sœur Augustine.

— Voyez ce que vous trouvez.

J'ai hoché la tête.

La radio de Riveaux s'est réveillée pour livrer une adresse : « 14, Renaissance Village », suivie d'une série de mots jargonnants et de nombres.

— Qu'est-ce que c'est ? ai-je demandé. Qu'est-ce qu'ils racontent ?

— On se détend ! (Riveaux adorait me donner des ordres.) Bien reçu. 217. Tout de suite ?

— Affirmatif, a dit la voix dans la radio.

— Terminé.

Elle a levé les yeux vers moi.

— C'est la dernière adresse connue de Dempsey, une roulotte FEMA sur un terrain de mobile homes à Metairie. Nos gars y vont. On a un mandat d'arrêt contre Prince.

Elle s'est mise debout et s'est étiré le dos.

— Pour l'incendie ?

— Non, non. Vandalisme. La cathédrale en ville a été taguée le mois dernier. Il a réussi, on ne sait pas comment, à ouvrir deux des plus anciens tombeaux de la ville et à vider des bombes de peinture à l'intérieur.

— S'il y a un mandat, comment se fait-il que Prince n'ait pas été arrêté avant ?

Je l'ai suivie à l'extérieur.

— On vient seulement de l'avoir. Trop de délits, pas assez de flics.

Riveaux et moi avons rejoint son pickup au pas de course ; les clés étaient toujours à l'intérieur. Je suis montée dans le véhicule-rôtissoire.

— Je viens avec vous.

— Alors là, vous vous fourrez le doigt dans l'œil, a dit Riveaux, tandis qu'un filet de sueur coulait de son sourcil gauche.

Elle s'est tortillée sur son siège à nouveau, renversant au passage une fiole de parfum sur le plancher.

— Vous faites votre boulot, je fais le mien. Amen, ou je ne sais quoi. Au revoir.

Riveaux était un lac de transpiration au volant de sa voiture.

— Vous avez besoin de moi, ai-je dit.

Je n'ai pas attendu sa réponse et j'ai attaché ma ceinture, dont la boucle métallique était brûlante.

Riveaux a ri de bon cœur, si fort que ses yeux se sont remplis de larmes.

— Vous voulez juste assister à son arrestation.

J'aimerais assez voir Prince se faire rabattre son caquet, me suis-je dit.

— Je veux voir sa réaction, ai-je fait. Ce qu'il va avouer. Il sait quelque chose.

Prince Dempsey était un solitaire, comme moi, et un survivant. Il savait quand se cacher et quand prendre le large.

Riveaux a mis le contact et le pickup a toussé avant de rugir.

— Est-ce que toutes les sœurs sont aussi méchantes ?

— Pas méchantes. Perfectionnistes.

— Vous ne me laisserez donc jamais tranquille ?

— Non.

La chaleur brumeuse qui régnait dans le pickup a provoqué chez moi un accès de panique. J'ai ajusté ma ceinture de sécurité et je me suis regardée dans le miroir de courtoisie. À chaque fois que j'en avais l'occasion, je volais un instant avec l'étrangère que j'apercevais dans un miroir.

Elle a marmonné :

— Dans mon carnet de bord, je vais noter « accompagnement en mission ». Vous glisserez un mot gentil pour moi à l'autre, là-haut.

— Je ferai de vous une sainte si vous démarrez maintenant. On y va !

La climatisation avait beau être à fond, elle ne produisait pas d'air froid, seulement un souffle de chaleur brûlante, comme un sèche-cheveux. Une toux s'est mise à me gratter le fond de la gorge. Je l'ai retenue.

Riveaux roulait au milieu de la chaussée. Elle ne cessait de zigzaguer entre la voie de circulation et la bande d'arrêt d'urgence. Lancées à cent dix kilomètres/heure, nous avons rejoint un groupe de voitures de police sirènes hurlantes. Tous les autres véhicules s'étaient rangés pour nous laisser passer.

Cinq minutes plus tard, nous sommes arrivées au parc de mobile homes de Prince à Metairie ; le convoi a ralenti, à la recherche de son logement. Le numéro 14 était à peine visible parmi les hautes herbes qui montaient jusqu'à la porte d'entrée. Finalement, la première voiture a annoncé l'information par radio et le central a confirmé. Ils avaient identifié le mobile home. Alors que nous nous garions devant, on a vu Prince bondir dans une voiture et partir en trombe. La radio crépitante de la police a relayé, seconde par seconde, les détails des tentatives des agents de l'arrêter. Riveaux et moi étions un peu en retrait, toujours dans le pickup bouillant. Mais Prince a contraint la police de La Nouvelle-Orléans à une course-poursuite de quinze kilomètres qui s'est achevée en centre-ville, et nous avons été obligées de suivre le mouvement. Pendant le trajet, j'étais persuadée que nous allions mourir.

Sainte Marie mère de Dieu. Faites que l'au-delà soit doté de climatiseurs et de femmes sexy.

Chaque virage sur les chapeaux de roues créait une telle force centrifuge que je me retrouvais plaquée contre la portière passager. Ma ceinture me cisaillait le cou. Riveaux a ralenti, s'est arrêtée avant de faire demi-tour dans un grand dérapage pour repartir en trombe.

— C'est péché de conduire comme vous le faites. Je déteste ça.

Riveaux a secoué la tête.

— Les nonnes sont censées pardonner.

— Je suis plus nuancée.

La bile me brûlait le fond de la gorge.

— Seigneur, dis-je à haute voix, garde-moi en vie assez longtemps pour que je puisse tuer l'inspectrice Riveaux pour sa conduite de merde, et ressuscite-nous ensuite pour Mardi Gras. »

Je gardais les yeux fermés, essayant de réprimer ma nausée.

Elle a essuyé la sueur accumulée sous ses lunettes de soleil.

— C'est vous qui m'avez suppliée de vous emmener.

Les fractales de La Nouvelle-Orléans tourbillonnaient sur notre passage : les glaïeuls écarlates, les éclats scintillants des tiges de lin. D'infimes touches de jaune citron sur un tapis de feuilles vert kaki.

Quand les adjoints ont enfin obligé la voiture de Prince à se ranger sur Erato Street, Riveaux et moi sommes arrivées derrière lui, sirène hurlante, les roues chauffant l'asphalte sur laquelle nous laissions des traces de caoutchouc fondu. Nous dégoulinions toutes les deux de transpiration. Mes doigts rétrécissaient dans mes gants en cuir.

La voiture de patrouille de l'inspecteur Grogan et du sergent Decker se trouvait derrière la voiture de Prince. Intéressant, de voir la Criminelle chargée de l'exécution d'un mandat pour acte de vandalisme.

Grogan est sorti, a roulé ses manches beiges et s'est avancé en roulant des mécaniques.

— Sortez du véhicule. Maintenant, a-t-il aboyé dans un mégaphone.

À l'intérieur de la voiture, j'ai aperçu Prince, torse nu, et BonTon, le pelage aussi blanc que de la fausse neige. Ils sont restés dans la voiture.

— C'est là que se trouve le vrai danger, a commenté Riveaux, quand on essaye d'extraire un type de sa voiture. Un véhicule peut devenir une arme fatale.

Mais la situation a rapidement perdu de son intensité.

Deux agents de la police de La Nouvelle-Orléans ont évacué le garçon de sa voiture. Une image de la statue de la Liberté les pouces dressés était tatouée sur le dos de Prince, luisant de sueur. Sur son biceps droit, il y avait un tatouage en forme de cœur traversé d'une flèche et la mention « The storm » en écriture attachée par-dessus.

Le sergent Decker a dit :

— Prince Dempsey, nous avons un mandat pour acte de vandalisme commis sur la cathédrale Eau-Bénite. Vous avez le droit de garder le silence, a-t-elle entonné. Tout ce que vous direz pourra être utilisé…, elle a baissé d'une octave, … et sera utilisé contre vous devant un tribunal. Vous avez le droit d'être assisté d'un avocat. Si vous n'avez pas les moyens d'en avoir, l'administration vous en fournira un.

Prince s'est débattu et a essayé de balancer un coup de poing pendant qu'elle lui disait ses droits.

— Ne touchez pas à mon chien, a-t-il lancé d'un air mauvais.

— Ne luttez pas, Prince, ai-je crié en traversant la rue. Vous ne feriez qu'aggraver votre cas.

— Vous êtes venue voir le spectacle, c'est ça ? a ironisé Prince.

— J'essaie de vous aider, ai-je tenté mais ma présence ne faisait que l'énerver davantage.

Il a essayé de donner un coup de pied au sergent Decker, qui l'a facilement mis à genoux.

— Ma Sœur, allez vous mettre derrière la voiture de patrouille, m'a dit Grogan. Vous êtes au beau milieu d'une arrestation.

— Prince, avez-vous quelque chose à voir avec l'incendie ?

Il fallait vraiment que je sache, d'une manière ou d'une autre. J'ai foncé sur lui et scruté son visage.

Mais il n'y avait rien dans ses yeux. Rien d'autre que de la peur. Et s'il n'était rien d'autre qu'un gamin paumé ? Un vandale et un emmerdeur, certes, mais pas un meurtrier.

Prince a craché dans ma direction.

— S'il arrive quoi que ce soit à BonTon, je vous brûlerai vive.

Il avait les mains menottées dans le dos.

Un agent s'est penché à l'intérieur de la voiture et a fait descendre BonTon sur le trottoir.

— On fera attention, a dit l'agent. Riveaux, appelez Sharon à la fourrière. Gros pitbull blanc.

Les oreilles pendantes de BonTon étaient aplaties sur sa tête dans une expression de terreur pure. Elle a geint et lâché un seul *ouarf* en regardant Prince partir avec les policiers. La chienne était une montagne de muscles, mais elle était entièrement dévouée à son maître. Un cœur tendre sous son air de brute.

— BonTon, a-t-il crié, et elle a aboyé, sa truffe rose levée en l'air. T'inquiète pas, bébé !

Prince s'est retourné, aux abois, le regard furieux.

— Pas de fourrière. Ça lui fichera un stress pas possible. Ma mère la prendra. Ou sœur Augustine. Si vous mettez mon chien à la fourrière, je vous jure, je vous étriperai.

— La liste s'allonge de minute en minute, a dit l'agent d'un air songeur, sans lâcher la laisse de BonTon. Ajoutez « menace à agent » à la liste des charges contre de ce jeune homme.

— Laissez-le appeler sa mère, bon sang, ai-je dit.

Un autre policier a pris la laisse de BonTon pour le faire monter dans un pickup de la police de La Nouvelle-Orléans, où je l'entendais pleurer.

De l'autre côté de la rue, un autre agent collait le portable de Prince contre son oreille pendant qu'il hurlait contre sa mère. Une fois qu'il a eu fini, il m'a lancé :

— Hé, sœur Holiday. (Il m'a envoyé un baiser de loin.) Vous êtes une salope.

Avant que je puisse attirer un peu plus de honte sur l'Ordre, Riveaux m'a attrapée par le coude. Un flic a installé Prince sur la banquette arrière de la voiture de patrouille, et le véhicule est parti en trombe. Le camion avec BonTon a pris la direction opposée.

— Eh bien, c'est la fête, a dit Decker. Ça tombe bien que le juge Galvez nous ait donné le mandat de perquisition… regardez ce qu'on a là.

Le coffre de Prince contenait une laisse rouge et un vieux sac en toile grise effiloché aux coutures. À l'intérieur, un Smith & Wesson M&P9. Je connaissais la marque et le modèle parce que mon père en avait un.

— Vérifiez s'il a un permis, a ordonné Decker dans sa radio.

La sueur coulait sur ses poignets, sous ses gants en plastique bleu, tandis qu'elle sortait des objets du sac en toile pour les examiner. En dehors de l'arme, elle a trouvé une bombe vide de peinture rouge, un canif de poche, un paquet de cigarettes, trois liasses de billets et un bidon de kérosène vide.

— Ce combustible ressemble beaucoup à celui qu'on stocke dans l'abri de jardin, à l'école, ai-je dit. Peut-être que Prince l'a volé.

— Marque répandue. (Riveaux n'était pas impressionnée.) Probablement présente dans tous les garages de la paroisse.

Des clichés ont été pris, et les objets du coffre ont été listés par un grand agent qui avait l'air assez jeune pour être un de mes élèves. Il déglutissait bruyamment.

Fronçant ses minces sourcils, Riveaux a contemplé le magot.

— Où est-ce que ce gamin se procure ce genre de sommes ?

— Baby-sitting et livraisons de journaux, ai-je dit.

Riveaux a étouffé un rire puis a parlé en langage radio. Même si les termes étaient différents à La Nouvelle-Orléans, vu que j'avais grandi avec un père flic, j'ai compris que Prince allait être mis en accusation pour son acte de vandalisme, ainsi que pour possession d'argent liquide probablement volé et d'une arme de poing sans avoir de permis. En plus, il avait résisté lors de son arrestation.

Riveaux et moi, nous nous sommes approchées d'une autre voiture de police où deux agents transpiraient comme dans un cuiseur-vapeur. Un nuage nauséabond de relents corporels nous parvenait par la fenêtre ouverte. Riveaux s'est penchée du côté passager et a échangé avec son collègue, dont le visage maigrichon apparaissait déformé sur le reflet de ses lunettes d'aviateur. L'agent était en train de compter les billets trouvés dans la voiture.

— Ensuite, je relèverai les numéros de série, a dit l'autre flic.

Après deux minutes de silence pendant lesquelles j'ai récité dix *Je vous salue Marie*, Riveaux a fini par parler assez fort pour que j'entende.

— On a combien, là ?

— Six mille dollars.

L'agent a tendu l'argent à son coéquipier en bâillant.

— Riveaux, c'est qui, ça ?

Il est sorti de la voiture.

— Ça, c'est *sœur* Holiday, a dit Riveaux d'un air hautain. De Saint-Sébastien. Un des professeurs de Prince Dempsey. Elle a accepté de nous aider à l'identifier.

— J'y crois pas !

Le flic s'est esclaffé.

— Elle ? Une nonne ?

Il a pointé un doigt vers moi.

— Elle ressemble aux sales gouines que j'arrête à Bywater. Y en a une qui a essayé de me taillader avec un tesson de bouteille.

— Peut-être que le Seigneur en personne devrait vous taillader.

Je lui ai souri.

— Vous ne pouvez pas dire ça ! Vous êtes une nonne, bordel.

Il a reculé, ébranlé, et je me suis avancée jusqu'à la voiture de Prince, me sentant plus grande, plus forte. Dure comme un manche de cognée.

— Et qu'est-ce qui va se passer maintenant ? ai-je demandé à Riveaux.

— Prince va être mis en garde à vue. Les agents qui l'ont arrêté vont prendre sa déposition. (Elle m'a toisée de haut en bas.) Vous voulez savoir ce que je pense ?

— Non.

— Quelque part au fond de vous, vous adorez ces courses-poursuites.

— Je veux juste vous aider, ai-je menti.

Je les adorais. Même la conduite délirante de Riveaux. Pas seulement la vitesse, mais la violence. J'adorais brûler les feux rouges. Foncer tête la première vers l'abîme. Frotter la peau assez pour sentir la brûlure, pas assez pour saigner. L'investigation était impossible parfois, une quête vouée à l'échec. Une tragédie divine. Une formidable malédiction. Comme un nuage de sauterelles. Comme embrasser une femme mariée.

Tandis que le photographe de la police scientifique sortait son objectif pour immortaliser la scène, j'ai à nouveau jeté un coup d'œil à l'intérieur de la voiture, et une vague de jalousie s'est emparée de moi. Il y a quelques années, je n'aurais pas pu résister à une bombe de peinture, un couteau, de l'herbe fraîche, une arme de poing et des liasses de billets. Si l'abnégation vous rapprochait de Dieu, j'aurais eu envie d'un peu de distance.

14

La messe du matin de vendredi était bondée. Pas une place vide sur les longs bancs de l'église, et même le transept était plein de monde. Si le Diocèse avait un soupçon de décence, ils n'obligeraient pas les fidèles à céder leur place. Pourtant, ils étaient bien là, aux premières loges. Le père Reese a consacré son « sermon » au fait d'affronter la peur et de ne pas laisser le feu nous contrôler. La marionnette du Parrain. Sœur Augustine a chanté avec une vigueur exceptionnelle. La lumière se déversait à travers les vitraux, dont les scènes saintes apparaissaient comme des explosions abstraites de couleurs vives. J'ai repensé à ma mère à l'église, à la manière dont elle braillait des hymnes, ce qui embarrassait Moose mais, moi, m'inspirait. La voix de maman était merdique, trop nasillarde, cependant elle chantait avec tant de conviction, de toutes ses forces, qu'elle mettait ainsi son âme à nu, tout son être, aussi imparfait et rare qu'une pierre précieuse née dans le brasier des profondeurs. Je me souviens, j'avais huit ans et je portais ma robe de communion blanche. Une horreur à fanfreluches, comme un napperon géant. Mais être assise à côté de maman, c'était magique. Alors que nous chantions ensemble, j'ai senti mon centre se décaler. C'était la première fois que je priais. Que je priais vraiment. Et j'ai senti mes paroles monter jusqu'à Dieu, suivre la voie ouverte par maman vers le divin. Quand j'ai prié ce vendredi matin-là, pour Prince Dempsey, Jack, sœur T et même sœur Honorée, j'ai senti la présence de maman à nouveau. La situation était différente. Dieu voulait – avait besoin que je sois ici. Que je garde un cœur plein de sagesse. Que je résolve cette affaire.

Inlassablement, j'ai sillonné la salle de cours pour identifier le problème de chaque élève – à l'exception de Prince Dempsey, absent – et lui expliquer comment le corriger pour pouvoir progresser. Leur jeu était hésitant, retenu et maladroit, mais produisait malgré tout un son plutôt éclatant. Les cordes de guitare m'aidaient à relier mon ancienne vie et ma nouvelle.

Dans notre salle partagée, Rosemary Flynn et moi évitions de perdre notre énergie en banalités.

— Jonah, quelle est la distance entre la Terre et le Soleil ? a demandé Rosemary.

Jonah a regardé par la fenêtre et j'ai suivi son regard qui se portait vers le Soleil aussi aveuglant qu'un néon.

— Euh, super grande.

— Nous l'avons vu au dernier cours, a dit Rosemary en baissant la tête.

Rosemary était un bon professeur mais on ne pouvait pas dire la même chose de ses élèves.

— Ça fait une distance d'environ 150 millions de kilomètres, ai-je crié de l'autre bout de la salle.

Les élèves des deux groupes ont tourné la tête vers moi.

— Comment vous le savez ? a demandé Mary.

— Vous en avez parlé la semaine dernière. Et c'est écrit juste là, sur l'affiche que vous avez épinglée sur mon mur sans me demander mon avis.

L'affiche de Rosemary représentant le système solaire paraissait dater de l'année 1955, sans le charme du vintage.

— Effectivement, a dit Rosemary, qui, serrée dans son cardigan en cachemire rayé noir et blanc et avec son collier de perles, me rappelait les filles de banquiers que je détestais à New York.

Ses cheveux blond vénitien étaient attachés en un chignon trop tiré. Alors que j'examinais ses épaules crispées – était-ce de la curiosité ou de l'irritation ? – j'ai arrêté de respirer. Comme si une main puissante m'avait saisie à la gorge et qu'on avait enfoncé un pouce dans ma trachée. Ma réaction m'a troublée. J'avais passé tellement de temps à essayer d'ignorer Rosemary Flynn.

Essayer d'ignorer son corps.

Mais nos corps *sont* saints et faits pour être partagés, pendant un temps, du moins. Jésus nous a été donné sous la forme d'un humain. Pendant la communion, l'hostie devient le corps du Christ sur notre langue. La transsubstantiation. Encrer mon corps était également un acte saint. Bien sûr, l'aiguille faisait mal parfois. Mais ça devait faire mal. Le salut passait par le sacrifice. « La douleur est éphémère, disait toujours sœur Augustine, mais Dieu est éternel. »

Quand Rosemary écrivait sur le tableau, la craie grinçait à chaque geste. *Éclairement solaire, en watt par mètre carré (W/m2).* J'ai examiné son écriture pour voir ce qu'elle pouvait révéler, en dehors de son perfectionnisme irritant. L'analyse graphologique était comme un test de Rorschach. Pas de la haute technologie, sans aucun doute, mais elle pouvait révéler des traits de personnalité, des tendances, des habitudes, un potentiel criminel. L'écriture de Rosemary était uniforme. Outrageusement maîtrisée. Tandis que je la regardais s'agiter au tableau, écrivant avec une application phénoménale, son dos incroyablement droit et aussi menaçant qu'un poignard en acier, mes soupçons se sont brutalement intensifiés.

« Échauffement. » J'ai donné un exercice facile à mes gamins, de quoi les occuper dix minutes, le temps de reprendre ma liste de suspects. Je l'ai sortie de mon tiroir de bureau et je me suis mise au travail. Faire des listes ne suffisait pas. Les réécrire m'aidait à les graver dans mon cerveau, comme quand on récite une prière d'innombrables fois pour la mémoriser, la métaboliser.

J'ai essayé d'ordonner les suspects du plus au moins plausible, mais j'étais coincée. Je faisais du surplace au milieu de coupables potentiels. Jamie et Lamont avaient certainement vu ou fait quelque chose, mais ils restaient bouche cousue pour se couvrir mutuellement. Je l'aurais juré sur la Bible. Prince Dempsey était encore en garde à vue après la course-poursuite. Ce garçon était exaspérant, multirécidiviste, et ses alibis invérifiables. Au fond, c'étaient les professeurs et le Diocèse qui avaient le plus à gagner à tout me mettre sur le dos. Sœur Augustine s'était battue pour que je puisse entrer au couvent, à l'inverse sœur Honorée et Rosemary Flynn adoreraient me voir renvoyée à Brooklyn ou condamnée à une peine de prison.

De là à commettre un meurtre. Qui parmi nous oserait franchir cette ligne infranchissable ?

Plus tard, ce jour-là, dans la salle des professeurs, au milieu d'un monceau de papiers et de gobelets à moitié pleins d'un café trouble – la décoction spéciale de sœur Honorée avait le goût de sauterelles réduites en poudre –, les enseignants discutaient du Livre de Judith pour la Grande Lecture, notre programme de lecture à l'école. Chaque année, un même texte était choisi pour être lu par tout le monde. Nous nous réunissions ensuite pour discuter de sa pertinence à notre époque et débattre de ses interprétations. Le Diocèse offrait des fonds à Saint-Sébastien pour la Grande Lecture, mais nous gardions le privilège de choisir le titre. C'était une des rares sources de financement extérieur qui nous restait.

Entendre parler d'autre chose que des incendies apportait un soulagement bienvenu.

Pour moi, Judith était la typique *riot grrrl*[1]. C'était un livre deutérocanonique, mais on ne pouvait remettre en cause sa dimension féministe. Judith avait décapité Holoferne pour sauver son peuple. Elle déchirait grave.

Je me suis levée et je me suis étiré les bras tandis que John résumait le livre pour notre Bernard dépenaillé, à genoux sur le tapis en train de fourrager dans le tambour de l'imposant copieur.

— Comme vous l'avez deviné, c'est l'histoire de Judith, une courageuse veuve.

— Célibataire et prête à ne plus l'être, a commenté Bernard avec un clin d'œil.

J'ai hoché la tête. Bernard a gloussé et sœur Honorée nous a lancé un regard noir.

John a repris.

— Judith sait que l'armée ennemie veut détruire son village natal, alors elle part avec sa loyale domestique. Elles arrivent au camp d'Holoferne, le général à la tête de cette armée ennemie.

— Faut des sacrées couilles pour faire ça, a commenté Bernard.

— Bernard ! a caqueté sœur Honorée.

— Eh bien, elle est effectivement très courageuse, a improvisé John en prenant quelques libertés avec l'histoire. Les deux femmes s'approchent d'Holoferne. Il est attiré par Judith. Elle s'arrange pour gagner sa confiance. Puis Judith a l'autorisation

1. Riot grrrls – littéralement les émeutières – est un mouvement culturel et politique né dans le milieu punk underground américain au début des années 1990.

d'entrer dans sa tente un soir, et elle lui verse du vin. Et le voilà inerte sur son lit, dans l'hébétude de l'ivresse.

— Ça m'est déjà arrivé, ça.

Bernard et moi avons à nouveau échangé des sourires.

Sœur Augustine était silencieuse, occupée à corriger un paquet de QCM. Ou à faire de la paperasse. Difficile à dire, depuis l'autre bout de la salle. À côté d'elle, sœur Honorée me regardait, les yeux plissés, suspendue à tous mes faits et gestes avec un mépris triomphant, comme si j'étais une grosse araignée velue piégée derrière une vitre.

— Tandis qu'Holoferne est allongé là, ivre, les lèvres tachées de vin, Judith, avec l'aide de sa domestique, le décapite !

— Appelez le 911, a lancé Bernard. Le gars va avoir besoin d'un pansement. D'un gros.

— Ensuite, Judith rapporte sa tête tranchée à ses compatriotes apeurés !

John a porté sa thermos à ses lèvres, totalement exalté. – Quel trophée !

J'ai profité de la distraction du groupe pour aller explorer la trousse de premier secours à côté des filtres à café, une boîte dans laquelle je fourrageais souvent à la recherche d'aspirine quand Ryan Brown ou Prince Dempsey me fichaient la migraine. Rosemary m'a lancé un regard en coin quand je me suis éloignée. Le rouleau de gaze avait disparu.

Voilà une autre raison de croire que le coupable était un enseignant ou un membre du Diocèse, même si n'importe qui dans le bâtiment aurait pu le prendre.

Une raison suffisante de continuer à chercher des réponses.

Ma méthode d'enquête ? Tout examiner. Épuisant, me direz-vous ? On aura tout le temps de dormir après avoir passé l'arme à gauche.

— Même Prince Dempsey aura peut-être envie de lire ce texte quand il apprendra toute la violence graphique qu'il contient, a dit Rosemary.

— Comme s'il savait lire, ai-je marmonné, provoquant le rire de Bernard.

— Sœur Holiday ! (Sœur Honorée postillonnait tant elle était outrée.) Comment osez-vous dire du mal d'un élève !

— Rosemary Flynn sous-entendait clairement que Prince est analphabète.

John a essuyé la sueur de son front et a continué.

— Les Assyriens, ayant perdu leur chef, s'enfuient d'Israël.

Puis d'une voix plus forte, presque dans un cri :

« – La ville est sauve. Judith a gagné !

— Vraiment ?

Rosemary a fait la moue.

— Elle meurt seule.

— Elle n'était pas *seule.*

Sœur Honorée s'est signée.

— Elle était liée à Dieu !

— Peut-être que Judith était plus intéressée par le fait de passer du temps avec sa domestique, si vous voyez ce que je veux dire…, ai-je lâché avec un petit signe de tête à l'intention de Bernard, qui a affiché le même sourire qu'une citrouille de Thanksgiving.

— Utilisant ses ruses de femme pour tromper Holoferne pendant que ces dames finissaient le vin ensemble au lit.

Je savais ce que les queers devaient faire pour survivre, pour s'imposer. Lécher des bottes. Sucer des bites. Quoi qu'il en coûte. La fin justifie les moyens.

— Arrêtez !

Sœur Honorée a foncé sur moi et m'a coincée contre le mur.

— Judith n'était pas *lesbienne…*

Elle a prononcé ce dernier mot avec un haut-le-cœur.

— Judith était une vraie croyante !

Elle me braillait au visage, son haleine de cadavre se déversait dans l'air et sur mon âme.

— Judith aurait fait n'importe quoi pour Dieu !

J'ai levé le menton et serré le poing.

— N'importe quoi ? ai-je rétorqué, en faisant craquer mes jointures dans mes gants. Comme incendier une école ?

Sœur Honorée a rapproché encore son visage pleurnichard du mien. Une haine pure se lisait dans ses yeux bruns tirant sur le rouille.

— Mes Sœurs…, a supplié notre principale. Je vous en prie.

Les mâchoires serrées, sœur Honorée m'a menacée d'une voix sifflante :

— Je vous interdis…

— Quoi ? De vous interpeller ainsi ? Quels sont vos alibis pour les deux incendies ?

Un truc a basculé. Elle a toujours été rabat-joie, mais là, elle faisait preuve d'une agressivité incontrôlée. Peut-être qu'elle était capable de mettre le feu au bâtiment. De pousser Jack par la fenêtre et provoquer sa mort.

— Vous me dégoûtez !

Elle m'a poussée sous l'emprise d'une colère terrible, la gorge rouge comme une braise.

Stupéfaite, j'ai trébuché en arrière avant de retrouver rapidement mes appuis. C'était une sensation merveilleuse de voir sœur Honorée si perturbée. *Frappe-moi*, me suis-je dit. *Commence, pour que je puisse te retourner la politesse.*

— Sœur Augustine n'aurait jamais dû vous laisser venir ici.

D'un mouvement preste, elle m'a arraché mon foulard, découvrant les ailes frémissantes de ma colombe tatouée.

— Un poison ! Voilà ce que vous êtes !

J'ai arraché mon foulard de ses mains moites.

— Je suis votre aînée. J'ai consacré ma vie à l'Ordre, à la parole divine ! (Elle a reculé.) Vous ne serez jamais capable d'un pareil sacrifice.

— Arrêtez immédiatement, a pressé sœur Augustine avec la fermeté d'une mère jouant les arbitres dans une dispute entre deux enfants à l'arrière de la voiture. Voilà qui est fort malheureux, indigne de notre Ordre.

— Elle est ingérable ! (Sœur Honorée s'est essuyé le front, redoublant de colère.) Elle me provoque !

Sœur Augustine a posé une main sur l'épaule épaisse de sœur Honorée.

— Je sais que vous êtes la gardienne de la parole divine mais, s'il vous plaît, nous méritons tous la rédemption. Nous sommes dans le même camp.

— Je ne suis pas dans *son* camp, a persiflé sœur Honorée. Judith a fait ce que Dieu lui a demandé. (Son menton s'est affaissé, sous le poids de la gravité.) Quand Dieu parle, nous *devons* écouter.

Sœur Augustine a approuvé d'un signe de tête.

— Le sacrifice.

Je les ai regardées, avant de me tourner vers tous les autres présents dans cette salle qui sentait le renfermé.

— Donnez vos alibis, tous. Pour mon enquête…

— Votre obsession, a corrigé sœur Honorée.

— Mon *enquête*. (Je me suis étiré le dos.) Ça ne vous intéresse donc pas de savoir qui a fait ça ? Vos alibis. John, commencez.

John a remonté ses lunettes sur son nez. Il a parlé d'une voix hésitante.

— OK, bon… J'étais avec ma famille le soir du premier incendie.

— J'étais avec John aussi, a dit Rosemary, un trémolo dans la voix, dû à l'empressement ou à la peur. Vous vous rappelez ?

— Bien sûr. (John a souri.) J'ai ramené Rosemary chez elle après notre réunion du dimanche soir, avant de retrouver Kathy et les enfants pour le dîner.

— Pendant l'incendie de la cafétéria, j'étais dans notre bibliothèque, a ajouté Rosemary.

— Pareil pour moi, a fait John. J'étais aussi dans la bibliothèque.

Bizarre, leur synchronicité, me suis-je dit. Même si elle ne peut être totalement exclue.

— Nous étions en prière à l'église pendant les deux incendies, a lancé sœur Augustine en désignant sœur Honorée.

— Les incendies... en prières, oui, a marmonné sœur Honorée.

Elle écoutait à peine, trop occupée à jouer les saintes. Elle a eu un sourire condescendant. Mes poings m'ont chatouillé, tellement j'avais envie de les lui coller dans la figure. Je ressentais aussi de la pitié. Sœur Honorée était inflexible, mais sous le voile elle paraissait instable, comme un enfant apeuré qui pleurerait seul dans le noir.

Voilà ce que c'était, d'avoir deux vies. Au couvent, dans la salle de cours, sur scène, vous êtes l'avatar sans défaut, le saint, le super-héros. Mais à l'intérieur, on est tous pareils. Des cœurs qui cherchent leur place. Certaines personnes feraient tout pour se sentir moins seules. Se moquer. Porter aux nues. Haïr. Décapiter. N'importe quoi. Tout était concentré dans mon nouveau foyer, dans cette ville où la magie et le trauma se côtoient. Si ce n'est pas un ouragan qui nous engloutit ou l'incarcération en masse des Noirs, ce sont les fourmis rouges et les colonies de termites. Les monstres des marais qui contre-attaquent.

— Dimanche soir, a expliqué Bernard, j'étais à la maison avec mon groupe, comme je l'ai déjà raconté à la police, qui l'a confirmé. Et vous avez tous vu mes efforts pour éteindre le feu à la cafétéria.

Mais les mots de Bernard n'ont pas été entendus par le reste du groupe qui commençait à parler de la visite imminente du Diocèse.

— Je vais me faire faire un tatouage de Judith, a dit Bernard quand je suis venue m'accroupir à côté de lui, mes mains comme des câbles sous tension, encore électrifiées par l'accrochage. Son nom. Ici.

Il a posé son index sur sa poitrine, à côté de son cœur.

À mi-voix, j'ai ironisé :

— Je me ferais volontiers tatouer Judith sur le cœur aussi, mais je n'ai plus de peau disponible. (J'ai remis mon foulard.) Et pas d'argent non plus.

— Oh ! je vous en prie, a-t-il répondu. Vous pouvez compter sur moi. Toujours.

15

Le vendredi s'est terminé dans un brouillard de rage traversé d'éclairs de droiture morale.

J'étais remontée par mon escarmouche avec sœur Honorée. Tellement à cran que j'ai cassé deux cordes de guitare. La dernière chose dont j'avais envie, c'était me taper une réunion plénière par là-dessus, mais les voies du Seigneur sont impénétrables. Du moins, c'est ce qu'on raconte.

Sœur Augustine avait organisé cette réunion après une conversation houleuse avec le Diocèse. Il était temps de mettre au courant la communauté de l'établissement de l'avancement de l'enquête. Près de deux semaines s'étaient écoulées depuis le premier incendie. La police avait fini par boucler ses interrogatoires : 260 élèves et 18 membres du personnel. Et Prince Dempsey était toujours en garde à vue.

Après les cours, nous sommes allés de mauvaise grâce prendre place à l'auditorium.

J'ai remarqué que Rosemary Flynn était seule, et je me suis assise à côté d'elle.

— Bonjour.

J'ai enlevé mes gants pour éplucher une mandarine.

— Qu'est-ce que vous voulez ? a demandé Rosemary en bougeant à peine les lèvres, les yeux fixés sur mes mains nues et les tatouages sur mes doigts.

Son rouge à lèvres rouge était aussi tapageur qu'elle était réservée.

— Je vous dis juste bonjour, ai-je répondu tandis qu'elle ouvrait un manuel intitulé *Principes de chimie.* Maintenant, c'est à votre tour de me dire « Bonjour. » C'est comme ça qu'on fait.

— Bonjour.

Rosemary Flynn, le seul front froid de La Nouvelle-Orléans.

Je me suis penchée et je lui ai demandé :

— Vous venez souvent ici ?

Elle a rassemblé ses affaires – « J'ai besoin de calme » – et a déménagé trois rangées au-dessus.

J'ai passé ma langue sur ma canine en or en la regardant s'installer. Une fois assise, elle s'est tournée vers moi. Nous nous sommes empressées de détourner les yeux, l'une et l'autre.

Assis à ma droite, John Vander Kitt sirotait du café qu'il avait apporté dans une tasse. On ne le voyait jamais sans café, même par cette chaleur moite.

Bernard s'est écroulé à ma gauche et a glissé sa boîte à outils sous le siège devant lui.

— Aloha, a-t-il dit.

Sa combinaison en jean était roulée aux manches ; ses longs cheveux noirs étaient attachés.

— Comment va Kathy ? a demandé Bernard à John en se penchant devant moi.

— Nous sommes passés à un nouveau « fauteuil intelligent », a répondu John, le visage radieux. Ce nouvel engin est comme une voiture, je vous assure. Il est connecté à Internet. Kathy peut le contrôler à la voix. Et elle peut même écouter de la musique. Je n'arrive pas bien à le piloter – j'ai failli avoir un accident quand j'ai essayé dans le couloir. Mais Kathy l'adore. Elle et moi, on se réjouit d'un rien, a-t-il dit. Qu'est-ce qu'on peut faire d'autre ?

— Tout à fait, a approuvé Bernard avec un vigoureux hochement de tête. Tout à fait, mon pote. Faut rester positif. Prendre la vie du bon côté.

Il a essayé de faire un check, mais John a mal interprété son geste et a pris le point serré de Bernard entre ses deux mains, à quelques centimètres de mon visage.

La femme de John, Kathy, est atteinte de la maladie de Charcot. Leur fils Lee et leur fille Sam, des jumeaux, ont abandonné leurs carrières naissantes de repéreurs à Hollywood pour prendre soin de Kathy. John Vander Kitt pouvait parler de n'importe quel sujet – il était capable de persuader un chien affamé de laisser passer un camion plein de viande –, mais s'il y avait bien une chose dont il adorait parler, c'était Kathy.

Grogan, Decker et Riveaux sont arrivés et se sont assis dans la rangée devant la nôtre. Sœur Augustine est allée les voir, portant un tas de papiers entre ses bras frêles.

— Que pouvons-nous faire d'autre pour vous aider dans votre enquête ? a demandé sœur Augustine à Riveaux, la voix tendue par la fatigue.

Riveaux a réfléchi une seconde.

— Quelqu'un d'autre qu'on pourrait interroger ? Des intérimaires ? Des remplaçants ? Des coachs sportifs ?

Ils n'avaient pas avancé du tout.

— Je crois que vous avez vu tout le monde, a répondu sœur Augustine. Et nous n'avons plus de coachs. Plus d'argent. Baisse des effectifs.

— Déprimante, cette situation, a fait Grogan. Les gens perdent leurs repères, décident d'élever leurs enfants à l'écart de Jésus.

— Eh bien, si une personne vous revient à l'esprit, dites-le-nous, a lancé Decker sèchement.

À la manière dont sœur Augustine a hoché la tête, elle semblait apprécier la fermeté de Decker.

— Nous nous assurerons que votre équipe et vous ayez tout ce dont vous avez besoin.

— C'est une pro, a glissé Grogan à Decker après que sœur Augustine s'est éloignée. Elle est principale ici depuis la nuit des temps, quand j'étais encore gamin.

— Tenez, a dit Bernard à mi-voix en plaçant un épais rouleau d'argent liquide dans la peau de ma mandarine.

— Mais c'est pour quoi faire ? ai-je demandé. Il doit y avoir au moins 100 dollars, là-dedans.

— Pour votre tatouage de Judith.

J'ai dégluti, avec difficulté.

— Je plaisantais.

— Pas moi.

Il avait l'air fâché ; il a battu des cils, qu'il avait si noirs et si longs qu'ils projetaient des ombres sur son visage, sous l'éclairage au néon.

— On a passé un accord. J'ai fait faire le mien pendant ma pause déjeuner.

Il a ouvert sa combinaison pour découvrir sa poitrine, et j'ai aperçu le contour boursoufflé de « Judith » écrit en attaché sous un pansement transparent.

— Maintenant, faut que vous alliez vous faire faire le vôtre, ma Sœur.

J'ai fourré l'argent de Bernard dans mon sac.

— On discutera de ça plus tard.

Sœur Honorée la concierge pouvait nous entendre, alors je préférais ne pas m'étendre sur le sujet.

— En tout cas, ils nous prennent beaucoup de temps, a glissé John.

Un filet de buée de café est allé se déposer sur les lunettes à monture métallique de John.

— L'incendiaire va bientôt commettre une erreur, ai-je dit. Je le sens. À un moment donné, il craquera.

— Laissez tomber les enquêtes sur le campus, a répliqué Bernard avec un grand sourire, nous avons notre propre Judith !

Sur la scène, Riveaux semblait déroutée par la présence du micro.

— Est-ce que ça marche ?

D'une voix anormalement aiguë.

— Test : un, deux, trois.

Quelqu'un a crié depuis le fond de l'auditorium.

— On vous entend.

Puis sœur Honorée a soudain émis une salve d'éternuements comiques.

— La plupart d'entre vous me connaissent maintenant, ça fait un moment qu'on est sur cette affaire. Mais pour les autres, je suis l'enquêtrice Magnolia – Maggie – Riveaux, des pompiers de La Nouvelle-Orléans.

— S'il vous plaît, venez-en au fait ! a interrompu sœur Honorée. Les parents sont effrayés et nous avons des sujets d'examen à préparer.

Riveaux s'est éclairci la voix.

— Nous avons deux incendies, ici, dans l'école. Deux cadavres. Quelqu'un de votre établissement sait quelque chose et a choisi de garder le silence. Même si l'information vous paraît anodine, transmettez-la. Vous pourriez bien être en possession d'un indice capital pour notre enquête. L'inspecteur Grogan et le sergent Decker de la Criminelle travaillent jour et nuit pour…

— Elle est loquace, en tout cas, a chuchoté John tandis que Riveaux digressait.

— Mesdames et messieurs, mes sœurs, mes frères. »

Sœur Augustine, qui était montée sur l'estrade, a calmement pris le micro.

— Je vous prie d'accorder aux représentants des forces de l'ordre toute votre attention.

Ce fut au sergent Decker de prendre la parole.

— Merci, ma Sœur. La police de La Nouvelle-Orléans et l'évêque recommandent un couvre-feu autour de l'école en attendant qu'on y voie plus clair.

Des gens se sont mis à grommeler dans l'auditorium.

— Écoutez, on ne veut pas vous faire peur. Mais nous avons reçu une menace assez crédible, a dit le sergent.

Le public est resté bouche bée. Elle a repris :

— La promesse d'un autre incendie. Pour la sécurité de tout le monde, entre le coucher et le lever du soleil et jusqu'à ce qu'on appréhende cet incendiaire, personne ne doit se trouver à l'intérieur de l'établissement. Après la tombée de la nuit, restez chez vous, à moins d'une absolue nécessité.

Bernard s'est brusquement levé.

— Nous sommes à *La Nouvelle-Orléans*. Nous tenons à notre liberté !

— Nous ne révélerons pas la nature exacte de cette menace, mais sachez que nous la prenons avec le plus grand sérieux.

— On devrait s'opposer à ça, s'est écrié Bernard spontanément.

Je l'ai attrapé par le bras pour l'obliger à se rasseoir.

— Un couvre-feu, c'est bien : les gens sont terrifiés.

— Pourquoi maintenant ? a gémi Bernard. Genre, deux semaines après les incendies ?

L'inspecteur Grogan s'est mis à parler d'une voix mielleuse :

— Encore une fois, le couvre-feu ne s'applique pas qu'à cet établissement. Ne vous méprenez pas, un incendiaire vise votre institution, votre église, votre couvent et votre presbytère, et potentiellement, à travers eux, toute la communauté catholique de La Nouvelle-Orléans. Les écoles et églises catholiques sont en danger, c'est pas des conneries, et c'est votre évêque qui a demandé ça, a dit Grogan en laissant parler ses origines populaires.

Puis, changement de registre. Je connaissais la manœuvre par cœur.

— La menace que nous avons reçue est réelle. Soyez aux aguets, ouvrez l'œil pour que rien ne vous échappe. Pas le moindre détail.

— Des questions ? (Depuis l'estrade, Riveaux a invité la foule à intervenir.) Pas de questions ? Non ? Super. Restez vigilants. Gardez les yeux ouverts. Restez forts et pensez à dire aux enquêteurs ce que vous savez. Voilà, c'est tout.

Elle a descendu les sept marches avec sœur Augustine.

J'ai rattrapé John, j'avais besoin de lui parler avant que nos chemins se séparent.

— Comment était l'école avant que le Diocèse ne prenne les rênes ?

Il a réfléchi quelques instants.

— Oh ! c'était une époque bénie. Il y avait une vraie énergie à ce moment-là. Tant de possibilités, tellement de fierté ! Les sœurs Augustine, Thérèse et Honorée avaient beaucoup de succès avec le programme des bourses et… (Il a marqué une pause.) Elles ont toujours accordé une priorité à la justice sociale, vos sœurs. Elles ont organisé des actions contre l'injustice, en faveur de l'égalité des sexes, des médecines holistiques, de la couche d'ozone, du changement climatique et des soins à apporter aux patients atteints du sida ! Des agitatrices, ici, dans notre école ! Sœur

Thérèse et sœur Honorée ont été arrêtées après s'être menottées à la prison de la paroisse !

Elles déchirent, me suis-je dit.

— Contre quoi manifestaient-elles ?

John a grimacé tout en réfléchissant.

— Cette fois-là ? Oh ! peut-être qu'elles demandaient l'abolition de la prison. Ou qu'elles protestaient contre les conditions brutales de détention et la peine de mort.

Il parlait avec fébrilité, comme s'il racontait les meilleures scènes de son film préféré. Tandis qu'il continuait à énumérer avec brio les réussites de l'Ordre et ses démêlés avec la loi, j'ai laissé cette idée faire son chemin : les sœurs du Sang sacré aidaient les gens. Je faisais partie de quelque chose de bien.

Quelqu'un était en train de se foutre de nous et j'allais riposter.

Alors que John continuait à bavasser, j'ai plongé la main dans ma poche à la recherche d'une cigarette, pas pour l'allumer, juste pour sentir sa présence. Parfois, la promesse de quelque chose est meilleure que la chose elle-même.

Saint-Sébastien allait accueillir, ces prochains jours, des cercles de prière et un rassemblement. Encore un des innombrables efforts de sœur Augustine pour soutenir le moral des troupes. Au milieu de l'hystérie, on avait à nouveau besoin de la foi. Les enfants prodigues venaient retrouver la protection de la communauté. Des lignes directrices. La boussole que seul Dieu pouvait donner.

16

Le couvre-feu est entré en vigueur ce vendredi-là, dès la fin de la réunion avec la police.

Nous nous sommes installées à la grande table du couvent, sœur Augustine, sœur Honorée et moi.

Sœur Honorée a dit les grâces et a adressé nos prières au Seigneur, à Jack Corolla et à sœur T. Pas de musique. Seul le ventilateur au plafond bourdonnait. J'ai parcouru du regard les murs, tous nus à l'exception d'une grande croix. Le couvent, comme toutes les salles de classe de l'école, était peint en blanc cassé, comme une hostie.

J'ai fait passer la miche de pain qui avait été pétrie par sœur Honorée après les cours. Sœur Honorée était traditionnaliste, dans tous les sens du terme. Elle avait rejoint le couvent à l'âge de vingt ans. Comment c'était, de vivre presque soixante ans sans coucher ? Sœur Honorée me détestait parce que j'avais eu une vie avant le couvent. Ou parce qu'elle pensait que j'incarnais une imposture. Ou les deux.

J'ai posé une épaisse tranche de pain sur son assiette que j'ai tartinée de beurre doré. La sueur me brûlait les coins de la bouche.

Sœur Honorée a pris l'assiette.

— Ce Bernard Pham s'est comporté de manière très étrange. Cet étalage de protestations quand il a été emmené par les policiers. Sa sortie à la réunion. (Elle a ponctué ses paroles d'un claquement de langue.) Troublant.

— En même temps, il a perdu un de ses plus proches amis.

Je parlais la bouche pleine exprès pour irriter sœur Honorée.

— Un camarade.

— Bernard est un brin excentrique, c'est vrai, a dit sœur Augustine, après avoir béni son repas une seconde fois. (Voilà qui était rare.) Mais les brebis égarées sont celles qui ont le plus besoin de notre amour. C'est notre devoir de les ramener sur le droit chemin.

— C'était ce que croyait sœur Thérèse, a déclaré Sœur Honorée avant de se signer. Sœur Thérèse disait que tous les enfants de Dieu méritent l'amour.

— Pourquoi la police est-elle tellement sûre que sœur T est tombée ? Comment peuvent-ils n'avoir aucun doute sur le fait qu'elle ait pu être poussée dans l'escalier ? ai-je demandé, essayant de provoquer une réaction chez sœur Honorée.

Vas-y, mords, mords à l'hameçon.

— La seule chose dont nous pouvons être absolument certaines, c'est l'amour de notre Seigneur, a répondu sœur Augustine d'une voix calme mais passionnée. Nous devons honorer la perfection de l'Évangile. Dieu compte sur chacune d'entre nous.

Elle m'a fait un clin d'œil ; ses yeux pétillaient comme des cristaux.

Ce n'était pas simple de vendre mon arrivée à la communauté de Saint-Sébastien. Il fallait une minute de recherche sur Google pour faire remonter les paroles perverses de mes chansons, des photos de moi et mon groupe seins nus au Wymxn's punk fest, et Dieu sait quelles autres casseroles. Les parents étaient farouchement opposés à ma venue mais sœur Augustine m'avait défendue devant l'Ordre et l'évêque. Miraculeusement, le Diocèse avait autorisé mon entrée au couvent. « Tous seront absous, disait souvent notre Mère supérieure. Nous pratiquons la tolérance, le progrès par la rédemption, et avons une foi profonde en notre Seigneur. Ce que nous pratiquons devient une partie de nous. »

Les élèves et les parents de Saint-Sébastien semblaient avoir oublié que les sœurs du Sang sacré était un ordre progressiste. Sœur Augustine avait été menottée plus de fois que moi, manifestant contre tout, de la peine de mort à la brutalité policière en passant par les roulottes FEMA bourrées de méthanol qui servaient de logements temporaires après l'ouragan. Le genre de celles où habitait Prince Dempsey.

Ce vendredi soir, c'était mon tour de faire la vaisselle. J'ai rempli l'évier d'eau savonneuse et j'ai tout mis à tremper. En lavant le saladier, je regardais par-dessus mon épaule, épiant les gestes de mes sœurs. J'ai entendu sœur Augustine remonter le couloir en chantant. Sœur Honorée s'est installée sur le canapé du salon pour lire l'Ancien Testament, en marmonnant de temps en temps dans sa barbe.

— Tu as déjà lu ce passage, sœur Honorée ! (Elle se faisait la leçon d'une voix sévère.) Quel comportement absurde ! Tu es plus intelligente que ça, non ? Oui.

Spectacle désolant.

Sœur T était à peu près du même âge que sœur Honorée, mais elle était si différente. Si enjouée.

Je suis allée dans la bibliothèque du couvent, une étagère géante dans le couloir qui reliait la cuisine au salon. Pour résoudre l'énigme que me posait sœur Honorée, j'avais besoin de plus d'informations. De contexte historique. J'ai parcouru les titres d'une douzaine de livres. *Sœurs dans la résolution*. *Les Croisés du*

Christ. Jésus était féministe. Les Sœurs avec le Christ : Une histoire des religieuses. Et enfin, je l'ai trouvé. *La Grâce révolutionnaire : histoire du matrimoine de San Sebastian*, dans une calligraphie solennelle, une mine de récits historiques sur notre école et notre couvent.

Dans le livre, il y avait des photos en noir et blanc du corps enseignant de Saint-Sébastien de l'âge d'or des années 1960 et 1970, à l'époque où la liste d'attente des étudiants était plus longue que le nombre d'élèves d'aujourd'hui. Elles étaient là, la jeune *sœur Augustine Wójcik* et *sœur Honorée Monroe*, côte à côte au premier rang parmi une douzaine de nonnes sur une photo légendée *Sœurs du Sang sacré, 1966.* Je n'avais jamais vu leurs noms complets avant, même pas sur un email ou une carte scolaire. Elles avaient vingt-cinq et vingt ans, sur ce cliché. Difficile de croire que sœur Honorée ait jamais été jeune. Comme elles avaient l'air vives ! Avec leurs coupes au carré, leurs yeux doux comme ceux de chatons, leur expression volontaire mais respectueuse. De ferventes croyantes, nouvellement entrées dans l'Ordre, impatientes d'apprendre et de guider les âmes. Elles avaient dû enseigner pour la première fois ici, il y a des dizaines d'années.

Sœur Augustine est devenue la plus jeune principale de l'histoire de l'établissement quand elle a pris la direction. « Une sœur dévouée de Marblehead, Ohio », disait la légende de la photo de 1966. Sous la photo, sœur Augustine avait ajouté son mantra : « Ce sont les âmes égarées qui ont le plus à gagner du divin du Saint-Esprit. J'ai perdu mes parents quand j'étais enfant, et l'amour de Dieu est devenu ma famille pour toujours. Nous devons honorer le potentiel sacré de tous les élèves et fidèles du Christ notre Seigneur. »

Elle avait perdu ses parents quand elle était enfant. Pauvre sœur Augustine. Peut-être était-ce la raison pour laquelle elle s'était entichée de Prince Dempsey. Pour sauver sa pauvre âme de la même manière que la sienne avait été sauvée.

Nos obsessions, nos fétiches, nos bêtes noires et nos passions ont toujours des racines personnelles.

Sœur Augustine s'était construite en s'élevant à partir d'une tragédie pour devenir une cheffe de file jusqu'à ce qu'on lui coupe l'herbe sous le pied. La spécialité du patriarcat. Mais elle est demeurée un phare dans la nuit.

Sous son portrait, sœur Honorée avait écrit : « Je pense avec la plus grande conviction que le fait de vivre la vérité de Dieu signifie trouver la rédemption dans chaque âme. »

Difficile de croire que la sœur Honorée revêche d'aujourd'hui s'était sentie aussi vivante, aussi dévouée à l'engagement individuel et ouverte aux complexités fracassantes de la vie. Peut-être que son aigreur avait été attisée par le fait que les hommes cherchent à s'imposer à Saint-Sébastien alors que les sœurs avaient si bien dirigé l'institution depuis de longues années. Peut-être que c'était cela qui entamait sœur Honorée, qui l'avait broyée jusqu'à ce qu'elle devienne un oiseau de malheur dévitalisé, effrayé par le moindre changement. Et qui la conduisait à se battre – en mode terre brûlée – et à détruire tout ce qui se dressait en travers de son chemin, y compris l'école. Une même expérience peut projeter deux personnes dans des directions diamétralement opposées. Comme Moose et moi. Riveaux l'a dit : « Les incendiaires frappent pour se venger, par soif de contrôle ou d'argent. »

Peu de temps après que sœur Honorée s'est retirée dans sa chambre pour la nuit, j'ai reconnu un son familier. La basse puissante, le *shred* à la guitare. *bikini Kill*. J'ai passé ma tête dans l'entrebâillement de sa porte. Sœur Honorée s'est empressée d'éteindre le gros radiocassette.

— Vous écoutez ma cassette ? Sister Axe ? lui ai-je demandé. Sur mon vieux lecteur ?

— Eh bien, je l'ai découvert dans le placard et… et… j'essayais de mieux comprendre les motivations de la jeunesse.

Impossible de la croire. Elle cherchait surtout à me décoder, à comprendre ce qui me faisait avancer, à me jauger pour perfectionner son piège. Elle me mettait au défi, mais j'avais ce qu'il fallait pour le relever.

— Ce n'est pas grave si vous aimez bien.

Elle s'est levée d'un bond et a claqué la porte.

En dépit du couvre-feu en vigueur, j'avais besoin d'air, alors je me suis glissée à l'extérieur et je me suis faufilée derrière les arbres jusqu'à atteindre le banc dans le jardin du couvent. Je me suis assise en boule et j'ai fermé les yeux. Voodoo a sauté jusqu'à moi et est venue ronronner sur mes genoux. Elle clignait des yeux lentement, pour montrer qu'elle se sentait en sécurité. J'étais heureuse de sentir le battement de cœur d'un autre mammifère. Les chats sauvages étaient aussi courants à La Nouvelle-Orléans que les grands vents qui balayaient le golfe. Ils n'appartenaient à personne. Même Voodoo, qui s'était adressée à nous en quête de nourriture et affection, s'écartait d'un bond après une minute de chaleur humaine, attirée par l'appel de la nature, peu importe le bain de vapeur subtropicale.

À New York, au contraire, on avait l'impression de vivre dans un éternel hiver. Je me rappelle l'épreuve de devoir aller jusqu'au métro par des températures négatives, pour me rendre à l'atelier du luthier et à mes cours de guitare. Deux couches de jean, une parka, un bonnet en laine, des gants qui remontaient jusqu'aux coudes : malgré tout cela, j'étais gelée. Chaque goutte de pluie glaciale était aussi coupante qu'un rasoir. Les chiens racés de New York, des bêtes joueuses pendant les mois chauds, faisaient leurs besoins à contrecœur sur le trottoir arctique et repartaient immédiatement après en trottant. À peine levé, le soleil semblait se coucher. Je me réveillais tellement tard que je ne voyais pas la lumière du jour.

Mais la pénombre ne peut exister sans lumière. Pendant les hivers new-yorkais, les seules couleurs du monde semblaient se résumer à celles de ma couronne en or et de mon rouge à lèvres. Le ciel gris était une prison. Les arbres, squelettiques. Je serais heureuse d'oublier Brooklyn complètement. Et la plupart des souvenirs qui y étaient attachés.

Comme le soir où ma mère nous a annoncé la nouvelle. Sa nouvelle.

Je me souviens d'avoir allumé une cigarette, appuyée contre la balustrade jaune de l'entrée du métro pour la rappeler. Pendant que ça sonnait, j'ai entendu le crissement strident de la rame qui repartait.

— Salut, maman.

— Holiday, a dit ma mère d'une voix monocorde, tandis que notre chat, Marple, miaulait dans le fond. Viens dîner à la maison.

J'ai senti que d'autres mots se formaient, mais elle les a ravalés.

Dîner à la maison. Il se passait quelque chose. Il y avait un problème

Plus tard, à l'arrivée chez mes parents, maman est sortie de la salle de bains, avec beaucoup plus de maquillage que d'habitude. Plus jeune, j'aurais aimé avoir une mère qui connaîtrait toutes les astuces pour appliquer le fard à paupières, poser l'eyeliner liquide et allonger les cils. Mais, à mon grand regret, elle ne s'était jamais intéressée au maquillage. Maman avait passé une dizaine d'années dans un couvent catholique à Brooklyn – elle disait que c'était la période la plus heureuse de sa vie. Des matinées d'études religieuses et des après-midi de dévotions.

Une vie pure. Simple. Parfaite. Nos noms reflétaient la piété de maman. Gabriel, pour l'ange, le protecteur. Holiday, parce que chaque jour était un don sacré, une fête bénie. J'avais toujours eu conscience de cette ironie : une ancienne nonne avec un fils gay et une fille lesbienne. Ses croix à porter.

Quand j'ai dit à mes parents que j'étais homo, ils ont tous les deux fondu en larmes. Moose en a profité pour faire aussi son coming out. Il essayait toujours de me voler la vedette, celui-là.

— Vous êtes nos seuls enfants, a pleuré maman, nous montrant du doigt, comme si nous avions oublié notre lien de parenté. Pourquoi vous nous faites ça ? Pour nous blesser ?

— C'est ce que nous sommes, ai-je dit.

— J'ai quitté l'Ordre pour *ça* ? s'est écriée maman. J'ai quitté ma *vie* pour ça ? Vous êtes tellement égoïstes, tous les deux.

— Qu'est-ce que tu attends de nous ? ai-je demandé avec colère. Qu'on fasse semblant ?

— Nos seuls enfants. Deux homos.

Papa pensait que je battrais en retraite comme Moose et que je les supplierais de nous pardonner. Mais c'était mal me connaître. Voire me méconnaître complètement.

— Deux gamins égoïstes qui n'ont de respect pour rien ni personne.

— Aimez-nous pour ce que nous sommes, c'est tout.

Je me suis sentie consumée de rage. J'ai regardé Moose, son corps était aussi inerte que celui d'un lapin entre les mâchoires d'un terrier. Un autre ingrédient de notre relation traumatique, à mon frère et moi.

— Alors, rendez-nous l'argent de votre communion. (Mon père avait l'air très satisfait.) L'argent de votre confirmation. Les noms grâce auxquels votre mère pensait que vous seriez bénis.

Rendez vos noms aussi. Vous vous appelez déjà « Moose » et « Goose » pour nous énerver.

— Je vous déteste, tous les deux !

Quelque chose s'est brisé à l'intérieur de moi, quelque chose qui resterait brisé pendant des années.

— Je vous préférerais morts !

C'était il y a des siècles. À présent, j'étais une sœur du Sang sacré. Je louais Dieu, j'enseignais la musique, je menais des enquêtes. Rien de plus. Je n'avais pas besoin d'amour, en dehors de celui de Dieu et de mes sœurs. J'avais besoin de prières. J'avais besoin de structure.

J'étais venue ici parce que j'espérais prendre de meilleures décisions. Si on ne peut pas faire ses propres choix, on n'est rien de plus qu'une marionnette. Et après six mois de services dévoués au couvent, et six de plus à enseigner la musique, je me sentais enfin chez moi à La Nouvelle-Orléans.

De la même manière que je barricaderais les fenêtres avant l'arrivée d'une tempête, je trouverais l'incendiaire pour protéger mon foyer. Ma nouvelle famille. Ma nouvelle vie.

17

Me brosser les dents sans miroir était faisable, mais la sensation demeurait étrange. Je me suis fait un gargarisme à la menthe, j'ai craché et je me suis dirigée vers ma chambre au premier étage du couvent. Devant ma porte, mon pied s'est pris dans quelque chose de mou et j'ai trébuché.

Voodoo était couchée devant ma porte.

— Désolée, le chat, je ne t'avais pas vu.

Elle avait dû me suivre depuis le jardin, se faufiler à l'intérieur avant que la porte du couvent ne se referme derrière moi.

C'était un chat d'un noir soyeux, à l'exception d'un minuscule losange blanc sur le sommet de son crâne. Comme des centaines de chats errants dans La Nouvelle-Orléans, Voodoo était sauvage mais pleine d'assurance, avec un air tatillon et un sens de l'humour que je trouvais attachant.

À cet instant précis, elle était parfaitement immobile, toute noire.

Elle était morte.

— Oh mon Dieu, non.

Il n'y avait pas de sang sur le sol. Pas de blessure béante, d'après ce que je pouvais voir. Les paupières grandes ouvertes comme si on les avait empêchées de se fermer. Même sa fourrure avait l'air bizarre.

— Voodoo, me suis-je écriée. Putain !

Sœur Honorée a fait irruption dans le couloir.

— Sœur Holiday, nous essayons de dormir ! Est-ce une incapacité physique ou simplement mentale de ne jamais nous accorder un moment de répit ?

Sans le voile, la chevelure blanche de sœur Honorée scintillait comme les faux flocons d'une boule à neige.

— Elle est morte. Voodoo est morte.

J'agitais les mains, me tordais les poignets, comme si leur rotation pouvait faire remonter le temps.

Depuis l'escalier à l'autre bout du couloir, la silhouette éthérée de sœur Augustine s'est approchée de moi.

— Ma Sœur ?

— Elle est morte. Voodoo. Quelqu'un a mis son cadavre devant ma porte !

— Doucement.

Sœur Augustine a baissé la voix en s'approchant.

Sœur Honorée s'est accroupie pour examiner Voodoo.

— Une bête galeuse. Probablement pleine de maladies et de vers.

— Une créature de Dieu, comme nous tous.

Sœur Augustine, enjambant le chat sans vie, est entrée dans ma chambre.

— Asseyez-vous, sœur Holiday. Vous avez subi un choc.

Sœur Honorée a réagi par un ricanement ; elle est repartie dans sa chambre pour reparaître avec un sac-poubelle en plastique noir qu'elle m'a jeté à la figure.

— Sortez cette chose d'ici.

Mes mains tremblaient.

— Je ne peux pas juste la jeter. C'était mon amie.

— Sœur Holiday, la dure à cuire, a ironisé sœur Honorée avant d'éternuer. Pas tant que ça, finalement.

J'ai regardé mes deux sœurs.

— Quelqu'un l'a tuée exprès pour me terroriser.

— C'est un regrettable accident, ma Sœur.

Sœur Augustine avait l'air plus jeune, sans ses habits. Même si nous vivions ensemble, nous nous voyions rarement en dehors de nos obligations, aux heures vulnérables où nous étions sans notre armure d'étoffe noire.

— Vous avez un grand cœur, a-t-elle dit avec un sourire réconfortant.

— C'est vous qui avez fait ça ?

J'ai regardé sœur Honorée d'un air mauvais en retenant mes larmes. Je ne voulais pas m'effondrer devant elle, mais tout le monde a une limite.

— Je veux que vous preniez une grande inspiration, a dit sœur Augustine. Vous pouvez faire ça ?

J'ai hoché la tête.

— Prions pour ce chat, pour toutes les créatures de Dieu, a dit sœur Augustine. Dieu l'a conduite à vous pour une raison, sœur Holiday, pour vous imposer une épreuve. (Elle m'a serrée contre elle.) Je sais que vous êtes forte, mais vous êtes en train d'apprendre à quel point vous êtes véritablement résiliente.

— Il faut l'enterrer, ai-je dit en me signant. Elle mérite ça, au moins.

— Quelles bêtes hideuses, les chats, a commenté sœur Honorée. Détestables. Ils apportent des maladies partout où ils passent. Une vermine diabolique. Ne l'enterrez pas. Brûlez-le.

Sœur Augustine s'est signée.

— Plus de feux, s'il vous plaît. Faites ce que vous avez à faire pour que cette pauvre créature trouve le repos, sœur Holiday, a-t-elle dit calmement, avant de retourner dans sa chambre.

J'aurais voulu qu'elle m'aide, qu'elle me prenne dans ses bras, qu'elle me dise que tout irait bien.

À nouveau seule, j'ai fermé les yeux et laissé couler des larmes silencieuses. Je ne voulais pas que sœur Honorée m'entende. J'ai retenu ma respiration et je me suis accroupie pour ramasser Voodoo dans ma serviette de toilette. Sa fourrure noire de jais était déjà raide. Son corps, bien trop léger.

J'ai porté la créature morte dans mes bras sous le médaillon argenté de la lune. Deux voitures de police patrouillaient autour du pâté de maisons. Avec le couvre-feu, je devais rester inaperçue. Je devais travailler vite. J'ai emporté Voodoo dans le recoin le plus reculé du jardin de Saint-Sébastien. Derrière le mandarinier. Derrière le buisson d'aubépine avec ses baies aigres, si nombreuses. Derrière le réservoir d'eau de pluie, les seaux de compost et de paillis de sœur Thérèse. Sur un carré de terrain sec qui me semblait suffisamment discret, j'ai déposé la serviette. Une légère brume se dégageait de la mousse argentée, comme une pluie inversée.

J'ai soulevé un pan de la serviette pour voir Voodoo une dernière fois.

Elle avait l'air d'un faux chat. Si irrémédiablement morte qu'on avait peine à croire qu'elle ait jamais été vivante.

Je suis allée dans la cabane à outils chercher une pelle. J'ai allumé la lumière. Il y régnait une odeur d'essence à tondeuse. La pelle a été facile à trouver malgré le fouillis laissé par Bernard et l'organisation irrationnelle de Jack : des outils, des sachets de clous et des sacs de paillis entassés. Des jerricans d'essence avec des becs verseurs. Des piles de gobelets à café vides de Crescent City.

Le moment était tellement irréel que je me sentais coupée en deux. J'ai creusé un trou assez profond pour m'enfoncer jusqu'aux genoux. J'étais dopée par la peur et mon trouble, par l'effet galvanisant de l'effort physique mêlé au naufrage du chagrin. J'ai prié pour ma petite bête. Trois amis partis. *Je vous salue Marie. Notre vie, notre douceur, notre espoir. Amen.* J'ai soigneusement enroulé Voodoo dans la serviette et je l'ai déposée au fond du trou. Je la retournais à la terre. Puis, je me suis assise sur notre banc, en espérant que les flics ne remarqueraient pas ma présence.

Le Seigneur est proche de ceux qui ont le cœur brisé et sauve les âmes meurtries. J'étais brisée, meurtrie, et cela me rapprochait du Seigneur.

Encore et encore. *Sauve-moi. Reste avec moi, Seigneur.*

En face, les vitraux de l'église brillaient comme des pierres précieuses éclairées de l'intérieur. Éclats d'améthyste, de grenat et d'émeraude provenant du chérubin préféré de Jack. J'ai pensé aux vitraux de l'église de ma jeunesse. Assise sur le banc glacé en bois, à côté de ma mère, j'avais les yeux rivés sur les fenêtres, qui retenaient la lumière et la modifiaient. Maman devait penser que je rêvassais, que j'étais à des millions de kilomètres de là, ignorant le père Graff. Mais en réalité, je m'ancrais, je prenais racine.

— Holiday.

Maman m'a donné une petite tape du dos de la main.

— Sois attentive.

Elle faisait généralement preuve de mesure, peu importe l'importance du sujet. Même quand elle énonçait une sentence de mort.

C'est ce qui s'est passé ce soir-là dans notre foyer de Bay Ridge, notre appartement familial de quatre pièces à loyer encadré. Je me rappelle avoir ouvert le réfrigérateur pour y prendre une bière – papa avait généralement une Guinness planquée dans le fond – quand la voix de ma mère m'a interrompue.

— Je nous ai réunis pour vous annoncer que…

— Tu retournes au couvent ? l'ai-je coupée, pensant la faire rire.

— Arrête.

Je me rappelle la bouche de papa tordue de colère.

Moose a secoué la tête et a fait le geste de se sceller les lèvres.

— Ta mère a un cancer, putain, a dit papa alors que j'avais les yeux rivés sur un pot de moutarde.

— Bon Dieu, papa.

J'ai fermé la porte et j'ai vu Moose et mes parents qui se tenaient les mains.

— S'il vous plaît…

Maman a soupiré, les yeux baissés.

Papa et maman se sont signés et, à l'unisson, ont marmonné une rapide prière de pardon.

Nous nous sommes assis pour écouter les détails. Moose a laissé couler des larmes stoïques dans sa barbe et sur le col de sa chemise en flanelle. Il s'est essuyé le nez avec la manche.

Maman a raconté qu'elle était allée chez son médecin. Pour un ulcère, d'après elle. Comme tante Joanie. Trop de plats préparés à base d'épices. Mais après plusieurs semaines d'examens, de prélèvements, une IRM, une attente interminable pour obtenir des rendez-vous, le verdict était tombé : cancer du pancréas. Stade quatre.

Je ne savais même pas où se trouvait le pancréas. Maman avait soixante-deux ans, une ancienne nonne de L'Amour glorieux de Marie. À tous les égards, une sainte. Un visage si ordinaire que vous auriez eu du mal à le décrire. Son visage était celui de tout le monde. Tous les étés, elle nous envoyait dans une colonie de vacances catholique dans les bois, l'équivalent d'un camp de travail sibérien, mais dans les Catskills. En réalité, tout ce qu'elle faisait, elle le faisait pour nous. Maman était notre sergent instructeur chargé de nous préserver de la folie de New York. Un jour, elle avait interrompu une bagarre au couteau dans le métro à mains nues, sans manucure. Un autre jour, elle s'était précipitée dans un appartement en feu pour sauver l'album photos d'un voisin âgé. Comment ma maman, ma maman à moi, pouvait-elle avoir un cancer ? Quelqu'un avait commis une erreur quelque part.

Le mur de la cuisine était très facile à enfoncer. J'ai frappé deux fois. Ensuite, mes genoux ont cédé, comme si je m'agenouillais devant l'autel, et j'ai éclaté en sanglots. Mon eyeliner a coulé sur mes joues. Maman s'est penchée et m'a prise dans ses bras. Moose et papa, tous les deux habitués à mes numéros d'actrice, ont continué à parler, assis à la table de la cuisine. Les larmes inondaient mes joues. Mes tatouages *l-o-s-t* étaient couverts de poussière de plâtre.

Maman n'avait plus que trois mois à vivre.

Elle a essayé de me calmer mais je suis restée recroquevillée en une fontaine inconsolable.

— Ne me touche pas.

Maman allait mourir et je ne savais pas quoi ressentir. Comment lui dire que je l'aimais.

Moose m'a suppliée de rester mais je suis partie, j'ai dévalé l'escalier. Je voulais que le froid humide de la nuit et la pénombre m'engloutissent. J'ai décadenassé ma bicyclette et je suis rentrée chez moi, en serpentant imprudemment parmi la circulation.

Le mois suivant s'est résumé à un brouillard d'appels téléphoniques et d'actions fébriles. À des repas à base de riz blanc nature et de bouillon clair en provenance du restaurant chinois au coin de la rue. Papa courait comme un dératé. Une fois par jour au moins, Moose me hurlait dessus dans la cuisine avant de me présenter ses excuses en pleurant. On faisait des courses dans les bodegas et les pharmacies à toute heure. Pour acheter n'importe quoi. Pour faire comme si tout était normal l'espace de cinq minutes. Étonnant, à quel point acheter des cotons-tiges ou des sacs congélation pouvait avoir un pouvoir apaisant quand tout le reste partait en couille.

Personne ne fermait l'œil à part maman, qui dormait de plus en plus longtemps. Puis, un jour, elle n'est plus sortie du lit. Cinq semaines après l'annonce de la maladie, elle a cessé de parler. Moose et moi, on la conduisait chez le médecin. On lui mettait ses émissions préférées vingt-quatre heures sur vingt-quatre. *Matlock. Perry Mason. Le Juste Prix. Les Craquantes. New York, police judiciaire.* Des intrigues policières faciles à élucider. Des sitcoms qu'elle aimait mais qui ne la faisaient plus rire. Elle ne mangeait pas. Elle était rongée de l'intérieur.

— Elle a oublié qui elle est, ai-je chuchoté à Moose devant l'évier où il lavait la vaisselle pour que je l'essuie ; elle oublie qui nous sommes. Laisse-moi la sortir pour une balade. Pour qu'elle change d'air.

Moose perdait patience.

— Arrête d'en faire des caisses. La dernière chose dont elle a besoin, c'est d'une virée en bagnole dans le froid. Tiens. (Il m'a tendu une assiette mouillée.) Essuie.

C'était la veille de l'incendie.

C'est passé, c'est le passé. Mais les souvenirs sont proches, gravés en moi comme des tatouages. Chargés. Douloureux. Qui se réveillent comme une brûlure chaque fois que je prie.

18

Le week-end a été écrasé sous le poids des corvées, de quatre messes et des regards incendiaires de sœur Honorée pendant les repas. Je ne parvenais pas à m'empêcher de réfléchir sur... absolument tout. En particulier à la citation de sœur Augustine dans le livre sur Saint-Sébastien. Je voulais la comprendre mieux, l'être humain qu'elle était, sœur, Mère supérieure, je voulais apprendre d'elle. La perte de ses parents quand elle était enfant. Une révélation presque impossible à supporter. Je pouvais interroger sœur Augustine, mais une barrière demeurait entre nous. Elle était mon mentor ; j'étais son élève. Elle n'avait pas abordé le sujet pendant cette année à La Nouvelle-Orléans, alors je devais probablement respecter son silence.

Nous vivions sous le même joug du deuil et de la solitude, sœur Augustine et moi. Les deuxièmes chances de Dieu.

Lundi, avec le téléphone vert dans la cuisine du couvent, j'ai appelé le responsable de la seule bibliothèque de Marblehead, dans l'Ohio. J'avais demandé à Bernard de chercher le numéro à l'aide de son téléphone portable.

— Ici la bibliothèque, a dit une voix forte dans le combiné.

Moi qui croyais que les bibliothécaires étaient des gens qui parlaient doucement.

— Heu… bonjour, ai-je bégayé, tant j'avais perdu l'habitude de parler au téléphone. Je vous appelle parce que… j'ai besoin de notices nécrologiques. Enfin, d'en lire… (J'avais l'impression de faire un bide complet.) Avez-vous accès aux nécrologies des familles de Marblehead ?

La bibliothécaire a éclaté de rire.

— On va peut-être bien pouvoir vous aider, mais il faut d'abord me dire quelle famille et quelle date.

— Oui. La date. Le nom.

J'étais assise sous le téléphone avec l'album de Saint-Sébastien sur les genoux. J'ai tourné les pages jusqu'à retrouver la page de 1966. Aucune idée de la façon de prononcer le nom de famille de sœur Augustine, alors je l'ai épelé : « *W*, puis *o* avec un accent. *J*. Puis *c*. Puis *i*, puis *k*. La famille *Washsick*.

— Wójcik !

Elle prononçait le nom comme VOYchic, en accentuant la première syllabe.

— Quelle tragédie. Mme Wójcik était ma maîtresse de maternelle.

— Oui, c'est tellement triste. Oh ! est-ce que vous vous rappelez ce qui s'est passé ? L'année ? Les circonstances de leurs morts ?

— Oh là là, c'était vraiment une histoire très très triste.

La bibliothécaire aimait bien répéter les mots plusieurs fois. Elle a laissé échapper un sifflement.

— Patientez un moment, je vais dans la salle des microfiches.

— D'accord.

Vingt minutes plus tard, alors que j'avais eu le temps de relire les pages devant moi trois fois chacune, la bibliothécaire est revenue en ligne.

— Nous y voilà. M. Robert Edward Wójcik est décédé en 1955.

1955.

J'ai fait un rapide calcul dans ma tête. Sœur Augustine devait avoir quatorze ans à ce moment-là.

— D'accord. Est-ce que Mme Wójcik est décédée dans le même accident ?

— Mon Dieu, non, non. Je sais qu'elle a eu une vie très très longue. Plus de quatre-vingts ans. Quatre-vingt-dix même, maintenant que j'y pense. Elle donnait tout à ses élèves – elle a vu défiler trois générations au moins. Une femme adorable, tellement adorable, Mme Wójcik.

— Pardon… Non. Peut-être que nous ne parlons des mêmes personnes. Peut-être qu'il y avait une autre famille Wójcik à Marblehead ?

Mon visage s'est empourpré d'un coup, tant j'étais troublée. Ou gênée. Étonnant, comme le corps ne ment pas, contrairement au cerveau.

— Non. Il n'y a qu'une famille Wójcik, un pilier de la communauté. Jusqu'à ce que M. Wójcik se pende dans le jardin devant la maison et…

— Quoi ?

La bibliothécaire a soupiré.

— M. Wójcik s'est donné la mort. Ce n'est pas dans la notice nécrologique, ma chère, mais Marblehead est une petite ville tranquille. Tout le monde connaît tout le monde, encore de nos jours. Nous en avons parlé pendant des années, de M. Wójcik. Pauvre, pauvre homme. Il s'est pendu à la branche d'un vieil érable. On a dit que c'était la boisson qui avait eu raison de lui, comme tant de vétérans de l'époque. Ce n'est pas pour rien qu'on les disait de la Génération grandiose, ces hommes-là.

Trop abasourdie pour la remercier, je me suis mise debout et j'ai raccroché le gros combiné.

Je tremblais, j'avais l'impression d'être happée dans un tourbillon d'émotions. Le bruit qu'a fait le livre quand je l'ai fracassé contre le mur était assourdissant, monstrueux, comme celui des os de Jack, brisés dès l'instant où il a atterri sur le sol impitoyable. Comme une confiance brisée.

Une demi-heure plus tard, sœur Augustine me demandait de l'accompagner au tribunal. Prince Dempsey allait comparaître.

Pourquoi avait-elle menti sur la mort de ses deux parents ? Qu'essayait-elle de cacher ?

Parmi mes multiples talents, je mentais très bien – question de survie. Mais sœur Augustine était incroyablement plus sainte que moi. Si tout cela était une imposture, quel espoir nous restait-il ?

J'avais cependant encore besoin d'une preuve irréfutable de l'innocence ou de la culpabilité de Prince, alors j'ai ravalé mes doutes et j'ai accepté d'aller au tribunal avec elle.

Nous avons marché six kilomètres dans un silence total. J'ai prié et repassé plusieurs fois la conversation avec la bibliothécaire dans ma tête. « *M. Wójcik. Pauvre, pauvre homme. Il s'est pendu à la branche d'un vieil érable.* »

La cour de justice se trouvait en face de la prison. J'ai regardé fixement sœur Augustine, puis le barbelé et ses dents de requin acérées, et j'ai pensé à sœur T. Son sourire si doux. Sa lumière intérieure. Un contraste violent avec la déshumanisation de ce cruel établissement.

Elle me manquait, cette sœur en qui je pouvais avoir une confiance aveugle.

Dans le hall, sœur Augustine s'est postée à côté d'un distributeur qui ne contenait plus qu'un cookie à l'avoine détrempé. Elle s'est appuyée contre le mur en tenant son chapelet. J'avais envie de soulever le rideau. D'obtenir des réponses.

J'ai été surprise de retrouver Riveaux au tribunal. Peut-être venait-elle témoigner dans une autre affaire. Ou peut-être qu'elle était, comme moi, convaincue que Prince en savait plus qu'il ne voulait bien le dire. Nous cherchions toutes les deux à attraper le grand méchant, Riveaux et moi. Une affaire à résoudre, deux comptes à régler.

Elle s'est approchée en se dandinant, une expression étrange sur le visage ; elle avait un sac en cuir à l'épaule et tenait *The Times Picayune* à la main.

— On vient jouer dans la cour des grands ? a-t-elle ironisé.

De la sueur perlait à la racine de ses cheveux, et sa queue-de-cheval était bien serrée. Son chemisier pendait sur ses épaules, ses bras étaient aussi minces que des touillettes à café. Je n'avais pas vu Riveaux depuis la réunion du vendredi. À ce moment précis, elle semblait ailleurs, la tête perdue dans des nuages d'orage turbulents. La situation avec son mari devait se détériorer. Elle m'a laissée sans un geste ni un mot, et s'est plongée un peu plus loin dans une autre conversation avec le sergent Decker.

Sœur Augustine s'est approchée, son chapelet enroulé autour du poignet comme du lierre. Elle a posé sa main au creux de mes reins pour m'obliger à me redresser.

— Prince a besoin de nous aujourd'hui, il a besoin que nous soyons positives.

Elle a eu ce sourire spontané qui d'habitude me calmait, mais qui, ce jour-là, m'a mise en rage.

— Le temps de la prière et de l'amour inconditionnel est venu à présent.

Elle énonçait ses paroles comme des commandements.

J'ai reculé. Elle a avancé.

Une grande femme inconnue a franchi avec ostentation les portes principales du tribunal. Une explosion de rouge écarlate.

Lunettes de soleil rouges, hijab rouge, sac Gucci rouge, mallette en cuir rouge, et une paire d'escarpins rouges d'une hauteur vertigineuse que mon ancien moi aurait adoré porter. Sa silhouette formait un contraste saisissant avec le marbre beige du tribunal. Elle était enveloppée d'un nuage de parfum tel qu'on aurait cru qu'elle était tombée dans une cuve pleine. Ça piquait les yeux. Une présence invisible mais douloureuse, comme un larsen.

J'ai regardé la grande femme échanger quelques mots à mi-voix avec sœur Augustine. Deux femmes, deux voiles. Le catholique, le musulman.

Vingt minutes se sont écoulées. Mon dos s'est crispé. J'avais besoin de café.

Il y avait deux fontaines à eau côte à côte à deux hauteurs différentes. Un drapeau aux couleurs passées et le sceau géant de la ville occupaient le coin. Deux agents de police de La Nouvelle-Orléans sont passés devant nous, et l'un d'eux s'est arrêté brusquement pour cracher un jet de tabac dans la plus petite des deux fontaines, celle destinée aux enfants.

« Protéger et servir », telle était la devise de la police. Ouais, c'est ça. Mon père travaillait dur, mais j'avais vu trop d'agents pourris prendre leur pied à tabasser des gamins queers ou trans aux Chelsea Piers. Étaient-ils des exceptions, ou le système lui-même était-il corrompu, un arbre pourri jusqu'aux racines ? Nina dirait qu'il faudrait tout brûler. Faire table rase et reprendre à zéro. En tout cas, s'il existait quelqu'un capable de faire la différence, de creuser profondément, de se tourner vers la lumière, ce n'était pas mon père. Il détournait le regard, il protégeait ses agents en les enrobant d'un récit sur les forces de l'ordre qui excusait tous leurs actes odieux.

Sœur Augustine a continué à bavarder avec la femme écarlate qui tapotait avec ses pouces manucurés de rouge sur un téléphone orné de cristaux carmin. Les mots « perdu », « compassion » et « deuxième chance » sont sortis de la bouche de sœur Augustine. J'ai évité leur regard, à toutes les deux.

Riveaux est revenue, flanquée de Grogan et Decker.

— Attendez !

Riveaux a marqué une pause, fermé les yeux et humé l'air.

— Qui porte du Chanel n°5 ?

La femme en rouge a levé la main.

— Rien de comparable au monde, a dit Riveaux. Une symphonie olfactive. On pourrait presque entendre ce parfum. Intemporel et pourtant toujours *au goût du jour*.

Peut-être que Riveaux était plus éveillée que je ne le pensais.

— Qui êtes-vous ? a demandé Decker en dévisageant la femme au foulard.

— Je suis Sophia Khan, avocate, de McDade, Khan et Haheez.

— Le cabinet des beaux quartiers ? a fait Grogan. Qu'est-ce qui vous amène ici, maître Khan ?

— Je représente M. Dempsey. Gracieusement. Suite à l'appel de sœur Augustine.

Riveaux a secoué la tête et essuyé la sueur de ses sourcils.

— Gratuitement. Nous avons des milliers de gens qui sont de véritables victimes – des épouses qui fuient leurs maris maltraitants, des enfants kidnappés, des vieilles dames dévalisées – et vous venez perdre votre temps à défendre cet abruti ?

— M. Dempsey a les mêmes droits constitutionnels que n'importe qui, a dit Me Khan.

Riveaux et Grogan ont souri. Decker a levé les yeux au ciel.

— Il n'a pas le droit de vandaliser des propriétés privées ni de résister lors de l'interpellation, a objecté Grogan. Nous avons un enregistrement vidéo de votre client en train d'ouvrir deux tombeaux et de saccager la plus ancienne cathédrale de La Nouvelle-Orléans.

— La technologie n'est pas fiable, a interrompu Khan. Comment savez-vous que l'enregistrement vidéo n'a pas été manipulé ?

— Il est incontestable, on le voit dégrader la crypte et asperger de peinture le plus ancien site historique du pays, a dit Grogan. Et pendant tout ce temps, son fidèle pitbull blanc est assis à côté de lui.

Khan a ajusté son foulard.

— Pourquoi la Criminelle est-elle présente aujourd'hui ?

Decker s'est essuyé le nez.

— Il y a eu une mort suspecte dans l'établissement scolaire que fréquente votre client.

— Prince Dempsey n'a pas été accusé dans cette affaire, a relevé Khan.

— Pas encore, a convenu Decker, mais…

— Ce qui signifie que vous n'avez pas la moindre preuve.

Khan avait la diction vive des avocats à la télévision.

— Je vais demander la libération sur parole de M. Dempsey.

Grogan a bâillé.

— Il pourrait prendre la fuite.

— Il est pénible et verbalement agressif, suis-je intervenue, mais je ne pense pas qu'il s'enfuie.

— Oh super, il ne manquait plus qu'elle.

Decker m'a désignée d'un geste.

— Sœur Holiday, une diablesse en costume de nonne.

— Attendez, a fait Me Khan qui venait seulement de remarquer ma présence. Qui êtes-vous ?

— Ignorez-la, a dit Riveaux à l'avocate. C'est personne.

Personne ?

19

Dans la salle d'audience, la comparution de Prince a commencé. Maître Khan s'est assise à la table de la défense à côté de lui. L'inspecteur Grogan et le sergent Decker se sont installés au fond, près de la porte. Au premier rang, à côté de sœur Augustine, j'ai inséré l'extrémité de ma langue dans ma canine en or. Les narines de Riveaux se dilataient à chaque inspiration.

Khan a tranquillement feuilleté son dossier.

L'assistant du procureur, Michael Armando, a cligné des yeux. En plus d'une calvitie naissante, il avait un ventre à bière qui me rappelait mes vieux potes de poker à Brooklyn. Je leur faisais les poches à chaque fois. J'étais la reine du bluff.

— Votre Honneur, a dit l'assistant Armando, les faits qui définissent la nature de cette conduite illicite répugnent aux bonnes mœurs de La Nouvelle-Orléans.

La juge de la comparution était une femme d'une quarantaine d'années avec une jolie coupe de cheveux. Pas une ride sur son visage. Elle a regardé par-dessus ses épaisses lunettes et dit avec un accent marqué de Louisiane :

— Monsieur l'assistant du procureur, pouvez-vous s'il vous plaît résumer l'accusation ? Faites vite.

— D'accord. Votre Honneur, l'État prétend que le 7 août, Prince Dempsey a été repéré par une caméra de surveillance pendant qu'il endommageait des tombes historiques et maculait de peinture rouge la cathédrale Eau-Bénite, située à Jackson Square à La Nouvelle-Orléans, dans la paroisse d'Orléans en Louisiane.

— Heureuse d'apprendre que la ville n'a pas déménagé en Alabama, a dit la juge.

— Comment ça, Votre Honneur ?

— Je fais de l'ironie, maître. Oubliez. Poursuivez.

Il a eu un rire nerveux. Sa tension était perceptible. Peut-être que Khan l'intimidait. Les femmes puissantes ont cette faculté.

— Comme je le disais, l'État formule contre Prince Dempsey une accusation de vandalisme pour dégradation et destruction intentionnelles sur un édifice. Il a endommagé deux des plus anciennes tombes du cimetière de la cathédrale. Nous demandons qu'il soit condamné pour ce délit.

— Délit ? me suis-je plainte à Riveaux. Je pensais qu'il risquait un simple rappel à la loi.

— Les dégâts dépassent les 5 000 dollars, a-t-elle précisé.

— Et quant à l'accusation d'avoir résisté lors de l'arrestation ? a repris la juge, le nez dans le dossier.

L'assistant du procureur s'est mis à bégayer.

— Oui oui. Refus d'obtempérer lors de l'arrestation. Plus possession d'arme à feu sans permis de port d'arme.

J'ai examiné Prince attentivement, guettant le moindre changement de son expression. Comment allait-il réagir en entendant ces mots ? J'étais son polygraphe humain.

Mais il n'a pas bronché. N'a pas retenu son souffle, n'a pas eu de geste nerveux. Rien ne le décontenançait.

La juge a fermé son dossier.

— Maître Khan, que plaide votre client ?

— Non-coupable, Votre Honneur, a dit Prince.

— Il n'existe aucune preuve directe reliant M. Dempsey à un des délits énoncés. Mon client n'a pas refusé d'obtempérer, a énoncé Khan. Aucun des objets que contenait le coffre de la voiture n'appartient à M. Dempsey. Il n'avait pas connaissance de leur présence dans son véhicule. Ils appartenaient à des amis à qui il a gentiment prêté sa voiture, un peu plus tôt dans la journée. Qui plus est, mon client a un diabète de type 1.

— Comme moi, a dit la juge.

— Le jour de son arrestation, Prince Dempsey souffrait d'une glycémie trop basse. Tout comportement imprévisible ou incohérent résultait de sa maladie chronique.

Prince a poussé un soupir audible de tous.

— Votre Honneur, a aboyé Armando, j'ai devant moi une déclaration sous serment du technicien de la surveillance de la ville, qui affirme que nous avons un enregistrement vidéo en haute résolution et horodaté montrant l'accusé en train de vandaliser un édifice protégé, enregistré aux monuments historiques.

— Votre Honneur, l'a interrompu Maître Khan en souriant, si je peux me permettre ?

— Vous pouvez.

L'avocate a repris la parole.

— Votre Honneur, je me porte garante du caractère tout à fait respectable de mon client, Prince Dempsey. Je vous en prie, regardez attentivement ce jeune homme.

Prince paraissait abattu, avec ses cheveux blonds peignés et coincés derrière l'oreille.

— Même si mon client n'est pas un enfant de chœur, c'est un jeune homme avec un passé difficile. Dans la salle aujourd'hui, nous avons des sœurs de la communauté religieuse de Saint-Sébastien, celle que fréquente mon client.

Khan nous a désignées, sœur Augustine et moi. Prise par surprise, j'ai eu un mouvement de recul.

— Le professeur préféré de mon client, sœur… (Elle a fouillé dans les pages de son bloc-notes.) Sœur Holiday, et la principale de son école adorée, sœur Augustine, sont toutes les deux ici pour le soutenir, en tant que guides spirituelles et tutrices.

Professeur préférée ? Si elle voulait parler du professeur qu'il préférait tourmenter, alors oui.

La juge a jeté un coup d'œil à Khan.

— Est-ce que votre client a un emploi ? a-t-elle demandé.

— Sœur Augustine s'engage à donner à M. Dempsey un emploi à temps partiel comme jardinier de l'école. Mon client a des liens profonds avec cette ville et sa paroisse. Il porte secours aux chiens perdus et travaille comme bénévole au refuge. Il ne présente aucun risque de fuite.

La juge a baissé le menton et regardé Prince par-dessus ses lunettes.

— Jeune homme, nous allons vous libérer sur parole, a dit la juge, de sa voix rauque de fumeuse. À vous de vous tenir à carreau. Par ailleurs, vous n'avez pas le droit de quitter l'État.

— Compris, Votre Honneur.

Maître Khan a souri et Prince a acquiescé.

Après un coup de marteau, la juge a dit :

— La séance est suspendue.

Prince a croisé mon regard et, comme si nous nous regardions dans le miroir, nous avons cligné des yeux en même temps.

20

Après la comparution et la libération de Prince, sœur Augustine est partie en compagnie de son avocate. J'ai été soulagée de ne pas avoir à affronter son regard, ni à devoir retourner à pied au couvent avec elle. J'ai supplié Riveaux de me déposer à l'école – j'avais besoin de savoir où elle en était.

Mais sur le trajet, elle était absente. Elle répondait à mes questions à tiroirs d'un mot à peine. Nous nous sommes garées devant l'aile Est de Saint-Sébastien.

Elle a bâillé.

— Même quand je fume, je ressens le besoin d'une cigarette. Comment ça se fait ?

Elle s'est tortillée sur son siège. L'oreiller qui se trouvait d'habitude sur la banquette arrière avait disparu.

— L'addiction, ai-je dit.

L'autel sur le trottoir pour Jack et sœur T semblait être devenu une installation permanente. Quelqu'un avait ajouté quelques bougies chauffe-plat et des cierges plus grands. Leurs flammes étaient petites, contenues par le verre qui les entourait, mais leurs mèches rebelles crachotaient et crépitaient.

Même dans le pickup de Riveaux, je me sentais observée. Par quelqu'un, ou quelque chose – une ombre sans corps.

— Faut que j'y aille, a dit Riveaux sans la moindre émotion tout en coupant le contact. Descendez. Au programme de mon atelier de parfumerie du soir : Dune, de Dior. Un classique, comme une douce brise océanique. Une tempête côtière. Pas un ouragan, un…

— Arrêtez. Et parlons un instant.

Ma peau à l'intérieur de mes gants se ratatinait. Riveaux a ajusté son rétroviseur et a fixé intensément un point.

— Dépêchez. Il fait 90 °C.

— Laissez-moi retourner dans l'aile Est pour que je puisse examiner les lieux.

— Non. Tous les indices ont été relevés, classés. Il n'y a plus rien à trouver.

La voix de Riveaux devenait bourrue.

Deux voitures de police étaient arrêtées sur Prytania Street.

— Il y a toujours quelque chose à trouver.

— Je suis lasse de me bagarrer avec vous, a-t-elle dit en fronçant les sourcils. Si je vous en raconte davantage – des trucs qui seront de toute manière divulgués au public et à la presse rapidement –, vous me ficherez la paix ?

J'ai fait le signe de croix.

— Nous avons des indices, mais ils ne mènent à personne en particulier, sauf Bernard.

— Quel indice ?

— Le gant. Il est toujours au labo.

J'ai soupiré longuement.

— Encore ? Et la tunique, et le médiator ?

— Pour votre propre sécurité, laissez tomber, a-t-elle dit froidement. Descendez, maintenant.

Elle s'est penchée pour ouvrir la portière passager.

J'ai quitté la chaleur étouffante de son vieux pickup pour plonger dans l'humidité agressive de la rue. Le ciel était strié de veines bleu-gris, comme du lait caillé. Riveaux a démarré, les feux de sa voiture ont disparu au bout de First Street. Je me suis engagée dans l'allée qui menait à l'aile Est.

Riveaux me disait de laisser tomber, mais Saint-Sébastien était mon foyer. J'avais besoin d'être seule dans l'école, de l'entendre respirer, de sentir à nouveau où se dissimulaient ses secrets. Chaque bâtiment est semblable à une partition. De la même manière que les intervalles entre les notes constituent une mélodie, je savais comment chercher des indices entre les évidences.

Dès le premier incendie, j'avais senti une présence rôder. Des yeux sans pupilles. Des ombres derrière et devant moi, capables d'anticiper mes gestes. J'ai tourné les détails dans ma tête. La salle de cours de l'aile Est où j'avais trouvé Jamie et Lamont. Le corps de Jack qui tombait. Ma tunique brûlée. Sœur T au bas de l'escalier. Mon médiator à côté d'elle. La précision de tout cela. La chimie, le calcul.

Deux flics étaient en faction mais ils paraissaient distraits, sans doute assommés par la chaleur. Tous les deux absorbés par leur portable. J'ai regardé par-dessus mon épaule avant de soulever la bande jaune et d'ouvrir la porte du bâtiment calciné. Je remarquerais plus de choses si je fouillais seule. J'ai suivi les ampoules déformées qui pointaient comme des doigts vers l'origine de l'incendie.

Mon regard s'est promené sur les livres brûlés, la cendre détrempée, les panneaux d'isolation arrachés aux murs comme si le bâtiment était un animal empaillé carbonisé et éviscéré. J'ai arpenté les salles mais je n'ai rien remarqué. Pas de nouvel indice, pas de nouveau détail.

À côté de l'entrée de la salle d'espagnol, la salle de sœur T, se trouvait la porte étroite du débarras du gardien. Grogan, Decker et leur équipe avaient dû le fouiller une douzaine de fois, mais il méritait un ultime examen, au moins. J'ai actionné la poignée, qui a cédé. J'ai ouvert la porte et je l'ai entendue se refermer derrière moi avec un cliquetis.

À l'intérieur, l'air était quasi irrespirable à cause des odeurs de solvants. Les substances destinées à nettoyer dégagent souvent les pires odeurs. Contre le mur était adossé un escabeau à quatre marches. Je l'ai déplié, épousseté, et j'ai grimpé pour voir ce qui était rangé sur les étagères les plus hautes. Je n'y ai trouvé que des boîtes contenant d'énormes sacs-poubelle, du savon, de vieilles piles rouillées et d'épais rouleaux d'essuie-tout.

Un clac. L'ampoule qui s'éteint.

Le noir absolu.

En redescendant lentement les marches, j'ai entendu un cliquetis métallique. Le son d'une serrure qu'on tourne. Mon Dieu. J'ai tendu les bras devant moi, cherchant la poignée à tâtons.

J'ai fini par la trouver et je l'ai actionnée en marmonnant une prière. En vain. J'ai essayé à nouveau plus lentement, en tirant la porte vers moi tout en soulevant la poignée, à la manière dont je m'y prenais avec les portes récalcitrantes à Brooklyn. Rien.

— Au secours ! Y a quelqu'un ? Au secours !

J'ai cogné la porte avec un manche à balai.

— Hé-ho !

Les flics à l'extérieur ne m'entendraient jamais.

Ave Maria. Ne m'abandonne pas. Hé, Saint-Esprit, arrête tes conneries.

Je me suis cogné la tête contre un tuyau.

Je suis restée assise sur l'escabeau dans le noir, pendant ce qui m'a semblé être une heure, voire trois. Je me suis époumonée à hurler. Déshydratée, affaiblie, j'ai tâté tout ce qui se trouvait autour de moi.

Chère Marie, je sais que je suis une merde. Mais montre-moi la lumière. Je n'en demande pas beaucoup plus. Juste un peu de lumière. Je me charge du reste.

En tâtonnant dans le noir, ma main est tombée sur une boîte métallique. J'ai pris une grande inspiration et je l'ai ouverte. Les objets à l'intérieur me semblaient familiers. Des étuis d'allumettes. Des dizaines, des centaines. La boîte en était pleine. Ils avaient l'air neufs, le carton bien rigide. Les allumettes avaient étonnamment réussi à échapper à l'humidité implacable de La Nouvelle-Orléans.

Je te salue Marie. J'ai pris un étui, je l'ai ouvert, j'ai senti sous mes doigts les rangs d'allumettes comme les dents d'un peigne. J'en ai arraché une comme je l'avais fait tant de fois auparavant. J'ai repensé à tous les feux de ma vie, infinis comme des étoiles. Appuyant la minuscule tête de l'allumette contre la bande abrasive, j'ai frotté, il y a eu un *pop* et deux petites étincelles quand elle s'est allumée.

Dans la faible lueur, j'ai embrassé d'un rapide coup d'œil les étagères du débarras poussiéreux. Pourquoi Bernard conservait-il une boîte pleine d'étuis d'allumettes ? À moins qu'elles aient appartenu à Jack ? Ou appartenaient-elles à Jack ?

Celle que je tenais brûlait rapidement. J'ai dû souffler dessus avant qu'elle ne me grille la peau du pouce et de l'index. À nouveau dans le noir, j'ai essayé d'actionner la poignée.

Toujours verrouillée.

J'ai tenté de penser à quelque chose de positif et apaisant pour retrouver mon calme. Un souvenir chatoyant. Le cierge de mon tatouage de sœur Antonia. Le calice avant la communion. Et le sourire de maman.

À la fin, elle était si frêle qu'elle glissait presque de mes bras quand je l'enlaçais, sentant ses bras aussi froids et minces que des trombones. Nous habitions à moins de trois kilomètres l'une de l'autre à Brooklyn, mais je détestais venir. Ça faisait remonter des relents de mon passé pourri. Je voyais partout des petits rappels de ma jeunesse gâchée : le tapis sur lequel j'avais vomi, le mur sur lequel je m'étais cogné la tête exprès, les mêmes romans de Chandler que je lisais en boucle quand j'étais privée de sortie un mois sur deux.

Mes parents étaient la deuxième génération à habiter à Bay Ridge, tous deux étaient des catholiques de Brooklyn avec une ascendance irlandaise. Notre famille était performante dans les domaines de la boisson et de la dissimulation, beaucoup moins portée sur la conversation. La plupart des échanges comportaient trois mots tout au plus. Les années que maman avaient passées au couvent avaient des conséquences très concrètes sur ma vie d'adolescente. Interdit d'amener des garçons à la maison. Mes parents ne soupçonnaient pas un instant que le tourbillon de « copines » d'école qu'ils accueillaient chaleureusement avaient été mes portes d'entrée au sexe, aux drogues et au rock'n'roll.

J'ai caché mon homosexualité jusqu'à l'âge de seize ans. La plus grande partie de ma jeunesse était floue, de toute façon. Une intrigue mal ficelée qui était restée bloquée sur le bouton avance rapide. Le fait de grandir à New York accélérait tout. Certaines personnes ont des souvenirs qui remontent à l'âge de deux ans ; moi, j'ai toujours eu l'impression d'avoir sauté directement à bord du train à grande vitesse de l'âge adulte.

Nina était comme moi : on aurait dit qu'elle avait filé à travers l'enfance sans la voir – semblable à une pierre qui enchaîne les ricochets sur un étang. Que penserait-elle de moi à présent ?

Après le mariage, l'heureux couple avait acheté un appartement sur la Quatrième ouest. Quand Nicholas partait pour donner une conférence quelque part, nous ne manquions jamais une occasion de coucher ensemble, Nina et moi.

Une nuit, nos ébats ont été si torrides que nous avons cassé leur lit conjugal hors de prix. Nous nous sommes arraché nos vêtements avec une telle frénésie qu'un bouton du chemisier de Nina s'est coincé dans l'anneau que je portais à l'oreille et a failli me déchirer le lobe. Ma robe noire a volé jusque sur le rebord de la baignoire.

— Ne t'arrête pas.

Nina était sous moi et plantait ses ongles dans mon épaule, dans mon bras. Mon dos était trempé de sueur.

— Plus fort.

— Tes voisins vont nous détester.

— J'emmerde les voisins. Je veux que tu me casses en deux, a-t-elle grondé.

Elle a embrassé le minuscule oiseau blanc tatoué sous ma mâchoire, puis m'a caressé les tétons jusqu'à ce qu'ils soient durs comme des rubis. Elle les a pincés.

— Aïe ! Salope !

— Tu kiffes.

C'était vrai. Et je la kiffais, elle. Nina était capable d'anticiper mon désir.

Elle a posé la main au centre de mon sternum, sur mon tatouage du Sacré-Cœur de Jésus.

— Celui-là, il fout vraiment les jetons.

L'organe incandescent était percé d'épines et surmonté de la croix.

Des rayons de lumière divine en émanaient. Le feu du cœur, la puissance de transformation de l'amour. La rage du corps ressuscité.

— Le Sacré-Cœur a été popularisé par des nonnes.

— C'est pas l'heure de me faire un TED-Talk.

Elle m'a embrassée, a effleuré ma croix autour du cou.

— Si tu portes ça pour me tenir à distance, ça ne marche pas.

Elle a cligné des yeux avec lenteur, posé le bout de la langue sur la croix, comme si elle voulait vérifier qu'elle n'était pas empoisonnée.

— Arrête.

J'ai écarté mon pendentif.

— Ta religion ne peut pas nous sauver. Nous sommes des monstres, a-t-elle dit.

— De très beaux monstres.

Elle m'a immobilisé les bras.

Les hommes baisaient comme des professeurs de grammaire qui expliquent la syntaxe des phrases : ça, ça va ici, et ça, ça va là. Je préférerais mourir plutôt que d'être sous la coupe d'un mec. Les femmes, elles, étaient imprévisibles, aussi indomptables qu'une flamme. Quand Nina me saisissait ainsi, qu'elle me regardait comme si elle voulait m'arracher le cœur avec les dents, c'était l'extase. Nous nous emboîtions aussi parfaitement que deux mains serrées, luisantes de sueur.

Une sirène de police a hurlé.

Calée sur mes coudes, je me suis balancée jusqu'à sentir mes abdominaux brûler. J'ai passé ma langue sur son ongle recouvert de vernis rouge carmin. Elle a ouvert les cuisses encore plus largement. J'ai soulevé ses hanches, glissé ma langue en elle.

— Je vais jouir.

— Attends.

Je me suis redressée et je me suis mise à fouiller dans sa table de nuit.

La recherche d'un gode-ceinture a suffi à ralentir le rythme. S'interrompre pour s'équiper. D'habitude, c'était Nina qui la mettait. Elle aimait bien ça, mais moi, j'en avais besoin. Elle conservait ses nombreux sex-toys et accessoires hors de prix dans une vieille boîte en métal sur laquelle il y avait une reproduction décolorée de *La Trahison des images*, de René Magritte, sur laquelle était écrit : « Ceci n'est pas une pipe. »

Elle m'a mis une puissante claque sur la cuisse, et la douleur m'a parcouru la jambe.

— Donne-moi ça.

Puis elle est repassée sur moi. Ses cheveux tombaient en cascade sur mon visage. J'ai planté mes pieds sur le matelas et je me suis redressée sur les coudes. Un coin du drap-housse s'est défait. Une femme magnifique te chevauche, les muscles du ventre contractés. Tu as tellement envie d'elle que tu remercies Dieu d'être vivante. Nous étions nues, à l'exception de nos bijoux et de notre manucure. Le champagne était trop chaud pour qu'on le boive, les verres tachés de rouge à lèvres étaient restés posés sur la commode.

— Oui oui oui oui oui. Je vais…

Le cadre du lit a cédé. Nous avons basculé sur le côté quand le bord du matelas s'est effondré. Nous sommes d'abord restées immobiles, inondées de sueur, avant de partir d'un éclat de rire sur le lit penché, mon visage niché dans le creux de son cou humide. Nina a empilé des livres sous le sommier, mais le lit ne lui a jamais plus accordé par la suite – ni à Nicholas, apparemment – aucune autre bonne nuit de sommeil.

J'ai dû passer une heure à me torturer ainsi avec ces souvenirs. Dans un placard. À nouveau.

Quand je suis entrée dans l'Ordre, j'ai fait le choix de me libérer. Je me suis penchée en avant, j'ai posé mes mains sur mes cuisses et j'ai poussé un hurlement au milieu de l'obscurité.

Puis j'ai senti quelque chose, palpitant comme la lumière.

Dans la poche de devant de mon pantalon noir, un médiator. Je l'ai sorti pour le glisser dans la fente entre la porte et l'encadrement. J'ai fait levier, pour forcer le pêne à se rétracter. Le médiator était court mais présentait le juste équilibre entre souplesse et rigidité.

En m'appuyant cette fois contre la porte, j'ai fait une nouvelle tentative. J'ai poussé de tout mon poids en continuant de tordre le médiator. Juste au moment où il allait se briser en deux, la serrure a cédé. Je suis tombée vers l'avant. La lumière soudaine m'a brûlé les yeux. J'ai regardé partout autour de moi, à la recherche d'une présence. N'importe laquelle. Rien. Pas même une ombre.

21

Le lendemain matin avant la messe, dans un état second à cause du manque de sommeil et de la rage qui me consumait, encore sous le choc de mon séjour dans le placard, j'ai cherché sœur Augustine. Je voulais l'interroger sur sa famille, lui demander pourquoi elle mentait. La placer devant les faits.

Je l'ai trouvée qui priait devant l'autel sur le trottoir.

— Sœur Augustine, *pourquoi* ?

Ma voix était tellement chevrotante et aiguë qu'elle m'a effrayée.

Elle m'a regardée dans les yeux.

— Pourquoi quoi ? Demandez-moi tout ce que vous voulez.

— Dans *La Grâce révolutionnaire*, l'album sur Saint-Sébastien, j'ai lu ce que vous disiez sur la perte de vos parents quand vous étiez enfant.

Elle a retrouvé son sang-froid et haussé les épaules.

— Nous avons tous nos fardeaux, les miens ne sont ni plus lourds ni plus légers.

— Sauf que ce n'est pas vrai ! Votre père s'est suicidé et votre mère a vécu jusqu'à quatre-vingt-dix ans passés. Je ne comprends pas pourquoi vous mentez.

— Sœur Holiday, non…, a-t-elle fait, le visage soudain plein de pitié, ses sourcils argentés froncés. C'est un malentendu.

— N'importe quoi ! J'ai parlé à la bibliothécaire qui m'a lu la notice nécrologique. Elle m'a raconté toute l'histoire.

Elle s'est brusquement redressée.

— J'ai dit que j'avais perdu mes parents, pas qu'ils étaient morts.

Mon estomac s'est serré.

— Après le décès de mon père, ma mère a perdu pied, a continué sœur Augustine, d'une voix tendue. Elle s'est jetée à corps perdu dans son métier d'enseignante et elle m'a envoyée loin. Elle ne parvenait pas à faire tenir ensemble les morceaux de son ancienne vie. Elle avait perdu la foi en notre Seigneur pour la guider.

Putain.

À nouveau victime de mon impulsivité.

Encore et encore. J'étais à ce point convaincue que les gens finiraient tôt ou tard par me décevoir, que je les décevais en premier. Histoire de prendre les devants.

— Je suis tellement confuse.

J'ai pressé mes mains l'une contre l'autre en position de prière, j'ai baissé la tête.

— Terriblement confuse.

— Je sais que vous avez vécu le deuil, vous aussi. Aucun chemin n'est simple, aucun chemin n'est droit.

Incapable de trouver les mots, je l'ai serrée contre moi et j'ai senti sa fragilité.

— Je suis désolée. Je prierai pour l'âme de votre père et pour la vôtre.

— Ne priez pas pour moi. Ma douleur est un cadeau – la souffrance est l'ultime test d'amour envoyé par le Christ. Les épreuves m'aident à voir plus et à faire plus. Nous sommes plus résilientes que nous le pensons.

Elle a souri et m'a envoyée à l'église pour la messe.

Sœur Augustine, toujours exigeante, posait des questions et donnait beaucoup en retour. Ce qui m'avait attirée chez les sœurs du Sang sacré – en dehors du fait que c'était le seul couvent d'Amérique du Nord dont je supposais qu'il considérerait peut-être ma candidature –, c'était la définition de leur mission : *Partager la lumière dans un monde de ténèbres.* Des ténèbres, personnellement, j'en avais eu ma dose, et sœur Augustine m'avait accueillie avec chaleur. Elle essayait de garder un pied dans la tradition, tout en regardant vers l'avenir. Vous pensez que la religion, c'est bidon ? Punitif ? Moi aussi, c'est ce que je pensais, même croyante. Mais après ce qui s'est passé à Brooklyn, tout a changé. J'ai eu besoin de trouver une manière de réconcilier toutes les contradictions de ma vie. Dieu m'y a aidée. À ce sujet, sœur Augustine en savait plus que je ne l'avais imaginé.

Je suis allée dans la salle du courrier. Un agent était déjà en faction dans l'aile Ouest. Je l'ai fusillé du regard en passant devant lui, et j'ai soupiré en voyant le nom de sœur T inscrit sur la fente de sa boîte aux lettres. Au milieu du chaos, personne n'avait pensé à l'enlever. La boîte débordait d'enveloppes et de copies d'élèves.

La mienne était pleine également, mais j'ai immédiatement su que quelque chose clochait. Toutes les enveloppes qui m'étaient adressées – le devoir supplémentaire de Fleur sur l'écoute approfondie, la note du Diocèse qui détaillait le processus de mes vœux définitifs, une lettre de Moose, une autre de Nina – étaient ouvertes.

Je me suis aussitôt rendue à la salle des professeurs où j'ai composé le numéro de portable de Riveaux, que j'avais appris par cœur. Ça a sonné quatre fois et demie avant qu'elle décroche.

— Inspecteur Magno…

— Il faut que je vous parle. Vous pouvez venir à l'école ?

— Qui est à l'appareil ?

— C'est pas le moment de vous foutre de ma gueule, ai-je chuchoté.

— Oh ! c'est vous. (Elle a toussé.) Sœur Chryslor.

Sa voix était désincarnée, comme si elle était bourrée ou à moitié endormie. Chaque mot était ponctué d'une longue respiration. Ça me rappelait moi après une cuite.

— Vous êtes défoncée, ou quoi ?

— Non, Chryslor. Je suis seulement exténuée par ce merdier géant.

— J'ai besoin de vous parler, en personne.

Rosemary Flynn est entrée dans la salle des professeurs avec sa tasse à thé en porcelaine sur laquelle une trace de son rouge à lèvres carmin était visible. Elle a fait un geste dans ma direction, comme si elle voulait me parler. Bizarre.

— Vous avez besoin de quelque chose ? ai-je demandé à Rosemary, qui a lissé sa jupe crayon. Elle avait une expression étrange. Ses yeux, quand ils retenaient la lumière, avaient la même couleur que les feuilles de sauge que sœur T adorait.

Rosemary a réussi à articuler :

— Bernard faisait le ménage et il…

La main tendue vers elle, je lui ai fait signe de se taire.

— Comment ? ai-je dit à Riveaux dans le combiné, qui diffusait une mauvaise odeur et de mauvaises ondes. Venez. Il faut que je vous parle avant notre réunion.

— Bon, et puis merde, a grogné Riveaux. Je ne suis pas loin. Je serai là à 9 heures.

Sa voix était étouffée. Probable gueule de bois. Ses pauses et sa douleur perceptible m'étaient familières.

— Si vous n'êtes pas dehors à 9 heures, je repars.

— Vous inquiétez pas, je…

Elle a raccroché.

À l'autre bout de la salle, j'ai entendu Rosemary pousser un soupir. Sa vie n'était qu'une succession de déceptions. Elle se plaignait de la mauvaise qualité des travaux des élèves (pas étonnant) et de la chaleur à laquelle elle n'arrivait pas à s'acclimater (pas du tout acceptable), bien qu'elle fût originaire de La Nouvelle-Orléans, née et élevée dans le quartier de Seventh Ward.

J'étais sur le point d'aller écouter ses lamentations quand j'ai remarqué l'heure sur la pendule – 8 h 50.

— Est-ce que ça peut attendre ? lui ai-je demandé.

— Oui…, a-t-elle répondu en soufflant sur son thé pour le refroidir.

Le pickup pourri de Riveaux est arrivé au couvent à exactement 9 heures.

— Montez.

J'ai ouvert la portière passager et me suis glissée à l'intérieur. Il faisait une chaleur épouvantable, on aurait pu y faire griller des poissons-chats. Ça sentait un mélange de renfermé et de moisi. Était-ce parce qu'elle laissait ses vitres ouvertes pendant les orages ?

— Bonjour, au fait, ai-je dit.

Les bruits parasites de la radio de Riveaux se sont transformés en marmonnements. Puis en mots.

— Central à 217, a dit une voix grave.

Riveaux a soupiré, appuyé sur le bouton de la radio avec sa main droite.

— Ici 217.

— ABT 289, a repris la voix à la radio. 70114. Nous avons une femme au bord de la route, 289.

— Répétez les coordonnées, a dit Riveaux.

La voix du régulateur s'est éclairci la gorge.

— OK, 217. Il s'agit d'un ABT 289 dans le 70114. Angle de Tchoupitoulas et First. Un bus scolaire.

La voix a marqué une pause.

— La conductrice va bien. Secours sur place. La rue est fermée. Incendie. Je répète : incendie en cours.

— Descendez, m'a-t-elle intimé, d'une voix forte et sévère. Un autre incendie.

— Je viens avec vous.

— 217, a repris la voix à la radio. Confirmez votre position.

— Putain de merde.

Riveaux a jeté sa cigarette dans la rue.

Avant que j'aie le temps de boucler ma ceinture, Riveaux est partie en trombe dans Prytania Street, puis a tourné brusquement à droite. Elle a exhalé un nuage de fumée.

— Vous êtes au cœur de l'action, maintenant. Quand on sera sur les lieux, tenez-vous à carreau.

Elle a essuyé la sueur qui perlait à son lobe d'oreille. Un perroquet vert a fendu l'air juste devant le parebrise.

— C'était quoi le truc si important qu'il fallait absolument que vous me parliez en personne, au fait ?

— J'ai trouvé tout mon courrier ouvert, ai-je dit.

— Ne soyez pas parano. Il a probablement été ouvert par mégarde.

— Toutes les lettres ? De mon frère à l'étranger. De mon ex. Du Diocèse. Quelqu'un m'a enfermée dans le placard, quelqu'un a jeté ma tunique dans ma poubelle. Quelqu'un a déposé un chat mort devant ma porte. On essaye de m'intimider. De me piéger. Ouvrir le courrier d'un autre, c'est illégal. On devrait avertir la police.

— On ?

Elle a éclaté de rire.

— *On* a de plus grandes priorités en ce moment.

Saint Charles Avenue glissait sous les roues du pickup. Les câbles noirs du trolley formaient de hauts treillis au-dessus des carrefours ombragés que nous traversions à toute vitesse.

— Qui d'autre a accès à la salle du courrier ?

— Tout le monde.

— OK, OK. (Elle s'est gratté l'œil gauche.) Les professeurs ?

— Évidemment.

— Les gardiens ?

— Oui.

— Les élèves ?

— Aussi, ai-je dit. Quand ils déposent des devoirs en retard, ce qui est très fréquent.

— Donc, littéralement, tout le monde à Saint-Sébastien a accès à la salle du courrier. Vous avez loupé votre vocation. Vous auriez dû devenir détective privé, pas nonne.

Je me suis brièvement regardée dans le miroir de courtoisie. À côté de Riveaux, j'avais l'air d'une bête de foire. Sa peau foncée était lisse malgré son addiction au tabac. Moi, j'étais plutôt une mosaïque de pièces de puzzle qui n'allaient pas ensemble mais étaient malgré tout collées les unes aux autres. Avec des trous ici et là.

Alors que nous grillions un feu rouge, nous sommes passées devant un appartement à louer – 2 chambres, 1 salle de bains, pas hanté – et une boutique de potions. CURIOSITÉS ET EXCENTRICITÉS. PHILTRES D'AMOUR. J'ai pensé à sœur T. J'ai entraperçu la silhouette floue d'un homme portant un chapeau de cow-boy blanc et une salopette en jean trop grande. Je me suis dit que le chien qu'il promenait était excessivement long, jusqu'à ce que je comprenne que ce n'était pas un chien, mais un alligator. La bête, la tête figée dans un sourire, m'a fait un clin d'œil mouillé.

— C'est trop long, a dit Riveaux.

Il y avait trop de véhicules pour que nous puissions passer sans être ralenties. Elle a mis en route la sirène sur le toit, ce qui a chassé quelques voitures sur le côté.

— Et il fait aussi chaud que dans un plat de gombo au piment.

— Ça ne me gêne pas, ai-je dit.

— Vous vous plaignez de tout sauf de la chaleur. Même avec ces gants. Pourquoi vous avez tout cet attirail, d'ailleurs ?

— Je suis incognito.

— Une dent en or et des tatouages dans le cou, ça c'est incognito ! Vous pouvez les enlever en ma présence. Vos secrets sont bien gardés.

— Tout le monde a des secrets et aucun d'eux n'est bien gardé.

Riveaux a fouillé dans sa poche dont elle a sorti un flacon de médicaments. De sa main gauche, elle le tripotait pour tenter de l'ouvrir.

— Prenez le volant, bon sang ! ai-je dit, déclenchant un grand rire chez Riveaux.

Elle a fini par porter le flacon à la bouche ; elle a mordu dans le capuchon de plastique blanc et l'a arraché. Elle a fait tomber un cachet sur sa langue et l'a avalé sans eau.

— Un peu tôt pour les drogues douces.

Elle a gloussé.

— J'ai une migraine qui ne veut pas me lâcher. Je n'arrive pas à croire que vous soyez encore dans mon pickup avec moi.

— Vous avez dit que je pouvais me joindre à vous si je partageais ce que je voyais et entendais à l'école.

— Allez-y, balancez la sauce.

— Il n'y a pas de sauce à balancer, ai-je répliqué, ma voix presque complètement couverte par la sirène. Personne n'ouvre la bouche.

— Vous ne m'êtes d'aucune utilité, alors.

Nous avons décollé sur un dos-d'âne. L'espace d'une seconde terrifiante, j'ai senti qu'on volait. J'ai vérifié, pour la treizième fois, que la portière était bien verrouillée et que ma ceinture était assez serrée.

Rouler dans la voiture avec Riveaux me donnait un coup de fouet, mais la gravité du moment le rendait divin. J'ai fermé les yeux, senti le rythme de mon cœur s'accélérer. Riveaux a poussé le moteur d'un cran. La sirène hurlait. J'ai plaqué ma main sur ma croix. *Je vous salue Marie pleine de grâce.*

La voiture s'est arrêtée dans un crissement quand Riveaux s'est garée précipitamment, moins de dix mètres derrière le camion de pompiers n° 72, qui avait un drapeau américain peint sur l'arrière.

Une colonne de fumée coupait le ciel en deux. Devant le camion, du côté gauche de Tchoupitoulas Street, un bus scolaire jaune crachait d'immenses flammes. J'ai déchiffré les lettres sur le flanc du bus : ÉCOLE CATHOLIQUE DE SAINT-SÉBASTIEN.

— Bon sang.

Riveaux s'est passé la langue sur les lèvres et a foncé sur quatre de ses collègues pompiers vêtus de casques, bretelles vert fluo et vestes ignifugées. Ils couraient en déroulant des lances à incendie alimentées par un fourgon pompe-tonne. Il n'y avait aucune bouche d'incendie dans le voisinage.

— Où est la conductrice ? Les élèves ?

— La conductrice est avec nos secouristes, elle va bien. Pas de gamins à bord. D'après la conductrice, le feu avait démarré à l'arrière du bus. Comme surgi de nulle part. Aucun bruit avant-coureur.

Je me suis signée et j'ai envoyé un baiser vers le ciel.

Les flammes se déversaient par les fenêtres arrière de l'autobus et dévoraient le toit de tôle.

L'air palpitait comme si une bombe venait d'exploser. Deux pneus sur le côté gauche du bus ont brusquement éclaté, faisant pencher le bus. Tandis que les pompiers luttaient contre le brasier avec leurs lances par l'est, l'ouest et le sud, le feu et la fumée ressortaient par la porte passager, silencieuse comme de la lave.

Les phares ont éclaté à leur tour. J'ai regardé fixement le rétroviseur rond du bus. Je me suis vue en double sur sa surface orange, comme s'il s'agissait d'un œil d'ambre géant, avant que la chaleur ne le fende en deux.

Sous le choc de cette scène apocalyptique, mon corps a disjoncté, mon cerveau s'est débranché. J'ai fixé mes mains inutiles. Puis une bouteille d'eau aplatie qui avait perdu son étiquette.

Une nouvelle explosion de pneus.

Ma voix s'est frayé un chemin dans ma gorge.

— *Dieu existe et Dieu est bon. Dieu existe et Dieu est bon*, ai-je entonné.

— Si on n'arrive pas à contenir ce feu, a hurlé un pompier à Riveaux, tout le bus va exploser. Mag, habille-toi et éloigne-la d'ici, a-t-il ajouté en me désignant.

— Qu'est-ce que vous allez faire ?

Je me suis mise à tousser et j'ai suivi Riveaux qui marchait à reculons.

— Je vais les rejoindre pour les aider à contenir ce merdier.

Riveaux a enfilé une paire de surbottes, un casque, un pantalon et un long manteau noir.

— Reculez. Loin.

Elle m'a regardée, puis s'est tournée vers le véhicule en flammes.

— On y va.

La chaleur de l'incendie faisait bouillir l'air. Une fumée noire s'échappait des fenêtres du bus.

— Mag, déplace ton pickup ! a demandé un pompier à Riveaux pour qu'un autre véhicule de pompiers puisse prendre sa place.

— Ma Sœur, faites-le pour moi ! a crié Riveaux.

Alors qu'elle s'apprêtait à me relancer, j'ai dit :

— Je ne sais pas conduire. Désolée.

— Merde. Putain, si vous croyez que j'ai le temps !

Riveaux, tout en toussant et jurant, a sauté dans le pickup pour reculer.

Les flammes ont démantibulé l'arrière du bus en dansant, projetant la porte arrière qui ne tenait plus que par une seule charnière carbonisée.

Le soleil qui perçait malgré le nuage de fumée jetait une lueur maléfique sur les flammes. Si le feu n'appartient pas au diable, alors rien ne lui appartient. Le feu n'avait pas de jambes pour progresser – c'était une vipère. L'incarnation pure d'une force démoniaque.

Ô Seigneur. Toi qui as pitié de tous, éloigne-moi de mes péchés et, par pitié, projette sur moi le feu de Ton Esprit saint.

Ce qui avait été un bus scolaire n'était plus qu'une carcasse, une façade carbonisée. Les fenêtres vides, béantes, faisaient penser à un squelette abasourdi. Le feu, insatiable, a commencé à s'attaquer à des morceaux du revêtement de Tchoupitoulas Street.

Le pickup a démarré et Riveaux a écrasé l'accélérateur mais, au lieu d'aller en marche arrière pour laisser la place au nouveau camion de pompiers, elle est partie en marche avant et est allée percuter l'arrière du camion n° 72. Deux hommes sont tombés du véhicule.

— Riveaux ! a crié un pompier. Mais bordel !

Depuis le trottoir, j'ai vu son corps violemment projeté vers l'avant, comme poussé par une main géante. Sa tête a cogné le parebrise avec une telle force que la vitre s'est fendue en deux lignes perpendiculaires. Comme une croix.

22

— Pourquoi vous avez passé la marche avant ? ai-je demandé à Riveaux à l'hôpital après son accident. Sa minerve lui couvrait une bonne partie du menton. Ses lunettes étaient posées sur la table de nuit.

— Vous auriez pu tuer vos hommes. Vous auriez pu vous tuer.

— Je ne vais pas partir aussi facilement. Faut que je reste dans le coin pour vous enquiquiner.

— Soyez franche avec moi, ai-je insisté en soutenant son regard. Vous aviez bu ? Je vous absoudrai.

Elle s'est massé la tempe droite. Puis la gauche.

— Je suis seulement épuisée.

— Vous avez veillé pour fabriquer de l'Eau de Connerie ?

— C'est plutôt que je suis fatiguée de devoir gérer les vôtres, de conneries.

Le silence s'est installé. Je l'ai laissée gagner ce tour d'escarmouches.

Elle avait besoin d'une victoire.

Après avoir avait été amenée aux urgences, Riveaux avait subi une radio, une IRM et un examen de l'abdomen. Rien de fracturé, juste une blessure d'amour-propre, quelques côtes contusionnées, une bonne commotion et le coup du lapin. Plutôt chanceuse malgré son erreur stupide.

Quand elle a entendu dire que le Dr Gorman, une jeune interne, allait s'occuper d'elle, Riveaux a demandé un autre médecin.

— Ne changez pas de médecin, ça va retarder votre sortie, lui ai-je fait remarquer.

— Je connais le Dr Turner depuis des années. Allez la chercher, a exigé Riveaux.

Sa voix était cassée mais résolue. Elle a remis ses lunettes et je suis allée voir l'infirmière cheffe pour transmettre la demande de Riveaux.

Nous avons attendu la visite du médecin et les résultats d'autres analyses. Un hématome sous-dural n'était pas encore exclu. J'ai eu un frisson en voyant la télécommande du lit médicalisé. Les boîtes de mouchoirs en papier, les gants en latex.

Riveaux a rallumé son portable qui a bourdonné pendant une minute. Elle avait reçu une avalanche de SMS. Elle en a lu quelques-uns et a ri, avant de glisser l'écran lumineux sous son oreiller d'un blanc effrayant.

— Rock me refait le coup de l'homme-enfant ; il fait dire à tous ses potes combien il me vénère, que je ne dois pas le quitter.

— Écoutez votre instinct.

— J'aurais dû le faire il y a des années.

— Ce n'est pas parce que vous êtes dans une mauvaise passe que vous êtes forcément une mauvaise personne. Si on fait abstraction de votre style vestimentaire.

— Vous êtes mal placée pour me faire la leçon. C'est vous qui êtes entrée dans un endroit interdit. C'est vous la spécialiste des choses interdites.

J'ai sorti la bible rangée dans la table de nuit. La parole divine n'était jamais loin.

— Vous avez lu ça ?

Riveaux a plissé les yeux pour voir ce que c'était, et elle a ri.

— Éloignez ça de moi. À la rigueur, priez pour que je gagne à la loterie, comme ça je pourrai lâcher ce putain de boulot et ouvrir une parfumerie.

— Vous savez quel est le but de la Bible ?

— Je n'avais pas réalisé qu'elle avait un but.

— C'est une boussole.

— J'arrive pas à croire que vous me fassiez l'article de la Bible maintenant ! Je croyais que vous étiez différente.

Riveaux s'est un peu tortillée, comme si elle cherchait une position plus confortable.

Une infirmière est apparue, a posé son bloc sur une chaise et a doucement retiré la minerve.

— Merci, a dit Riveaux.

L'IRM ne révélait aucune hémorragie du cerveau ; elle devait quand même « y aller doucement ». Elle a dit « Oui, mon amie » à tous les ordres du Dr Turner, s'est habillée, a rassemblé ses forces et ramassé tous les médicaments.

Nous sommes sorties, dans l'étuve à cent pour cent d'humidité. Le ciel pommelé menaçait. L'air était chargé d'une odeur de vieille poussière et de papier brûlé. Une voiture de police est passée.

— Ils augmentent la fréquence des patrouilles, a dit Riveaux.

— L'incendiaire a dix pas d'avance sur nous. Il va probablement mettre le feu à l'église pendant notre réunion de ce soir.

L'air bouillonnait. Il fallait que je rentre au couvent.

Riveaux a ouvert la portière passager d'un taxi, est montée puis elle s'est penchée vers moi par la fenêtre.

— J'ai vu des enquêtes foirer un nombre incalculable de fois. Restez objective. N'y mettez pas d'affect. Je rentre me reposer le temps que mon pickup reste au garage.

— Dites-leur de réparer la clim par la même occasion.

— Certaines choses ne peuvent plus être réparées, a-t-elle glissé, juste avant de partir.

L'inspecteur Grogan a fait son apparition au moment où les feux arrière du taxi disparaissaient. Il était sans le sergent Decker.

— Mag est partie bien vite, a dit Grogan en passant ses doigts épais dans ses cheveux blonds.

Sa joue droite était pleine de tabac à chiquer.

— Elle tient pas en place, celle-là.

Je m'apprêtais à retourner à pied au couvent, en suivant Saint-Charles, sous la chaleur féroce. J'ai senti la main de Grogan se poser sur mon épaule gauche. Il a craché son jus couleur de merde et m'a obligée à me retourner vers lui.

— Ma Sœur, je sais que nous avons des divergences d'opinion. Sur votre mode de vie et le reste.

J'ai reculé d'un pas.

— Mon mode de vie ?

— Là où nous sommes tous d'accord, c'est qu'il faut que vous arrêtiez de vous mettre en travers de notre chemin. Laissez l'enquête aux pros.

Il s'est avancé d'un pas. Son menton surplombait ma tête.

— Les pros ? ai-je raillé. Jusqu'ici les « pros » n'ont pas fait grand-chose.

— Pourquoi vous êtes tellement obsédée par cette affaire ?

Son regard a glissé sur mon visage, comme s'il suivait la ligne de ma mâchoire jusqu'au menton.

— Saint-Sébastien est mon foyer.

D'un geste lent, il a approché sa main de mon cou et a tiré sur le nœud de mon foulard qui s'est défait. Puis il a pris ma main gauche et soulevé mon gant noir au niveau du poignet.

— J'ai jamais vu de nonne avec des tatouages. Vous, vous en avez un paquet.

J'ai brusquement retiré ma main.

— Vous en avez aussi sur le reste du corps ?

— Oui.

— Profaner son corps, c'est pas très chrétien, si vous voulez mon avis.

Il s'est penché si près que je pouvais sentir son haleine se déverser sur moi.

— Le corps n'est-il pas un temple ?

— Oui. Un temple qui désire être orné. Comme une cathédrale, qui amplifie la gloire de Dieu, avec des plafonds peints, ses vitraux et ses statues de vierge.

— Est-ce que vous êtes vierge, sœur Holiday ?

J'ai essayé de reculer mais il n'y avait nulle part où aller. Les gens qui marchaient dans la rue semblaient ignorer notre présence. Grogan a souri. Son col de chemise et sa cravate étaient parfaitement repassés. De près, son regard paraissait encore jeune, malgré sa peau tannée, trop souvent exposée au soleil de la Louisiane.

— Tellement de tatouages, a-t-il répété en jouant avec mon foulard. Jusqu'où descendent-ils ?

Il a craché sur la chaussée. Quelques gouttelettes chaudes sont tombées sur ma joue et je me suis empressée de les essuyer.

— Grogan !

C'était le sergent Decker qui appelait son équipier par la fenêtre côté passager de leur voiture de patrouille qu'elle venait de garer.

— Le chef a besoin de nous au bureau. Tu viens ?

Mes jambes tremblaient.

— Dommage qu'on soit obligés de s'arrêter là.

Il a ouvert la portière et il est monté.

— Vraiment dommage.

23

Le couvre-feu a été maintenu à Saint-Sébastien. Contrairement à la présence des flics, ça me rassurait. Le feu pouvait se déclarer à tout instant et dans n'importe quel bâtiment : dans l'aile Est ou Ouest, dans le bâtiment central de l'école, au couvent, à l'église ou au presbytère.

De retour au couvent, je me suis lavé le visage, j'ai noué un foulard propre autour de mon cou et j'ai enfilé mes gants. J'ai voulu prendre mon chapelet, mais impossible de mettre la main dessus. Il n'était pas au pied du lit, là où je l'avais laissé. J'ai vérifié dessous. Rien. Ni sur le rebord de la fenêtre ni sur le bureau. J'ai fini par reconnaître sa silhouette familière passée autour de la poignée de la porte. Ce n'était pas moi qui l'avais mis là. Peut-être l'avais-je égaré quelque part et une de mes sœurs me l'avait rapporté. Ou bien quelqu'un était venu toucher à mes affaires pendant que j'étais dans la salle de bains.

À moins que je ne sois en train de perdre la tête.

J'ai cherché d'autres traces d'une présence étrangère dans ma chambre, en vain.

J'ai repassé les images de l'accident de Riveaux dans ma tête. Grogan, essoufflé, qui montrait les crocs et cherchait manifestement à me faire peur. Et si c'était lui qui m'avait enfermée dans le placard ? Et si les flics étaient dans le coup, s'ils cherchaient à couvrir un merdier procédural ? Ou un scandale encore plus grand ?

Malgré le haut niveau d'alerte, les enseignants et le personnel de Saint-Sébastien était invités à participer à un cercle de prières consacré à la manière de garder l'enseignement catholique vivant et de lutter contre la baisse de l'intérêt pour la religion.

Avant de rejoindre la réunion, j'ai traversé la rue et me suis engouffrée dans l'église pour me signer avec de l'eau bénite. Besoin de remettre les compteurs à zéro. Non sans surprise, j'ai trouvé Prince en pleine discussion avec sœur Augustine, au niveau de l'autel. BonTon se tenait juste à côté du gamin. Sœur Augustine m'a fait signe de la main. Des bribes de leur conversation me parvenaient jusqu'au fond de la nef.

— Je suis heureuse que vous retrouviez votre place, lui disait sœur Augustine. À l'église.

Debout dans l'embrasure de la porte, j'écoutais attentivement. C'était de cet endroit précis que j'assistais à la messe du dimanche, d'où j'observais les larmes et les explosions de joie de nos paroissiens. La manière dont ils se passaient nerveusement la main sur le visage. Dont ils se signaient. BonTon a tourné la tête dans ma direction et s'est mise à hurler à la mort.

— Je suis à vous dans un instant, sœur Holiday.

Bien que sœur Augustine parlât à voix basse, ses paroles emplissaient l'église. L'acoustique de la maison de Dieu était bien supérieure à celle de nombreux clubs où j'avais joué.

Prince s'amusait à ouvrir et fermer son briquet.

— J'en peux plus, de cette école.

Sœur Augustine a poussé un soupir.

— Rangez-moi ce briquet. Vous avez l'air fatigué, monsieur Dempsey. Vous reposez-vous assez ? Surveillez-vous votre glycémie ? Il faut éviter les variations trop importantes…

Dempsey a répondu par un haussement d'épaules.

— Nous sommes déjà en retard. Allons-y ! a-t-elle lancé dans ma direction.

Elle s'est éloignée de l'autel et m'a retrouvée au fond de l'église.

Prince s'est avancé jusqu'au centre de la nef. BonTon l'a suivi docilement au bout de la laisse rouge. Le garçon a pris place sur un banc avant de se mettre à genoux. C'était la première fois que je le voyais prier. Sortait-il le grand jeu pour notre Mère supérieure ?

BonTon a aboyé. Un son bref et rauque, semblable à un coup de fusil.

— Putain, j'ai soif, a dit Prince d'une voix plaintive.

— Vous voulez de l'eau ? a demandé sœur Augustine.

Nous nous sommes approchées de lui.

— De l'eau. Il fait chaud ici. Et lourd !

La sueur coulait sur son front.

— On dirait qu'il est bourré, ai-je glissé à la principale. Vous avez bu, Prince ?

Son visage a été pris de tremblements au moment où il s'est écroulé du banc sur le tapis de l'allée centrale couleur acajou brûlé. BonTon a flairé le visage de son maître, léché ses lèvres, puis s'est mise à pousser des hurlements tellement stridents que j'ai dû me couvrir les oreilles des deux mains.

— Il fait de l'hypoglycémie, s'est écriée sœur Augustine, la voix blanche. Il manque de sucre. Dieu du ciel, veillez sur nous. Prince, restez avec nous.

Elle s'est mise à courir en direction des portes en criant :

— Au secours ! Nous avons besoin d'aide.

J'ai distingué la voix d'une élève près de l'entrée.

— Appelez le 911 ! Dites que nous avons une urgence sur un patient diabétique, dix-huit ans.

— Mon Dieu ! Tout de suite.

L'élève a composé le numéro sur son portable qu'elle a mis sur haut-parleur :

— Au secours ! Il nous faut une ambulance à l'église Saint-Sébastien. Vite ! Il y a un élève inconscient.

Sœur Augustine a repris d'une voix saccadée.

— Allez tout de suite à l'école. Dites à Shelly de prévenir immédiatement la mère de Prince. Son numéro est sur mon bureau.

J'ai entendu le bref « OK » de l'élève qui s'est aussitôt volatilisée.

— Il nous faut sa trousse d'injection. Il fait un choc hypoglycémique.

Sœur Augustine a brièvement fermé les yeux, avant d'énoncer d'une voix claire :

— Seigneur, venez-nous en aide. Ma Sœur, allez chercher la trousse d'insuline. Un étui rouge. Il y en a un dans le réfrigérateur de mon bureau ; un autre dans celui de l'infirmerie. Prenez celui qui n'est pas périmé. *Courez !*

— Où c'est, exactement ? Comment vais-je reconnaître la bonne trousse ?

— J'y vais, moi, a-t-elle dit avant de partir en courant. Maintenez-le éveillé. À tout prix !

— Attendez !

Mais sœur Augustine avait déjà disparu.

BonTon aboyait en sautillant. La chienne fourrait son museau dans le cou de son maître.

Je me suis agenouillée malgré ses grognements persistants, puis j'ai placé les cheveux gras de Prince sur mes cuisses.

— Prince ! ai-je crié. Restez avec moi, petit enfoiré.

Ses paupières battaient comme s'il était coincé au purgatoire. Quelque part entre l'ici-bas et l'au-delà. Ma main a effleuré sa barbe naissante quand j'ai entrouvert sa bouche pour m'assurer qu'il ne s'étouffait pas avec sa langue. J'ai placé deux doigts à l'intérieur, pressé sa langue vers le bas pour que l'air puisse passer. Prince avait les lèvres chaudes. Il avait plusieurs dents fêlées et cariées. Sa salive s'écoulait sur ma main.

J'ai bercé son corps sans vie. Je sentais les yeux du séraphin de Jack posés sur nous.

Nous autres humains sommes à l'image des vitraux, à la fois beaux, complexes et fragiles comme c'est pas permis. Nous avons tous besoin d'attention. Certains d'entre nous n'ont pas ce qu'ils méritent.

Je sentais contre moi la chaleur du corps de Prince, tandis que je priais. *Sainte Marie, sainte Anne. Anges et saints du ciel.*

Sœur Augustine est très vite reparue avec le médicament. Elle avait beau avoir couru jusqu'à l'extrémité du bâtiment principal de l'école, elle ne paraissait pas essoufflée.

— On est en train de le perdre.

J'ai placé mon oreille sur sa poitrine et n'ai distingué qu'un faible battement. Sa tête reposait toujours sur mes genoux.

— Prince ! ai-je appelé. Que dois-je faire avec la seringue ?

Sœur Augustine a soulevé les paupières du garçon. Il avait les yeux révulsés.

— Je m'en charge. Il faut piquer à un endroit où il ne s'est pas piqué précédemment. Cherchez sur son ventre. Elle a ouvert la trousse en plastique rouge, en a sorti une seringue et une dose d'insuline.

Je me suis penchée pour soulever son T-shirt. L'abdomen de l'adolescent était lacéré de cicatrices en forme de croix. Selon toute vraisemblance, il se scarifiait. En tout cas, ce n'était pas son clebs qui l'avait griffé comme ça. C'était du pur délire masochiste. Trouver du plaisir dans la douleur. Je connaissais ça par cœur.

— On ne va pas pouvoir piquer sur le ventre.

— Essayez les fesses ou la cuisse.

Sœur Augustine parlait peu, mais avec autorité. J'ai desserré la ceinture du garçon, l'ai tourné sur le côté, la tête toujours sur mes genoux. BonTon nous observait en silence, l'air concentré. J'ai descendu le jean crasseux de Prince de sorte que sœur Augustine puisse atteindre la fesse. Elle a inséré l'aiguille dans le flacon d'insuline dont elle a aspiré le contenu avec précaution. Elle a nettoyé la peau avec une compresse d'alcool et a piqué la fesse droite. J'ai ensuite appuyé à l'endroit de l'injection, avant de recaler le garçon sur mes genoux et de remonter son pantalon.

Ses paupières se sont mises à battre. L'insuline faisait effet. BonTon s'est mise à aboyer.

— Bonnie, Bonnie, a gémi Prince.

La chienne a jappé et a recouvert le front de son maître de bave. Haletante, elle a fourré sa truffe dans son oreille. Elle mettait tant d'ardeur à lui lécher la joue que sa tête a glissé de mes cuisses et est venue s'écraser sur le sol dans un bruit sourd.

— Aïe, a grogné Prince, les yeux toujours fermés.

— Jésus soit loué ! Saint le Seigneur ! Dieu merci.

Les yeux de sœur Augustine étaient embués de larmes. L'équipe de secouristes, des visages désormais très familiers, venait d'arriver.

Sœur Augustine leur a donné les détails de l'injection :

— Il y a dix minutes, il est devenu confus, apathique avant de perdre connaissance. Je ne suis pas certaine qu'il ait eu un repas aujourd'hui.

— Bien reçu, a dit le secouriste.

— Où je suis ? a demandé Prince.

— Dans l'église. Tout va bien se passer, l'a rassuré sœur Augustine. Le Seigneur veille toujours sur vous. Qu'il soit loué. Remercions-Le de Son amour indéfectible.

Les ambulanciers ont porté le garçon sur un brancard pour l'emmener au New Orleans City Hospital, celui où je m'étais retrouvée un peu plus tôt avec Riveaux. Celui où Jamie avait passé près de deux semaines à se rétablir.

— BonTon ? a murmuré Prince au moment où le brancard l'entraînait dehors.

— Elle ne vous quittera pas d'une semelle.

Sœur Augustine a tendu la laisse de BonTon à un secouriste avant de se tourner vers moi.

— Sœur Holiday, que Dieu vous bénisse. Grâce à vous, nous avons sauvé Prince.

24

Les mains encore pleines de la bave de BonTon, je me suis recueillie, le temps d'une courte prière, devant l'autel improvisé sur le trottoir. Je venais de demander à sœur Augustine l'autorisation de rejoindre la réunion plus tard. J'avais besoin d'un moment seule avec Dieu et moi-même.

Lorsque je suis arrivée dans la salle des professeurs, sœur Augustine s'est immédiatement absentée pour répondre à un appel du Diocèse. Sœur Honorée, qui jubilait de reprendre les rênes, s'est lancée dans une logorrhée sur la droiture morale. Je me suis tournée vers John qui était assis à la table, juste à côté de moi :

— Pourquoi vos mains tremblent comme ça ?

— Oh ! vous n'imaginez pas la pile de copies que j'ai corrigées ce matin. J'en ai attrapé une crampe à la main droite. Je n'arrive pas à m'en débarrasser.

— Vous n'avez qu'à leur filer tous un A, et ça vous passera aussitôt, ai-je plaisanté tout en me demandant si John ne présentait pas des symptômes précoces de la maladie de Parkinson.

J'espérais qu'il me fasse suffisamment confiance pour m'en parler.

Le regard rivé sur la croix fixée au mur, je me suis remémoré l'enfer des deux dernières semaines. J'ai passé mentalement en revue la liste des suspects, un peu comme quand j'essayais de me remettre en tête les paroles des chansons avant mes concerts à Brooklyn.

— Sœur Holiday ! Allô, la Terre !

C'était la voix chuchotée de John, à peine perceptible sous le bourdonnement de drone de sœur Honorée.

— Désolée. Je priais pour qu'on ait des réunions qui en vaillent la peine.

— Indubitablement, s'est interrompue sœur Honorée pour bien montrer à tous que je m'étais montrée indisciplinée.

Elle avait beau être une vieille chouette, je m'étais fait avoir par son ouïe aussi puissante qu'un sonar. D'habitude, c'était plutôt moi qui admonestais Prince Dempsey en classe pour ses bavardages. Sœur Honorée s'est essuyé le nez avec un mouchoir en tissu blanc.

— La cupidité et l'égoïsme cherchent toujours à se faire remarquer.

— Ignorez-la, a dit John d'une voix douce. Concentrez-vous sur le positif. Juste avant votre arrivée, sœur Augustine nous racontait la manière dont vous avez sauvé Prince toutes les deux. Sacré exploit !

— Merci, ai-je répondu en faisant craquer mes doigts sous mes gants. J'ai l'impression que le diabète de Prince s'aggrave.

— Plus que d'habitude ? a demandé Rosemary.

— Il est particulièrement lunatique, ces derniers temps.

— C'est la maladie qui veut ça, a conclu sœur Honorée. Que Dieu bénisse son cœur insatisfait.

J'ai déchiffré l'élégante écriture de sœur Augustine au tableau. Elle avait inscrit à la craie « Valeurs chrétiennes » avant de quitter la pièce pour téléphoner.

Quand j'ai détourné le regard, j'ai surpris une communication silencieuse entre Rosemary et sœur Honorée : un intense échange de regards qui tissait une corde invisible entre les deux femmes.

— Je ne lui ai encore rien dit.

Les mots de Rosemary étaient adressés à sœur Honorée, mais la professeure de sciences savait pertinemment que je pouvais l'entendre.

— Rien dit de quoi ? ai-je demandé.

— C'est vous la détective, a gloussé sœur Honorée. À vous de trouver.

— Ce n'est pas la plus perspicace non plus, a ajouté Rosemary avec malice.

Un léger sourire s'est dessiné sur le visage aux joues flasques de sœur Honorée.

— Il est probable que Voodoo ait été tuée par de la mort-aux-rats. En nettoyant, Bernard a retrouvé des pièges installés il y a quelques mois par Jack. Il nous a dit qu'ils étaient vides, les appâts avaient disparu.

On aurait dit que sœur Honorée hennissait tellement elle tirait un malin plaisir à révéler ces détails macabres.

— Ça tombe sous le sens, ai-je répondu sans émotion, tout en me rappelant la petite truffe de Voodoo.

J'ai serré les poings et les mâchoires pour faire refluer les larmes et étouffer cette douleur familière. La jolie petite chatte était venue me trouver pour ses derniers instants. Elle avait tenté de trouver du réconfort et je n'avais pas pu le lui apporter à temps. Une nouvelle défaillance dans ma vie jonchée d'erreurs.

— Je voulais vous en parler ce matin, a ajouté Rosemary, mais vous aviez mieux à faire.

Sœur Augustine est reparue à ce moment et a récité le nouveau protocole mis en place par le Diocèse. Pendant ce temps, je regardais par la fenêtre. De ma place, je ne voyais qu'une partie du jardin, mais c'était suffisant pour me divertir : les magnifiques arbres en pleine floraison, les saules pleureurs exubérants, les jasmins qui traçaient des rivières de fleurs. La pureté de notre couvent m'aidait à prendre de la hauteur. Elle me sauvait.

Malgré mes tentations et mes péchés, les sœurs du Sang sacré ne m'avaient pas laissée tomber. Je faisais mon possible pour suivre leur voie en priant, en enseignant, en donnant aux autres et en me rachetant.

Prince avait besoin de moi. J'avais encore sa salive sur les doigts que j'avais dû mettre dans sa bouche. Il n'avait pas eu d'autre choix que de nous faire confiance, à sœur Augustine et moi.

Comme ce moment à l'arrière de l'ambulance où les secouristes maintenaient mes paupières ouvertes.

Comme Moose qui, au fin fond de je ne sais quel pays, pansait les blessures des autres.

Quel étrange mélange d'angoisse et de sacré que de placer sa confiance en un être. De lui demander de l'aide. Ça se rapproche de l'amour.

Celui que j'éprouvais pour tous ceux que je ne pouvais voir que dans mes pensées.

Jésus. Mes parents. Mon frère. Sœur T. Nina.

Je me suis attardée sur le souvenir de Nina et des heures innombrables passées ensemble. L'alliance à son doigt que je fixais, imaginant que c'était moi qui la lui avais passée, imaginant qu'elle soit ma femme. Une torture insoutenable de légèreté.

Je me suis repassé un matin qui suivait une nuit de débauche en compagnie de Nina et en l'absence de Nicholas. J'étais agenouillée au pied du lit au pied cassé, comme si je priais. J'ai attiré Nina contre moi. Elle a enroulé ses jambes autour de ma taille.

— Je vais mettre de l'ordre dans ma vie, lui ai-je annoncé. Dès aujourd'hui.

— Tu dis ça chaque fois qu'on se voit, a-t-elle répondu en inclinant la tête d'un air dubitatif.

Elle a approché ses mains de mon visage et passé ses doigts sur mes pommettes.

— Ta peau est si douce.

— Je viens juste de me doucher.

Nina a suivi la courbe de mes sourcils.

— Depuis toutes ces années, je ne crois pas t'avoir jamais vue sans maquillage.

Elle a laissé glisser sa main le long de la nuque et de mon épaule, s'est arrêtée au niveau du tatouage d'Ève avant de soulever mon menton du doigt, de tourner mon visage à droite puis à gauche, en silence, un peu comme une scientifique qui étudie une nouvelle espèce. Elle a entrouvert mes lèvres et a touché ma dent en or.

— Hmm.

— Tu fais quoi ?

— Je veux voir comment tu réagis quand tu ne peux pas te cacher.

À mon tour, j'ai suivi l'entrelacs de veines sur son poignet gauche. De son côté, elle touchait chacun de mes bracelets, mes boucles d'oreilles, les tatouages sur mes mains. C'était notre rituel de nous émerveiller mutuellement, de vénérer le corps de l'autre.

— Tu devrais y aller, avait-elle dit soudain. Nicholas sera là dans deux heures.

J'ai grimpé au-dessus d'elle, enivrée par la sensation de la sentir sous mon corps. Je mourais d'envie de la sentir contre moi, si proche.

— C'est quoi, ça ? a-t-elle demandé en inclinant la tête. Qu'est-ce que tu fais ?

— Je rattrape la nuit dernière.

— Moi qui pensais que tu ne te rappelais de rien.

— Désolée de ne pas t'avoir envoyé de message, ai-je dit.

C'était égoïste. Idiot de ma part. Mais Nina était encore en colère contre moi.

— Excuse-toi.

— Désolée, ai-je dit en baissant la tête.

— Désolée de quoi ?

— D'être un si bon coup au lit et si nulle en amour.

— Debout, m'a-t-elle ordonné.

J'ai obéi.

Elle a défait ma serviette qui a glissé jusqu'au sol. Elle a promené ses doigts de mon sternum jusqu'au nombril, survolant la jungle de mes tatouages.

— Voilà pourquoi je ne t'en veux jamais longtemps. Tu es tellement sexy que ça ne dure pas.

Je suis venue à califourchon sur elle. Elle a retiré son T-shirt qu'elle a lancé sur le tapis avant de poser ses mains sur ma cage thoracique. Du bout de ses ongles laqués de rouge, elle a suivi la courbe de mes cuisses. J'ai éprouvé un frisson sous sa caresse et je n'ai pu retenir un rire.

— Pourquoi tu ris ? a-t-elle demandé.

— Ça chatouille, ai-je dit. Arrête, j'essaie d'être sexy.

— Crois-moi, tu l'es. Et arrête de vouloir être quelque chose d'autre. Sois toi-même.

— Je ne sais pas ce que c'est.

Elle a attrapé mes cheveux mouillés à pleine poignée. Je l'ai embrassée en posant ma main sur sa joue gauche. Mon pouce touchait légèrement sa gorge.

Durant ce baiser, j'ai ouvert brièvement les yeux pour la regarder. Entre ses sourcils froncés, de petites rides étaient apparues, aussi fines que des marques laissées par un couteau.

— Tout va bien ?

— Oui.

Elle s'est laissée tomber en arrière, la tête sur l'oreiller. Ses cheveux créaient un contraste saisissant avec les draps d'un blanc terne. J'ai parcouru son ventre de baisers, écarté ses jambes. Elle a fermé ses yeux vairons. J'ai appuyé mes pouces sur ses hanches, j'ai senti ses muscles résister sous la pression. Sa peau avait un goût basique, mais nouveau. Celui des minéraux en formation. De la pluie tombant à l'orée d'une ville d'ardoise. Elle a serré le poing et mordu son pouce pour étouffer son cri. Je voulais nous pousser jusqu'au dernier degré de torture, elle et moi, jusqu'à une souffrance sublime. Je voulais l'amener au bord de la falaise, la laisser suspendue un moment au-dessus du gouffre, avant de nous y précipiter toutes les deux. Elle n'avait déjà plus le même goût. De marin, il était passé au métal ardent. Son corps était parcouru de secousses qui donnaient l'impression qu'elle était possédée.

Je me rappelle la douceur de sa peau lorsque j'ai reposé mon visage sur son ventre. Je sentais son pouls frénétique me brûler la joue, le souvenir s'ancrer profondément en moi. L'aorte abdominale bat au même rythme que le cœur, comme un organe secret. Chaque cœur recèle un secret si profondément niché qu'il ne se dévoile jamais.

Nous sommes ainsi restées étendues, Nina respirant fort, sans dire un mot. Les bruits de la journée qui débutait se sont accélérés : sonnettes de vélo, cliquetis de talons hauts et klaxons de voiture. Le soleil levant venait rebondir sur les miroirs et les fenêtres des immeubles. Le son et lumière new-yorkais. Nulle part où se cacher, sauf à la vue de tous.

25

À la fin de notre inutile réunion, Rosemary et moi avons longé le couloir et descendu l'escalier.

— Salut, ai-je dit en prenant la direction de notre salle de classe partagée.

— Salut, a-t-elle répété d'un ton accusateur.

Nous nous sommes cognées en voulant entrer en même temps dans la pièce. Comme elle me dépassait de plusieurs dizaines de centimètres, son coude est venu se planter dans la plus tendre partie de mon biceps.

— Oh ! s'est-elle exclamée, surprise. Il me faudrait un moment *seule* pour corriger quelques copies.

Elle a désigné une pile de feuilles sur son bureau improvisé, impeccablement rangé.

— Je dois aussi préparer les projets de milieu de semestre.

— D'autres projets d'incendie, peut-être ?

Je l'ai dévisagée en espérant lire une réaction sur son visage.

— Vous n'êtes pas sérieuse.

— Parce que vous trouvez que les incendies ne sont pas des choses sérieuses ?

— Vous commencez sérieusement à m'énerver, en tout cas, a-t-elle répondu avec une pointe d'exaspération dans la voix.

Au moins, j'avais senti qu'elle s'échauffait.

— Moi, j'ai besoin de la salle pour préparer un cours.

J'ai montré du doigt mon coin bureau, ma table jonchée de livres vaguement empilés, de papiers, de CD et de déchets. On aurait dit la chambre d'un enfant pourri-gâté dont personne ne se souciait.

— Très bien.

Elle est allée s'asseoir à son bureau. Elle a successivement sorti trois, quatre, cinq crayons d'un pot argenté qu'elle a examinés avant de choisir son arme.

— Peu importe, ai-je lancé d'un ton sec dans sa direction.

— Peu importe.

Les mots de Rosemary sont revenus comme un boomerang. Je devinais son petit sourire satisfait, mais je n'ai pas relevé la tête pour en avoir le cœur net.

Elle corrigeait les copies méthodiquement, tandis que je relisais mes notes sur l'enquête.

Le silence était assourdissant. L'envie d'une cigarette me démangeait. Au lieu de cela, j'ai fixé le sol en linoléum usé aux motifs triangulaires, bruns comme du sang séché.

Je ne voulais qu'une chose : retourner dans ma chambre. Prier et dormir. Je suis sortie dans le couloir pour boire de l'eau. Dans le fond du lavabo argenté, j'ai regardé mon reflet trembler et se déformer sous l'ondulation de l'eau.

De retour dans la salle, je ne tenais pas en place.

— Vous ne pouvez donc pas rester tranquille ? a vainement observé Rosemary. On devrait vous immobiliser en vous injectant une seringue de tranquillisant.

— Ça vous ferait plaisir, hein ? Me voir vaciller, puis tomber ?

J'ai fait mine de m'étrangler en portant les mains à mon cou.

— Vous ne trouvez pas que vous en faites un peu trop ?

Au même moment, sœur Augustine a passé la tête par l'entrebâillement de la porte. Sans doute avait-elle senti la tension dans l'air fétide.

— Dieu nous impose d'affronter nos défis *dès aujourd'hui* avec force et détermination, a-t-elle dit en clignant des yeux.

Elle a aussitôt tourné les talons et est repartie. L'ondulation de son voile m'a rappelé le sillon laissé par les bateaux derrière eux.

Le soir avançait mais ni l'une ni l'autre, toujours assises de part et d'autre de la classe, ne semblions prêtes à partir. De l'autre côté de la fenêtre, le ciel a viré à l'orange sanguine dans le soleil couchant. La Nouvelle-Orléans ressemblait plus à un corps organique qu'à une simple cité.

— Je n'arrive pas à croire que je sois obligée de partager cette salle avec *vous*, a repris Rosemary. La musique n'est pas une discipline à proprement parler. Elle ne fait même pas partie des programmes obligatoires. En tout cas, ce n'est pas ça qui va aider nos élèves à progresser dans leurs études et à leur assurer des métiers sûrs pour l'avenir.

— Il fut un temps où j'étais musicienne. Ce n'est pas le plus *parfait* des métiers, mais…

— Votre bazar plante parfaitement le décor, en tout cas.

Rosemary a marché en direction de la dizaine de pupitres avant d'en tapoter un.

— Je veux dire que j'étais une artiste. À présent, je suis…

— Pénible, m'a-t-elle coupée. Je déteste l'art. L'art, c'est pour les riches et les tordus.

Elle me paraissait pourtant être les deux, mais je me suis gardée de le dire.

— Peut-être *pensez-vous* détester l'art parce que celui-ci vous échappe, comme la religion. Mais les gens se font du tort à dénigrer d'emblée ce qu'ils ne connaissent pas.

Je me suis appuyée contre le dossier de ma chaise. Je sentais la transpiration couler sous mes seins jusqu'au ventre, en passant sur mon Sacré-Cœur. L'air autour de nous était poisseux de chaleur.

— Vous parlez comme sœur Augustine, a observé Rosemary.

J'ai pensé à la douleur ressentie par notre Mère supérieure à la disparition de son père. À ma propre douleur quand ma mère était morte. Aux secrets que nous gardions, aux blessures que nous cachions. Aux doutes que j'éprouvais à son égard.

— Elle a été ma bouée de sauvetage.

— Pour chacun de nous, a ajouté la professeure de sciences. J'admire sœur Augustine. Pour son professionnalisme et son intégrité.

— Elle nous empêche de devenir fous.

J'ai croisé les jambes et secoué mon pied gauche engourdi, parcouru de fourmillements.

J'ai observé Rosemary dont le regard s'était posé ailleurs, quelque part au loin, à moins qu'elle se soit profondément réfugiée en elle-même. Elle s'est appuyée sur mon bureau en face de moi, comme certains de mes élèves quand ils détaillent les raisons pour lesquelles ils n'ont pas travaillé leur instrument.

Notre salle de classe était éclairée par la fluorescence des néons adoucie par la lueur diffuse provenant des bâtiments voisins.

Comme j'étais en nage, ou à moins que j'aie perdu temporairement tout discernement, j'ai retiré mon foulard et mes gants. Rosemary l'a remarqué. Je ne voulais pas sentir son regard insistant sur mes tatouages. Je ne voulais pas non plus qu'elle détourne les yeux. J'ai sorti ma croix qui se trouvait sous ma tunique pour la mettre en évidence sur ma poitrine.

— Vous croyez que c'est en exhibant votre crucifix que vous allez faire avancer votre carrière ? a-t-elle demandé d'un ton sec.

— C'est une croix, pas un crucifix, ai-je corrigé en me raidissant.

Un affrontement avec Rosemary n'allait pas m'avancer à grand-chose. Jamais nous ne pourrions nous comprendre, c'est vrai. Mais j'avais envie d'aller à la bagarre.

— Une croix catholique tout à fait classique, de très bonne facture. Elle appartenait autrefois à ma mère.

Elle s'est approchée et, tout en se penchant, elle a soulevé le métal entre son pouce et son index et a examiné l'objet avec lenteur. Sa bouche en forme de cœur, consciencieusement repassée au rouge à lèvres, la vieillissait et lui conférait une certaine sagesse, comme sur les photographies de l'époque de la Seconde Guerre mondiale.

— Pourquoi portez-vous une croix plutôt qu'un crucifix ?

— La croix est un symbole, le crucifix, un simple moment dans l'histoire, ai-je expliqué. Jésus est certes présent sur le crucifix, mais son absence, ou plutôt son ombre, est aussi sur la croix. En tout cas, c'est ce que je pense. La croix est un rappel permanent des souffrances à venir, des souffrances du passé et de ce que le Christ était prêt à endurer pour notre salut.

— Hmm, a-t-elle fait en retournant l'objet dans sa main.

Elle était si près de moi que je pouvais sentir son souffle chaud contre le bas de mon visage. Ses mains sentaient la crème parfumée à la rose. Elle a pris une brève inspiration.

— L'opium du peuple…

Elle a laissé retomber la croix dorée sur ma poitrine, juste au-dessus de mon tatouage du Sacré-Cœur.

— La religion est le contraire de la science, a-t-elle poursuivi, l'air songeur, en remontant du bout du doigt ma chaîne en or.

Sa peau paraissait lisse et douce.

— Et la science est l'ennemie de la religion. C'est un combat sans fin.

— Ce n'est pas un combat, ai-je objecté. Simplement deux manières différentes de comprendre le monde. Et la manière dont nous nous y insérons.

Elle a eu un moment d'hésitation, puis elle a souri. Un sourire étincelant dans la lumière ambrée de notre salle de classe. C'était la première fois que je la voyais réagir de manière aussi naturelle.

— Pourquoi chuchotons-nous ?

— C'est l'ambiance qui veut ça.

— On ferait mieux de fermer la classe et de partir, ai-je dit.

— Il y a plein de choses que nous devrions faire et ne pas faire maintenant.

Elle a retiré ses mains et les a jointes, doigts croisés. J'avais du mal à décrypter son expression. Elle a retenu son souffle, comme si elle était sur le point de dire quelque chose d'important. Mais elle n'a rien ajouté. Moi non plus.

Il aurait été simple de m'approcher d'elle, de l'acculer contre le mur de notre salle de classe décrépite et de l'embrasser. J'en avais d'ailleurs envie. Terriblement. Mais je n'ai rien fait. Je me suis mordu la lèvre jusqu'à ce qu'elle se mette à saigner et que je sente sur ma langue un goût métallique et salé.

Sœur Honorée avait-elle orchestré toute cette scène ? Avait-elle fait en sorte de nous mettre, Rosemary et moi, dans la même pièce, de me soumettre à la tentation de renoncer à mes vœux ? De détourner mon attention ?

Ou bien Rosemary Flynn était-elle en train de se dévergonder d'une étrange manière ? La chimiste chevronnée qui gâchait ses talents dans le monde de l'éducation affirmerait enfin ses véritables pouvoirs en allumant des incendies ? En avançant ses pions et en jetant un morceau de viande crue dans ma direction ? Une vraie partition de femme fatale.

Je n'ai pas mordu à l'hameçon. J'ai fermé les yeux et me suis imaginée ailleurs.

Avant le dîner, je me suis douchée et j'ai changé de pantalon et de tunique. J'ai savouré un petit supplément de solitude en me séchant les cheveux, suffisamment longs à présent pour que je les attache en une minuscule queue-de-cheval.

À cause du couvre-feu, j'étais limitée dans mes mouvements. Pourtant, je ressentais le besoin de sortir. En prenant garde de ne pas attirer l'attention d'un des policiers en faction, je me suis glissée dans le jardin du couvent. La chaleur de la fin d'été avait brûlé la plus grande partie de la pelouse et les pétales fanés formaient un tapis moelleux sur le sol. J'ai touché une fleur de jasmin fraîchement sortie. Elle avait la petite taille et la fragilité de ce qui pousse. Plutôt que de la laisser grandir, je l'ai arrachée et fourrée dans ma poche, où elle n'allait jamais éclore.

Je me suis installée sur un banc où j'ai fumé une des cigarettes piquées à Ryan Brown et j'ai vidé une fiole de liqueur de pêche que je lui avais également confisquée. J'ai repensé à Rosemary. Avançait-elle les pièces d'un jeu d'échecs destiné à me piéger ? Sa haine de la religion organisée était palpable. Pourtant, elle travaillait dans une école catholique. *Pourquoi ?*

Ou bien était-ce sœur Honorée qui pariait sur mes faiblesses ? Sœur Honorée me méprisait, impossible de le nier. Mais elle ne semblait pas avoir de dent particulière contre Jack ou sœur T. Ni contre Lamont et Jamie, grièvement blessés. La blessure béante de Jamie, ce tunnel ensanglanté dont je ne trouvais pas la sortie, se rappelait à moi comme un stigmate.

Et que penser des incessantes provocations de Prince Dempsey ? De ses alibis fumeux. Toujours prêt à se battre, mais était-ce une façade ? Sœur Augustine le protégeait ouvertement. Comme elle me protégeait.

Lamont avait disparu des radars ; il n'était pas revenu en cours. Jamie ne disait pas toute la vérité. Soit par peur, soit parce qu'il se sentait coupable. Ou les deux.

Rien ne collait. Rien n'avait de sens.

L'occasion pour moi de me racheter était en train de me filer entre les doigts.

J'ai enfoncé mon visage dans mes mains gantées et j'ai hurlé toute ma part d'obscurité.

À genoux sur l'herbe, je me suis recueillie en demandant notre salut. J'avais eu beau prier, j'avais eu beau fuir le plus vite et le plus loin possible, je ne parvenais pas à échapper aux flammes, celles de cette nuit à Brooklyn.

La dernière soirée passée avec ma mère. On était fin octobre. Le vent doux d'automne faisait frissonner les arbres. Les trottoirs étaient recouverts de tapis de feuilles orange, rouges et or. C'était mon tour de garde avec maman. Papa était de service et Moose travaillait.

— J'ai besoin de prendre l'air, a dit maman. Emmène-moi faire un tour en voiture.

— Moose trouve que c'est une mauvaise idée.

— S'il te plaît, a-t-elle insisté d'une petite voix faible. J'aimerais tellement voir ma ville adorée à cette saison.

J'ai secoué la tête.

— Papa me tuerait.

— Il ne me reste plus beaucoup de temps.

— OK, ai-je fini par céder. Il faut simplement que je vérifie si je peux emprunter le van de mon groupe.

C'est peut-être la dernière fois qu'elle peut sortir de cet appartement sur ses jambes, ai-je pensé. À peine pouvait-elle encore marcher.

Elle avait besoin d'une distraction dans son quotidien de douleurs. Une virée nocturne en voiture avec maman était sans doute une idée terriblement stupide, mais c'était jouable. Ne possédant pas de voiture, j'ai demandé à Nina si je pouvais lui emprunter le van du groupe, un vieux tas de ferraille que nous avions racheté à Steve, son frère, pour 500 dollars. Le mini-bus était au nom de Nina, mais il servait uniquement aux tournées d'Original Sin. Non pas que nous tournions partout dans le pays, mais il nous arrivait une fois par an d'aller jusqu'à Philadelphie ou Boston. On y trimbalait alors nos amplis, nos instruments, nos percus, nos bâtons d'encens, nos provisions de drogues illicites et nos caisses de bière. Étrangement, malgré les années d'excès et de conduite dangereuse, nous avions réussi à le garder intact. Comportement excentrique classique de punks qui refusent de grandir. Jamais nous n'avions changé les pneus, jamais nous n'avions vérifié l'équilibrage ou procédé à une vidange.

Une heure plus tard, Nina est arrivée à Brooklyn au volant du van. Elle m'a envoyé un message :

J'ai garé le van à l'endroit habituel. Plus d'essence. Bonne balade avec Toni. Je vais au Dobranoc si tu veux après. Love xx

J'avais l'impression que le van roulait tout le temps sur la réserve. J'avais un double sur mon trousseau de clés. Un miracle que je ne l'aie jamais perdu.

Je me suis préparée, puis j'ai aidé maman, vêtue d'une chemise de nuit, d'un peignoir et de pantoufles, à descendre l'escalier avec précaution. Elle pesait à peine plus lourd qu'un chapelet.

Nous avons fait le plein à la station Exxon – à ras bord, en secouant jusqu'à la dernière goutte le bec du distributeur –, puis j'ai conduit lentement à travers le dédale des rues de Bay Ridge. Maman était assise sur le siège à côté de moi.

— Je ne connais rien de plus beau que cette ville, la nuit, a-t-elle commenté en reposant sa tête contre la vitre.

J'ai réglé le rétroviseur de son côté de sorte que je puisse croiser son regard, voir ce qu'elle voyait.

Avec son ballet de véhicules et sa symphonie de sirènes, Brooklyn débordait d'énergie et d'activité. Un couple qui chevauchait deux motos rouges assorties nous a dépassées et grillé un stop, manquant de renverser un vélo qui circulait sur la piste cyclable.

— Des pistes cyclables à Brooklyn, a soupiré maman. Je ne pensais pas voir ça de mon vivant.

Je me suis garée juste devant le rade où Nina m'avait dit qu'elle allait. Nous sommes restées une dizaine de minutes ainsi, sans couper le moteur.

— À ton avis, ça veut dire quoi, *Dobranoc* ? ai-je demandé à maman.

Depuis toutes les années où je fréquentais ce bar, je ne m'étais jamais posé la question.

Les yeux clos, elle a murmuré :

— C'est du polonais. Ça veut dire « Bonne nuit ».

Maman comprenait le polonais ? Que savait-elle d'autre que j'ignorais ? J'étais tellement préoccupée par ma personne que je ne le lui ai même pas demandé.

— Rentrons donc dans le « Bonne nuit », ai-je proposé, pour un verre entre mère et fille.

— Je suis bien, là.

— Juste un verre, ai-je imploré. On va s'amuser.

— Je dois me ménager. Je préfère rester et regarder ma ville.

Son sourire était forcé. Les expressions de son visage disparaissaient progressivement.

— Mais vas-y, toi.

J'ai tiré le frein à main, monté le chauffage.

— Je ne peux pas te laisser toute seule ici.

— Je ne suis pas toute seule.

Elle a touché la croix autour de son cou.

J'ai posé une couverture sur ses genoux, j'ai mis sa station de radio préférée, WNYC. Elle aimait ce programme parce que les voix n'étaient pas trafiquées par les effets. Elle disait d'elles qu'elles étaient saintes. J'ai fermé le van à clé.

À l'intérieur du bar, j'ai trouvé Nina qui dansait, seule, dans un coin. Avec ses cheveux d'airain détachés, sa frange désordonnée au-dessus de son trait d'eyeliner qui lui donnait un regard félin. Elle tournait à toute allure sur elle-même sans arrêt jusqu'à s'en étourdir, un peu comme un vinyle qu'on écoute tellement qu'il finit par se déformer. Nina se foutait de tout quand Nicholas n'était pas là. Nina la cinglée.

Elle a agité les bras quand elle m'a aperçue :

— Holidaaaaaaay !

— Hey !

— Tu es venue ! Comment ça s'est passé avec ta mère ?

— Elle est dehors.

— Bon Dieu, Holiday…

Ce soir-là, alors que papa était de service et que maman était enfermée dans le van au moteur encore allumé, j'ai bu. Au premier whisky a succédé un deuxième. Puis trois, puis quatre. Un verre après l'autre. Toutes les dix minutes environ, Nina sortait pour surveiller maman.

— Elle fait quoi ? ai-je demandé, la tête posée sur le comptoir. Un œil encore à moitié ouvert.

— Tout va bien, elle dort, a dit Nina en posant la main sur mon épaule. Elle est pelotonnée comme un chat. Elle est paisible. Au moins, elle n'est pas coincée dans sa chambre.

— C'est tellement l'enfer, cette merde.

J'ai avalé un nouveau shot. Le whisky était dégueulasse, insipide, comme s'il était lassé de son propre effet. J'ai reposé ma tête sur mes poignets.

— En plus ça n'aide pas que je sois une telle ratée.

— Tu es torchée, ma chérie, mais t'es belle.

J'ai souri.

— C'est bon de te voir sourire pour une fois, a-t-elle ajouté avant de m'embrasser.

J'ai senti ses lèvres chaudes sur les miennes. Du bout de la langue, elle a lentement suivi la courbe de ma lèvre inférieure. Elle avait un goût d'olives vertes et de vodka. Elle a placé sa main sur mon bras droit, juste au niveau de mon tatouage *SŒUR ANTONIA*. C'était le nom que portait ma mère à l'époque où elle était dans les ordres. Les majuscules en italique s'enroulaient autour d'une lampe de sanctuaire rouge. Quand j'avais dix ans, maman m'avait parlé de cette lampe, de sa flamme qui brûlait en permanence. Elle m'avait expliqué que son incandescence symbolisait la pureté de la lumière. C'était un de mes premiers tatouages.

— Il me faut un autre verre.

La barmaid m'a dévisagée d'un air curieux en haussant les sourcils. Ou était-ce de la pitié ?

J'avais relevé la tête comme si cela pouvait encore la convaincre de ma sobriété.

— Je voudrais votre whisky maison avec quelques degrés d'alcool en plus. Sec.

De la liqueur pure pour m'anesthésier le cerveau. Voilà ce dont j'avais besoin.

— Ma belle, je suis pas certaine que ce soit ce qu'il te faut, a répondu la barmaid, qui était plus grande que moi.

Elle a jeté son torchon crasseux par-dessus son épaule.

— C'est de l'alcool à brûler.

— Un vrai tord-boyaux, a fait Nina en frissonnant.

— Exactement ce qu'il me faut.

— Tiens, chérie. Celui-là est pour moi.

La fille a poussé un verre plein vers moi.

— Elle me chauffe, ai-je dit à Nina.

— Mon Dieu, a-t-elle répondu en levant les yeux au ciel. Arrête ça tout de suite.

Je me suis penchée au-dessus du comptoir.

— Hey !

— Quoi ? a répondu la barmaid occupée à rincer un verre.

— Tu veux qu'on se retrouve après ?

Nina m'a tirée par le bas du T-shirt, m'obligeant à me rasseoir sur ma chaise.

— Tu fais vraiment chier.

— J'ai fait quoi ?

— Je suis juste à côté de toi.

— Et alors, où est le problème ? On n'est pas ensemble. Tu es mariée à Nicholas, tu te rappelles ?

— Mon prénom est tatoué sur ton bras.

— J'ai plein de noms tatoués sur mon bras, ai-je rétorqué. Et encore plein de place pour de nouveaux.

— Laisse tomber. J'en ai marre. T'as qu'à surveiller ta mère toi-même. Fais ce que tu veux.

— Merci pour la permission.

Après un autre shot, je suis allée dans la réserve où j'ai eu une interaction torride avec la barmaid sur un flipper cassé.

Quand j'en suis ressortie, il était 2 heures du matin. De son côté, Nina flirtait avec une espèce de paumée hipster qui ressemblait à Ariel de *La Petite Sirène*, sans la queue. Nina a interrompu leur conversation de haute volée intellectuelle pour me demander :

— Comment va ta mère ?

— Super, ai-je menti.

En vérité, je n'étais pas allée la voir une seule fois. J'étais en train de vérifier que mon portefeuille et mes clés étaient encore dans ma poche au moment où j'ai remarqué un attroupement près de la porte.

Un homme à la fenêtre a crié.

— Au feu ! Y a quelque chose qui brûle.

Nina s'est levée d'un bond.

— Oh putain !

C'était le van.

Maman.

Nous avons traversé le bar noir de monde. Quand j'ai émergé dans la rue, j'ai découvert la scène. Le feu. D'un rouge sang.

Notre van, en flammes. Ma mère enfermée à l'intérieur. Je tenais à peine debout tellement j'étais ivre. J'ai essayé de parcourir les quelques mètres qui me séparaient du minibus, mais c'était comme si j'étais dans un film au ralenti. Il fallait que j'ouvre la porte, que je sorte maman de là. La chaleur m'a repoussée au moment où j'atteignais le véhicule en feu.

— Aidez-moi ! Elle est à l'intérieur !

— Qui ça ? a demandé un agent de police qui arrivait en courant.

— Ma mère ! Elle est dans le van.

— Reculez, a aboyé l'homme. Le moteur risque d'exploser.

— Maman ! Personne ne va l'aider, bordel ?

J'écumais de rage.

— Il n'y a rien à faire.

— Ma mère ! Sortez-la de là !

J'ai tapé dans le mur à m'en déchirer la paume de la main.

Aucun cri ne s'échappait de l'habitacle. On n'entendait que ma voix et les murmures des passants horrifiés.

Tandis que le policier me retenait, j'assistais impuissante au spectacle de ma mère qui brûlait vive à l'intérieur du van fermé à clé.

Je voyais sans voir. Incapable de saisir. L'immolation de ma mère.

Trois voitures de police et deux véhicules de pompiers étaient arrivés et sont rapidement intervenus.

La nuit d'automne était froide, mais le feu était si intense que tout le monde transpirait.

Un tonnerre d'eau s'est échappé des lances à incendie, inondant le van.

Mon père et mon frère sont apparus, debout devant la voiture de service de papa. Il n'avait pas un regard pour moi. Moose ne cessait de pleurer, ses larmes coulant le long de ses joues. Mon petit frère déjà brisé était désormais fracassé, sans possibilité d'être un jour réparé. À cause de moi. Tremblant de tous ses membres, il s'est effondré lourdement, a vomi tout ce qu'il avait en lui. Il s'est littéralement vidé comme un Tchernobyl humain.

Côte à côte, nous avons assisté à l'incinération de notre mère, aveuglés par la lumière phénoménale et l'éclat des braises qui filaient et explosaient autour de nous. Comme si nous étions lacérés de coups de fouet.

Papa s'est effondré à son tour.

— C'était un accident. Papa, s'il te plaît. Parle-moi, je t'en supplie.

Un pompier s'est tourné vers moi.

— C'est votre van ?

— C'est le mien, en vérité, est intervenue Nina à travers ses larmes.

— Il y a eu une fuite d'essence. Ou une fuite d'huile de direction assistée, a-t-il expliqué. Le van est-il régulièrement entretenu ?

— Pas depuis des années, a dit Nina.

— Vous avez fait le plein ce soir ?

— Oui, ai-je sangloté.

— Et le moteur tournait ?

— Quoi ?

— Trop-plein d'essence, a-t-il dit sèchement.

— Putain.

— Vous étiez garée sur des feuilles mortes, a-t-il ajouté en désignant le sol. On dirait que le feu est parti d'en dessous. Un mégot de cigarette jeté par une personne ivre. Une simple allumette, et c'est parti. Rapidement.

— Holiday, a dit Nina en essayant de me prendre dans ses bras.

Je l'ai repoussée.

— Je ne peux pas accepter ça, ai-je marmonné en continuant d'aller et venir. Ce n'est pas la réalité. Ce n'est pas la réalité. Je dois revenir en arrière.

Cette nuit-là a mis un terme à ma vie d'avant.

J'ai passé des mois à creuser et à chercher. J'ai choisi de rejoindre le couvent, comme ma mère l'avait fait plus jeune. J'allais consacrer ma vie à la liturgie. À ma rédemption. À ma pénitence.

Six mois après le drame – entretemps papa avait fait le nécessaire pour que Nina et moi ne soyons pas poursuivies pour négligence et mise en danger de la vie d'autrui (la seule et unique fois de ma vie où papa interviendrait en ma faveur) –, j'ai annulé tous les cours de musique que je devais donner. J'ai fourré les reliques de mon ancienne vie – mon permis de conduire, mon portefeuille, mon portable – dans une vieille boîte à chaussures que j'ai donnée à Moose. J'ai vendu mes bijoux, ma Fender acoustique et ma guitare électrique. Mon bébé… Une Stratocaster en graphite. Si j'avais pu, j'aurais aussi vendu ma dent en or. Avec mes 700 dollars en poche, j'ai pris un taxi pour l'aéroport JFK et j'ai acheté un billet aller pour La Nouvelle-Orléans. Sœur Augustine avait accepté de me rencontrer. Toutes les autres sœurs avaient refusé. Les gens se rendaient dans la Ville-Croissant pour se perdre, trouver l'amour, se cacher ou se réinventer. Moi, il m'en fallait plus. Ce dont j'avais besoin, c'était une renaissance.

26

En entrant dans l'église, j'ai eu la surprise de trouver Jamie assoupi sur un banc proche du vitrail de la Nativité. Ses béquilles chromées étaient appuyées contre le bois sombre. Il avait placé son sac à dos sous la tête, en guise d'oreiller.

À l'expression inquiète de son visage quand je l'ai réveillé, j'ai compris qu'il avait des ennuis.

— Ah, bonjour, a-t-il marmonné d'une voix endormie.

— Je suis contente que vous soyez de retour.

— J'espérais vous parler, a repris Jamie. Je vous ai vue.

— Moi ? ai-je demandé, troublée. Où ça ?

— Dans l'aile Est. La nuit de l'incendie.

— Bien sûr que vous m'avez vue. C'est moi qui vous ai sorti.

— Non. Je veux parler de la personne que j'ai aperçue dans le couloir avant. C'était vous, ma Sœur. Je l'ai même dit à Lamont.

— Ce n'était pas moi, ai-je rétorqué. À ce moment-là, j'étais dans l'allée près du théâtre en train de fumer.

— Je vous ai vue, a-t-il insisté.

— Je jure sur la tête du Seigneur que ce n'était pas moi.

Jamie a émis un long soupir.

— Qui était-ce, dans ce cas ?

— Je n'en suis pas très sûre. Moi aussi, j'ai aperçu une ombre. Et si c'était le Saint-Esprit ?

Jamie n'a pas répondu à ma question rhétorique, et j'ai imaginé le spectre de sœur Honorée arpentant le couloir à la manière d'un char du défilé de Thanksgiving de Macy à New York : avec son voile, sa guimpe, et sa tunique noire. Puis je me suis figuré Rosemary et les gilets vintage qui constituaient son modeste uniforme. Chaque enseignant à Saint-Sébastien répondait à un code vestimentaire bien établi. Moi aussi. Tout le monde cherchait à passer inaperçu.

— Si vous me disiez d'abord ce que vous fabriquiez là, Lamont et vous ? ai-je demandé.

— Depuis un moment, je dormais là, a expliqué Jamie en baissant les yeux. Dans l'ancienne salle d'histoire.

— Vous dormiez là ? Depuis combien de temps ?

Jamie s'est enfoncé sur le banc.

— Une semaine. Depuis le début des cours.

— Vous avez grimpé par la sortie de secours et vous avez déplacé la climatisation du premier étage ?

— Ouais, a-t-il confirmé en rougissant.

— Vos parents vous ont chassé de la maison parce que vous aviez une histoire avec Lamont ?

— Vous lisez dans les pensées, ou quoi ?

— C'est juste que je connais les hauts et les bas de la vie queer.

Jamie s'est gratté la nuque, avant de se pincer le lobe de l'oreille.

— Pour moi, elle est plutôt faite de bas.

— Je suis désolée pour vous.

— Je pouvais plus dormir sur le canapé de ma pote. Ses parents divorcent, alors sa mère avait besoin du canapé.

— Jamie, ai-je dit en plantant mon regard dans ses yeux inquiets. Je suis vraiment désolée de ce que vous avez traversé.

— Je peux dormir au couvent ? Ou ici, à l'église ?

Sa voix tremblait. Un coup de vent et il se briserait en mille morceaux.

— Nous allons devoir faire venir vos parents pour discuter de tout ça avec eux.

— Mes vieux n'en ont rien à faire de moi. Quand ma mère nous a surpris ensemble dans ma chambre, Lamont et moi, elle est devenue hystérique. Complètement folle. Elle hurlait et pleurait en même temps. C'est mon père qui m'a viré. Il m'a traité de pédé et de honte pour la famille. Ils ont dit que je ne pourrais rentrer qu'à condition d'aller dans un camp de conversion en Arkansas. Lamont a déjà passé une semaine dans ces prisons pour gays.

Le garçon vidait son sac. C'était le moment ou jamais...

— Je sais que tu n'es pas à l'origine de l'incendie, car il y en a eu deux autres quand tu étais encore à l'hôpital. Mais tu as assisté à quelque chose et j'ai besoin de savoir quoi. Était-ce Lamont ?

— Quoi ? Pas du tout, a-t-il répondu à voix basse. Je ne faisais que dormir à l'école. On essayait simplement d'accéder à la classe où je squattais.

— Le feu avait déjà pris à ce moment-là ?

— Oui. Toutes mes affaires étaient dans la pièce. Mes vêtements et mon portefeuille. Tout ce que j'avais. J'ai tout laissé tomber dans le couloir et quand Jack m'a entendu paniquer, il...

— Il a cru que c'était vous qui aviez allumé l'incendie.

Jamie a acquiescé.

— Il était complètement fou. On lui disait « Non, non, ce n'est pas nous », mais il était hors de lui. Jack m'a poussé violemment et j'ai atterri sur une pile de verre brisé.

— Le verre de la vitrine dans le couloir.

— Ouais. Lamont s'est jeté sur Jack pour me défendre. Je ne l'avais jamais vu dans un état comme ça. C'est là qu'ils en sont venus aux mains. Jack les a entraînés à l'intérieur de la salle de classe en flammes. Lamont est tombé et s'est cassé la cheville.

Je me suis râclé la gorge, comme si ça pouvait m'aider à mieux me représenter la scène.

— Je ne sais pas pourquoi, mais les tentatives de Jack pour repousser le feu ne faisaient qu'empirer les choses.

À ce moment-là, j'ai compris. La fenêtre ouverte avait créé un appel d'air et l'embrasement soudain a propulsé Jack à l'extérieur. Voilà pourquoi Jack avait de telles brûlures.

— Qu'est-ce que vous faisiez dans la classe de théologie ancienne ? ai-je demandé.

— Lamont a réussi à se traîner jusque-là et à m'emmener avec lui pour nous éloigner de la fumée.

— Et c'est là que je vous ai trouvés.

Je nous ai bénis avant de prendre les mains de Jamie dans les miennes.

— Lamont et moi, est-ce que nous allons aller en enfer pour ce qu'on a fait ?

Il pleurait à chaudes larmes, comme un enfant.

— Mais non. Jack aurait cherché à repousser le feu de toute façon. Vous n'êtes pas responsables de sa mort. Mais il va falloir raconter tout ça aux policiers. Immédiatement.

J'ai posé la main sur le bras du garçon. Sur son visage se projetait le spectre des couleurs douces de vitraux au-dessus de nous. Nos destins étaient désormais liés. Jamie. Lamont. Moose. Et moi. Marginaux, rejetés, tous blessés à notre manière.

Au milieu de ses sanglots incontrôlés, Jamie a relevé son visage bouffi de larmes.

— Est-ce que je peux rester avec vous au couvent ? J'ai déjà été dans un foyer par le passé, et un type bourré avait menacé de m'arracher les yeux.

— Je vais demander à sœur Augustine que vous restiez ici quelques nuits. Venez à l'église après la messe du soir. Vous pourrez dormir cette nuit dans la sacristie sans que personne ne vous remarque. Je dirai simplement aux policiers que vous êtes servant d'autel cette semaine. Mais vous ne pourrez pas sortir, une fois la nuit tombée. Le couvre-feu est toujours en place.

Il a pressé mes mains à travers les gants, libérant ainsi la tension de son corps.

— Merci, ma Sœur. Vous me sauvez la vie à nouveau.

— Ne croyez pas que la situation avec vos parents va durer éternellement, ai-je conclu. Ils finiront peut-être par changer d'avis, en temps voulu. Les gens sont pleins de surprises. Dieu aussi, d'ailleurs.

27

J'avais passé une partie de la nuit au téléphone avec Riveaux à lui transmettre le récit de Jamie. J'aurais voulu plus de temps pour repenser à mon précédent échange avec Rosemary. Aux côtés de sœur Honorée et du Diocèse, elle faisait partie de mes principaux suspects, mais je n'avais pas une minute à moi pour assembler les pièces du puzzle. Comme d'habitude, Nina retenait toute mon attention. Elle était semblable à un diamant brut dont je ne me parvenais pas à me séparer, capable à la fois d'apaiser comme de trancher, selon la manière dont je la gardais dans mon cœur et dans mes mains.

J'aurais aimé dissimuler mon excitation, mais à peine ai-je vu Nina que j'ai couru dans sa direction. Nous nous sommes longuement enlacées dans la zone des arrivées de l'aéroport Louis-Armstrong, sans dire un mot. Trop émues pour crier notre joie. Plus d'un an s'était écoulé depuis la dernière fois où nous nous étions vues. Depuis que j'avais quitté Brooklyn. Depuis ce jour où papa m'avait accompagnée à l'aéroport au volant de sa voiture de service. Moose était déjà parti pour sa formation d'infirmier. Quoi que papa ait pu penser de nos nouveaux choix de vie, il se gardait bien de le dire. Ou bien était-ce parce qu'il ne parvenait pas à le formuler.

— Ça ne te change pas vraiment, en fait, a dit Nina d'un air incrédule, après m'avoir dévisagée de pied en cap, les yeux écarquillés. On dirait l'*ancienne* Holiday, le maquillage en moins.

— Comment ça ? Tu croyais que j'allais porter un pin's Fiancée de Jésus ?

Nina était éblouissante, à la fois excentrique et apprêtée. Ses lèvres brillaient d'un rouge vif. Elle a soulevé une de mes mains.

— C'est quoi, ces gants ? C'est pour protéger tes mains des tâches ingrates ?

— Plutôt pour les cacher. Mes tatouages sont un peu trop stylisés pour le couvent.

Nina a posé sa main sur ma hanche, m'a attirée contre elle et approché ses lèvres des miennes, mais j'ai rapidement détourné le visage.

— Mieux vaut pas.

— Tu te fous de moi ? C'est pas comme si je te faisais un cunni devant le personnel de sécurité.

— Ne dis pas ça, Nina.

— J'peux pas dire « personnel de sécurité » ou parler de sexe ? On ne peut même plus parler crûment devant toi, maintenant ? On va bien s'amuser pendant ce séjour, dis donc.

Elle a mis ses lunettes de soleil dorées sur le nez. À l'intérieur de l'aéroport, elle irradiait de confiance en elle. Autrefois j'étais comme elle, avant de devenir invisible.

— Reste toi-même. Rien n'a changé, ai-je glissé.

Elle est partie d'un éclat de rire, tout en passant son sac à main d'une épaule à l'autre.

— *Tout* a changé. Tu es devenue bonne sœur.

— Tu es toujours toi. Et je suis toujours moi.

— Non, ce n'est pas vrai.

— Il y a une minute à peine, tu disais que j'avais à peine changé.

— Laisse tomber.

Elle avait d'autres choses à dire mais elle s'est retenue.

— Peut-être que j'ai changé. C'est une bonne chose. On devrait tous être capables de grandir, d'évoluer et de se transformer.

— Une bonne sœur philosophe, en plus.

Nina a sorti une Camel d'un étui noir, qu'elle a tapotée pour tasser le tabac. J'aimais le parfum à la fois sucré et torréfié des cigarettes neuves. J'aimais ces rituels.

— Comment on sort d'ici ? J'imagine que tu n'as pas de voiture. Tu es venue en cheval et carriole ?

L'euphorie des retrouvailles avec Nina s'était rapidement dissipée, au profit de tristes considérations terre à terre. Elle aussi s'en apercevait. Au moment où elle sortait son briquet de la poche, elle a dit d'un ton boudeur :

— Je savais que c'était une erreur…

— Alors, pourquoi t'es venue ?

De voir Nina sur le point d'éclater de colère me rappelait notre passé. Notre exaspérant ballet.

Nous ne pouvions nous aimer sans nous mettre en miettes.

Rien d'autre à offrir que des miettes.

— Le groupe joue ce soir à Fair Grounds, a-t-elle repris. Et puis, tu me manques. Tu n'appelles jamais. Tu n'envoies aucun mail. Tu as disparu.

Nina m'avait en effet écrit une douzaine de lettres, une par mois, dans lesquelles elle demandait souvent à me rendre visite à La Nouvelle-Orléans. Je n'y avais jamais répondu. Comment aurais-je pu ? Et pourtant, quand Nina avait appelé à l'aube, le matin même, pour annoncer qu'elle venait d'arriver de New York, j'avais senti mon cœur flancher de peur et d'excitation. Malgré la nuit agitée, j'étais partie sur-le-champ à sa rencontre.

— Mon copain Bernard est avec moi, il tourne en voiture autour de l'aéroport. Un sacré numéro, mais il est gentil. Il m'a conduite jusqu'ici et va nous ramener en ville.

Nina et moi avons quitté le terminal d'arrivée : elle, dans sa tenue glamour, moi dans mes habits austères, foulard et gants de rigueur. Nous nous sommes frayées un chemin à travers les hordes de touristes tirant leurs valises à roulettes derrière eux, les familles en larmes en train de s'étreindre précipitamment et les adolescents aux allures de zombies.

Nina ne tenait pas en place, tandis que nous attendions que Bernard refasse un tour dans notre direction. Un homme à côté de nous essayait de lire le *Times-Picayune*, le journal local. En vain. L'air était si humide que le papier ramollissait comme un spaghettis trop cuit.

Bernard, au volant de la voiture, nous a accueillies de son accent traînant :

— Bienvenue à La Nouvelle-Orléans ! Que venez-vous faire à *Big Easy* ?

— J'ai un concert ce soir, a répondu Nina en même temps qu'elle se faufilait à l'arrière.

C'est moi qui ai pris la place du mort.

— Je veux voir le Quartier français, a-t-elle poursuivi. Manger des écrevisses, siroter un Sazerac et goûter à la soupe de tortue.

— Accorde aux tortues le repos éternel, ô Seigneur, me suis-je lamentée avec un signe de croix.

— Et je veux voir où tu enseignes, a ajouté Nina en me tapant l'épaule. Voir où tu vis.

— Cool, cool, cool, a commenté Bernard qui n'était jamais très contrariant. En quête d'une tranche de vie spirituelle, à ce que je vois.

— Pas une bonne idée.

Il fallait que je mette le holà immédiatement.

— Tu as honte qu'on me voie avec toi ? a brutalement lancé Nina depuis la banquette arrière.

— Bien sûr que non, ai-je menti. La police fait le siège de l'école en ce moment et ils ne voient pas les visites d'un bon œil. Ils ne m'ont pas à la bonne non plus.

— J'imagine que je ne peux pas dormir chez toi, alors ? a demandé Nina d'une voix plus basse.

— Venez chez moi, a claironné Bernard. C'est modeste, mais j'y héberge des musiciens tout le temps.

Nina a marmonné un merci tout en mâchonnant l'extrémité de son pouce. L'air de la voiture était étouffant.

Sur la route vers le centre-ville, nous avons longé sur notre gauche le lac Pontchartrain qui scintillait comme la pleine lune. Bernard, très agité, se retournait toutes les deux minutes pour regarder Nina sur la banquette arrière, ce qui faisait à chaque fois légèrement dévier la voiture de sa trajectoire. Nina était un vrai top-modèle, je ne pouvais pas reprocher à Bernard de tomber sous le charme, même si je n'aimais pas beaucoup ça non plus. J'ai croisé le regard interloqué de Nina dans le rétroviseur. Ses yeux inquiets et écarquillés me demandaient : *Qu'est-ce qu'il fout ici ?*

— Tu vas me raconter ce qui se passe avec les incendies ou non ? a-t-elle lancé avec un mélange d'irritation et d'agitation. Il a fallu que j'aille regarder sur Twitter.

— Il y a une semaine environ, j'ai vu notre ami Jack…

— Jack, c'était mon frère, m'a interrompue Bernard.

— J'ai vu Jack tomber du premier étage de l'aile Est de notre école.

Nina a eu un mouvement de surprise.

— Je suis entrée dans le bâtiment pour voir s'il y avait d'autres personnes et j'ai trouvé deux jeunes, deux de mes élèves, Lamont et Jamie, quasiment inconscients à cause des fumées. J'ai porté Jamie à l'extérieur après avoir manqué de le tuer en lui retirant un énorme morceau de verre de la cuisse.

— T'a pas fait ça, Holly !

— Il va bien. Il est traumatisé à vie, mais il va bien, ai-je ajouté en me signant. Deux jours plus tard, un incendie s'est déclaré dans la cafétéria. Et notre bien aimée sœur T a été poussée dans l'escalier. Le médecin légiste défend la thèse de l'accident, mais je n'y crois pas une seconde. Et enfin, le bus de ramassage scolaire a pris feu.

— Quasi un incendie par jour, a ajouté Bernard.

— J'ai lancé ma propre enquête, ai-je repris. Faire confiance aux flics, c'est presque aussi vain que d'arroser une plante en plastique.

— C'est bien vrai, a approuvé Bernard.

— J'ai trouvé un gant sur la chaussée, une tunique brûlée dans ma corbeille à papier. J'ai dû m'approcher de la vérité car, depuis, quelqu'un a lu mon courrier et m'a enfermée dans un placard à balais.

— Je suis désolée, Holly. Je ne savais pas tout ça, a dit Nina.

— Comment pouvais-tu le savoir ?

— Vous êtes arrivées à destination, m'a interrompue Bernard avec une voix de robot.

Je n'ai pas parlé de la boîte contenant les allumettes dans la remise. Il fallait que j'en reparle à Bernard.

Nina a laissé ses bagages dans le coffre de la voiture qui nous a déposées devant l'école. Nous sommes restées un moment dehors, le temps que Nina s'imprègne de la végétation luxuriante. Mais l'air lourd qui pesait déjà à cette heure de la matinée s'apparentait à celui d'un sauna, et la tension entre nous faisait encore monter la température de quelques degrés.

— On se dirait au centre du cratère d'un volcan, a observé Nina.

Un orchestre invisible de cigales jouait des nappes hypnotiques autour de nous. Nina a tiré une nouvelle Camel de son étui.

— Tu ne trouves pas qu'il fait trop chaud pour fumer ? ai-je demandé, moi-même en manque de cigarette.

— Il faut bien une première fois à tout.

Nina a inhalé une longue bouffée. À peine avait-elle eu le temps d'expirer qu'une voix s'abattait sur nous.

— Interdit de fumer ! Vous êtes dans une zone non-fumeur.

Sœur Honorée venait d'apparaître à l'angle du bâtiment, le visage crispé. Ses jambes courtes avançaient si vite qu'on l'aurait dite montée sur des rails. Elle était plus rapide que je ne l'aurais pensé, en tout cas.

— Bonjour, sœur Honorée.

— Dois-je vous rappeler, sœur Holiday, que la cigarette est l'œuvre du diable ?

Son affirmation était d'autant plus ridicule que son haleine avait des relents de naphtaline. Ses yeux globuleux donnaient l'impression de tourner autour de leur orbite.

— L'usage du tabac est prohibé dans l'ensemble de notre institution.

Elle a montré du doigt un panneau INTERDIT DE FUMER au pied duquel s'amoncelait un tas de mégots.

— Ne vous inquiétez pas. Nous allions partir, ai-je répondu. Vous voyez ? Nous sommes déjà en train de nous éloigner.

J'ai constaté que les fleurs disposées auprès de l'autel en hommage à Jack et sœur T avaient toutes disparu, mais qu'il y avait de nouvelles bougies.

— On dirait que tu as une super fan, a commenté Nina à propos de sœur Honorée.

— Elle me déteste. Surtout parce que je suis lesbienne.

— Mais tu n'es plus lesbienne.

— Bien sûr que si. Je suis toujours attirée par les femmes. C'est juste que je fais une pause de sexe et…

Nina m'a interrompue de manière abrupte.

— Ils ne t'ont pas fait signer un papier comme quoi tu renonçais à ton identité queer pour pouvoir entrer dans les ordres ?

J'ai étouffé un gloussement. Mais je comprenais pourquoi Nina était vexée. L'institution dont je faisais désormais partie était l'une des plus conservatrices de la planète.

— Toutes les sœurs ont un passé, ai-je repris. Elles vivent aussi dans le présent. Crois-moi. Sœur Augustine pense que nous avons toutes et tous un rôle à jouer pour un futur meilleur.

Nina a ri à son tour.

— Alors, tu n'es pas mariée à Jésus ?

— C'est un mariage sans baise. En vérité, je suis mariée à mon travail.

Nina a fait tourner ses bracelets autour de son poignet. Les cours allaient bientôt débuter, mais à me tenir là, avec elle, au milieu des bougies, sans savoir que dire ou que faire, le temps paraissait compressé. C'était un moment d'une grande intensité, un peu comme une cocotte-minute sans soupape. J'avais l'impression que Nina était un mélange de souvenir et d'imagination. Elle a mis fin au silence.

— Il s'en passe des trucs flippants, ici. J'espère que tu tiens le coup. Tu n'as jamais cessé de me manquer, a-t-elle ajouté. Nous n'avons jamais reparlé de cette nuit-là. Quand le van…

Je ne pouvais pas entendre un mot de plus.

— Tu crois pas que c'est assez dur comme ça ?

— C'est les hétéros qui demandent ça, normalement.

J'ai haussé les épaules.

— Ce n'est pas une blague. J'ai vraiment changé.

— C'est vrai, je me rappelle. Tu m'as échangée contre une vie de nonne.

— Chut !

J'ai placé mon doigt sur les lèvres douces de Nina pour qu'elle se calme. Nous nous sommes regardées. Bien plus longtemps que nous aurions dû.

À une heure du début des cours, je n'avais pas vraiment le temps de faire visiter l'école à Nina, de lui montrer ma classe, ma nouvelle vie. Une fois à l'intérieur de la loge à l'entrée, j'ai dû affronter le regard soupçonneux d'un policier, tandis que je dérobais un badge pour invités dans le bureau de Shelly. Je l'ai rapporté à Nina qui chantonnait en transpirant à grosses gouttes.

Tandis que nous montions péniblement jusqu'à ma classe, j'ai été prise à la gorge par l'air étouffant, chargé d'une odeur de cendres et de brûlé. Impossible de respirer.

— Bon sang, s'est exclamée Nina en me tapant dans le dos. Ça va ?

Les larmes aux yeux à force de m'étrangler, j'ai titubé jusqu'à la classe de John Vander Kitt. Sur son bureau, je me suis emparée d'une des thermos de café, celles qu'on trouvait un peu partout à l'école, et j'ai bu à grandes gorgées le reste de chicorée froide qui datait probablement de la veille. Mes poumons se sont apaisés. J'ai pris une profonde inspiration.

J'ai été aussitôt saisie. Comme frappée d'un coup de poing.

— Merde, goûte-moi ça.

J'ai tendu la thermos à Nina. Elle en a pris une gorgée à son tour et s'est étouffée.

— C'est de la vodka, non ?

Elle m'a rendu la bouteille. John était sous perfusion de vodka toute la journée, tous les jours.

Ô Seigneur, pourquoi fais-tu de la vie une mission si impossible qu'on soit obligé de s'abstraire ainsi du monde ?

J'ai emmené Nina avec moi à l'intérieur du couvent pour pouvoir me brosser les dents et enlever cet affreux goût de ma bouche. J'ai trouvé la porte de ma chambre entrebâillée. Il n'y avait personne à l'intérieur, exception faite d'un minuscule lézard qui a détalé sur le mur, plus vite que son ombre.

— Comme il est mignon ! a fait Nina en pointant du doigt le reptile brun.

— Sors, lui ai-je ordonné.

J'ai examiné la pièce avant d'en ressortir, tête baissée.

— Attends dans le couloir.

— Pourquoi ?

J'étais envahie par une vague de colère et de panique.

— Quelqu'un est entré dans ma chambre.

— Bizarre, a dit Nina. Tu en es certaine ?

— La porte est ouverte. Je ne la laisse jamais comme ça. Quelqu'un est entré.

Nina a secoué la tête :

— Toujours aussi parano, à ce que je vois.

— J'ai toutes les raisons de l'être. Reste à l'extérieur.

Je suis rentrée dans la chambre et j'ai regardé sous le lit. Derrière la porte. Dans mon placard. Rien.

— Holiday ! a soudain crié Nina depuis le couloir.

Je suis sortie en courant et j'ai découvert Nina acculée par sœur Honorée contre le mur opposé.

— Les visites ne sont pas autorisées au couvent, a tonné celle-ci.

Nina s'est précipitée derrière moi au milieu du couloir, comme si j'avais les moyens de la protéger.

— Désolée, sœur Honorée, j'ai…

— Faites-la sortir. Sur-le-champ !

— J'ai besoin de prendre quelque chose dans ma chambre. Nina peut rester ici en attendant, d'accord ?

— Faites vite, dans ce cas.

Le ton glacial de sœur Honorée m'a tétanisée.

De retour dans ma chambre, j'ai examiné les murs et le sol. J'ai jeté un nouveau coup d'œil sous le lit mais n'ai rien trouvé. J'ai ouvert le placard. Mes tuniques et pantalons avaient tous été poussés du même côté. Mes quatre foulards étaient dépliés.

— Quelqu'un joue avec mes nerfs, ai-je chuchoté à Nina en sortant du couvent. Il ou elle s'acharne sur moi. Si on était arrivées une minute plus tôt, on aurait peut-être pu voir qui c'était.

Depuis le seuil du bâtiment, sœur Honorée, tel un spectre glaçant, nous regardait fixement.

— Celle-là m'épie sans cesse, ai-je dit. Elle en a après moi, je le sais.

— Elle ne m'adore pas non plus.

Les cours commençaient dans une demi-heure. Il était temps de dire au revoir à Nina, même si j'aurais fait n'importe quoi pour assister à son concert. Presque n'importe quoi.

— À plus, ai-je dit d'un ton mécanique.

Nina était d'une humeur orageuse, tiraillée entre déception et désir.

— Il va encore se passer un an d'ici notre prochaine rencontre ?

— Qu'est-ce que ça peut te faire ? Tu es mariée, non ?

Nina a relevé ses lunettes de soleil dorées sur le sommet du crâne.

— L'indifférence, c'est ta spécialité. Moi, j'étais là.

Ses yeux se sont embués. Elle a cligné des paupières.

— J'ai *toujours* été là pour toi, pour nous. Et puis, je suis en train de quitter Nicholas.

— Quoi ?

— Il se tape sa psy depuis des années. Ça t'étonne ?

— Que Nicholas voie une psy ? Carrément. Que votre deux poids, deux mesures soit devenu intenable, un peu moins.

Les élèves commençaient à affluer du côté de l'entrée principale. Une voiture noire s'est approchée en roulant au pas. Nina a ouvert la porte du Uber, a lancé son sac à main au pied de la banquette arrière. Elle s'est engouffrée derrière, l'air maussade, et a claqué la portière avec une telle violence que l'écho s'est répercuté jusque dans ma poitrine. Un son creux qui résonnait comme la cloche d'une église.

J'ai marché quelques pas jusqu'à un banc de la cour. J'étais à peine assise que j'ai aperçu une autre âme tourmentée. Un squelette ambulant venait à ma rencontre. Riveaux.

— J'ai des ragots pour vous, ai-je dit en glissant pour lui laisser une place.

— À savoir ?

Elle s'est assise avec raideur. Elle dégageait un parfum de gardénia.

— John Vander Kitt est alcoolique. Il boit en cachette pendant le travail. Il le cache parfaitement. Peut-être en sait-il plus sur l'incendie qu'il ne veut bien le dire.

Comme pour la plupart de mes transgressions, balancer un ami, salir la réputation de John, la méthode était lamentable, mais nécessaire. J'étais la seule à débusquer des indices et il fallait que l'enquête avance, peu importe les moyens.

— Bien joué, ma Sœur, a acquiescé Riveaux. C'est une information qui peut me servir. Ce matin, un nouvel incendie s'est déclaré dans une autre école catholique, à l'autre bout de la ville, Sainte-Anne.

— Encore ?

— Neuf personnes intoxiquées par les fumées. Des élèves et des professeurs.

— Dieu, aie pitié d'eux. Des morts ? ai-je demandé en fermant les yeux.

— Pas de morts.

Je me suis levée d'un bond. Malgré tous mes efforts, les incendies continuaient. Dieu paraissait incapable de les arrêter. Ou ne voulait-il pas le faire ? Mettait-il notre foi à l'épreuve, au prix de tels dommages collatéraux ?

— Je ne peux pas supporter ça.

— Ma sœur…

— À quelle heure a pris le feu à Sainte-Anne ? L'heure exacte.

— 6 h 10 du matin.

— Pourquoi y avait-il du monde à cette heure-là ?

— À cause d'une répétition de théâtre.

— Des témoins ?

— Personne n'a rien vu.

— Un appel anonyme au 911 ?

— Oui, a répondu l'inspectrice d'un air abattu.

La défaite a l'art de faire paraître les choses plus petites qu'elles ne sont.

— Riveaux, et si toute cette affaire remontait à avant le premier incendie ? Plus tôt cette semaine-là, voire l'année dernière ? Peut-être que le Diocèse est derrière tout ça. Sainte-Anne est aussi sous sa juridiction. Avec l'évêque qui se prend pour le roi.

— Une longue partie ?

Riveaux avait les yeux rivés sur l'unique nuage dans le ciel.

— Pas de dames, ai-je insisté. Plutôt une partie d'échecs.

28

— La ville est en état d'alerte, a expliqué sœur Augustine le soir même dans la cuisine, alors que nous préparions le repas. La communauté catholique est clairement visée.

Elle a levé les mains et tourné le regard vers le ciel :

— Pardonne ceux qui nous offensent en Ton nom sacré, ô Seigneur.

Elle s'est ensuite tournée vers moi, puis vers sœur Honorée :

— Nous devons à présent unir nos forces pour affronter la terreur.

— Nous devons continuer à vivre normalement, ai-je dit.

Sœur Honorée s'est mise à gesticuler dans tous les sens comme un agent de la circulation.

— Non, non, non ! Il nous faut des renforts de police, un couvre-feu élargi, des caméras de surveillance. Les voisins ont peur. Nos élèves sont traumatisés. En tout cas, ceux qui viennent encore en cours. Nombreux sont les parents qui ont gardé leurs enfants à la maison. Nous devons demander au Diocèse de suspendre les cours tant que nous ne pourrons garantir la sécurité de tous. Sœur Augustine, pouvez-vous le faire, s'il vous plaît ?

Pour une fois, sœur Honorée et son souci de la sécurité collective m'impressionnaient.

Mais les conséquences étaient inquiétantes. Sainte-Anne, au même titre que notre école, était l'un des quatre derniers établissements catholiques de la ville. Sans financement public, notre survie dépendait des frais d'inscription. Si les parents aisés perdaient confiance dans notre institution et retiraient leurs enfants, nous serions dans une merde noire. Nous étions fichues.

Cela faisait le jeu du Parrain, de la Goule et du Velu. Je ne doutais pas un instant qu'ils avaient pour projet de vendre au plus offrant le patrimoine immobilier de notre chère Nouvelle-Orléans et de nous laisser sur le carreau et de convertir « la vente des propriétés » en une « nécessité » pour « le bien de la cause ». Du machiavélisme pur jus destiné à remplir leur bas de laine de lingots d'or. À ma connaissance, les propriétés du Vatican étaient évaluées à 4 milliards de dollars. Le fric et les mensonges. Les mensonges et le fric. Une légende vieille comme le monde.

— On ne peut pas fermer l'école, ai-je dit.

— Mes Sœurs, je vous en prie, a rétorqué sœur Augustine. Nous devons rester solidaires, faire bloc, *ensemble,* et répandre la parole de l'Évangile. Notre Seigneur est la seule protection dont nous avons besoin. Il nous viendra en aide.

— Nous devrions veiller aux intérêts de nos élèves, a répliqué sœur Honorée d'une voix calme. Ils ont besoin de notre soutien. Ils doivent être notre priorité.

Une nouvelle fois, j'étais d'accord avec elle, mais inquiète aussi. Une mèche blanche s'échappait de l'habit de sœur Augustine.

— Montrons avec l'appui de notre communauté que nous n'avons pas peur.

— Nous *avons* peur, a répliqué sœur Honorée. Nous devrions suspendre les cours jusqu'à…

— Mais nous ne pouvons pas venir en aide à nos élèves s'ils restent terrés chez eux, ai-je répondu obstinément.

— Elle ne veut pas lâcher, a dit sœur Honorée en prenant sœur Augustine à partie, comme si je n'étais pas là. De toute façon, c'est au Diocèse de décider.

— Ils ne vont pas se gêner.

Sœur Augustine a placé ses mains sur mes épaules.

— Ne vous disputez pas, je vous prie. Il est temps que vous jouiez votre rôle au sein de cette communauté. Je sais que vous en avez la force.

À ces mots, sœur Honorée a levé les yeux au ciel. Ses lèvres étaient humectées des postillons qu'elle avait projetés pendant notre passe d'armes.

— Merci, ai-je dit, avec un sourire adressé à sœur Honorée.

J'ai remonté mes gants. Avec la chaleur conjuguée à la transpiration, ils avaient rétréci.

— Vous avez été élue pour cette tâche difficile parce que vous en êtes capable. Sachez que nous pouvons surmonter n'importe quoi, ensemble, avec le Seigneur.

— Continuez à me le rappeler, ai-je conclu.

Le téléphone s'est mis à sonner et sœur Augustine est allée répondre.

Contre toute attente, Riveaux voulait nous rencontrer en personne. Quinze minutes plus tard, elle nous rejoignait. Elle avait l'air dans la lune, comme à son habitude.

— La police s'est mise d'accord avec l'évêque sur la nécessité de fermer les écoles jusqu'à ce qu'on mette la main sur notre pyromane, a-t-elle expliqué. Nous allons multiplier les rondes.

— Il faut instaurer un couvre-feu sur toute la ville, a clamé sœur Honorée.

— Le pyromane est certes passé à un rythme supérieur, mais un couvre-feu à l'échelle de la ville serait un vrai coup dur, a répondu Riveaux avant de s'éclaircir la gorge. Le coupable est un professionnel. C'est une certitude. Les scènes de crime sont sans bavure. Impeccables. Aussi propres que la paillasse d'un chimiste.

Au milieu de son bavardage, Riveaux a ensuite plusieurs fois répété le mot *chimiste,* de manière insistante, comme si elle soupçonnait Rosemary Flynn d'être à l'œuvre. Et si l'on tirait le fil encore plus loin ? Peut-être que le crime était trop grand pour une seule personne… Et si Rosemary et sœur Honorée avaient composé une drôle d'alliance criminelle ? Et si les flics créaient des problèmes qu'ils étaient les seuls à pouvoir résoudre ?

— J'aimerais simplement que ça s'arrête.

Ma paupière gauche palpitait.

— Voulez-vous bien rester et dîner avec nous, inspecteur, a demandé sœur Augustine.

— Merci, a répondu Riveaux, manifestement surprise par cette invitation.

Pendant le bénédicité, j'ai prié dans l'espoir de retrouver une vie un peu moins agitée. Le dîner a été extrêmement pénible. Sœur Honorée multipliait les remarques sournoises à mon encontre, me qualifiant de détective ratée de Saint-Sébastien. Pour une religieuse, c'était une sacrée garce. Pas si différente d'ailleurs des musiciennes de mon ancien groupe. La hargne en plus.

— Vous avez trop travaillé la pâte, sœur Holiday, a dit sœur Honorée d'un ton doucereux. Laissez-la reposer. Vous la pétrissez trop.

— Nous ne pouvons pas être aussi parfaites que vous, sœur Honorée, ai-je rétorqué en plongeant la pointe de mon toast dans le jaune d'œuf pour le percer.

Au menu du dîner ce soir-là : des haricots blancs et des feuilles de chou du jardin, le tout surmonté d'un œuf poché pondu par Poulette Goddard et servi avec du pain frais.

— Personne n'est parfait, à l'exception de Dieu, notre Sauveur, a marmonné sœur Honorée, la bouche pleine de tartine beurrée dont les miettes ne cessaient de tomber.

Sœur Augustine, le regard perdu vers la fenêtre, est intervenue d'une voix calme :

— Mes Sœurs, arrêtez de vous chamailler, je vous prie. Dois-je vous rappeler que nous avons une réunion lundi avec le Diocèse ? D'autre part, Dieu nous ayant fait à son image, nous sommes tous parfaits.

— Amen, ai-je acquiescé.

— Amen…, a avancé Riveaux d'une voix hésitante.

— Amen, a conclu sœur Augustine avec un sourire angélique. Merci de vous joindre à notre humble repas, Inspecteur Riveaux.

Elle a ajouté, peut-être dans l'espoir de couper court aux piques de sœur Honorée :

— Sœur Holiday a apporté du sang neuf à cette école et au couvent, et j'ai hâte de voir ce qu'elle continuera de nous apporter, dans bien des domaines, quand elle aura prononcé ses vœux définitifs.

Définitifs. J'avais le souffle court rien qu'à entendre le mot. J'entendais déjà Nina se moquer de moi. Il n'y a rien de définitif, sauf la mort.

Riveaux a pris congé. Après avoir terminé la vaisselle et avant mes prières du soir, je suis allée m'asseoir dehors, malgré le couvre-feu. Je me suis faite toute petite sous le mandarinier du jardin où Voodoo était enterrée et où sœur T avait passé tant de temps à biner, tailler, cultiver, composter et chanter. Son sourire, sa douceur me manquaient. Je n'oublierais jamais comme je me sentais dans son regard. Toujours considérée.

J'ai entendu toquer contre la fenêtre qui surplombait le jardin. Sœur Augustine me faisait signe de la rejoindre à l'intérieur. Une fois dans la cuisine, elle m'a dit :

— Vous devez respecter le couvre-feu, sœur Holiday.

— J'étouffe à l'intérieur.

— La police n'a qu'une chose en tête : nous protéger.

— Ne laissez pas Grogan vous embobiner. C'est un sadique, ai-je dit.

— L'inspecteur Grogan est un homme dévoué et loyal. Il ne fait que son travail. Respectez ses consignes. C'est dans vos cordes, je le sais.

Sentir sa confiance m'a donné le cœur plus léger.

— Vous êtes la seule qui ayez foi en moi.

Elle m'a prise dans ses bras.

— Je ne suis pas la seule. Vous allez devenir un pilier puissant de notre communauté, sœur Holiday, car vous avez le sens du *combat*.

J'ai hoché la tête. Elle est partie appeler l'évêque.

Tout le monde était sur les nerfs à cause du couvre-feu et de la présence policière renforcée, tout le monde tâtonnait dans l'obscurité. Sauf sœur Augustine qui éclairait le chemin. *Diffuser la lumière dans l'obscurité.*

29

Conformément à la décision du Diocèse, les cours du vendredi ont été annulés. Si je voulais m'attaquer à la trinité diabolique, j'allais devoir déplacer des montagnes. Mieux valait se concentrer sur les pistes que je pouvais explorer immédiatement. Le temps pressait et, sur cette affaire, j'étais l'émissaire de Dieu. Ma mission était aussi pure que de l'eau bénite.

La matinée a avancé sans événement notable. J'ai pris une rapide douche glacée. J'ai coupé mes ongles au-dessus du lavabo et j'ai regardé les bouts d'ongle disparaître par l'évacuation en faisant couler l'eau. J'ai passé mon uniforme noir. Des gouttes tombaient de mes cheveux mouillés passés derrière l'oreille sur mon foulard et jusque sur le col de ma tunique.

La première sœur à apparaître le matin dans la cuisine se chargeait toujours de préparer le café. J'ai placé la lourde bouilloire sur le feu, versé des grains dans le moulin manuel pendant que l'eau chauffait. J'ai tartiné de beurre deux morceaux de pain noir que j'ai enveloppées dans une serviette pour les emporter à l'école. Je les mangerais après la messe. Il faisait déjà si chaud dans la cuisine que j'ai ouvert la porte du freezer pour me rafraîchir, en avançant mon visage tout près du bac à glaçons et de deux sachets de maïs et de petits pois surgelés. Une fois le café prêt, je l'ai versé dans ma thermos. J'ai retiré les miettes laissées sur le comptoir, puis je suis allée dans le jardin cueillir une mandarine.

Comme d'habitude, la messe s'est déroulée dans le calme, exception faite du public de plus en plus nombreux, surtout ce jour-là, où les élèves n'avaient pas cours. Le manque d'inspiration du père Reese était ahurissant. Une honte, eu égard à la manière dont sœur Augustine avait usé de persuasion pour haranguer la foule à l'extérieur de l'église. Notre public grandissant avait besoin de réconfort. Je voyais comme nos paroissiens ouvraient puis refermaient leurs livres de messe, les yeux brillants, en quête de réponses. On aurait même dit qu'ils exhalaient l'odeur de la peur. Un parfum capiteux, cireux. Nous avions tous besoin d'être guidés.

Le ciel au-dessus du Mississippi se composait de trois couches de bleu. Une faible brise, chargée d'effluves de jasmin, venait agiter les palmiers. J'ai traversé Prytania, salué discrètement un policier au moment d'entrer dans l'école. Il m'a répondu d'un lent hochement de tête.

La salle des professeurs était vide, à l'exception de Bernard qui mangeait un Snickers et buvait un Coca en guise de petit déjeuner. Je me suis assise juste à côté de lui. Son jean dégageait un mélange d'odeurs d'essence et d'herbe fraîchement coupée. Un parfum qui m'a laissée tremblante un moment.

— Yo ! On se croirait dans une ville fantôme, a fait Bernard.

Le personnel avait beau être là, le silence des couloirs sans élèves était assourdissant.

— Ça fait un moment que je voulais vous le demander, mais je ne savais pas comment, ai-je dit en posant mon casse-croûte. C'est quoi, toutes ces pochettes d'allumettes ?

Bernard a avalé une bouchée sans mâcher et a failli s'étouffer.

— Hein ?

Il a fait passer le morceau de barre chocolatée d'une gorgée de soda.

— Quand je me suis retrouvée enfermée dans le placard à balais, j'ai trouvé une boîte en fer contenant des pochettes d'allumettes. C'est une longue histoire. Pourquoi autant d'allumettes ?

Il a haussé ses épais sourcils.

— Je les collectionne dans les bars où je vais voir des concerts.

J'ai remarqué quand il parlait qu'il avait une incisive légèrement ébréchée.

— OK, ai-je dit, me sentant aussitôt coupable de lui avoir posé la question et de ne pas avoir fait confiance à un ami.

Moi-même je ne me faisais pas confiance.

— Une manière de me souvenir des endroits où je suis allé, des musiques que j'ai entendues.

Bernard a chiffonné l'emballage du Snickers qu'il a jeté à la poubelle.

J'ai caché mon front dans mes mains gantées, comme je le fais après la communion.

— Je comprends. Moi, je pensais qu'à trente ans je ferais des tournées. Regardez où j'en suis.

— Vous plaisantez ou quoi ? Vous êtes une star ! La personne la plus cool en toute circonstance.

J'ai constaté à ce moment précis que Bernard portait un foulard noir semblable au mien. Il a dit qu'il ferait n'importe quoi pour moi, et je le croyais.

John Vander Kitt nous a rejoints dans la salle des professeurs.

— Salutations à vous, amis terriens. Je vous souhaite la plus merveilleuse des matinées.

Bernard a bondi pour lui taper dans la main. Un peu plus tard, un agent de police est apparu en compagnie de Riveaux. Je les voyais dans la salle des professeurs pour la première fois. Cela faisait un peu le même effet que de croiser sa maîtresse d'école à la patinoire.

— Bonjour, ma Sœur, a dit Riveaux.

— Bonjour.

— Monsieur Vander Kitt, a-t-elle enchaîné en se tournant vers John. Pouvons-nous parler ?

— Évidemment, inspecteur. Laissez-moi d'abord déposer ce dossier brûlant au frais, avant qu'un nouvel incendie se déclenche.

Il a ri de sa propre blague pourrie.

— N'oubliez pas votre café, John, ai-je dit pour indiquer à Riveaux où se trouvait l'alcool.

L'excitation que me procurait l'enquête avait raison de mes doutes et de mes remords.

— Monsieur Vander Kitt ? a repris l'inspecteur, d'une voix grave mais douce. Mieux vaut parler à l'extérieur. Vous voulez bien me suivre ?

La transpiration coulait depuis son crâne chauve jusqu'à la ligne de sa mâchoire.

— Kathy va bien ? a-t-il demandé avec angoisse.

— Nous sommes là pour *vous*, John, a expliqué Riveaux en haussant la poitrine et le menton, transformant son corps en bouclier.

Quelle formule magique se récitait-elle pour se construire une telle armure ? Ou bien était-ce le corps qui dictait à son esprit ? Réponse combat-fuite.

Le regard d'habitude doux de John était vide d'expression

— Que se passe-t-il ?

— Qu'y a-t-il dans votre tasse ? a demandé Riveaux. Buvez-vous au travail ?

— Comment ? Pas du tout !

— Sœur Holiday nous l'a confirmé, a ajouté l'inspecteur en me désignant du pouce.

John a cligné les yeux, interloqué.

— Sœur Holiday l'a confirmé ?

J'ai fermé un œil, comme si cela pouvait diminuer de moitié la douleur de l'instant.

— Je suis désolée. Vous avez besoin d'aide.

Il m'a dévisagée d'un air médusé.

— Y a-t-il quelque chose d'autre que vous nous cachez ? ai-je demandé.

— Non !

— Vous n'êtes pas en état d'arrestation, a indiqué le policier. En revanche, nous vous demandons de quitter les lieux. Vous êtes ivre.

— Sœur Holiday, comment…

Ses jambes se sont dérobées. Il a titubé, s'est cogné le coude contre le coin de la table.

— Nous sommes amis.

— Elle ne ferait…

Bernard s'est interrompu dès l'instant où il a vu mes yeux humides.

— John, ai-je repris. J'ai bu dans la thermos qui se trouvait dans votre classe. Il y…

— Je peux tout expliquer, s'est-il écrié en secouant la tête. Ce n'est pas ce que vous croyez. Je vais très bien, vraiment. Quelques soucis familiaux, c'est tout. Trop de responsabilités.

Furieux, John parlait de manière saccadée. Le policier l'a saisi brusquement pour le conduire à l'extérieur.

— Beaucoup de choses à porter. Je vais me faire aider. Peux pas perdre mon travail. Les soins de Kathy !

— Je me dégoûte, ai-je dit à Riveaux, une fois le calme revenu.

— Vous avez fait ce qu'il fallait. Vous avez pensé aux élèves.

— J'ai surtout pensé à moi. J'ai trahi John.

C'est certain, les alibis de John et de Rosemary étaient douteux, mais je cherchais à impressionner Riveaux et sœur Augustine, leur prouver que ça valait la peine de m'avoir sous la main. Plus personne ne se débarrasserait de moi. Mais désormais Bernard allait me haïr. J'aurais pu fermer les yeux sur l'addiction de John. Il avait besoin d'aide, pourtant il y avait des manières plus humaines de le lui signifier. Mais il fallait que je résolve l'affaire. J'étais guidée par mon obsession.

Qu'est-ce qui me resterait si j'arrêtais ?

Qu'est-ce que je risquais encore de perdre si je continuais ?

Je suis sortie pour attendre sœur Augustine dans son bureau, impatiente de lui raconter la loyauté dont j'avais fait preuve vis-à-vis de l'école. Mon foyer. Dix minutes se sont écoulées. Puis douze. Puis quinze. J'étais assise dans le bureau où mijotaient les élèves quand ils transgressaient les règles, où ils venaient aussi chercher un avis spirituel. Je sentais le poids de la position morale, le besoin de s'armer de courage, de payer le prix pour le bien de tous. L'enquête avait besoin d'avancer. De se libérer de quelque chose.

Sœur Augustine n'arrivait toujours pas. J'ai jeté un coup d'œil par la fenêtre. Elle était là, sur le trottoir, en compagnie de Prince Dempsey. Leurs bras levés en signe de prière, juste devant l'autel de fortune.

30

Après la triste sortie de John ce vendredi-là, et la manière honteuse dont j'avais signalé son cas, Riveaux nous a conduites, sœur Augustine et moi, au tribunal. Nous nous sommes installées au second rang de la salle à l'atmosphère étouffante où avait lieu l'audience de Prince. Habituellement, il pouvait s'écouler des mois avant la tenue d'un procès criminel, mais quand le bureau du procureur avait proposé d'organiser celui-là ultra rapidement, Sophia Khan avait sauté sur l'occasion. Elle était d'une arrogance effroyable, comme son client.

— Veuillez vous lever, a lancé l'huissier. La cour examine l'affaire *Ministère public contre Prince Dempsey* à propos de deux accusations : acte de vandalisme sur la cathédrale Eau-Bénite et possession d'une arme à feu sans permis de port d'arme.

J'ai donné un coup de coude à Riveaux.

— Ils ont laissé tomber les charges de résistance aux forces de l'ordre ?

— On a de la chance qu'ils aient encore celle de l'arme à feu. Il aurait très bien pu raconter que le flingue était son « arme de compagnie ».

À ses mots, je reconnaissais son irritation. Deux jurés s'éventaient avec des feuilles de papier.

L'avocate a reculé sa chaise. Juste à côté d'elle, Prince Dempsey était assis. Calme, les cheveux lavés et rasé de frais. Ainsi correctement habillé, sans BonTon à ses côtés, Prince n'avait pas l'air plus âgé, mais plus jeune : un jeune homme innocent prêt à affronter l'avenir.

— Mesdames et messieurs les jurés, a commencé l'avocate d'une voix forte, prête à tirer. Il s'agit ici d'un dossier très clair d'acharnement contre un jeune homme un peu marginal. Certains vont regarder Prince Dempsey et penser pis que pendre de lui, mais je peux vous assurer de l'innocence de mon client. Je vous invite à garder l'esprit et le cœur ouverts pendant toute la durée de ce procès. Mon client n'est coupable que d'une chose : être une cible de choix pour le département de la police qui, c'est regrettable, souffre d'un surmenage et d'un sous-effectif chroniques.

Elle a poursuivi avec flamme :

— Le jeune homme que vous voyez n'a jamais eu la vie facile. Quand il était encore bébé, sa famille a été déplacée à cause de l'ouragan Katrina, un cruel acte de Dieu, a-t-elle ajouté en nous regardant, sœur Augustine et moi. Puis il a été trimballé de famille d'accueil en famille d'accueil où il a été à plusieurs reprises victime de violences.

Khan se déplaçait derrière Prince. À chaque pas, le cliquetis de ses hauts talons stylisés résonnait dans la salle :

— Malgré toutes ces épreuves, Prince Dempsey se bat pour un meilleur avenir. Il désire même être le premier membre de sa famille à terminer le lycée et à aller à l'université. Tout cela est à présent *menacé*, a-t-elle repris en levant les bras, paumes tournées vers le jury. Tout cela parce que Prince se retrouve accusé d'acte de vandalisme et de port d'arme, ce dont il est absolument innocent.

L'avocate était à présent si proche du président du jury qu'on l'aurait dit pratiquement assise sur ses genoux.

— La défense va vous montrer des extraits de caméra de surveillance qui révèlent prétendument la présence de mon client sur la scène de crime la nuit en question. Pourtant, la technologie peut faire l'objet de manipulations. Il n'existe aucun garde-fou, aucune garantie que cet enregistrement n'ait été retouché. Vous entendrez également des témoignages sous serment de responsables du refuge pour animaux où Prince Dempsey était bénévole la nuit où se sont produits les actes de vandalisme. Comme disent les jeunes de nos jours, vous êtes grillés.

Un des plus jeunes jurés a souri ; un autre a émis un petit gloussement.

Sophia Kahn a eu un grand mouvement de tête, comme si elle voulait exorciser un esprit dans la salle d'audience.

— Prince Dempsey est-il *parfait* ? Qui de nous l'est ? Personne, évidemment. Nous sommes *humains*.

Deux jurés ont acquiescé.

— Sans déconner, a persiflé Riveaux en me donnant un coup de coude. Vous y croyez, vous ?

Son os était si pointu qu'il m'a coupé la respiration.

Riveaux faisait les cent pas dans le couloir, au moment de la pause de dix minutes. Elle était inquiète, prête à exploser.

— Qu'est-ce qui vous arrive ?

Je lui ai donné un mouchoir propre qu'elle a aussitôt utilisé pour éponger la sueur sur ses sourcils.

— Je ne peux pas me souvenir de ce dont je ne me souviens pas.

— Vous avez consommé.

J'observais depuis un moment le comportement de plus en plus erratique de l'inspectrice. J'avais d'abord mis cela sur le compte de l'incompétence et je l'avais même soupçonnée, à certains moments, d'être impliquée dans les incendies, voire de comploter avec les flics. Les figures d'autorité ont ça dans le sang. Ce sont des enfoirés d'embrouilleurs. Quiconque fait appliquer les règles apprend à les transgresser de manière innée. Mais je savais identifier une addiction quand j'en voyais une. J'ai essayé de trouver des mots bienveillants, mais je voulais montrer que j'étais sérieuse, qu'elle ne pouvait pas se foutre de moi et que je savais qu'elle jouait avec le feu.

— Vous prenez quoi ? Vicodin ? Oxycodone ? Valium ?

— Vous avez enfin raison sur un point, a-t-elle dit d'un ton taquin. Au fond, vous êtes plus maligne que vous en avez l'air. Comment avez-vous deviné ?

— L'intuition divine. Et puis vos sautes d'humeur. Le fait que vous dormiez dans votre voiture. Vos propos incohérents. Vous avez pris quelque chose, pas vrai ?

— Oui. Enfin, non, s'est-elle corrigée en rougissant. Je prends constamment quelque chose. De l'Oxy. Du Percocet. Du Valium. Tous. Je ne sais plus très bien.

— Depuis quand ?

— Il y a six ans, je suis tombée d'une échelle, alors que j'enquêtais sur un incendie de maison sur Annunciation Street. Je me suis brisé une vertèbre. Huit disques déplacés. Il a fallu trois opérations du dos.

— Bon sang.

— J'arrivais plus à dormir, à rester assise, à *penser.* Jamais je n'avais ressenti une telle douleur. Même cligner des yeux me faisait mal. Mais l'Oxycodone a *supprimé* la douleur. J'adore le Vicodin aussi. L'impression que ça donne de flotter. La liberté absolue. Et puis, j'ai commencé à oublier des trucs. Enregistrer des preuves. Passer à côté de détails décisifs dans des interrogatoires. Me tromper sur les dates. J'ai le sentiment que mon esprit n'est plus le même. Ce métier est particulier. Il n'est pas fait pour les personnes sensibles. Vous n'imaginez pas ce que l'on voit. Impossible de se défaire de ces visions. On ne peut pas ramener chez soi ce qu'on vit au travail.

— On mène une vie double, ai-je dit en pensant à mon père, froid comme un flingue, dur comme une pierre – il avait tellement peur de ressentir les choses qu'il avait banni toute émotion. Mais comment faites-vous pour trouver de l'Oxy ? Avec les risques de poursuites, les médecins sont carrément réticents.

Elle a secoué la tête et essuyé ses larmes dont je ne savais pas si elles étaient réelles ou si c'était parce qu'elle riait.

— Le fric, ma belle. Rockwell fait en sorte d'obtenir les ordonnances en s'adressant à une nouvelle clinique à chaque fois qu'il se déplace. Si un médecin dit « Stop ! » il va en voir un autre. Rock est un tel charmeur qu'il obtient ce qu'il veut.

— Qu'est-ce qu'il veut au juste ? ai-je demandé en repensant à la photo de Riveaux avec ce sale type.

Un Satan blond, aurait écrit Dashiell Hammett. Avec son rictus pincé. Je rêvais de flanquer mon poing en plein dans son visage ridicule.

— Il veut me maintenir dans cet état, a répondu Riveaux. Il veut que je *dépende* de lui, que je continue d'aller mal dans ma tête. C'est la seule raison pour laquelle j'ai besoin de lui.

— Quel salopard.

— Je l'ai viré de chez moi hier.

Elle a sorti un mouchoir de la poche arrière de son pantalon et s'est essuyé le front avec.

— Il part à Houston s'installer chez son frère. Je lui ai dit qu'il fallait que je décroche. Il était temps qu'on se sépare proprement.

Ça n'existe pas, les ruptures propres, ai-je pensé. Toutes les ruptures laissent un fantôme derrière elles.

— Merci de m'avoir confié tout cela, ai-je dit.

— Nous sommes amies, après tout.

— Ah bon ?

— Mon capitaine m'a virée ce matin. Ça faisait un moment qu'il m'avait dans sa ligne de mire. Grogan lui a mis la puce à l'oreille. Les mecs à l'ancienne comme eux détestent se voir sur un pied d'égalité avec une femme noire. Ils ont la frousse du changement. Et, vu que j'ai perdu un rapport et quelques preuves…

Je n'en revenais pas d'avoir cru un certain temps que Riveaux était de mèche avec un monstre comme ce lâche de Grogan.

— Quelles preuves ? lui ai-je demandé, en craignant d'entendre la réponse.

— Votre tunique et le gant.

Ses mots ont résonné lourdement pendant quelques secondes, avant de percuter violemment mon cerveau.

— Vous les avez perdues ? ai-je demandé, interloquée. Elles ont disparu ?

— J'ai un vague souvenir d'avoir mis les sachets de preuves dans une boîte à scellés.

Je me suis pratiquement écroulée sur mes genoux.

— Doux Jésus. Riveaux. Et vous n'avez pas été arrêtée pour ça ? L'altération de preuves est un crime.

— Je les ai perdues, pas altérées.

Elle a retiré ses lunettes et a pressé ses mains contre ses yeux.

— Je ne fais plus la différence entre ce que je *pense* faire et ce que je fais vraiment.

— Et maintenant ?

— Cure de désintox à Atlanta. Et le nombre de fois qu'il faudra jusqu'à vaincre le démon. À moins qu'il ne me tue.

Ses yeux étaient voilés, comme deux miroirs anciens.

— Je sais ce que c'est.

Riveaux a remonté ses lunettes, qui glissaient sur son nez.

— Et puis je prendrai la voie des détectives privés et je ferai des parfums pour arrondir mes fins de mois. J'ai besoin de travailler, de faire usage de mes compétences. Il est temps que je devienne ma propre boss.

J'ai senti mes paumes devenir moites, tellement j'étais jalouse.

— Les règles pour devenir détective privé à La Nouvelle-Orléans sont folles. Il faut attester de mille heures de formation pour obtenir sa licence.

— Je commencerai un stage chez un détective après ma cure.

L'idée semblait apaiser Riveaux, lui donner une lueur d'espoir. Il n'en faut pas plus pour s'accrocher.

— Vous allez y arriver, l'ai-je réconfortée, en toute sincérité.

— Et là, vous aurez le droit de me suivre et vous pourrez aussi décrocher votre licence, a-t-elle ajouté en souriant.

— Quoi ? ai-je fait, surprise et flattée à la fois. Je ne crois pas que le Diocèse serait d'accord avec ça.

— Qui a dit qu'il fallait en parler au Diocèse ? a-t-elle rétorqué d'un ton moqueur. Magnolia Riveaux & sœur Holiday, détectives privées de l'agence « Rédemption ». Nous résolvons vos enquêtes et pardonnons vos péchés.

Il flottait dans l'air un parfum de légèreté.

— Deux pour le prix d'une, ai-je ajouté en replaçant mon foulard. Mais vous devrez nous trouver un véhicule avec une climatisation en état de marche.

Elle a répondu par un sifflement :

— J'ai déjà une longue liste de trucs à réparer.

L'audience de la cour a repris dix minutes plus tard. Sophie Kahn, l'avocate, a pris la parole :

— La défense appelle son premier témoin : sœur Augustine.

Sœur Augustine, galvanisée par le sens du devoir, s'est levée et est allée prendre place juste à côté de l'huissier. Son voile s'est soulevé derrière elle, léger comme une plume.

L'huissier a tendu devant elle une bible reliée de cuir. Un murmure d'excitation a parcouru la salle.

— Levez votre main droite, a dit l'homme.

Au moment où sœur Augustine s'est exécutée, tout en plaçant sa main gauche sur la bible, la manche de sa tunique noire a glissé et dévoilé son bras. Pour la première fois, alors que j'étais dans le public et qu'elle se tenait sous le feu des projecteurs, je l'ai vue non plus comme ma Mère supérieure, mais comme une simple personne. Je l'ai dévisagée. J'ai scruté ses gestes. Le corps ne ment pas.

— Jurez-vous de dire la vérité, toute la vérité, avec l'aide de Dieu ?

J'ai scruté son visage et ses yeux calmes. La peau à l'intérieur de son poignet droit et de son avant-bras. Un détail a retenu mon attention. Au niveau du poignet, à l'endroit où les veines se croisent. Une tache d'un rouge profond sur la peau. L'espace d'une seconde, j'ai cru reconnaître un tatouage. Mais non.

J'ai tendu le cou, manquant de peu de perdre l'équilibre afin d'y voir de plus près.

— Je le jure, a répondu sœur Augustine.

C'était une brûlure.

De ma place, sous le jeu d'ombres projetées par l'éclairage des néons de la salle d'audience, la tache prenait la forme d'une croix, ces deux traits croisés qui m'avaient sauvé la vie. La blessure à l'intérieur du poignet de la Mère supérieure correspondait exactement à la manche droite brûlée de la tunique qui m'avait été dérobée.

Je me suis rappelé la gaze qui manquait à la trousse de secours. Elle s'était soignée seule.

Un souvenir m'est revenu en mémoire : « *Vous sentez l'arbre qui pousse, la feuille qui bourgeonne, le calendula qui éclot* », avait dit sœur T à sœur Augustine le matin qui avait suivi l'incendie.

J'ai tourné la tête vers Riveaux, qui planait complètement et gigotait sur sa chaise en tournant et retournant sans cesse les mains.

— Riveaux, ai-je chuchoté. À quoi ça sert, le calendula ?

— C'est utilisé en homéopathie. Ça apaise. Ça favorise la cicatrisation de la peau. Bon pour les brûlures.

De la crème contre les brûlures.

31

Sœur Augustine était à la barre depuis dix minutes tout au plus. Dix minutes qui me paraissaient interminables. Tous les morceaux s'articulaient parfaitement, même si l'ensemble de l'édifice s'écroulait. J'ai appuyé ma main sur mon cœur, j'ai respiré par la bouche en comptant les secondes.

Tout implosait.

Dans le fond de la salle, le sergent Decker et l'inspecteur Grogan chuchotaient entre eux, pendant que sœur Augustine témoignait. Elle répondait à chaque question concernant Prince, parlant de son enfance cabossée, de la place qu'il avait trouvée à Saint-Sébastien, de l'amour que Dieu avait pour lui. Chaque syllabe résonnait comme un mensonge.

Assis à la table de la défense, le garçon gardait la tête baissée. Son avocate lui a glissé quelques mots à l'oreille et il s'est redressé, aux aguets. Mon regard a croisé celui de Grogan. Sa récente coupe de cheveux lui donnait des airs de capitaine de l'armée.

Sœur Augustine a quitté la salle avant même que ne commence l'audition de Riveaux, appelée à la barre en tant qu'experte. J'ai eu beau bondir à sa suite, je ne l'ai pas retrouvée. J'ai parcouru le couloir en courant, mais elle était partie. Je suis retournée vers la porte principale d'où j'ai aperçu sœur Augustine qui s'éloignait, avec son voile noir qui flottait derrière.

— Ma sœur !

Elle s'est retournée.

— Je sais, ai-je poursuivi, hors d'haleine.

— Que savez-vous ?

— Tout.

Son visage s'est décomposé.

— Comment ça ?

— Je sais que c'est vous. Les incendies. Jack. Sœur T. Le bus scolaire. Sainte-Anne.

Elle a soupiré.

— Dieu exige de nous de commettre l'impensable, d'ouvrir un nouveau chemin. Je n'ai fait que mon devoir. L'œuvre de Dieu.

Les mains posées sur les genoux, j'essayais de reprendre mon souffle.

— Je n'arrive pas à vous croire.

— Ce que le Seigneur exige de nous, nous nous devons de le faire. Le sacrifice.

Ses yeux étaient vides d'expression. Semblables à deux batteries mortes. Plus d'étincelle.

— J'ai bien plus de chance que la plupart des femmes. Je..., a-t-elle dit en baissant la voix. Je ferai ce que Dieu me commande.

— Pas de remords ? Mais *qui* êtes-vous ? Avez-vous perdu toute humanité ?

Son visage s'est détendu dans un sourire.

— Sœur Thérèse et Jack ont désormais une existence infinie dans le royaume de Dieu, au même titre que tous ceux qui ont été sacrifiés depuis la nuit des temps. L'impossible est notre véritable épreuve. Vous le savez mieux que quiconque, sœur Holiday.

Elle s'est emparée de mes mains gantées. Je les ai aussitôt retirées.

— Vous prétendez sérieusement que c'était la volonté de Dieu ? C'était la *vôtre* !

— Dieu a bien demandé à Judith de prendre une vie.

Elle ne disait rien que des conneries, mais elle les énonçait avec un tel naturel que c'en était effrayant. Elle a baissé les yeux.

— Judith a senti le souffle s'éteindre entre ses mains. Dieu a demandé à Abraham de sacrifier sa propre chair et son propre sang, *son fils*, Isaac. Mon père, lui aussi, m'a sacrifiée. Toute cette souffrance après la guerre, il fallait bien qu'il la place quelque part. Encore et encore. Pendant toutes ces années. Il ne pouvait pas s'en empêcher. Ma mère faisait semblant de ne pas s'en apercevoir. Elle faisait semblant de ne pas m'entendre crier. Et puis mon ventre s'est mis à gonfler. J'avais la nausée.

— Votre père vous a violée ? Vous a mise enceinte ?

— Dieu en a décidé ainsi. Ma grossesse m'a sauvée. À quatorze ans, j'ai été placée au couvent, notre couvent, où les sœurs m'ont recueillie. La naissance de cet enfant, un garçon, a illuminé l'obscurité du monde. Pendant ce temps, à des milliers de kilomètres de là, mon père nouait une corde. La honte vous dévore vivant.

— Je suis désolée.

La honte vous détruit, c'est vrai, après vous avoir coupé en deux. Elle a bien failli avoir raison de Moose. Et elle pourrait avoir raison de moi, au train où vont les choses.

— Quand le Diocèse, ces trois charlatans pleins de ruse, nous ont tout pris, notre pouvoir, notre autonomie, Dieu m'a intimé de tout reprendre. Les hommes sont faibles, c'est pour cela qu'ils ne s'arrêtent jamais.

Sœur Augustine avait raison sur ce point. Prenez son propre père. Ou les agresseurs de Moose.

— Vous avez utilisé les gants de Bernard pour allumer le feu ? ai-je demandé, légèrement étourdie, au point de ne plus tenir sur mes jambes. Vous avez dû les laisser tomber à proximité de l'ambulance.

— L'un d'eux a glissé quand j'ai levé les bras pour prier, a-t-elle expliqué. Le second a brûlé à l'intérieur du bus.

— Sœur T a reconnu l'odeur de calendula de la crème anti-brûlures.

— Elle m'a incitée à me confesser, à tout dire à la police, a confirmé sœur Augustine d'une voix étrangement lointaine et proche.

Je la reconnaissais à peine, on aurait dit celle d'une marionnette de ventriloque.

« Seules les âmes brisées veulent en briser d'autres », avait l'habitude de dire maman.

La sublimation conduit inévitablement au désastre. L'impuissance nourrit le besoin de contrôle. C'est le petit bois qui alimente le feu. Le moindre secret porte en germe le poison. La question n'est pas de savoir *si*, mais *quand* il finira par vous étrangler de l'intérieur.

— Vous avez mis le feu au bus, à Sainte-Anne, pour créer le chaos. Vous avez placé mon médiator à côté du corps de sœur T, vous avez planqué ma tunique calcinée dans la corbeille à papier de ma salle de classe, ai-je précisé, enragée par son silence. Vous avez lu mon courrier, fouillé mes affaires.

— C'est sœur Honorée qui a lu votre courrier. Elle était convaincue que vous étiez impliquée. Vous n'êtes pas la seule à jouer les détectives à Saint-Sébastien.

— Vous m'avez piégée, vous m'avez manipulée, depuis le début, ai-je remarqué. C'est aussi *Dieu* qui vous a demandé de le faire ?

J'étais la cible toute trouvée. Sœur Augustine, quant à elle, était l'Esprit saint. La victime. La pyromane. Le diable en personne. Comme la beauté, le mal est dans les yeux de celui qui regarde.

Sœur Augustine a lissé son voile.

— Je savais que vous ne me remettriez jamais en cause. Alors que personne ne voulait plus de vous, je vous ai prise sous mon aile ; vous étiez complètement perdue, sans espoir, tellement prête à obéir aux ordres.

— Vous m'avez enfermée dans le placard à balais.

— Vous êtes rétive, vous avez besoin de…

— Liberté.

— Non, je dirais plutôt le contraire. De subordination. Comme Prince Dempsey.

— Qu'est-ce que ça veut dire ? Quel est le rapport avec Prince ?

— Tous les deux, vous avez besoin de moi. Vous êtes mes deux enfants perdus. Même si, parfois, vous avez besoin d'une petite piqûre de rappel. J'ai sous-dosé son insuline, très légèrement, de la même manière que j'ai entretenu vos angoisses. Simplement pour vous garder sous ma coupe, entretenir le soupçon. Jamais je n'aurais laissé l'un de vous aller trop loin.

Sœur Augustine énumérait ses méfaits comme une simple liste de courses.

— Je n'ai fait qu'exécuter le plan commandé par Dieu, a-t-elle repris. C'est Son plan, pas le mien. Je referais exactement la même chose.

Elle faisait acte d'une telle piété. C'était à rendre fou.

— Je vous emmène à la gare routière. Vous quittez La Nouvelle-Orléans ce soir, ai-je dit d'un ton pressant. Après le dîner. Notre dernier repas.

— Je suis ici chez moi.

— C'est moi qui suis chez moi. Vous ne méritez pas cet endroit.

Ce soir-là, sur le chemin du couvent, j'aurais pu tout raconter à Riveaux. Lui dire que j'étais passée à côté de tous les indices. Que c'était sœur Augustine qui avait allumé les incendies, qui avait tué Jack et Sœur T pour garder le contrôle, punir les hommes abusifs. Pour sauver l'Église, l'école, son histoire et son pouvoir. Elle avait orchestré une machination perfectionnée, au milieu de laquelle je n'étais qu'un pion. Munie des gants de Bernard, elle avait frotté l'allumette. Elle était entrée et sortie de la cafétéria, avait grimpé dans le bus et en était ressortie juste avant les incendies, sans que personne ne l'aperçoive ou ne se rappelle l'avoir croisée. Les gens ne voient que ce qu'ils veulent vraiment voir. Vêtues de leur voile et de leur tunique, les nonnes sont invisibles.

Sœur Augustine m'avait utilisée. Moi qui croyais qu'elle m'avait accueillie au sein de la communauté en raison de sa foi intense. Elle disait que je pouvais me racheter, que j'étais là pour donner un coup de fouet aux Saintes Écritures, lutter contre la routine et ouvrir un nouveau chapitre pour l'église. Mais elle avait tiré les ficelles depuis le départ. Elle cherchait à reprendre le peu de contrôle qu'elle avait avant. Sœur Augustine ne pourrait jamais devenir prêtre ou évêque. Aucune femme n'y était autorisée. En revanche, elle n'allait pas laisser le Diocèse la supprimer. L'abus qu'elle avait subi avait rongé son cerveau et son cœur, de même que l'institution qui pourrissait depuis des décennies.

Mais j'avais mérité tout ce qui m'était arrivé.

Tout sans exception.

C'était ma pénitence.

Une fois que Riveaux apprendrait la vérité, elle informerait Decker et Grogan. Je ne pouvais rien lui dire tant que je n'étais pas certaine que sœur Augustine était partie. Sans quoi, celle-ci finirait ses jours en prison. Elle avait commis le pire des péchés, mais j'étais dans le même cas. J'avais déjà tué ma mère. Je ne pouvais pas me permettre d'en perdre une autre.

32

Le dîner s'est déroulé dans un silence pesant. Même le ventilateur au plafond ne faisait aucun bruit. Quand j'ai servi à sœur Augustine sa part de ragoût qui avait cuit si longtemps que les morceaux de poisson se délitaient, j'ai été frappée par son calme invraisemblable, sa détermination stoïque. J'ai essayé de m'imaginer quel scénario ou quelle Écriture sainte traversait son esprit. Au cours de la Cène, Jésus avait dit à Judas de faire ce qu'il avait à faire. Non seulement, il avait prédit sa trahison, mais il ne l'avait pas empêchée. Du moins, j'estime qu'il avait donné le feu vert à tout le merdier qui a suivi.

On ne peut pas revenir en arrière. On ne peut qu'avancer. Sauf pour Jack et sœur T dans leurs cercueils.

Pour John non plus, à qui on avait imposé un congé sans solde, en attendant le verdict du Diocèse. Si John se voyait interdit d'enseignement, il ne pourrait plus travailler, et Kathy serait fichue. Encore deux nouvelles victimes de sœur Augustine. Et de moi.

Heureusement, Lamont et Jamie étaient tous les deux en voie de guérison. S'ils réussissaient à survivre à un incendie, ils seraient capables de surmonter la relation toxique avec leurs familles. Peut-être y avait-il une lueur d'espoir. Un salut à trouver.

Bernard m'a prêté sa voiture. J'ai menti en lui disant que c'était une urgence avec un élève. Bien que je n'aie plus de permis et qu'il ne m'ait jamais vue conduire, Bernard n'a pas hésité :

— Toujours là pour vous servir, ma Sœur.

Avec l'argent qu'il m'avait donné, quelques jours plus tôt, pour mon tatouage de Judith et 100 dollars supplémentaires que j'ai volés dans la caisse des courses du couvent, sœur Augustine aurait de quoi s'acheter un billet de car pour Mexico. Je l'ai conduite jusqu'à la gare routière, en priant pour que nous passions inaperçues.

L'air dans la voiture de Bernard était infect. Je transpirais à travers ma tunique. Alors que la gare routière était en vue, j'ai rompu le silence :

— Moi qui pensais que vous m'aimiez.

— Cela n'a rien à voir avec *vous,* a répondu sœur Augustine. C'est bien plus large que vous.

— Vous avez brisé tellement de choses. Ma confiance. Mon cœur.

— Dieu guérira votre cœur si vous vous soumettez à Lui. L'évêque en est incapable. Il se prend pour Dieu, mais il n'y en a qu'un. Mon père non plus n'était capable ni de soumission ni de repentance. Il l'a payé de sa vie. Ma mère également, car elle ne comprenait ni le péché originel ni la rédemption. N'avez-vous donc rien appris depuis que vous avez rejoint notre communauté ?

Il faisait terriblement chaud dans la voiture. Son ton était glacial.

Une fois sur le parking de la gare routière, sœur Augustine a ouvert la portière et est sortie, munie de son argent, ses cheveux blancs fermement encadrés de son habit. Elle s'est mise à réciter l'Exode 15 :2 : « Yahvé est ma force et mon chant, à lui je dois mon salut. » Puis elle a déposé son chapelet sur le tableau de bord de la voiture.

— Vous en aurez besoin.

Quiconque assistait à cette scène aurait pu nous croire de la même famille. Une nièce venue souhaiter *bon voyage*[1] à sa tante préférée. Ou une mère et sa fille.

Le car est sorti du parking sans tambour ni trompette, sous un voile de brume. La nuit était silencieuse : aucun oiseau nocturne, aucune cigale. Pas de grenouilles non plus.

Au milieu de ce calme troublant, j'ai pris le chapelet de sœur Augustine et j'ai essayé de prier et de parler à Dieu. Je n'étais pas prête à retourner à l'église et au couvent. Rien qu'à cette idée, j'étouffais. Mes doigts avaient beau égrener chaque perle, mon cerveau coupait les mots. J'ai réessayé plusieurs fois avant de renoncer.

De retour sur le parking de l'église, j'ai claqué la portière, fermé la voiture à clé. Sur le chemin du couvent, j'ai éprouvé un sentiment de détachement. Que venais-je de faire ?

Au milieu de l'épaisse nuit, le mémorial sur le trottoir brillait comme une forêt de lucioles.

À ce moment précis, j'ai reconnu la silhouette familière d'un véhicule garé dans la rue. C'était le pickup rouge de Riveaux, visiblement réparé.

J'ai couru jusqu'à lui. Les clés étaient, comme d'habitude, dans le contact. J'ai toqué contre la vitre.

— Riveaux ?

Elle n'était pas là.

Depuis l'allée qui menait à l'école, j'ai vu que les vitraux de l'église diffusaient la lumière de l'intérieur.

J'ai passé la tête dans l'édifice.

— Y a quelqu'un ?

Riveaux se tenait au centre de la nef, entre deux rangées de bancs.

1. En français dans le texte.

— Comment ça va ? ai-je demandé. Vous aviez besoin d'une session de prières de nuit, c'est ça ?

Riveaux était au téléphone. Elle a levé la main pour me dire « Stop ! »

Alors que je m'approchais de l'autel, j'ai secoué la tête, incapable de croire ce qu'il y avait devant mes yeux :

— Sœur Augustine.

Juste devant Riveaux, la Mère supérieure était à genoux devant l'autel. Elle avait les mains collées l'une à l'autre, pouce contre pouce, et priait. Une paire de menottes était passée autour de ses maigres poignets.

— Mais qu'est-ce que c'est que ce bordel ?

Riveaux, qui avait posé la main sur le bras de sœur Augustine, est partie d'un grand rire.

— Vous n'êtes pas croyable. C'est vous qui me demandez ça ?

Sœur Augustine n'a pas bougé d'un pouce. Elle n'a pas relevé les yeux et n'est pas sortie de sa concentration.

— Vous ne devinerez jamais qui a allumé les incendies, a dit Riveaux d'un ton monocorde avant de boire à sa bouteille d'eau.

J'ai senti mon cœur se figer.

— Je peux tout expliquer.

— Vous avez résolu l'affaire, a poursuivi Riveaux.

Elle n'a pas relevé la tête, comme si c'était trop lui demander. Comme si ça ne valait pas la peine de me regarder droit en face.

— Bien joué, sœur Chryslor.

J'étais muette de stupeur.

— J'ai entendu votre conversation en tête à tête avec sœur Augustine, juste après son témoignage…

Elle s'est interrompue d'une étrange manière, comme si elle hésitait entre l'empathie et la colère.

— Mais il n'y a pas eu que ça. J'ai bien écouté tout ce que vous m'avez dit dans la voiture au cours des deux dernières semaines. La réponse se trouve toujours dans les preuves. Elles pointaient toutes vers votre communauté. Vous aviez tous les accès, les emplois du temps. Alors je vous ai suivie pendant toutes ces semaines. Je vous ai même vue hurler sur Prince Dempsey et lui flanquer un coup de règle. Quel cliché, ma Sœur… Je vous ai prise en filature jusqu'à la gare routière.

— Vous m'avez suivie ? Vous m'avez accompagnée pendant tout ce temps rien que pour m'espionner ? Vous disiez qu'on était une équipe. Qu'on était amies. Vous avez menti !

— *Moi ?* Vous avez essayé de la faire sortir du pays. Moi, je fais mon job.

— Ce n'est plus votre job, ai-je aussitôt corrigé.

Elle m'a ignorée. Elle était devenue une étrangère.

— Après votre petite virée à la gare routière, j'ai arrêté le bus. Je n'ai pas le droit d'officiellement l'arrêter, mais Grogan et Decker peuvent le faire. Je les ai appelés. Ils arrivent.

— Non.

— Sœur Augustine était soulagée que je la retrouve. Elle a demandé quelques minutes pour se recueillir près de l'autel avant que je ne la remette à la Criminelle.

Je tremblais de tous mes membres. J'ai voulu me mettre à genoux, mais je me suis effondrée. Mes genoux ont violemment percuté le sol, rien à voir avec la douceur d'une génuflexion.

— Grogan va-t-il m'arrêter aussi ? ai-je demandé.

L'église tournait autour de moi. Les vitraux me faisaient l'effet d'un kaléidoscope géant.

— Oui. Vous l'avez aidée. Vous êtes complice.

— Je mentirai.

J'ai reconnu un étrange instinct, pourtant familier. La survie. À tout prix.

— Je raconterai que vous étiez sous l'emprise de la drogue, que vous n'aviez pas toute votre tête et que vous avez égaré des preuves. Je dirai que je n'avais absolument aucune idée de l'implication de sœur Augustine.

— Comme c'est charitable.

Un grand bruit sourd a résonné autour de nous. C'était la porte principale de l'église. Celle par laquelle entraient et sortaient les nombreux paroissiens en quête de rédemption. Prince et BonTon venaient à notre rencontre.

Sœur Augustine s'est levée, tenant devant elle ses mains menottées.

— Prince, allez-vous-en, lui ai-je lancé.

— J'interromps la fête ou elle était sur le point de commencer ?

— Sortez ! ai-je répété. Immédiatement !

Prince m'a dévisagée, puis son regard s'est posé sur sœur Augustine.

— C'est quoi, ce bordel ? a-t-il hurlé. Qu'est-ce qu'elle fait avec des menottes ?

BonTon a sorti les dents et s'est mise à aboyer en direction de Riveaux.

— Éloignez ce foutu chien de moi, sinon…, a-t-elle grondé en retour.

— Sinon quoi ? a demandé Prince. Vous avez pas le droit de me coffrer.

— Allez dehors, l'ai-je supplié. Sœur Augustine, je vous en prie, demandez-lui d'obéir.

Je me suis retournée vers elle, mais elle s'était volatilisée. Elle avait profité du numéro de Prince pour s'enfuir.

— Riveaux, ai-je balbutié.

— Quoi encore ?

Elle a tourné la tête si vite dans ma direction que ses lunettes ont failli quitter son nez.

— Sœur Augustine s'est enfuie.

— C'est pas vrai ! Vous, prenez par la sortie principale, moi la porte latérale.

En courant, j'ai contourné Prince et le chien qui aboyait. Une fois passée la porte principale, je n'ai rien vu. Riveaux se déplaçait lentement – elle courait à peine – plus raide encore qu'à l'accoutumée. Au moment où elle est sortie par la porte latérale, j'avais déjà eu le temps de faire deux fois le tour des lieux.

— Où a-t-elle bien pu passer ? me suis-je écriée.

— Elle est menottée. Elle est âgée. Elle ne peut pas aller bien loin.

Bien qu'en colère, Riveaux gardait la tête sur les épaules.

— Ma Sœur, ai-je crié à tue-tête, ça ne vous ressemble tellement pas.

En réalité, je ne savais plus très bien qui elle était. Riveaux a pointé le doigt au loin :

— L'abri !

De l'autre côté de la cour, la porte du cabanon était en effet ouverte. On devinait de l'agitation à l'intérieur. J'ai couru de toutes mes forces dans cette direction. Derrière moi, Riveaux me suivait péniblement, en nage.

— Sœur Augustine.

J'ai reconnu l'odeur en provenance de l'abri. Cette odeur douloureuse, brûlante et doucereuse. De l'essence.

— Ma Sœur, non !

Au moment où j'ai allumé, j'ai distingué sœur Augustine à genoux sur le sol détrempé. Elle s'était couverte d'essence. Le jerricane utilisé par Bernard pour faire le plein du vieux motoculteur était renversé à ses côtés. Vide. Le liquide dégoulinait de son voile toujours arrimé à sa tête. Sa tunique était trempée.

— Ma Sœur, qu'allez-vous faire ?

— Il est temps, a-t-elle dit en se levant. L'heure est arrivée. Ma résurrection va commencer ce soir. Prions le Seigneur.

J'ai reconnu une des pochettes d'allumettes de Bernard entre ses mains.

Riveaux m'a rejointe, haletante.

— Qu'est-ce qui se passe ici ?

— Reculez, l'ai-je suppliée. Laissez-la partir.

Sœur Augustine est sortie de l'abri en passant devant moi. Les vapeurs d'essence me donnaient l'impression de la voir en triple.

— Sœur Augustine, je vous en supplie.

Une fois dehors, dans la faible lueur produite par l'éclairage de la rue, la Mère supérieure a retrouvé son sourire.

Je me suis agenouillée devant elle.

— Le suicide est un péché.

— De même que le meurtre, a-t-elle répondu d'une voix douce. Mais c'est la volonté de Dieu.

— Vous n'aurez pas le temps de vous repentir, ai-je sangloté. Et si c'est vrai ? Si *tout* ce qu'on dit est vrai ? Vous resterez éternellement en enfer.

Sans doute sœur Augustine avait-elle réussi à un moment à contorsionner ses mains osseuses de sorte à ouvrir la pochette rouge. Elle a détaché une allumette.

— Posez ça, je vous en supplie, lui ai-je demandé. Vous vous rappelez : Dieu nous a créés, non pas pour que nous possédions mais pour que nous prenions soin de Sa Création. Nous ne sommes que les locataires de nos corps. Nous appartenons à Dieu.

Sœur Augustine s'est laissée tomber sur les genoux. Je me suis précipitée sur elle.

— Vous avez raison, sœur Holiday. Ce n'est pas à moi de mettre fin à ma vie.

Elle a continué de réciter son catéchisme :

— Nous sommes les intendants et non les propriétaires de la vie que Dieu nous a confiée. Nous n'en disposons pas.

Elle a voulu lever ses mains menottées, recroquevillées. Je lui ai arraché l'étui d'allumettes que j'ai lancé à Riveaux. Le vacarme avait dû alerter sœur Honorée qui s'approchait avec prudence de la porte grande ouverte de l'abri.

— Je dois me repentir, a affirmé sœur Augustine. Seigneur, notre Sauveur, tout ce que je fais, je le fais pour Toi. Pour Te porter gloire, j'ai sacrifié notre frère, Jack, et notre sœur, Thérèse.

— Quoi ? a rugi sœur Honorée, à la manière d'un animal blessé.

— Pas maintenant, lui a intimé Riveaux.

— Qu'est-ce que vous avez dit ? a répété sœur Honorée.

— J'ai fait tout ça pour Toi, Seigneur.

— Vous avez *sacrifié* Jack et Sœur Thérèse, a grondé sœur Honorée.

Elle postillonnait de colère.

— Laissez-nous tranquilles, ai-je dit.

Mais sœur Honorée a saisi sœur Augustine par les bras. Elle l'a soulevée et l'a projetée sur la paroi extérieure de l'abri. J'ai essayé de tirer sœur Honorée en arrière, mais elle m'a violemment repoussée.

— Stop ! s'est écriée Riveaux. Vous ne nous aidez pas !

— Qu'avez-vous fait ? a demandé sœur Honorée d'un ton agressif.

— Je ne regrette rien, a répondu la Mère supérieure. Je n'ai aucun regret.

Sœur Augustine s'est dégagée de l'abri. Sœur Honorée était déchaînée. À nouveau, j'ai posé la main sur son bras robuste.

— Qu'avez-vous fait ? a-t-elle répété. Comment pouvez-vous dire ça ? Vous nous avez toutes *trahies !*

Sœur Augustine, en larmes, marchait à reculons sur le trottoir.

— Toutes mes actions, la moindre minute, le moindre jour de ma vie, étaient tournés vers Dieu. Je refuse que nous et notre œuvre soyons ainsi effacées.

Sœur Honorée continuait de déverser sa bile sur elle, tandis que Riveaux essayait de la maintenir à distance. Sœur Augustine versait des torrents de larmes qui me rappelaient les gerbes de sang de la jambe de Jamie.

— Non ! a crié Prince. Stop ! Laissez-la tranquille.

BonTon a mordu Riveaux à la jambe. Elle a bondi en arrière, relâchant son étreinte autour de sœur Honorée.

À force de se tortiller, celle-ci s'est libérée en continuant de lancer des torrents d'insultes. Sœur Augustine continuait de pleurer en reculant, pas à pas, jusqu'à commettre l'irrémédiable. Nous étions tellement absorbées par nos tentatives de maîtriser sœur Honorée que nous n'avons pas vu ce qui allait arriver. Sœur Augustine avait reculé jusqu'à l'autel de fortune où brûlaient des dizaines de bougies. Une mèche a suffi. Son habit imprégné d'essence s'est embrasé plus vite encore qu'on prononce un « Amen. » Il s'est transformé en une torche enflammée.

— Ma Sœur, non ! me suis-je écriée.

— Sauvez-la ! a crié Prince en tournant autour du corps embrasé. BonTon hurlait à la mort.

Sœur Augustine battait des bras. On l'a entendue rugir avant qu'elle ne s'écroule comme une bête abattue.

Ne suivant que mon instinct, j'ai tendu la main vers elle. Pour la sauver, ou simplement pour sentir le feu. Succomber aux flammes avec elle. Avec maman.

C'était mon tour.

Une braise a jailli comme une puce et mon bras a pris feu. Sous le choc, je ne pouvais même pas crier. Mon bras brûlait. L'espace d'un terrible instant, j'ai senti ce que ça faisait. Tout : le doux soulagement de l'abandon, du lâcher prise. Tout laisser partir. Ce n'était pas une rédemption, mais la liberté. La chaleur me lacérait comme des coups de couteaux acérés qui traversaient mes vêtements, brûlaient ma peau jusqu'au métal de la croix sur ma poitrine.

J'ai senti mon corps soulevé de terre. Riveaux m'avait attirée contre elle et plaquée à même le trottoir. J'ai essayé de me remettre sur mes pieds.

— Non, m'a retenue Riveaux.

J'ai hurlé en la sentant taper sur mon bras pour éteindre les flammes.

De son côté, sœur Honorée battait son voile frénétiquement sur les gerbes de flammes qui dévoraient sœur Augustine, couchée sur le ventre. Mais le feu est une force si sophistiquée, si féroce, qu'il a englouti notre Mère supérieure. Ses hurlements étaient si perçants qu'on les aurait crus lancés par des séraphins.

— Faites quelque chose, ai-je imploré Riveaux, qui sautillait sur place comme un boxeur sur un ring.

Elle a plaqué sœur Honorée à son tour.

Prince poussait des jurons en serrant BonTon dans ses bras. La seule chose qu'il savait faire, lui, la grande gueule, c'était pleurer.

Je me suis précipitée à l'intérieur de l'abri au sol détrempé par l'essence, en me tenant le bras. *Sainte Marie, mère de miséricorde, notre vie, notre douceur, notre espoir.* Le jet d'eau était tout emmêlé, j'ai dû me contenter de jeter un seau au fond de l'évier. Je l'ai rempli et je suis ressortie en courant.

J'ai retrouvé sœur Honorée en train de tourner sur elle-même comme une toupie, le bras entier en proie aux flammes. Elle s'est lourdement écroulée, à un mètre à peine des flammes qui dévoraient sœur Augustine.

— Roulez ! a rugi Riveaux. Roulez et couvrez votre bouche !

Je n'avais qu'un seul seau en main.

— Allez-y ! a crié Riveaux.

Un seul seau pour deux personnes en train de brûler. Était-ce la logique, l'instinct, ou Dieu qui agissaient à travers moi ? J'ai choisi sœur Honorée, j'ai jeté l'eau sur son bras en flammes. L'œil du feu a cillé, l'espace d'une seconde, comme s'il était rivé sur moi.

Des étincelles brillantes ont jailli. Puis il s'est éteint.

— Mon Dieu.

Sœur Honorée gisait à bout de souffle, les yeux clos. Elle tenait en l'air son bras qui crépitait encore, de peur de toucher quoi que ce soit, sans doute.

Quand la fumée s'est dissipée, j'ai découvert sœur Augustine. Elle n'était plus qu'une carcasse carbonisée au sol.

— Pourquoi m'avez-vous sauvée ? a demandé sœur Honorée en se redressant sur ses genoux. Vous auriez dû la sauver, elle.

— C'est une manière assez pitoyable de me dire merci.

— Elle est morte.

Sœur Honorée s'est recroquevillée sur elle-même, à genoux sur le trottoir couvert de cendres.

— C'est terminé. C'est vraiment terminé, a-t-elle répété.

Je n'ai pas trouvé d'autres mots que :

— Nous recommencerons tout.

— Comment ?

— Parce que nous n'avons pas d'autre solution.

J'avais encore une fois perdu une mère, mais ce n'était pas de mon fait.

Sœur Augustine avait choisi.

— Je suis désolée.

Sœur Honorée se tapait la tête par terre. On aurait dit qu'elle allait s'arracher les cheveux.

— Pardonnez-moi. Je suis vraiment désolée.

En levant la tête, j'ai aperçu Grogan et Decker qui traversaient la rue en courant. Decker est venue en aide à sœur Honorée, tandis que Grogan examinait le cadavre de sœur Augustine qui se consumait encore dans une parfaite immobilité. Comme mon vieux copain Jack après son saut dans l'inconnu. Les gyrophares des véhicules de pompiers à l'approche ont illuminé la rue. Prince sanglotait en s'accrochant de toutes ses forces au corps trapu de BonTon.

À genoux sur le sol, j'avais l'impression que les brûlures sur mon bras droit étaient radioactives.

Sœur Honorée a gémi en voulant éviter de bouger le bras, tandis que Decker l'aidait à avancer vers l'ambulance garée au pied du cercle de palmiers.

La plus grande partie du visage de sœur Augustine avait été emportée, comme s'il avait été rongé par de l'acide. Le feu était décidément le plus fort.

Peut-être n'avais-je jamais été destinée à sauver ni ma mère ni ma Mère supérieure. Non seulement la mort est irréversible, mais elle est inévitable. Les humains ont été créés pour porter une perte après l'autre. *Dieu*, voilà le nom que nous devons nous entendre répéter pour rester vivants. Nous avons besoin de Dieu pour nous mesurer. Comme le verre trempé, la chaleur nous renforce. Elle nous rend plus beaux et plus sacrés.

Grogan m'a aidée à traverser la rue, une manière pour lui de montrer son courage à peu de frais.

— Je sais pas si c'est vous qui attirez la poisse ou bien qui la portez aux autres, a-t-il dit d'une voix doucereuse.

Riveaux me suivait, le souffle toujours coupé. Dès que Grogan est reparti à petites foulées près du corps de sœur Augustine, elle s'est penchée vers moi.

— Je ne vais pas vous balancer. Je ne dirai pas que vous l'aidiez à fuir de la ville.

— Comment puis-je croire un seul mot de ce que vous dites ?

Elle m'a regardé droit dans les yeux.

— Mentez à propos du billet d'autocar et soyez convaincante. Je vous couvrirai.

— Je n'ai pas besoin de vous.

— Si, vous avez besoin de moi.

Elle a tapoté sa canine, s'est retournée puis s'est éloignée.

Rosemary Flynn est apparue quelques minutes plus tard, munie d'une bouteille d'eau. Les larmes avaient fait couler son mascara d'habitude impeccable.

— Toute la ville s'est donné rendez-vous ou quoi ?

J'ai fait comme si j'étais agacée de la voir mais, en vérité, quand je sentais Rosemary près de moi, c'est comme si mes mains fourmillaient d'électricité, sous ma peau, comme si mon sang entrait en ébullition.

— Chut ! Laissez-moi vous soigner.

Elle a pris mon bras, et j'ai poussé un cri de douleur.

— Désolée.

— Ça fait mal, ai-je dit en grimaçant.

— J'étais sur Saint-Charles quand j'ai entendu les sirènes hurler. Je les ai suivies.

La démangeaison liée à mes brûlures était intolérable. Mes tatouages, mes cicatrices, cette carte qui témoignait d'où j'avais vécu et de qui j'avais été. Je mourais d'envie d'embrasser Rosemary qui continuait de m'ausculter. D'approcher mon visage du sien et de rester là. De sentir le choc délicat d'un premier baiser. La décharge qui fait battre à nouveau un cœur mort.

Les promesses. Les vœux.

J'avais promis à ma mère de trouver du sens. À sa mort. À cette vie.

Riveaux et moi nous étions promis de garder pour nous les secrets de l'autre.

Les yeux de sœur Honorée étaient d'une teinte rouge sang, comme des œufs de Pâques colorés. Ses cheveux blancs, coupés court, étaient apparents. Elle m'a pris la main gauche. Ensemble, nous avons tracé la ligne qui séparait ce monde de ce qui allait advenir après nous, en récitant au milieu de nos larmes les mots qui, nous l'espérions, monteraient avec la fumée jusqu'au royaume prochain.

— C'est à la sueur de ton visage que tu mangeras du pain, jusqu'à ce que tu retournes dans la terre, d'où tu as été pris ; car tu es poussière, et tu retourneras dans la poussière.

Je suis une pécheresse, mais quand je touche mon bras brûlé, sa cicatrice en formation, je sens une chaleur d'essence divine, semblable à l'hostie de la communion qui fond sous ma langue.

Je suis censée croire que Dieu a les traits d'un homme blanc et puissant à la barbe blanche qui habite un nuage blanc en forme de chamallow. Ce n'est pas le cas. Dieu n'est pas une personne. Dieu est tout à la fois ; Il est partout, présent en toute chose, dans les détails dont je me souviens comme dans tout ce que j'ai oublié. Il est l'entêtement du feu. Les preuves si éclatantes qu'elles vous aveuglent. Il est le sang qui purifie et celui qui tue. Dieu est perfection, même dans la dévastation. Et la seule chose dont je suis à peu près certaine : Dieu est particulièrement vivant dans chaque femme. Dans l'arc d'une épaule, dans la profondeur d'un regard gris, dans la main suffisamment forte pour tendre le bras et prendre, dans la main suffisamment forte pour donner.

Remerciements

Ma reconnaissance infinie va à mes agents : Laura Machdougall et Olivia Davies. Pour vos idées astucieuses, votre générosité spirituelle et votre détermination pour que jamais la flamme ne cesse de brûler.

À mes anges gardiens littéraires : Gillian Flynn et Sareena Kamath. Un immense merci pour votre génie et pour avoir permis à sœur Holiday d'exister. Merci à la *dream team* de Zando, à Evan Gaffney et Will Staehle pour leur couverture et leur bouleversante icône en vitrail.

À mes premiers lecteurs, étudiants en fiction policière, artistes magiques de ma vie, pour leur profonde écoute : Puya Abolfathi, Jenn Ashworth, Sienna Baskin, Rebecca Castro, Adam Dunetz, George Green, Summer J. Hart, Tonya C. Hegamin, Hilary Hinds, Lee Horsley, Debra Jo Immergut, Nguyên Phan Quê Mai, Edie Meidav, Petra McNulty, Anthony Psaila, Michael Ravitch, Liz Ross, Pamela Thompson, et Todd Wonders. Vos esprits vifs, vos éclairages ont été d'un apport inestimable. Merci aux pompiers d'avoir partagé leurs connaissances (et de nous protéger). Merci à l'officier de police qui m'a gentiment laissée l'accompagner et m'a dévoilé les ficelles de son métier.

Les soutiens reçus du Conseil culturel du Massachusetts, de la Fondation I-Park du Connecticut, du Vermont Studio Center, des Sisters in Crime, et lors de la résidence à Norton Island de la Fondation Eastern Frontier m'ont permis de réaliser cette œuvre.

Un merci infini à ma famille pour son soutien indéfectible. Une gratitude éternelle à ma compagne, Bri Hermanson, qui savoure la beauté de chaque jour et ne me laisse jamais renoncer.

À toutes les nonnes, les mystiques, les sorcières, les optimistes obstinés, les soigneurs queer et les cracheurs de feu : merci. À la ville de La Nouvelle-Orléans, merci de m'avoir ouvert ton cœur de feu.

Ce livre est pour vous, chers lecteurs, peu importe où, peu importe quand.

L'espoir existe pour tous.

Composé et édité par HarperCollins France.

Achevé d'imprimer en septembre 2023.

FIRMIN-DIDOT

à Mesnil-sur-l'Estrée (Eure)

Dépôt légal : octobre 2023.

Pour limiter l'empreinte environnementale de ses livres, HarperCollins France s'engage à n'utiliser que du papier fabriqué à partir de bois provenant de forêts gérées durablement et de manière responsable.

Imprimé en France